그 남자의 아들,

청년 우장춘

그 남자의 아들,
청 년 우 장 춘

이 남 희 장 편 소 설

창비

차례

1953년 부산

……어머니는 하루하루 쇠약해지고 있습니다. 숨어 있던 죽음의 검은 그림자가 살갗 바로 밑까지 배어나와 손을 대면 물컹하니 묻어나기라도 할 것 같습니다. 의사들은 다만 고개를 저을 뿐으로 이런 지경을 하고서도 아직도 숨이 붙어 있는 게 놀랍기만 하다는 표정들입니다.

어제 스즈끼(鈴木) 박사님은 말씀하셨습니다.

"마지막 부탁이 될 테니 들어주십시오. 그래야 편안히 눈을 감으실 겁니다. 그것 말고는 유족 되시는 분들이 달리 하실 일은 없습니다."

유족이라니? 박사님의 눈에는 어머니가 이미 시체가 되어 누워 있는 거나 다름없는 것입니다. 형수님이나 저나 아무말도 못하고 눈물을 흘렸습니다. 어머니가 불쌍해서 견딜 수 없었습니다. 어머니는 이제 말은 못하고 몸짓으로 의사표현을 하는 정도에 불과하지만, 그래도 왜 어머니가 저토록 고통을 당하면서도 눈을 감지 못하고 계신지 다들 짐작하고 있습니다.

사람의 생명이란 영원하지 못하다는 것, 압니다. 태어난 이상 한번은 눈을 감고 이생을 떠나지 않으면 안되겠지요. 그런 사실은 자객의 손에 남편을 잃고 어린것들과 살아남아야 했던 어머니로서는 누구보다도 절절히 깨닫고 계신 바일 것입니다. 그런데도 어머니는 아직도 생을 단념하지 못하고 두 눈을 부릅뜨고 기다리고 계십니다.

기억해보면 어머니는 얼마나 꿋꿋하고 의연한 성품이셨는지요. 아버지가 돌아가신 뒤 행상으로 저희 형제를 키우셨지만 불평 한마디 없었고, 관동대지진이 일어나 토오꾜오(東京)가 불바다가 되었을 때도 어머니는 가장 먼저 정신을 수습하고 물과 식량을 구해오셨습니다. 또 태평양전쟁이 막바지에 이르러 미군의 폭격기가 매일 토오꾜오 상공을 뒤덮었을 때도, 살고 죽는 일은 하늘에 달렸다면서 피난하라는 권고를 물리치고 의연히 남아 계셨습니다.

어머니는 입버릇처럼 말씀하셨습니다.

"너희만이 내가 사는 보람이다. 아무리 짓밟혀도 다시 일어나 꽃피우는 길가의 민들레처럼 살아다오."

그런 기원으로 저희 형제의 등을 두드리며 무서운 암살이며, 지진, 전쟁의 포화를 뚫고 살아오신 것입니다.

그런 어머니가 죽음에 이르러서도 차마 삶을 놓지 못하고 기다리시는 것을 보면 저절로 눈물이 나지 않을 수 없습니다.

형님, 돌아오십시오. 단 며칠이라도 좋으니, 오셔서 어머니의 두 눈을 감겨드리십시오. 그러지 않으면 어머니는 숨이 멎은 뒤에도, 아니, 차디찬 땅속에 누워서도 언제까지나 두 눈을 부릅뜨고 형님을 기다리고 계실 것만 같습니다……

땀방울이 편지지 위로 뚝뚝 떨어졌다. 잉크가 번지자 글자들은 흐느끼듯 떨었다. 우장춘은 한참이나 눈을 껌뻑거리다 안경을 벗고 얼굴을 닦았다. 시야는 더욱 흐릿해졌다.

가족을 일본에 두고 한국으로 와 농업시험장 장(長)으로 부임한 지 삼년째, 어머니가 위독하다는 소식을 받은 것이다.

지난봄부터 아내는 어머니가 편찮으시다는 편지를 보내기 시작했다. 그러나 위중하다는 말은 없었고, 그저 휴가를 내어 일본에 와서 어머니를 뵙도록 하라는 말만 적었다. 그런데 이번에 날아온 동생의 편지는 달랐다. 당장 돌아가실 것처럼 긴박했고, 오지 않는 형에 대한 원망과 눈물이 가득했다. 어릴 때 모습 그대로였다.

어릴 때, 동생은 울보에다 오줌싸개였다. 잠투정이 심해 업어주어야 잠을 잤고, 아무것도 아닌 일에도 깜짝깜짝 놀라며 오줌을 지리곤 했다. 행상 나간 어머니가 돌아오기를 기다리며 동생을 업고 신작로에 나가 서성거리노라면 곧잘 등이 축축해졌다.

"이대로 있다간 큰일나겠군. 무슨 방법을 찾아야 할 텐데."

우장춘은 혼잣말을 하며 벌떡 일어섰으나 그다음에는 어떡해야 할지 몰라 망연하여 서 있었다.

동생이 유난히 울보였다는 것을 감안하더라도 이제 쉰살이 가까운 남자가 이런 편지를 보낸 건, 그만큼 어머니의 병세가 위독하기 때문일 터였다.

우장춘은 당장 일본으로 달려가고 싶었다. 손을 잡고 임종을 지켜드리고 싶었다. 그러지 못하면 두고두고 한이 될 것이다.

그 생각을 하자 그는 머릿속이 뜨거워졌다. 어쩔 줄 모르고 사무실 안을 우왕좌왕했다. 땀이 줄줄 흘러내려 셔츠가 등에 찰싹 달라붙었다. 지독히도 더운 날씨였다.

"무슨 일이 생겼습니까?"

서무과장인 김태욱이 들어오다가 그의 심상치 않은 모습을 보고 깜짝 놀라 물었다.

"아닐세. 무슨 일인가?"

우장춘은 얼른 수건으로 땀을 닦으며 책상 앞으로 돌아가 앉았다. 김과장은 들고 있던 서류철을 조심스럽게 펼쳐놓았다.

"큰일났습니다. 정말 골치아픕니다."

김과장은 말은 그렇게 하면서도 얼굴은 싱글벙글 웃고 있었다. 곧 휴전협정이 조인될 거라는 뉴스가 나온 뒤로는 늘 그런 표정이었다.

"너무 크면 작은 일로 쪼개서 해결하면 되지, 웬 호들갑인가?"

"그게 말입니다, 시험장 농업용수도 곧 바닥이 날 거 같아서요. 기대했던 장마도 마른장마로 흐지부지 끝날 눈치고, 이렇게 계속 가물다간 양수기로 물을 대는 것도 한계가 있을 겁니다. 큰일이죠. 그런데 여기 시험장이 도리이 농장이던 시절부터 일해온 영감님들 말로는요, 이곳 금정산 일대는 물걱정은 안해도 되는 땅이랍니다. 아무데나 파기만 하면 물이 펑펑 솟았다고요."

시험장 살림을 맡은 서무과장답게 김태욱은 벌써 우물을 새로 개발하는 데 드는 비용을 계산해보았고, 그걸 서류로 꾸미기도 한 모양이었다. 김과장은 그의 눈앞에서 숫자를 하나씩 짚어가며 설명하기 시작했다. 그는 안경알이 땀으로 얼룩져 숫자며 글자들이 흐릿하니 보이지 않았다.

"박사님?"

"응?"

"우물을 새로 파겠다고 예산을 신청하면 사방에서 비난이 쏟아지겠지요?"

"왜 비난이 쏟아져?"

우장춘은 멍한 얼굴로 기계적으로 말을 반복하며 되물었다. 그제야 김과장은 그가 방심상태에 빠진 것을 깨닫고는 의아한 눈길을 보냈다.

"어제도 들었는데요, 이번 광복절에 정부가 서울로 돌아가는 건 확실한 모양입니다. 그럼 농업시험장도 서울 근교인 수원쯤으로 이사가지 않을까 싶은데요? 이젠 전쟁도 끝날 테니 말입니다."

김과장은 전쟁이 끝난다는 말에 유난히 힘을 주었다.

삼년이나 계속되던 전쟁이 끝난다!

희망을 주는 이야기였다. 적어도 전쟁통에 가족을 잃은 사람들에게는. 그러나 지금 우장춘에게는 아무런 감회도 주지 못했다. 그에게는 어머니의 임종을 지켜야 한다는 사실이 더 절박했다. 지금이라도 일본으로 달려가야겠다는 바람 말고는 그 무엇도 머릿속에 들어오지 않았다.

'전쟁중이라 일본에 갈 출입국허가증을 내주지 않는가? 그렇다면 휴전협정이 조인되기만 하면 허가증을 내줄 것인가?'

미심쩍었다. 의심은 자꾸 부풀고 불어나면서 바작바작 애가 탔다. 지난달 어머니의 병세가 나빠지고 있다는 아내의 편지를 받은 뒤부터 우장춘은 출입국허가증을 받으려고 사방으로 뛰어다녔다. 그런 그를 위로하려고 사람들은 입을 모아 말했다.

"참으십시오. 처지가 더 딱한 사람 생각을 하세요. 많은 이들이 부모의 임종을 지키기는커녕 전쟁통에 가족을 모두 잃고 생사조차 모르고 사는 형편이 아닙니까? 이번 전쟁으로 그런 사람들이 대략 천만명 가까이나 생겼답니다."

아니, 아니었다. 남의 불행이 크다고 해서 내게 닥친 불행이 작게 느껴지는 것은 아니었다.

전쟁은 조금만 있으면 끝날 거다, 끝날 거다 하면서도 질질 끌었고,

남과 북 양측은 휴전협정이 조인되기 전, 조금이라도 더 유리한 고지를 점령하려고 삼팔선 부근에서 치열한 전투를 벌이고 있었다.

김태욱이 입을 열었다.

"시험장이 정부를 따라 이사간다면 여기다 새로 우물을 파는 건 쓸데없는 낭비라고들 할 겁니다. 안 그래도 매년 시험장 예산은 부족하게 책정되는 형편이 아닙니까? 평소에도 일부 몰지각한 관료들이나 국회의원들은 욕을 합니다. 농업시험장이 국가예산을 좀먹고 있다고요. 전쟁 때문에 온 나라가 죽느냐 사느냐 하는 판국인데, 벼니 배추니 하는 걸 연구한답시고 국가예산을 낭비하고 있다나요? 저번에도 국회에 들어갔다가 그런 호통을 들었습니다만."

"밥이나 김치를 먹지 않고 사는 것처럼 그런 소릴 한단 말이지? ……그런 바보 같은 소리를 들었다고 화를 낼 건 없네. 뭘 모르고 그런 소리를 하는 거니까. 한 나라가 저 먹을 식량과 그 식량 종자를 자급자족한다는 게 그 나라 독립에 얼마나 중요한 문제인지를 모르니…… 아무리 깨우쳐주려고 해봐야 소용없겠지. 아무튼 우물을 새로 개발하는 건 차차 검토해보기로 하세. 서류는 여기다 두고 가고. 종묘장을 둘러보고 온 다음에 살펴보겠네."

우장춘은 엉덩이를 들썩거리며 안절부절못하다가 틈을 잡아 얼른 이야기를 매듭지었다.

용건이 끝나고도 김과장은 선뜻 나가지 못하고 머뭇거렸다. 그의 시선은 책상 귀퉁이에 놓인 편지로 쏠려 있었다.

"혹시…… 일본 본댁에서 좋지 않은 소식이라도 왔습니까?"

"뭐, 늘 그렇지."

우장춘은 한국에 온 뒤로 김과장과는 모든 일을 터놓고 상의해온만큼 말을 해도 좋을 것을, 왠지 말이 나와주지 않았다. 김과장은 고개를 갸웃거리다 단호한 어조로 말했다.

"그렇군요. 제가 민사부에다 전화를 넣어보겠습니다. 박사님의 출입국허가증을 언제 내줄 거냐고 강력하게 항의를 해보겠습니다."

"항의야 이미 하지 않았나. 기다려보라니…… 기다려볼밖에."

우장춘은 맥없이 대꾸했다.

"기다려보란다고 이렇게 맥놓고 있으면 일이 안됩니다. 우는 아이에게 먼저 젖 준다고 점잖게 기다리다간 헛물켜기 일쑵니다. 딱히 되는 일도 없고 안되는 일도 없다, 이게 바로 우리 한국 사회입니다. 빽이 없는 사람들만 전쟁터에 가기 때문에 빽 하고 죽는다는 말도 있을 정도입니다. 유력자를 찾아서 운동을 해야 합니다. 이런 말을 하면 박사님은 질색을 하시지만, 아시는 분 중에도 유력자가 있지 않습니까? 그런 분들을 찾아가 부탁을 하십시오. 박사님의 사촌동생 구용현씨는 어떻습니까? 이번에 상공부 장관으로 내정되었다는 소문이 들리던데요? 아무튼 요즘 한국 사회에서 가장 잘 듣는 약은 사바사바랍니다."

"사바사바?"

김과장이 두 손을 비비며 애원하는 시늉을 해 보였다.

"새로운 유행업니다. 유력자에게 몰래 뇌물을 주면서 손을 비비며 청탁하는 모습에서 나온 말이죠. 관공서부터 학교, 시장바닥까지 그 약이 안 듣는 곳은 없다고 합니다."

우장춘은 손을 내저었다.

"그만두게. 나까지 그런 짓을 할 수는 없네."

"한분밖에 안 계신 어머님 일이 아닙니까? 사정을 알면 누구나 다 이해할 겁니다."

"다른 사람이 비난할까봐 염려해서 그런 게 아닐세. 사내대장부가 자신에게 떳떳지 못한 행동을 할 수는 없다는 것이지. 만약 이번만은 특별한 경우라고 핑계를 대고 함부로 행동하기로 한다면, 이 세상에서 못할 짓이 뭐가 있겠나? 그러면 나라꼴은 어떻게 되고?"

우장춘은 유혹을 떨치려는 것처럼 분연히 일어나 밀짚모자를 썼다. 김과장은 단념하지 않았다. 뒤를 따르며, 사사로이 청탁하는 게 싫다면 다시금 민사부 실무자를 찾아가 독촉이라도 해보자고, 어차피 오늘 오후엔 부산 시내에 나갈 일도 있으니 같이 가보자고, 졸랐다. 시험장 뒤로 우뚝 선 금정산은 여름이 되자 눈이 따끔거릴 정도로 초록빛이 짙어졌다. 그는 눈부심을 가리려고 모자를 깊숙이 눌러썼다. 서무실과 종묘장으로 갈라지는 모퉁이에 닿았을 때, 저편에서 웅성거리는 소리가 들렸다. 또 학생들이 견학온 모양이었다.

동래에 있는 농업시험장은 이 나라의 유일한 자랑거리인 양 공무원과 학생, 일반을 가리지 않고 전국민의 필수 견학코스가 되어 있었다. 그 때문에 연구원들이나 각과 직원들은 안내를 하느라 할일을 못할 정도로 방해가 된다고 불평이었다.

"오늘은 몇팀이나 견학을 오기로 되어 있나?"

"다섯 팀인데, 지금이 몇시죠? 지금 둘러보고 있는 건 여고생들이겠군요."

김태욱이 쓴웃음을 지었다.

"많이 시끄러울 겁니다. 여학생들이니…… 참, 저번에 직원들 사이에서 나온 견학제한론은 어떻습니까? 한번 생각해보시겠다고 했는데. 조국을 위한 순수한 연구가 정권 차원의 선전도구로 오해받을 우려가 있다든지, 연구에 방해가 된다든지 하는 의견도 일리가 없는 건 아닙니다."

"여기서 우리가 비밀무기라도 생산하고 있는 게 아닐세. 오히려 우리 연구를 많은 한국인들이 와서 봐야 하네. 그래야 농업발전의 필요성을 깨닫고 한국 농업의 수준을 끌어올릴 수 있는 기초가 다져질 걸세. 그러니 자꾸 홍보해서 우리가 가진 지식을 농민들뿐 아니라 온 국민이 알게 하는 게 중요해. 조금 불편하다고 해서 견학을 제한해선 안되네."

웅성거림이 점점 커지더니 길 저편에서 한떼의 여고생들이 모습을 드러냈다. 그들은 그와 김과장을 보곤 잠시 머뭇거리더니 곧 알아보고 대열을 흐트러뜨리며 와 하고 몰려들었다.

"우장춘 박사님이다! 우박사님, 존경해요."

여학생들은 귀청이 떨어질 정도로 마구 떠들며 그를 둘러쌌다.

"정말 고무신을 신었어. 존경해요, 고무신 할아버지."

할아버지라고 부르는 여학생들의 당돌함에 그는 쓴웃음이 나왔다. 겨우 쉰다섯살인데.

"우박사님, 저 좀 보세요. 직접 뵈어서 얼마나 영광인지 몰라요. 우박사님은 우리 대한민국의 자랑이에요."

"밀짚모자를 쓰신 게 정말 농사꾼하고 똑같아요."

"저희는요, 동래에서 전차를 내려 여기까지 걸어왔어요. 이렇게 뙤약볕이 내리쬐는데요. 기특하죠? 그러니까 박사님께서 한말씀 해주셔야 해요."

마구 엉겨드는 여고생들을 가로막으며 김과장이 팔을 내저었다.

"학생들은 견학을 계속하도록 하세요. 박사님은 바쁘시니까, 예정에 없는 일을 부탁드리면 안됩니다."

여고생들은 입을 모아 까악 하고 비명을 질렀다.

"안돼요, 대한민국 국보인 우박사님의 한말씀을 안 듣고 갈 수는 없어요. 저희들은 여기서 꼼짝도 안하고 기다릴 거예요."

"궁금해요. 한국에 오실 때 하얀 연구가운에다 손엔 현미경을 들고 배에서 내리셨다면서요?"

"일본사람들이 박사님을 한국인이라고 차별대우하고 연구성과도 가로챘다고 하던데, 정말이에요?"

"그래도 박사님은 창씨개명도 거부하고 끝까지 한국인이라고 고집하셨다면서요?"

"대답해주세요. 오시기 전에 한국 정부에서 보내준 생활비를 몽땅 연구자재를 사오는 데다 쓰셨다던데요?"

"박사님께서 '종의 합성'이라는 학설로 다윈의 진화론을 수정했다는 게 사실인가요? 그 정도로 유명하세요? 겹꽃 피튜니아를 개발해서 미국에선 박사님을 모르는 사람이 없다면서요?"

항간에 떠도는 소문을 일일이 확인하고 싶은 양 여고생들은 얼이 빠질 정도로 중구난방 질문을 퍼부어댔다. 그러면서도 국보나 다름없다는 우박사를 새겨두고 싶은지 뚫어져라 주시하였다. 김과장이 나서서 인솔교사에게 빨리 다음 견학장소로 옮기라고 채근했으나 소용없었다. 교사들조차 움직이려고 하지 않았다.

우장춘은 심호흡을 삼키며 학생들의 면면을 뜯어보았다. 백명 남짓한 여고생들은 뙤약볕 속에서 땀을 줄줄 흘리며 그가 입을 열기만을 기다리고 있었다. 오랜 일본의 식민통치에다 전쟁까지 겪어 황폐해진 이 나라의 유일한 자랑거리인 세계적인 학자를 직접 만났다는 사실에 감격하고 있는 것이리라.

한국 땅에 발을 디딘 1950년 3월 8일에도 그랬다. 부산 부두에서 열린 '우장춘박사 환국(還國)환영회'는 성황을 이루었다. 대한민국의 내로라 하는 인사들은 대거 참석했고, 소문을 듣고 몰려온 군중들로 부두는 미어터질 지경이었다. 꽃다발 증정이 있었고, 환영사는 끝없이 이어졌으며, 각계에서 온 축전들이 일일이 낭독되었다.

"돌아와주셔서 고맙소. 대통령 이승만."

축전 낭독이 끝나자 여기저기서 외마디 만세 소리가 튀어나오더니 곧 소리를 합해 우렁찬 대한민국 만세 소리가 되어 울려퍼졌다. 쌀쌀한 해풍에 저항하듯 바싹 치켜든 사람들의 얼굴은 붉게 달아올랐고, 하나같이 불안한 기쁨으로 들떠 있는 것처럼 보였다.

나라는 독립했음에도 아직 식량문제에서는 일본의 지배를 벗어나지 못하여 일본에서 종자를 밀수입해야 하는 현실을 우박사라면 해결해줄 것이라는 기대와, 그런 한편으로는 이렇게 연구기반도 없는 열악한 나라에서 우박사가 얼마나 버텨줄 것인가 하는 의구심을 품고 있기 때문일 터였다.

우장춘은 그들에게 확신을 주고 싶었다. 때문에 그는 짧지만 진심이 담긴 답사(答辭)를 힘있게 말했다. 자신은 어머니의 나라인 일본을 위해서는 일본인 못지않게 공헌했다, 앞으로는 아버지의 나라인 한국, 바로 나의 조국을 위해 일하겠다, 한국에 뼈를 묻겠다고 했다. 그것으로도 부족했던 것일까? 나중에 들어보니, 그 순간 단상에 앉아 있던 정부 고관인 아무개씨는 옆사람에게 이렇게 장담했다고 한다.

"두고보시오. 저 사람이 지금은 멋모르고 저렇게 말하지만, 앞으로 이년도 못 견디고 일본으로 돌아갈 거요."

아무튼 그의 답사가 끝났을 때 만세 소리가 또다시 부두를 뒤흔들었다.

환영회가 끝나고 현수막을 든 사람들이 앞장서 부두를 빠져나오는 동안 인파는 줄어들기는커녕 점점 불어나 교통통제를 해야 할 지경이었고, 신문기자들은 앞다투어 우장춘이 세계 일류과학자이고, 일본에서 편안히 생활할 수 있는 몸임에도 불구하고 한국을 조국으로 선택하여 돌아온 애국자라고 기사를 써댔다. 앞에 나서서 자신이 애국자라고 설치는 사람들이 아니라, 바로 우장춘 박사같이 묵묵히 헌신하는 사람들 때문에 이 나라가 바로선다는 말도 했다.

그리고 삼년이 지난 지금은? 국보라며 떠받들고 내세우는 것은 여전했으나, 막상 어머니의 임종을 지키러 일본에 가야 한다니 차일피일 미루며 출입국허가증을 내지 않는 터였다.

이즈음 우장춘이 나타나면 민사부 관리들은 미소가 아깝다는 듯 반쯤 웃다 만 표정으로 맞이했다.

"박사님 오셨군요. 거, 씨 없는 수박인가 하는 괴상한 걸 연구중이라고 들었는데, 잘돼갑니까?"

그러고는 킬킬대며 외설스러운 웃음을 덧붙이는 거였다. 부아가 났다. 그 웃음 때문이 아니었다. 분명 그의 다급한 사정을 짐작할 터임에도 짐짓 여유를 부리며 농담이나 던지는 그들의 태도가 조롱으로 느껴지는 게 문제였다. 우장춘은 신경이 곤두서서 아무 일 아닌 것에도 화가 나는 거라고 자신을 달랬다.

그는 소리높여 항의하고 다녔다.

"왜 출입국허가증을 내주지 않는 겁니까? 한국에 올 땐 적어도 일년에 한두 차례는 일본을 방문할 수 있을 것으로 알았는데 이제 와서 이럴 수 있습니까?"

"글쎄요, 박사님께서 환국하실 때의 사정이야 저희 소관이 아니었으니까 모르는 일입니다만……"

관리들의 대답은 언제나 그랬다. 자기 관할이 아니다, 잘 모르겠다는 말 등등으로 떠넘기기.

"분명히 그런 느낌이었으니까 가족을 두고도 한국에 오기로 결정할 수 있었던 게 아닙니까? 다른 일이라면 나도 이렇게까지 독촉하지 않소. 내게는 한분뿐인 어머님이오. 오늘 돌아가실지 내일 돌아가실지 모르는 다급한 사정이란 말이오. 한시바삐 일본으로 갈 수 있도록 조처해주시오."

아무리 사정해봐야 그들은 들은 척 만 척 같은 대답만 되풀이했다.

"저희 소관이 아닌 문제까지 추궁하시면 정말 곤란합니다. 우박사님의 딱한 사정이야 저희들도 충분히 숙지하고 있습니다만, 시국이 시국이니만큼 뭐라 말씀드리기가 곤란해서요. 일단은 기다려보시지요."

어쩌면 관리들은 하나같이 고무로 만든 벽을 닮았다. 아무리 몸을 내던져 부딪쳐봐야 도로 튕겨내고 흔적도 남기지 않는 탄탄한 고무 벽.

확답을 받지 못한 채 민사부를 나왔지만 우장춘은 단념할 수 없었다. 동래 농업시험장으로 돌아가지 않았다. 미칠 것만 같았다. 말을 꺼내고 나면 더 흥분해버려 뜨거운 피가 뭉클거리며 혈관을 타고 돌아다니는 것 같았다. 누구라도 붙잡고 하소연을 하고 싶었다. 한국으로 올 당시의 일부터 하나씩 손으로 꼽아가며, 속은 것 같고 조롱당한 것 같은 지금의 이 심정을 털어놓고 싶었다. 그러나 누구 하나 책임지고 그의 사정을 헤아려주려 하지 않았다.

문득 대통령 이승만이 생각났다. 한국으로 와달라는 대통령의 권유는 얼마나 은근하면서도 의미심장했는가? 한국에 온 뒤 경무대로 찾아가 처음 접견했을 때도 그랬다.

"오오, 네가 바로 우범선의 아들이냐?"

잘못 들었나 싶어 그가 예? 하고 반문하며 눈썹을 치켜올리자, 가운데 서 있던 통역이 한음절씩 똑똑히 되풀이 말해주었다.

"우, 범, 선, 의, 아, 들, 이, 냐?"

우범선의 아들.

그 사실부터 말하다니. 이승만으로서는 우장춘이 아버지의 죄를 갚으려고 한국행을 선택했다고 생각한 것일까? 아무튼 한국에 왔을 때 그처럼 아버지부터 내세워 인사한 사람은 이승만뿐이었다.

궁리 끝에 우장춘은 대통령에게 직접 청원해보기로 했다. 대통령 임시관저로 찾아갔다. 비서관의 응대는 정중했지만 면회는 안되겠다고 단번에 잘랐다.

"요즘 각하께선 매우 바쁘십니다. 틈을 내기 어려우십니다."

그래도 꼭 면회를 하겠다고 고집한다면 정식으로 면회신청서를 제출하고 기다려보라고 했다. 그는 깜짝 놀랐다. 여느때 대통령은 그가 신청하기만 하면 무조건, 아무 절차를 밟지 않고서도 만나주었던 것이다.

'이제는 나를 피하는 건가?'

의심이 무럭무럭 일어났다. 믿어지지 않았다.

"이해하셔야 합니다."

우장춘이 물러나지 않고 버티자 비서관이 나서서 달래려고 했다.

"시국이 시국이니만큼 각하께선 여간 바쁘신 게 아닙니다. 이제 전쟁이 간신히 소강상태로 접어들었다곤 하지만, 거제도 반공포로 석방문제로 미국하고 마찰을 빚고 있는데다, 북진통일을 외치는 과격단체 때문에 유엔군 사령부와의 협조도 난항을 겪고 있습니다. 그러니 사사로운 문제로 각하를 뵙는 건 어렵다고 봐야 합니다. 저희도 어떻게 해드리고 싶지만 그건 비서실 권한 밖의 문제여서……"

해명을 늘어놓으면 놓을수록 그에게는 둘러대는 말로밖에 들리지 않았다. 머리끝까지 화가 치밀었다. 우장춘은 벌떡 일어나 김과장의 통역을 기다릴 것도 없이 책상을 두드리며 일본말로 마구 항의했다. 놀란 그들은 입을 헤벌린 채 물끄러미 쳐다보았다. 말을 듣고 있는 게 아니었다. 그저 그의 분노가 지나가기를 기다리는 것 같았다. 천장 높은 건물에서는 공허한 메아리만 텅텅 울렸다.

"자, 자, 진정하시고 일단 앉으십시오. 이성을 찾으시죠. 정 그러시면 우박사님의 면회신청을 맨 위에 올려놓기는 하겠습니다. 우박사님이야 말로 대한민국의 국보나 다름없다는 게 각하의 말씀이시니까요. 그러니 진정하고 돌아가셔서 기다려주십시오."

그는 고개를 저었다. 이제는 기다리라는 말이 거절이나 다름없다는 걸 아는 터였다. 출입국허가증을 내준다 못 내준다는 분명한 답변도 없이 시간만 질질 끌고 있듯이, 대통령과의 면담도 시간을 끌면서 애간장을 태울 게 분명했다.

"아니오. 난 더이상 기다릴 수 없소이다. 아무렇든지 비서실에서 주관해서라도 출입국허가증을 빨리 내주도록 조처하시오. 한시가 급하오."

"참, 다 아실 만한 분이 자꾸 우기시면 어떡합니까? 박사님이 아무리 농업연구에만 몰두하고 계신다 해도 시국이 어떤지는 잘 아시지 않습니까? 이제 겨우 6·25동란이 끝나려고 합니다. 앞으로 휴전하게 될지는 미지수고요. 거기에다 반공포로 석방문제도 있고, 또 일부 과격분자들은 이북에다 원자탄을 떨어뜨려야 한다는 주장까지 하고 다녀서 여간만 아슬아슬하지 않습니다. 이러니 행정 제반업무가 원활하게 돌아가지 못하는 점을 양해해주셔야지요. 조금 불편하시더라도 애국심을 발휘해서 참고 기다려주십시오."

핑계에 지나지 않았다. 서로가 둘러대는 말이라는 걸 알면서도 써먹는 뻔뻔스러운 핑계. 그러면서도 낯도 붉히지 않고 몇번이고 똑같은 말로 가장하는 것이다.

우장춘은 맥이 탁 풀려버렸다.

'왜 나를 일본에 보내주지 않는가? 전쟁으로 황폐해진 조국을 떠나서 일본으로 가면 돌아오지 않을까봐 그러는 건가? 그렇다면 한국 정부는 나를 믿지 않는 게 아닌가? 그렇다면…… 내가 대한민국에 볼모로 왔단 말인가? 우범선이라는 아버지 이름 석자를 덮으려고 왔다는 건가?'

그 말이 목구멍을 간질이고 있었다.

김과장은 여기서 더 실랑이해봐야 소용없는 걸 눈치채고 우장춘에게 돌아가자고 권했다. 등뒤로 문을 닫고 나오는데, 비서관들끼리 한국말로 속살거리는 소리가 유난히 귀에 거슬렸다. 한국말을 아주 못 알아듣지는 않아서 그는 자신을 화제로 씹는다는 것은 짐작할 수 있었다.

무슨 내용인지 김과장에게 물었으나 대답하지 않았다. 거리에 나와서까지 거듭 추궁하자 김과장은 민망한 얼굴로 마지못해 입을 열었다.

"박사님은 조국에 뼈를 묻겠다고 하고 돌아오셨음에도 아직도 한국말을 못하신다는 게 저들에게는 애국심이 부족한 증거로 보이는 모양입니다."

"애국심?"

우장춘은 진절머리를 내면서 걸음까지 멈추었다.

한국에 와보니 애국이라는 말처럼 제멋대로의 뜻으로 널리 범람하고 있는 말도 없었다. 사람들은 목이 터져라 애국을 외치며 자신이 애국자라고 떠벌렸으나, 기실 꿍꿍이속으로는 자신의 이익을 차지하려고 눈이 벌게져 있었다. 온갖 부정부패, 더러운 탐욕이며 범죄까지 애국이라는 말로 포장되어 횡행하고 있었다.

"김과장은 애국이 뭐라고 생각하나?"

"왜 갑자기 그런 걸 물으십니까?"

"갑자기 조국이라는 말이 낯설게 느껴져서. 나에게 한국은 여태까지 아버지의 나라였고, 그래서 당연히 나의 조국이었지. 그런데 이제는 잘 모르겠다는 느낌이 드네. 퍽이나 당연한 일로 여겨왔는데…… 아마 김과장과 나만 해도 한국에 대한 감정에 차이가 있겠지? 김과장에게 한국은 아버지의 나라라고 하기에 앞서 나의 조국일 테니까. 그런 사람은 조국에 불만이 있으면 거리낌없이 불평할 수도 있을 테고…… 하지만

나에게는…… 아버지의 나라 한국이나, 어머니의 나라 일본이나 조심
스럽기만 하니…… 외로운 일이야."

갑작스럽게 밀려오는 허무감에 말려들지 않으려고 애쓰면서 우장춘
은 쓰게 웃었다. 곧 말투를 고쳐 힘차게 말했다.

"앞으로는 말일세, 혹시 내가 한국말을 못한다고 비난하는 사람이 있
거들랑, 자네가 대신 나서서 해명을 해주게나. 한국에는 안 그래도 말
잘하는 사람이 많아서 나라가 시끄러운데, 나까지 입을 열면 더욱 시끄
러워지지 않겠느냐고. 그저 국민 중에 벙어리 한명 늘어난 셈치라고."

그러나 김과장은 웃지 못하고 젖은 눈빛으로 그를 보았다. 우장춘은
그 시선을 피해 이리저리 두리번거렸다.

길에서 아이들이 놀고 있었다. 국민학교에 입학하기 전일까? 대여섯
살 어름으로 보이는 소년들이 떼지어 서서 입씨름을 하고 있었다. 듬성
듬성 기계총 자국이 난 까까머리에 헝겊을 대어 기운 얼룩덜룩한 옷을
입고들 있었다. 심지어는 찢어진 러닝셔츠며 꿰맨 운동화며 다 떨어진
고무신 같은 극도로 헐벗은 차림이기도 했다. 그중 한 소년은 옷차림이
제법 깨끗한 편이었는데, 다른 소년들이 그를 놀리는 중이었다. 아이들
은 입을 모아 합창했다.

"서울내기 다마내기, 맛좋은 고래고기. 서울내기가 왜 서울서 안 살
고 부산서 사냐? 빨리 너네 동네로 가버려라."

부산에 피난민이 몰려들면서 아이들 사이에서 유행하는 노래였다.
갑자기 어린시절 풍경이 눈앞에 떠올라 우장춘은 우뚝 서버렸다.

땡땡거리며 전차가 지나갔다. 전차 유리창에 부딪친 하오의 햇살이
눈부시게 반사되어 눈시울을 적셨다.

1. 1903년 일본 쿠레

일본 남쪽 다도해, 세또(瀨戶) 해협을 끼고 있는 쿠레(吳)는, 부근의
대도시 히로시마(廣島)에 청일전쟁 직전 대본영(大本營)이 설치되면
서, 해군병참기지로 개발되기 시작해 거듭되는 전쟁과 함께 번창해간
항구도시였다.

그곳에 언제부터 전차가 다니기 시작했을까?

우장춘은 어린시절의 대부분을 쿠레에서 보냈지만 정확하게 알고 있
지는 못했다. 기억이 미치는 한 전차는 언제나 땡땡거리며 쿠레의 중심
가인 혼도오리(本通)를 달리고 있었다. 당시 아이들은 전차가 달리는
광경을 보고 또 보면서도 질리는 줄을 몰랐다. 나무판으로 바닥을 대어
모퉁이를 돌 때면 끽끽 비명을 지르는 엉성한 전차였으나, 그래도 일본
이 영국, 미국과 같은 서구열강과 어깨를 나란히하고 있다는 문명개화
의 증거였으며, 좋은 놀이동무이기도 했다.

전차와 나란히 혹은 누가 더 빨리 달리는지 내기하는 게 한동안 아이

들 사이에서는 유행이었다. 옷자락을 걷어 헤꼬오비(남자아이의 허리띠)에 찔러넣고, 게따(일본의 나막신)는 벗어 양손에 꼭 쥐고, 전차의 출발을 기다린다. 승객들이 타고 내리는 일이 모두 끝났다는 표시로 종소리가 멎으면 힘껏 달리기 시작하는 것이다. 전차는 처음에는 느릿느릿 움직이지만 일정 지점을 지나면 갑자기 속도를 높이기 때문에 처음에 앞서가는 게 중요했다. 그렇게 정신없이 달리다보면 행인들에게 걸려 거치적거린다고 욕을 먹거나, 중심가 명물인 전봇대에 부딪쳐 나동그라졌고, 심하면 자전거나 인력거에 치이는 사고도 당했다.

어른들 몰래 전차구경을 다닌 혼도오리에서 동쪽으로 살짝 비켜앉은 동네가 와쇼오(和庄町) 거리였다. 어머니의 회상으로는 토오꾜오에서 그를 낳고 코오베(神戶)를 거쳐 쿠레로 이사왔는데, 처음엔 항구가 내려다보이는 언덕 시미즈(淸水) 동네에서 살았다고 한다. 그런데 어린 아기였던 그는 유난히 군함을 좋아해서 수시로 업고 마당에 나가자고 보챘다. 잔물결이 햇살을 받아 물고기 비늘처럼 눈부시게 뒤척이는 쿠레 앞바다에는 언제나 군함들이 마스트(돛대)를 뽐내며 정박해 있었는데, 그 광경을 보기만 해도 그는 칭얼거림을 멈추고 빙그레 웃곤 했다는 것이다.

"방실방실 웃는 게 아니라 빙그레 웃었단다. 다 큰 어른이 웃는 것처럼. 넌 아기 때는 말이며 동작이 장중하고 어른스러워서 아버지는 진정한 사내대장부감이라고 기뻐하셨는데."

그러나 우장춘의 기억은 시미즈가 아닌 와쇼오 거리에서 시작되었다. 그의 나이 여섯살 무렵이었다. 나중에 들은 어른들의 이야기를 첫번째 기억이라고 믿는 것인지, 아니면 실제로 본 광경을 기억하는 것인지 몰랐으나, 그의 머릿속에는 와쇼오 거리의 겨울철 해질녘 풍경이 유난히 선명하게 남아 있었다.

아버지 우범선은 와쇼오 거리에서 한문을 가르쳤다. 또 미곡상 모리나까며 쮸고꾸(中國)신문사 사장 사이또 같은 쿠레의 유력자들과도 친하게 지내어 글씨를 써서 팔기도 했다. 병학(兵學)에 정통했고 명필이라는 평판을 얻고 있었다. 그러나 두 가지 다 불우한 시절을 나기 위한 임시방편이라고 했다. 본업은 어디까지나 조선의 혁명지사라는 거였다. 어린 우장춘은 혁명지사가 어떤 일을 하는지 몰랐고, 어른들 또한 구체적으로 설명해주지 않았다. 그저 막연히 유력자들과 마주앉아 호탕하게 웃거나, 비분강개한 목소리로 세상을 욕하거나, 침통한 표정으로 콧수염을 비틀거나 하는 일인가보다 짐작하고 있었다.

체구가 작고 살빛이 검은 일본 남쪽지방 사람들 사이에서 아버지는 단연 눈에 띄는 존재였다. 길에서 보면 사람들 머리 위로 목 하나쯤 솟아 있었고, 환하게 빛나는 하얀 얼굴에 상대방을 제압하는 부리부리한 호랑이눈을 가졌다. 또 당시로는 정부의 고관과 부자들이나 입는 꼬리 달린 프록코트라는 양복을 자주 입었으며, 조끼주머니에는 귀한 회중시계가 들어 있어 그 시곗줄이 늘어져 금빛으로 번쩍거렸다. 그리고 시선은 위로 치켜들고 어깨는 꼿꼿이 편 자세로 성큼성큼 걸었다. 쿠레 시내에서 흔히 마주치는 해군장교들보다 더 위엄과 절도가 있었다. 아버지와 함께 거리에 나서면 사람들의 감탄어린 시선이 쏠렸고, 그 때문에 어린 우장춘은 절로 어깨가 으쓱해지곤 했다.

그 동네 이웃에는 고영근이라는 사람이 살고 있었다. 당시 쿠레에는 늘어나는 군수공장 일자리를 얻으려고 일본 각지에서 사람들이 몰려왔는데, 그런 중에서도 조선에서 온 사람은 아버지와 그뿐이라고 했다. 그러나 고영근은 생김새부터가 아버지와 달랐다. 키가 작아 사람들 속에 섞이면 눈에 띄지 않았고, 얼굴이 검고 거칠었으며, 어깨를 구부정하니 구부려 굽실거리는 자세를 취하곤 했다. 더구나 사람을 정면으로 보지 못하고 흘깃거리는 버릇도 있었다. 눈은 희번덕하니 흰자위가 많이 드러나는 삼백안(三白眼)이었다. 그래도 조선에 있을 때는 지위가 높은 대장이었다고 한다. 그에 대한 증거처럼 망명객 신분이면서도 조선에서부터 거느리고 온 노윤명이라는 시종이 따라다니고 있었다. 아무렇든지 인상과 달리 사근사근한 성격이었다. 올 때마다 눈깔사탕이며 전병을 사갖고 와 호감을 샀고, 어린 우장춘은 아저씨라고 부르며 친척처럼 따랐다.

그런데 어머니는 고영근을 싫어했다. 태도가 비굴한데다 눈빛이 음험해서 싫다고 교제를 피하고 싶어했다. 그래도 아버지는 고영근이 당신처럼 조선에서 망명해온 불우한 처지이니 홀대할 수 없다고 주장하며 극진하게 대했다. 아버지는 고영근이 땅 설고 물 선 쿠레에서 자리 잡을 수 있도록 여러가지로 애써주었다. 고영근이 가져온 돈이 바닥났다고 하자 한문을 가르치도록 주선했으며, 여관밥이라면 이젠 진절머리가 난다고 불평하자 살림을 할 수 있도록 셋집을 구해주기도 했다.

고영근이 여관생활을 접고 늙은 노파 한사람을 고용하여 세든 집이 우장춘네서 멀지 않았다. 격자로 된 현관문을 열고 들어가면 바로 작은 마루가 있고, 타따미(마루방에 까는 일본식 돗자리) 여덟 장을 깐 큰 방, 타따미 여섯 장을 깐 작은 방, 그리고 부엌과 목욕탕으로 꾸며진 조촐한 목조가옥이었다. 그즈음 각지에서 몰려든 노동자들로 쿠레의 인구는 급격히 불어났고, 자투리땅이며 무밭 같은 곳에는 날림으로 지은 셋집들이 마구 들어섰는데, 그 집도 그런 것들 중 하나였다. 그래도 갓 베어낸 목재로 지어서, 들어서면 박하향처럼 화하니 삼나무 냄새가 났다.

집을 구해준 답례로 술대접을 하겠다고 시종 노윤명이 고영근의 심부름을 온 것은 섣달 하순이었을 것이다. 아니, 그날 그렇게 일찍 땅거미가 지고 캄캄해진 기억인 것을 보면, 아마도 일년 중 가장 밤이 긴 동짓날이었는지도 모른다. 아버지는 노윤명을 따라 집을 나섰다.

그날 하루종일 우장춘은 바깥에서 놀았다. 동네 아이들과 어울려 쿠레 시내를 싸돌아다니느라 시간이 어떻게 가는지도 몰랐다. 노는 데 정신이 팔려 점심까지 놓쳤으나 배고픈 줄도 모를 정도였다.

쿠레에선 축제가 벌어졌다. 쿠레와 히로시마를 잇는 철도가 개통되었던 것이다. 앞으로는 말이 끄는 마차 대신 증기의 힘으로 움직이는 철마차를 타고 다니게 된다고 했다. 군수공장들이 자꾸 건설되면서 쿠레의 경기(景氣)는 좋았고, 거리는 온통 해군과 노동자들로 북적거렸다.

역 광장에서 벌어진 행사는 호화찬란했다. 머리 위에서는 만국기가 펄럭거렸고, 꽃으로 빼곡히 뒤덮인 단상에는 토오꾜오에서 온 높은 분들이 나와 연설을 했다. 군악대의 연주가 있었고, 붕붕대는 음악소리에 맞춰 금술 달린 제복을 차려입은 멋진 군인들이 거리행진을 하기도 했다. 광장은 구경나온 인파로 발디딜 틈조차 없었다. 사람들은 누가 시키지 않았는데도 감격에 겨워 자꾸만 만세를 불렀다. 대일본제국과 천황폐하 만세. 그 소리는 몇번씩이고 되풀이되면서 광장을 뒤흔들었다.

홍분한 사람들은 당장이라도 러시아에 선전포고를 하고 전쟁을 해야 한다고 떠들기 시작했다. 싸우기만 하면 금방 승리할 거라고 장담하는 사람들도 있었다. 러시아도 중국이나 마찬가지로 몸집만 클 뿐 종이호랑이나 다름없는 약체라고 했다. 청일전쟁에서 이겼는데도 러시아의 간섭을 받아 조선에서 밀려난 굴욕을, 러시아와 싸워서 설욕해야 한다고 떠들었다.

"러시아가 그렇게 만만한 줄 아나? 하룻강아지 범 무서운 줄 모른다고, 몰라서 큰소리를 치는 거야."

전쟁 주장에 반대하는 사람도 있었다.

"러시아가 얼마나 큰 나란데? 일전에 내가 세계지도라는 걸 구경하지 않았겠나. 거기 보니까 러시아는 땅이 우리 일본 땅 수십배는 되겠더라고. 아시아와 유럽에 걸쳐서 이만큼이나 커. 아마 지구상에서 가장 큰 나랄걸. 그런 나라하고 우리 같은 조그만 섬나라가 싸운다고 해보세. 누가 이길 것 같나?"

"비국민(非國民) 같은 겁쟁이 소리는 집어치우게."

남자 어른들은 즉석에서 토론을 벌이고 있었다. 전쟁이라면 언제나 호기심이 동했으므로 소년들도 장난을 멈추고 귀를 쫑긋거렸다.

"전쟁이 벌어져도 우리 뒤에 영국이 있으니까 겁낼 거 없네. 일영동맹을 맺었다고 일전에 영국 장군이 우리 해군을 시찰하러 쿠레에 왔던 거 기억 안 나나?"

"그래, 영국도 우리처럼 작은 섬나라지만, 일찍 개화해서 엄청나게 많은 식민지를 점령하여 부자나라가 된 거래. 그러니 우리도 가까운 조선에서 러시아가 손을 떼도록 만들어서 식민지로 삼은 다음, 조선을 발판으로 만저우로 진출하고, 그다음엔 중국까지 손에 넣어 아시아의 주인이 되는 거지. 이게 바로 이또오 각하의 구상이라네."

"조선을 발판으로 삼아 종국엔 아시아의 주인이 된다? 정말 그럴싸하군. 확실히 이또오 각하는 우리 같은 평민들과는 생각하는 규모부터가 다르군. 겨우 조선을 식민지로 삼는 정도에 그치지 않고 아시아의 주인이 되겠다니! 대단해. 대인물은 역시 우리 같은 평민과는 생각부터가 달라. 존경스럽네."

다들 승복하여 고개를 끄덕였다. 어느새 화제는 이또오 히로부미(伊藤博文)로 옮아갔다.

광장의 햇살이 비스듬히 기울었다. 사람들이 하나둘씩 흩어지기 시작했다. 비로소 우장춘은 배가 고픈 것을 깨달았다. 하루종일 집을 비웠다는 생각도 뒤늦게 났다. 흠칫했다. 요사이 아버지는, 어머니가 동생을 가져서 몸이 불편하니까 밖에서 놀지만 말고 집에 붙어 있으면서 심부름을 잘하라고 당부했었다. 그런데 종일 집에는 코빼기도 안 비치고 밖에서 놀기만 했으니 꾸지람을 들을 터였다. 혹시 오늘 종일 아버지가 집에 없었더라도, 어머니가 아버지에게 일러서 혼을 내준다고 할지도 모른다.

후닥닥 뛰기 시작했다.

우장춘은 거친 숨을 몰아쉬며 살그머니 현관문을 열고 발을 들여놓았다. 부엌에서 내다보는 어머니와 눈길이 딱 부딪쳤다. 그는 우뚝 섰다가 멋쩍은 웃음을 흘렸다. 어머니는 눈만 흘겼을 뿐 잔소리는 퍼붓지 않았다. 그대로 가서 아버지나 모셔오라고 했다.

"어딜 가셨는데요?"

그는 비로소 안도의 숨을 내쉬며 응석부리듯이 물었다. 어머니가 부루퉁하니 말을 받았다.

"낸들 알겠냐? 아직도 고영근 아저씨네서 술을 마시고 계실지도 모르지. 술대접을 한다고 모시고 간 뒤론 종무소식이니까. 어쨌든 빨리 아버지를 찾아서 모셔오너라. 저녁 먹어야겠다."

이상했다. 평소의 어머니답지 않아 보였다. 저녁상을 차리기는커녕 이제 겨우 풍로에다 밥을 안쳤을 뿐인데, 서두르다니? 어쩐지 안절부절못하는 기색인 것도 같았다. 아버지가 그 아저씨네 놀러 갔다고 화가 났는지도 모른다.

'그런데 왜 엄마는 그 아저씨를 싫어할까? 친절한 사람인데.'

궁금했으나, 군말하지 않고 돌아서며 우장춘은 고개를 갸웃거렸다.

점점 까맣게 변하는 새파란 하늘 저 아래로 붉은 자줏빛 띠가 가느다랗게 남아 있었다. 사람들의 집에는 아직 등불이 켜지지 않아 집 지붕들이 검게 두드러지는 중이었다. 아직 새파란 하늘에 별도 몇 개 나타나 반짝거렸다.

"지로오(次郞)야, 어서 들어와 밥 먹어라."

"스에꼬(末子)야, 어디 있니?"

어른들이 아이들 이름을 외쳐 집으로 불러들이고 있었다. 얼굴을 할퀴는 매운바람 속에는 숯타는 냄새와 밥짓는 고소한 냄새가 섞여 있었다. 갑자기 맹렬하게 배가 고팠다. 우장춘은 힘껏 골목을 뛰어갔다.

얼마 전 고영근 아저씨는 우장춘에게 동전이 아닌 은전 한닢을 주었다. 맥주홀 일영관 앞에서 마주쳤을 때였다. 거기서 만난 걸 어른들에 겐 비밀로 하자며 새끼손가락을 걸고 난 다음이었다. 밤늦게 유흥가인 맥주홀 앞을 어슬렁거린 일은 어린 우장춘도 어른들에게 감추고 싶은 것이어서 고영근 아저씨의 제안에 선선히 손가락을 걸어 흔들었다.

그때 받은 은전은 황홀할 정도로 새하얀 빛을 내뿜었다. 손자국이라도 묻을세라 조심조심 만지작거리다가 소맷자락에 간직했는데, 이튿날엔 그것도 못 미더워 헝겊토막에다 꽁꽁 싸서 허리춤에 감췄다. 하루종일 그 근처에 손이 스치기만 해도 여간만 가슴 뿌듯해지는 게 아니었다. 그 돈이라면 배가 터질 때까지 경단을 사먹을 수 있고, 눈깔사탕이라면 백개도 넘게 살 수 있었다. 그런 공상으로 침만 삼키고 있다가 결국 그 은전을 잃어버리고 말았다. 이웃 나무통 집 순짱과 곱돌을 주우러 갔을 때, 경비원의 눈길을 피해 부두로 들어가느라 철조망 바닥을 기어다니다 흘린 것 같았다.

아무튼 애들에게 은전을 주다니, 고영근 아저씨는 아버지가 걱정하는 것처럼 그렇게 가난뱅이는 아닌 모양이었다.

일영관 앞에서 마주쳤을 때도 그 집에서 맥주를 잔뜩 마시고 나오던 참으로 보였다. 메이지유신(明治維新) 이후 일본에 퍼지기 시작한 서양

술, 맥주는 값이 비쌌다. 더구나 맥주홀 일영관은 부자나 드나든다고 소문난 장소였다. 아버지도 부유한 미곡상 모리나까의 초대를 받아서야 가보았다. 이층으로 된 양관건물인데, 안을 툭 터서 엄청나게 천장이 높고 넓고 화려한 서양식 방으로 되어 있더라고 했다.

그날 고영근 아저씨는 그 비싼 맥주를 얼마나 많이 마셨는지 얼굴이 원숭이처럼 새빨갰고, 몸도 제대로 가누지 못하는 상태였다. 옆에는 말쑥하게 양복을 차려입고, 얼굴은 불그레한 반면 머리는 새하얀, 키큰 신사가 있었다. 고영근 아저씨보다 높은 사람인 것 같았다. 그가 귀에 대고 뭐라고 속삭이자 고영근 아저씨는 연신 허리를 굽실거리며 그렇고말고요! 하고 대꾸했고, 조국이 그리워서 죽을 지경이라는 하소연도 덧붙였다.

"그럼요, 그럼요, 소인은 조국으로 돌아갈 수만 있다면 어떤 일이든 할 각오가 되어 있습니다. 소인은 죽어도 조국에 가서 죽지 타국에서 개죽음은 안하렵니다."

그러는 고영근 아저씨의 표정은 퍽이나 비장해 보였다.

은전을 얻은 그날 밤 일을 우장춘은 누구에게도 발설하지 않았다. 어머니라면 고영근이란 이름만 들어도 얼굴을 찌푸릴 터였고, 아버지라면 다른 사람에게 돈을 받는 것은 사내대장부답지 못하다고 꾸지람할 것 같아 걱정스러웠다. 내내 마음이 찜찜했다.

'사내대장부는 솔직해야 쓰는 법이다.'

아버지가 알면 그렇게 호통칠 것만 같았다.

고영근 아저씨네 현관문을 두드렸다. 안에서는 응답이 없었다. 그는 고개를 갸웃거렸다. 부엌일을 하는 할머니조차 어디로 갔을까? 어두워졌는데도 불도 켜지 않았다. 잠시 기다렸다가 소리가 없자, 살짝 문을 밀치고 고개를 들이밀었다. 목소리를 높여 아저씨 하고 불러보았다. 그래도 안에서는 내다보는 사람이 없었다. 현관에는 어둠침침하고 괴괴한 정적이 감돌고 있었다. 케따와 구두가 한켤레씩 있었다. 용기를 내어 다시 한번 아저씨 계세요? 하고 소리치는데, 목소리가 갈라지면서 떨렸다. 머뭇거리다가 케따를 신은 채로 무릎걸음으로 마루에 올라가 큰방 미닫이를 열어보았다. 바른 지 얼마 안된 창호지가 팽팽하니 당겨져 호로롱 소리가 났다. 귀신 울음소리 같아 섬뜩하니 심장이 내려앉았다.

방안에는 어둠이 진하게 덮여 있었다. 몇번이고 눈을 비빈 뒤에야 간신히 사물들을 알아볼 수 있었다. 방 한가운데는 술상이 나동그라져 흩어졌고, 더욱 캄캄한 토꼬노마(床の間, 일본식 방에 한단을 높여 장식을 놓는 곳) 쪽으로 발을 뻗은 지세로 아버지가 쓰러져 있었다. 가슴은 칼로 찔리고 머리는 도끼에 맞아 머리통이 반쯤 부서졌다. 때문에 얼굴이 거의 남지 않았는데, 그 순간 어떻게 금방 아버지라는 걸 알았을까? 어둠속에서 흐릿하게 떠오른 것처럼 번쩍거리던 금빛 시곗줄 때문이었을까? 부서진 머리통 밑으로는 피가 흘러내려 불그죽죽한 웅덩이가 만들어져 있었다. 그 웅덩이는 타따미 위로 점점 더 넓게 퍼져가는 중이었다.

그걸 보고 비명을 질렀던가? 아니면 그냥 기절해버렸던가?

그다음 기억은 캄캄하기만 했다.

피 웅덩이의 영상에 잇따라 떠오르는 것은 고영근 아저씨가 미친 듯이 거리를 내달리는 모습이었다.

아저씨는 미친 듯이 와쇼오 거리를 뛰어다니고 있었다. 미치광이처럼 고래고래 고함도 쳤다. 산발을 하고 피투성이가 된 옷을 허리께까지 반쯤 걸치고, 피묻은 도끼를 휘두르며 이리저리 내달렸다. 아저씨의 고함소리는 골목을 맴돌며 울부짖고 돌아다니다가 밤하늘 저편으로 잦아들곤 했다.

"나, 고영근 여기 있다. 어서 잡아가라. 여기 당당히 기다리고 있으니 와서 잡아가라. 아녀자처럼 비겁하게 숨지 않는다. 이건 사사로운 원한으로 저지른 범죄가 아니다. 조선 국왕의 어명을 받자와, 국모를 시해한 역적을 처단한 것이다. 그러니 잡아가서 나를 국사범으로 대우하도록 하라."

말을 탄 순사까지 출동하여 아저씨를 잡아갈 때까지 동네사람들은 모두 창문 뒤에 숨어서 엿보며 벌벌 떨었다. 아저씨는 순순히 포승줄에 묶이고 용수(죄수가 쓰는 삿갓)를 쓴 뒤에도 고함을 멈추지 않았다.

"나, 고영근은 국모를 시해한 역적을 처단하였다."

캄캄하고 쥐죽은 듯 조용한 와쇼오 거리에 그 소리는 몇번이고 메아리치며 울려퍼졌다.

"큰일났다, 큰일났다. 아저씨가 미쳤어. 미쳐버렸어."

그뒤 한동안 우장춘은 자다가 벌떡 일어나 부들부들 떨면서 그렇게 흐느끼곤 했다. 소리내어 엉엉 울어버리면 속이 시원해질 것 같은데, 도대체 그렇게 되지 않았다. 뭔가가 목구멍을 잔뜩 틀어막고 있어 울음소리가 밖으로 나오지 못하고, 꺽꺽 흐느낌으로 변해 심장을 쥐고 비틀었다. 답답하기 짝이 없었다.

그럴 때마다 큰이모가 그의 등을 가만가만 쓰다듬으며 달랬다.

"괜찮다. 이젠 다 괜찮아졌으니까 마음 푹 놓고 다시 자려무나."

감히 눈을 감을 수가 없었다. 눈을 감기만 하면 점점 번져가는 피 웅덩이며 산산이 부서진 머리통이 눈앞에서 어른거렸고, 산발을 한 고영근 아저씨가 미친 듯이 도끼를 휘두르면서 와쇼오 거리를 내달리는 모습이 보였다. 그런 영상들을 떨쳐내려고 우장춘은 두 주먹을 불끈 쥐고 눈을 마구 비볐다. 영상은 좀처럼 물러나지 않았다.

"국모를 시해한 역적이라는 게 무슨 소리예요? 누굴 가리키는 말이에요?"

그는 아무리 궁리해봐도 알 수가 없어 큰이모에게 물었다. 그러자 큰이모는 엄한 표정을 지으며 집게손가락으로 입술을 눌렀다.

"쉿, 그만 떠들고 얼른 자라니까. 이러다간 또 엄마 깨신다. 엄마는 동생을 가져서 푹 주무셔야 해. 그러니 너도 그만 떠들고 자라. 국모 시해니 하는 그런 문제는…… 그래, 나중에 네가 어른이 되면 저절로 알게 될 거다."

시간이 흐르자 어른들은 그 장면이 그가 꿈으로 꾸었거나 어른들 이야기를 듣고 상상해낸 그림이라고 말했다. 그런 사건이 일어난 것은 사실이지만, 그 즉시 일하는 할머니가 파출소에 달려가 신고하였고, 고영근 아저씨는 ㄱ 자리에서 체포되어 히로시마 경찰서로 이송되었기 때문에 와쇼오 거리를 뛰어다니며 고함치거나 할 틈은 없었다고 했다.

2. 아이들은 어떻게 사귀는가

장례식이 끝나자 우장춘네는 당장 먹고사는 일을 걱정해야 할 만큼 가난해졌다. 어린 그에게도 가난이라는 게 몸에 꽉 끼이는 옷처럼 불편하게 의식되기 시작했다.

아버지는 아무것도 남기지 않았다. 살고 있는 집도 세든 것이었다. 물심양면으로 후원해주던 사람들은 아버지가 죽은 뒤로는 발길을 끊어버렸고, 드나드는 사람이라곤 큰이모밖에 없었다. 큰이모는 집이 멀고 바빠서 자주 들여다보기 힘들다고 불평하면서도 병석에 누운 어머니를 걱정하여 매일 들러 뒤치다꺼리를 해주었다.

그 무렵 우장춘은 음식을 보면 헛구역질을 하는 버릇이 생겼다가 종내 고질이 되었다. 그래서 점점 야위고 허약해졌다. 특히 붉은색을 띤 음식이라면 입에 아예 대지도 못했다. 단팥죽 같은 것은 보기만 해도 구역질이 났다. 때로는 뱃속에 남은 게 하나도 없어, 노랗고 맑고 쓰디쓴 위액이 나올 때까지 구역질을 하기도 했다.

게다가 그는 아이답지 않은 회한에 시달렸다. 어쩌면 아버지에게, 아니 어른 누구에게라도 고영근 아저씨가 은전을 주더라고 솔직하게 털어놓았더라면 아버지가 죽음을 당하지 않았을 거라는 후회였다. 그런 맥락을 어린 그로서는 어떻게도 설명할 수 없었지만, 일영관 앞에서 속삭이던 고영근 아저씨와 홍안백발의 키큰 신사가 암살을 모의했고, 따라서 자신이 솔직하게 털어놓기만 했다면 암살을 막을 수 있었다는 생각을 하기 시작한 것이었다.

그런 죄책감 때문에 그는 피 웅덩이가 여전히 눈앞에 보인다고 말하고 싶지 않았고 따라서 헛구역질하는 이유도 말하지 못했다. 타따미 위로 점점 번져가던 불그죽죽한 피 웅덩이의 영상은 끈질기게 달라붙어 그로 하여금 헛구역질을 일으켜 음식을 입에 대지 못하게 만들었다. 자꾸 헛구역질을 하고 야위어가자 큰이모는 그를 의사에게 데려갔고 위약증이라는 진단을 받았다.

더디게 겨울이 가고 봄이 올 즈음 그들 모자(母子)는 큰이모네 부근으로 집을 옮겼다.

춥고 맑게 갠 날 아침이었다. 아침 일찍 말이 끄는 수레가 왔다. 이삿짐은 별로 없었다. 옷이 든 고리짝, 이불보퉁이, 부엌살림이 든 궤짝을 수레에 싣고 나니 그만이었다. 깨어지기 쉬운 남포등은 어머니가 손수 들었다. 짐을 싣는 동안 말의 엉덩이에서는 똥이 뚝뚝 떨어졌고, 말똥에선 하얀 김이 무럭무럭 피어올랐다. 마부의 입김도 주전자에서 새어나오는 수증기처럼 새하얬다. 수레가 출발하자 어머니는 한집씩 이웃에 들러 고맙다는 인사를 했다. 그리고 부른 배를 내민 자세로 뒤뚱뒤뚱 걸었다. 골목을 다 빠져나오도록 어머니는 몇번이고 뒤돌아보며 몰래 눈물을 훔쳤다. 우장춘은 그게 보기 싫어 연신 두리번거리며 장난치는 척 딴전을 피우면서 따라갔다.

새로 난 신작로는 겨우내 얼었다 녹았다 하면서 바퀴자국이며 케따 자국들이 깊숙이 패어 단단히 굳었고, 길섶으로 흙덩이가 밀려 만들어진 둔덕에는 이런저런 잡초들이 싹을 내밀고 있었다. 거기에는 벌써 노란 꽃이 핀 민들레도 있었다. 민들레는 수레바퀴며 발자국에 깔렸다가 다시 일어난 듯 줄기가 납작 휘어 흙에 파묻힐 듯한데도 목은 꼿꼿이 위로 치켜세워서 꽃을 피웠다.

"와, 엄마, 이거 봐요. 민들레꽃이 피었어요."

괜히 그는 호들갑을 떨었다. 어머니는 눈에 댄 손수건을 치우고 그가 가리키는 곳을 보았다.

"정말, 민들레꽃이 피었네. 봄이 오는 것도 모르고 있었네……"

어머니는 감탄하며 걸음을 멈추고 들여다보기까지 했다. 어느새 입가에는 빙그레 미소가 떠올랐다.

"이젠 봄이에요. 가만있어도 봄은 저절로 와요. 민들레꽃은 그걸 가장 먼저 알고요."

그는 더욱 수선스럽게 떠들었다. 어떻게든 어머니를 웃게 만들고 싶었다.

"그래, 봄은 오게 마련이지. 그래도 정말 대단하구나. 이렇게 바퀴에 깔려서도 다시 일어나 꽃을 피우다니. 줄기가 이처럼 삐뚜름하게 땅에 파묻힐 정도인데 죽지 않고 살아나 꽃을 피우다니. 정말 놀랍구나."

어머니는 거듭 감탄하며 한참이나 그 꽃을 들여다보았다. 어느새 수레는 멀리 가버려 그 꽁무니도 찾을 수 없었다.

"엄마, 그만 가요. 빨리요. 수레가 안 보여요. 먼저 갔어요."

"괜찮아. 아저씨는 이사갈 집을 알고 계셔. 그보다 장춘아, 이 꽃을 보고 우리 약속하자. 정말 놀랍지 않니? 우리도 앞으로 이 꽃처럼, 아무리 짓밟혀도 다시 일어나 꽃피우는 길가의 민들레처럼, 그렇게 살기로 약속하자. 아무리 힘들더라도. 약속하지? 앞으로 엄마는 절대 울지 않을 거야. 그러니까 너도 민들레처럼 꿋꿋하게 살아야 한다. 약속하지?"

어머니가 그의 손을 꼭 잡고 말했다. 울지 않겠다는 소리에 그는 기뻐 날아갈 것만 같았다. 그는 몇번이나 손가락을 걸며 약속한다고 다짐했다.

이삿짐을 정리하고 나자, 어머니는 낮에는 그를 큰이모네 집에 맡겨놓고 포목행상을 다니기 시작했다. 큰이모네는 약방을 하니까 거기 가 있으면 위약증도 나을 거라고 했다.

그러나 헛구역질은 낫지 않았다. 그도 그럴 것이 큰이모네는 조용히 쉬면서 약을 먹거나 할 형편이 아니었던 것이다. 큰이모네 집은 컸고, 약을 만드는 일꾼이며, 지배인, 약 받으러 온 행상인들로 늘 시끌벅적하고 붐볐다. 게다가 큰이모의 무서운 시어머니 후지노(藤野) 노마님이 있었다. 그분은 성격이 급하고 엄했다. 무서운 고리눈을 홉뜨고 게으름을 피우는 사람은 없는지, 빈둥거리며 밥만 축내는 사람은 없는지 집안을 감시하며 돌아다녔다. 팔다리가 성하면서도 아무 일도 하지 않는 사람은 밥벌레나 다름없으니 쫄쫄 굶겨야 한다고 늘 말했다. 우장춘은 밥벌레가 바로 자기를 가리키는 말 같아 자꾸 움츠러들었다.

그가 큰이모네 집에 와 있기 시작한 지 얼마 되지 않은 점심때였다. 밥상을 받고 먹기 시작하는데, 노마님이 우장춘의 밥 먹는 모습이 마음에 들지 않는다고 혀를 찼다. 다른 사람들도 다 들을 정도로 큰 소리였다. 이어 아이가 아이답게 밥을 푹푹 떠먹지 않고 밥알을 깨작거리는 이유가 뭐냐고 호통을 쳤다.

"자꾸만 구역질이 나서…… 자꾸 토하니까 잘 먹을 수가 없어서……"

노마님의 태도가 하도 무서워 순식간에 얼어붙었으나 그는 용기를 내어 최대한 솔직하게 말하려고 했다. 노마님의 매서운 눈길은 더욱 거세게 날아와 꽂혔다. 그는 화살을 맞은 듯 몸이 따끔거렸다.

"뭐, 구역질이 나? 어디서 배부른 타령이야? 먹을 걸 앞에 두고 먹네, 못 먹네, 잔말이 많은 걸 보면 배가 부른 게지. 그럴 땐 딱 사흘만 굶겨야 해. 어디서 그런 말이 나오나? 쯧쯧…… 아니, 웬 눈물이냐? 누가 뭐라고 했다고 질질 짜는 거냐?"

우장춘은 그렁그렁 솟는 눈물을 멎게 할 방도를 몰랐다. 그의 뜻과 상관없이 눈물은 자꾸 흘러내렸다.

"울려고 한 게 아닌데…… 마님이 하도 무섭게 하니까 나도 모르게 눈물이 난 건데……"

역시 사실대로 최대한 자세히 설명했다. 그러자 노마님은 그게 더욱 마음에 들지 않는 모양, 화를 내고야 말았다.

"남자아이가 아무 일에나 질질 짜고, 어른이 말하면 꼬박꼬박 말대답이나 하고. 저러다 나중에 커서 남자구실이나 하게 될는지 정말 걱정이구나."

노마님은 유독 우장춘만 미워하는 것 같았다. 심지어는 그를 가리켜 '남에게 폐나 끼치는 가난한 친척'이라고 서슴없이 말하기도 했다.

가난한 친척은 그냥 보통의 친척과는 달랐다. 작은이모도 그들처럼 친척이라고 불렸으나, 그들과는 달리 후지노 집안에서 융숭한 대접을 받았다.

그해 겨울과 봄에 걸쳐 작은이모는 우장춘보다 두살 아래인 아들, 구용현을 데리고 큰이모 집에 와 있었는데, 노마님이 그들을 대하는 태도는 더할 수 없이 살뜰했고 친정 대신 왔으니 푹 쉬다 가라며 말치레를 아끼지 않았다.

그런 차이는 구용현의 아버지는 살아 있고 자신의 아버지는 죽었기 때문이라는 게 우장춘의 짐작이었다. 작은이모나 어머니나 둘 다 조선 사람과 결혼했지만, 작은이모부는 살아서 조선 어느 섬의 군수를 지낸다고 했다. 그런데 아버지는 오로지 사내대장부로서 공평무사(公平無私)만을 내세우며 돈 한푼 따로 모으지 않았고, 한성에 있는 아버지의 본가도 아버지가 일본으로 망명한 뒤 역적으로 처단당해 연락이 끊겼다고 했다. 그래서 아버지가 죽자 우장춘네 모자는 의지할 데 없는 가난한 친척이 된 것이었다.

낮이면 우장춘은 노마님의 눈총을 피해 큰이모의 치맛자락만 붙잡고 졸졸 따라다녔다. 큰이모는 할일이 많았다. 집안살림을 챙기고 그 많은 일꾼들과 행상인들 뒤치다꺼리도 해야 했다. 하도 거치적거리자 큰이모는 아들 사나에(榮)한테 그를 맡겨보았다. 그러나 사나에는 우장춘을 상대도 하려 들지 않았다. 사나에는 이미 소학교에 다니는 학생이었고, 따라서 어엿한 어른이라고 자부하는 터여서, 꼬마를 뒤에 달고 다녔다간 체면 다 구긴다고 화를 냈다. 사나에는 그를 무조건 무시했고, 어떻게든 따돌리려고 갖은 꾀를 다 짜냈다. 잠깐 한눈을 팔면 자취도 없이 사라지기 일쑤였다.

우물가에 맥없이 쪼그리고 앉아 있는 그를 큰이모는 가엾게 여겼다.

"못된 녀석, 널 혼자 두고 또 달아나버렸구나. 하는 수 없다. 나가서 동네 아이들하고 어울려 놀려무나."

그는 골목에 나가보았다.

그 동네 아이들은 유난히 극성스러운 것 같았다. 와자하니 목소리가 크고 활발하고 거칠었다. 막과자 같은 것을 늘어놓고 파는 구멍가게 아저씨가 귀가 따갑다며 가끔씩 골목에서 내몰곤 했으나, 아이들은 금세 돌아와 떠들고 다녔다.

"애들은 왜 꼭 집앞에서만 놀려고 하는지 몰라. 나가면 놀 데가 얼마나 많은데. 공터도 있고 신작로도 있고."

"너무 멀리 가면 집 잃어버릴까봐 그러는 게지."

아주머니들은 울타리 너머로 넘겨다보며 수군거렸다.

어른들 세계에서 러시아와 전쟁이 벌어지자, 아이들 놀이도 자연히 전쟁이 되었다. 러시아군과 황군, 즉 대일본제국 군대로 편을 갈라 전쟁놀이를 했다. 끝에 가면 당연히 일본군이 이기는 것으로 정해져 있긴 했으나, 그래도 러시아군의 반격도 만만치 않아 흥미진진할 때가 많았다. 때로 일본군이 구석까지 밀리기도 했다. 구경만 해도 침이 꼴깍꼴깍 넘어갈 정도로 재미있었다.

동그란 얼굴에 눈빛이 순한 켄(健)이라는 아이가 돌연 우장춘에게 말을 건 것은 며칠째 지켜보고 있을 때였다. 자기 편에 들어오지 않겠느냐고 했다. 오늘은 숫자가 한명 모자라니까 같이 놀자고 했다. 켄은 러시아군이었다. 러시아군이 자꾸 밀리는 중이었다. 우장춘은 위약증을 앓아 얼굴이 샛노랗고 허약했지만 키만큼은 누구보다도 컸다. 그가 러시아군에 들어가자 돌연 활기가 생겼다. 점차 일본군이 전열을 흐트러뜨리며 밀려갔다. 나중에 일본군은 골목 끝 공터에 놓인 수레를 진지 삼아 돌멩이를 던지며 저항했다.

"잠깐, 스톱이다."

갑자기 어떤 아이가 수레 뒤에서 튀어나와 손수건을 휘두르며 휴전이라고 외쳤다. 아이들이 막대기를 늘어뜨리고 우줄우줄 모였다. 흙먼지와 땀으로 꼬질꼬질해진 얼굴들이 그 아이를 둘러싸고 말을 기다렸다. 그 아이가 골목대장이었다. 인력거집 타로오(太郎)라고 했다. 동네에서 가장 빠르다는 소문이었다. 그 집에서 일하는 인력거꾼 어른과 달리기 내기를 해도 이긴다는 말이 있었다. 타로오는 정색을 하더니 일본군이 지는 게 있을 수 있는 일인지 물었다. 다들 서로 눈치를 보며 우물쭈물했다.

"하지만 얘가 덩치가 크잖아?"

어떤 아이가 우장춘을 가리키며 투덜거렸다. 타로오의 날카로운 눈이 우장춘을 죽 훑었다. 우장춘도 지지 않으려고 가슴을 쑥 내밀며 맞받아 살폈다. 타로오도 몸집이 크긴 하지만 어쩌면 자기가 더 클 것 같았다. 싸우면 이길 수 있을 듯도 했다. 타로오가 경쟁심으로 눈을 빛내며 노려보았다.

"너, 누구야? 몇살이야? 누가 데려왔어?"

아이들의 시선이 켄에게로 쏠렸다. 켄이 주춤거리며 대답했다.

"오늘 히로시(弘)가 동생 봐야 한다고 못 나왔잖아. 우리 편이 한명 적으니까 불공평하잖아. 얘는 저번부터 골목에 서 있었어."

"그래, 나도 얘, 알아. 울 엄마가 그러는데 후지노 약방 집 친척이래."

"친척이 아니고 식객이라던데?"

"아냐, 맞아. 나도 친척이라고 들었어."

"관둬라, 관둬."

아이들 사이에서 입씨름이 벌어지자 타로오가 팔을 휘저어 막았다.

"그게 뭐 중요하다고. 암튼 넌 몇살이야? 이름은 뭐냐?"

"만 일곱살. 이름은 장춘."

"죠오슌?"

타로오가 발음하느라 입술을 묘하게 비틀면서 쉿소리를 냈다.

"되게 이상한 이름이네? 누구, 전에 이런 이름 들어본 사람? 없지? 그래, 너, 일본사람 아니지? 조선사람?"

"와, 어떻게 그렇게 금방 알았냐?"

우장춘이 놀라 감탄하자 타로오는 의기양양해서 가슴을 쭉 폈다.

"우리 아버지가 이 동네 통장이고, 요즘은 민방대장이라는 것도 모르냐? 민방대장, 되게 높은 거야. 전쟁에 이기라고 주민들을 격려하는 거래. 민방대장이라 우리 아버지는 이 동네에서 누가 국민이고 비국민인지 다 안다. 그런데 너는 비국민 주제에 신고도 안하고 끼어들다니, 건방지구나. 지금이 어떤 시국인데 그러냐? 전쟁, 바로 전쟁중이란 말이다! 암튼 우리 편에 들어오려면 정식으로 신고해라. 그러면 받아주겠다."

시국이니 비국민이니 하는 소리는 와쇼오 거리에서 못 들어본 말이었다. 거기서는 그가 조선사람이라는 것을 모두 알고 있었으나 아무도 이상하게 여기지 않았고, 오히려 아버지를 존경하기도 했다. 그런데 이 동네 아이, 타로오는 어디서 주워들었는지, 전쟁중이고, 그가 비국민이라는 거였다. 어리둥절했다. 다른 아이들을 살펴보았으나 모두가 타로오의 말에 찬성하는지 고개를 끄덕이고 있었다.

"그럼 어떻게 신고하면 되는데?"

타로오는 한참을 궁리하다가 말했다. 혼도오리에 가서 전찻길을 건널 만큼 용기가 있다는 걸 증명해야 한다고. 도로 저편에 서 있다가 전차가 달려오면 그 직전에 뛰어서 철로를 건너는 간단한 일이라고 했다.

"미리 뛰면 무효야. 그건 아무나 할 수 있으니까. 전차가 오기 직전에 내가 요이땅 할 거야. 그때 뛰어."

전차가 오기 직전에 전찻길에 뛰어들라니, 으스스한 제안이었다.

"언제 요오이땅 할 건데?"

"그거야 내 맘이지. 내가 알아서 할 거야."

그는 겁이 났다. 아무래도 치여 죽을 것 같았다.

"전차가 요 앞에 온 담에 요오이땅 하면 난 어떡해?"

"그냥 뛰라니까. 그래야 네가 용감하다는 걸 알 수 있잖아."

"그러다 치여 죽으면?"

타로오는 멈칫했으나 말을 물리려고 하지 않았다. 빙글빙글 웃으며 놀리기 시작했다.

"야, 얘 되게 겁쟁이다. 전차에 치여 죽을까봐 겁나서 못한대."

아이들은 따라 웃으면서 겁쟁이라고 손가락질을 했다. 우장춘은 결이 나서 불끈 말했다.

"누가 못한댔어?"

"그럼 해봐."

"하면 될 거 아냐."

큰소리는 쳤지만 무릎이 부들부들 떨리기 시작했다. 그렇다고 내뱉은 말을 취소하기에는 자존심이 허락하지 않았다.

이이들은 전쟁놀이보다 더 재미있는 게 생겼다고 환성을 지르며 혼도오리로 몰려갔다. 맥주홀 일영관 앞에 전차정류장이 있었다. 아이들은 버드나무 가로수 아래 모여서 이마를 맞대었다. 정류장이 너무 가까우면 차장의 눈에 띄어 잡혀갈 염려가 있다는 말이 나왔다. 또 정류장 부근에선 전차가 느리게 움직이니까 갓난아기라도 건널 수 있다는 점도 지적되었다. 그들은 혼도오리를 위아래로 훑고 다니며 적당한 장소를 물색했다. 커브를 도는 전찻길로 정해졌다. 맞은편 빨간 우체통 옆에 서서 기다리다가 타로오가 이쪽에서 팔을 내리면 즉시 달려오라고 했다.

"여기서 보니까 되게 멀다? 진짜 겁난다. 잘못하면 치여 죽을지도 몰라. 지금이라도 그만둔다고 하는 게 낫겠어. 그래, 그만둔다고 해. 봐줄 거야. 타로오도 알고 보면 착한 애거든."

켄이 옆에서 말렸다. 우장춘은 고개를 흔들었다. 사내대장부가 이까짓 일을 못한다고 할 수는 없었다. 아직은 아닐지 몰라도 자신은 사내대장부가 되는 중이었다. 반드시 해내야 했다. 그는 케따를 벗어 켄에게 맡겼다. 옷자락을 걷어 헤꼬오비(기모노나 유까따를 묶는 허리띠)에 찔러 넣었다. 정강이가 드러나자 바람이 살랑살랑 스쳤다. 섬뜩해지며 눈앞이 캄캄했다. 떨리기 시작했다. 그는 무릎을 떨지 않으려고 이를 악물었다. 전차가 불쑥 나타나더니 순식간에 저편으로 가버렸다. 땡땡거리는 종소리만 머릿속을 가득 채웠다. 아무 생각도 나지 않았다. 길 저쪽에서 또 전차가 나타났다. 그 형체를 제대로 알아보기도 전에 전차 앞 유리창에 햇살이 반사되어 눈을 찔렀다. 도로 저편에 있는 타로오들의 모습이 아득하니 멀었다. 팔이 내려진 것 같았다. 그는 무작정 뛰었다. 눈을 질끈 감고 이를 악물었으나 저절로 곁눈질을 하게 되었다. 가까이에서 본 전차는 어마어마한 괴물이었다. 그 엄청난 덩치로 깔아뭉갤 듯이 달려들었다. 비명이 터져나오려고 했다. 순간 다른 비명소리가 귀에 가득 들어왔다. 귀가 멍멍했다. 이어 끼익 하는 전차바퀴의 마찰음이 귀청을 찢었다. 사람들이 웅성대는 소리가 점점 높아지며 그를 둘러쌌다. 눈앞이 캄캄해서 아무것도 보이지 않았다. 마구 비벼봐도 마찬가지였다. 아랫도리가 축축했다.

금단추를 단 제복의 남자가 그의 목덜미를 잡아 번쩍 들더니 마구 흔들며 호통을 쳤다.

"어떤 놈이얏? 전차 운행을 방해하는 놈, 이게 얼마나 중대한 반국가적 행위인 줄 몰라? 국적(國賊)이나 다름없는 행동이다."

자신도 모르는 사이에 오줌을 지린 모양이었다. 아래가 축축한데다 덜미까지 잡혀 그는 어기적어기적 끌려갔다. 아이들이 슬금슬금 뒤쫓아오다가 제복의 남자가 돌아보자 우르르 도망쳐버렸다. 남자는 그를 파출소로 끌고 갔다.

책상 앞에 앉아 장부정리를 하고 있던 순사가 일어섰다. 옆구리에서

긴 칼이 쟁그랑거렸다. 그는 소름이 쫙 끼쳤다. 이가 맞부딪치는 소리가 탁탁 머릿속을 메아리쳤다. 제복을 입은 남자는 우장춘을 구석의 걸상에다 내던져놓고 설명했다. 전차의 운행을 방해했다는 사연이 의외로 길었다. 그 남자가 설명을 끝내자 순사는 엄숙하게 그를 내려다보며 물었다.

"왜 그랬나?"

우장춘은 겨우 정신을 가다듬어 설명하려고 했다.

"전차를 일부러 방해한 게 아니고…… 타로오가 용기가 있는지 보자고 했는데…… 그냥 시합한 건데."

순사가 인상을 쓰며 자기 콧수염을 잡아 무자비하게 비틀었다.

"시합? 지금이 어느 땐데 한가하게 시합이나 하고 있단 말이냐? 그것도 귀중한 국가기간산업을 상대로. 만약 거기에 군인들이라두 타고 있었더라면 어쩔 뻔했나? 그랬다면 역적질이 아닌가 말이다. 큰일날 애로군. 부형이 누구야? 이름을 대. 부형을 불러다 다시는 안 그런다는 다짐을 받아둬야겠다. 너의 집이 어디야?"

"집에는 아무도 없는데. 엄만 시장에 가시고……"

"여자는 안되고 부형이 책임져야 할 일이다. 아버지가 와야 한다니까."

"아버진 죽었는데……"

그의 두 눈에 눈물이 그렁그렁 괴더니 흘러내렸다. 순사는 말투를 부드럽게 고쳐 말했다.

"아무리 그렇더라도 널 보증해줄 만한 어른이 있을 게 아니냐? 지금 밖에서는 군인들이 나라를 위해 목숨 바쳐서 싸우고 있는데, 안에서는 장난이나 치다니, 한심하기 짝이 없는 일이다. 일벌백계로 엄중하게 다스려야 하지만 아직은 어린 아동이고 하니 어른이 오시면 훈방조처를 하겠다는 거다. 아니면 그렇게 계속 잡아떼다가 감방에 들어가 징역살이를 할 테냐? 너, 징역살이가 어떤 건지 모르지?"

그는 징역살이라는 말에 놀라 울음이 터졌다. 부들부들 떨며 눈물까지 흘렸으나 소리는 내지 않으려고 노력했다.

어머니는 아직도 집에 들어오지 않았을 것이다. 부형이라고 했으니까 아버지나 형처럼 남자 어른이 와야 한다는 뜻일 것이다. 그럼 큰이모 집의 지배인 같은 남자 어른에게 와달라고 해야 하나? 아니, 그럴 수는 없었다. 그 집 노마님이 아시면 정수리가 천장에 닿도록 펄펄 뛸 것이다. 앞으로 그에게는 서슴지 않고 밥을 굶겨야 한다고 호통을 칠 것이다.

우장춘은 한참을 흐느끼며 고심하다가 모리나까 도라노스께(森中之助)를 떠올렸다. 아버지가 살아 있을 때는 후원자를 자처하여 자주 왕래하였다. 아버지를 존경한다고 했고, 어린 그에게는 선물도 많이 갖다주었다. 아버지가 죽자 슬퍼하며 엄청난 돈을 들여 커다란 비석까지 세워주었다. 그러니 와줄 것 같았다.

저녁 어스름녘이 되어서야 모리나까는 파출소에 나타났다. 표정이 좋지 않았다. 들어서면서 그에게 힐끗 눈길만 던지고 그냥 지나쳐 순사 앞으로 갔다. 그는 잔뜩 얼어붙은 채 지켜보았다. 모리나까는 순사 앞에서 차렷자세를 하더니 깊숙이 허리를 굽혔다. 순사가 마주 고개를 끄덕이며 아버지와 친한 친구여서 보증인이 되어줄 거라고 말했다고 설명했다.

"글쎄요, 아버지와 친한 친구라……"

모리나까는 묘하게 얼굴을 일그러뜨리며 중얼거렸다.

"아득한 옛일을 듣는 것만 같군요. 불과 얼마 전인데. 한때 조선이라는 나라가 일본과 친구가 될 만하다고 보고 손 붙잡고 함께 동양의 주인이 되자고 하던 시절도 있었지요. 그러나 까놓고 보니 조선이며 중국

같은 건 일본을 상대 못할 정도로 한심한 민족이라는 게 드러나지 않았습니까? 종이호랑이인데 우리가 깜빡 속아 과대평가했던 것이지요. 이 아이의 아버지는 조선에서 온 망명객으로 그런 시절 우리와 뜻을 함께한 사람이었습니다. 그러니 지금은 아무런 사이도 아닌 셈이지요."

중언부언 늘어놓는 모리나까의 말을 알아듣기가 어려워 그는 귀를 쫑긋거리며 고민했다. 혹시 보증을 서줄 수 없다는 소리가 아닌가 애가 탔다. 큰이모네 집까지 알리게 되면 큰일나는데. 그러나 순사는 알아들었는지 고개를 끄덕이며 동감을 표시했다.

"아무튼 선생께서 이 소년을 보증하신다면 훈방조처를 하도록 하겠습니다."

모리나까가 문득 꿈에서 깨어난 표정을 지었다.

"거, 좀 지나친 처사가 아닙니까? 아이들이 장난치다 전찻길에 뛰어든 정도인데 보증이니 훈방이니 하는 건."

갑자기 순사가 탁 소리가 나도록 발뒤꿈치를 갖다붙이며 차렷자세를 취했다.

"지금이 일로전쟁중이라는 사실을 잊으신 모양입니다. 황송하옵게도 천황폐하께선 전시엔 후방도 전방도 따로 없으며 일반국민들도 군인들과 다름없이 정신을 바짝 차리고 거국일치로 단결해야만 승리한다고 말씀하셨습니다."

모리나까도 뒤따라 얼른 차렷자세를 하며 대답했다.

"그렇지요. 그렇군요. 하는 수 없으니 제가 보증하는 것으로 하겠습니다."

모리나까는 도장을 찍고 돌아서서 그의 어깨를 툭툭 쳐 일으켰다.

"그만 가자. 얘야, 이런 일은 딱 한번만이다. 이번 일은 돌아가신 네 아버지를 생각해서 한 일이니까, 앞으로는 네 혼자 힘으로 세상을 헤쳐

나가는 거다. 그러니 말과 행동을 십분 주의하도록 해라."

연민에 차 있으면서도 엄격한 목소리였다. 그는 풀이 죽어 고개를 푹 수그린 채 모리나까를 따라 파출소를 나섰다.

거리는 이미 어둑해지고, 사람들은 바쁜 걸음으로 집으로 돌아가고 있었다. 음식점들이 늘어선 거리를 지나치려니 포렴(布簾) 너머로 불빛이 환하게 빛났다. 국숫집에서는 가다랭이 국물을 끓이는 구수한 냄새가 새어나왔고 그 옆으로 어묵을 튀기는 좌판도 있어 고소한 기름냄새가 진동했다. 그의 배에서 꼬르륵 소리가 났다. 모리나까는 우동을 먹고 들어가라고 했다. 우장춘은 고개를 저었다. 아버지의 친구가 아니라면 국수 한그릇이라도 신세를 질 수 없었다.

"네 어머닌 요즘 행상을 다닌다면서? 그럼 집에 가봐야 저녁밥을 차려줄 사람도 없을 게 아니냐?"

아버지 없는 그들의 생활을 모리나까는 잘 알고 있는 모양이었다. 우장춘은 고개를 갸우뚱거리다 올려다보고 물었다.

"이제부터 아저씨는 아버지하고 친구가 아니게 된 건가요?"

"참 어려운 질문을 하는구나. 친구였다가 아니게 될 수 있기는 하지…… 난 네 아버지를 많이 존경했다. 인물이었지. 문무겸전(文武兼全)의 드문 호걸이었다. 척 보기만 해도 누구나 저절로 존경심을 품게 되는 그런 사람이었단다. 하지만 세상이 하도 빠르게 변하고 있으니 이제는 그런 분이 설 자리가 있을지. 이젠 동양의 정세도 달라졌어. 사사로운 인정에 끌려 국사나 국가간의 문제 같은 큰일을 판단하려고 해선 안되게 되었다. 너도 그 점을 명심해두어라. 어쩌면 그분도 전쟁 직전에 죽어서 안 보게 되어 잘됐다고 생각할지도 모르겠다…… 그래, 이런 문젠 네가 어른이 되면 저절로 다 알게 될 거다. 잘 가거라."

모리나까는 횡설수설하면서 우장춘의 손을 꼭 붙잡고 한참을 있다가

놓아주었다. 그러고는 하까마(일본식 남자 예장용 하의) 자락에서 찬바람이 일도록 휙 돌아서서 가버렸다. 우장춘은 얼떨떨해서 한참을 그냥 서 있었다. 모리나까의 케따굽이 딸깍거리는 소리가 오랫동안 귓전을 울렸다.

어쩌면 그게 모리나까라는 사람으로서는 아버지에게 마지막 작별을 고한 것일지도 모른다는 생각이 든 것은 우장춘이 어른이 된 다음이었다.

3. 센진노꼬(鮮人の子)

그날 저녁 모리나까는 자기네 서생을 보내 어머니에게 사건의 전말을 알렸다. '대단한 소동이랄 건 없지만 아이를 양육하는 입장에서는 반드시 알고 있어야 하겠기에' 전한다고 했다. 어머니는 깜짝 놀랐으나 예전처럼 기절하거나 눈물을 흘리지 않았다. 우장춘은 그것만 해도 마음이 놓였다. 꿋꿋이 살자는 약속을 어머니는 지키고 있는 것이다.

서생이 간 뒤, 어머니는 우장춘을 불러앉히고 자초지종을 캐어물었다. 그는 솔직하자고 다짐하면서 세세하게 대답했다. 그리고 어머니는 벌을 주었다. 베개를 들고 방구석에 서 있는 거였다. 처음엔 별것 아닌 듯했으나 시간이 흐르자 팔이 저렸고, 주저앉고만 싶어졌다. 어른이 베는 커다란 메밀베개여서 무겁기 짝이 없었다. 다시는 안 그러겠다고 빈 다음에야 그는 베개를 내려놓을 수 있었다.

전차사건은 그것으로 끝나지 않았다. 며칠 지나지 않아 온 동네사람들이 알게 되었다. 인력거집과 친척인 전차 차장이 소문을 퍼뜨린 것 같았다. 위험한 장난을 쳤다고 모두 놀랐고, 타로오와 우장춘은 소동의 주범으로 온 동네의 눈총을 받았다. 아이들은 혼도오리를 제멋대로 뛰어다니지 못하도록 엄하게 잡도리를 당하였다. 인력거집 주인영감은 화가 나면 순사보다 더 무섭다고 들었는데, 그 아들인 타로오는 정말 혼이 난 모양이었다. 그 집 영감은 아들이 뒤에서 못된 장난을 사주했다고 멜대로 마구 후려팼다는 소문이었다.

타로오는 일이 커진 원인이 우장춘에게 있다고 주장했다. 입이 싼 비겁자라고 원망하였다. 그는 자기가 소문을 퍼뜨린 게 아니라고 말했으나 듣지 않았다. 어쩌면 일이 벌어진 다음에 솔직하게 해명하고 나서는 것은 소용없는 짓인지도 몰랐다. 말을 하면 할수록 시끄러워지고 원망은 커질 따름이었다. 하는 수 없었다. 아버지 말씀대로 사내대장부답게 묵묵히 참고 견뎌야 하는데 입을 연 게 잘못인지도 몰랐다.

우장춘은 말이라는 문제로 부대끼고 있었다.

자신은 솔직하려고 사실대로 말할 뿐인데도 사람들은 어린게 말이 많으니, 변명을 잘하느니 하면서 화를 낸다는 점이 이해가 되질 않았다. 아무리 가만있으려고 해도 사람들이 틀린 소리를 하거나, 잘못한다는 게 빤히 보일 때 그걸 지적하지 않고 그냥 넘어가기가 어려웠다. 입이 근질거렸다. 때로는 말하려고 나서는 자신의 팔뚝을 꼬집기도 하고, 심지어는 허리끈을 입에 물고 질겅질겅 씹어도 보았다. 그래도 말은 자꾸 튀어나와 사람들에게 잘난 체한다는 눈총을 받게 만드는 거였다.

후지노 노마님이 바로 대표적인 예였다. 전차사건이 알려지자, 거 봐라, 걔가 그런 애라니까, 하고 무릎을 치며 대놓고 구박하기 시작했다. 말끝마다 같은 남자애라도 구용현은 얌전하고 착한데, 우장춘은 싸돌아다니며 말썽이나 피우니 큰일이라고 토를 달곤 했다.

'어른들은 아무것도 모르면서, 정말 불공평해.'

속에서 뜨거운 것이 불끈거렸다.

따져보면 구용현은 어리다고 작은이모가 밤이나 낮이나 품에 끼고 내놓질 않으니 말썽을 피우려도 피울 기회가 없어서 얌전한 거였다. 게다가 몸이 허약하다는 핑계로 인력거를 대기시키지 않으면 대문 밖에도 못 나가게 하는 형편이었다. 그에 비하면 우장춘 자신은 헛구역질을 하거나 말거나, 밥을 먹거나 못 먹거나 아무도 신경쓰지 않았고, 두부를 사오라느니, 말을 전하라느니 하는 심부름으로 하루종일 쫓기는 토끼처럼 빨빨거리고 돌아다니는 터였다. 그런데도 두 사람을 똑같이 놓고 비교한다는 것은 공평하지 않았다. 그것을 지적하면 어른들은 어린 게 말 많고 따지기 좋아한다고 꾸지람을 했고, 그러니 앞날이 걱정이라고 염려해주는 체, 한숨을 덧붙이는 거였다.

우장춘은 사사건건 자신과 비교되는 두 살 아래인 구용현이 얄밉기 짝이 없었다. 작은이모가 동생을 보라고 하면 슬그머니 달아나버렸고, 그래서 더욱 노마님 눈밖에 났다. 그러다 막내이모부가 광업시찰이 끝나 조선으로 돌아간다고 작은이모와 구용현을 데리고 떠나버리자 그는 간신히 숨을 쉴 수 있었다. 그래도 노마님의 눈총은 여전했다. 견디다 못해 골목에 나가면 거기에는 아이들의 원망 섞인 눈총이 기다리고 있었다. 다정했던 켄도 아이들 뒤에 숨어 눈치만 보았다.

하루는 타로오가 다가와 말을 걸었다.

"네 아버지는 조선사람인데, 도끼에 맞아서 죽었다며?"

우장춘은 눈앞에 피 웅덩이의 영상이 확 떠올랐다. 구역질이 났다. 타로오가 목청을 높이며 손가락질했다.

"열등한 국민은 확실히 다르다. 자기들끼리 싸우다 죽이고. 이젠 구역질도 하네. 너희들 다 들었지? 울 아버지가 그러는데 조선은 열등국이래. 센진노꼬는 열등국민이고. 애네들 때문에 전에 우리가 중국하고 싸웠는데 이겼고, 이제는 또 러시아하고 싸우는 거라고 하더라."

"조선은 열등국 아냐. 누가 그래?"

우장춘은 지지 않으려고 맞받았다.

"다 알아. 넌 센진노꼬잖아. 열등국민이라서 돈도 한푼 없는 거지야. 그래서 엄마가 행상을 다니는 거지."

"아냐, 돈 있어."

"그런데 왜 남의 집에서 신세를 지고 있냐? 센진노꼬라서 거짓말한 다. 야, 빨랑 너네 나라로 가버려. 왜 남의 나라에 와서 폐를 끼치냐? 거 지, 거짓말쟁이야."

아이들은 타로오를 따라 일제히 센진노꼬라고 합창하며 그에게 손가 락질했다.

"아니라니까 센진노꼬라고 하지 마."

우장춘은 악쓰며 대항했으나 눈물이 질금질금 비어져나오는 것을 감 출 수가 없었다. 눈물을 보고 아이들은 더욱 신이 나서 떠들어댔다. 아 버지가 죽은 뒤로 그는 눈물이 많아졌다. 사내대장부니까 울면 안된다 고 다짐하곤 했으나 참아지지 않았다. 그래서 더욱 분통이 터졌다.

"야, 센진노꼬가 드디어 질질 짠다."

"센진노꼬는 걷는 것도 다르다. 열등국민이라 어쩔 수 없어. 저번에 센진노꼬 엄마가 시장에서 걸어가는 거 나는 봤지롱. 얼마나 우습던지 배꼽잡는 줄 알았어. 배불뚝이 개구리처럼 배를 쑥 내밀고 엉덩이를 뒤 뚱뒤뚱 흔들면서 걸어가는 거야. 봐, 우습지?"

타로오가 아이들 앞에 나서더니 배를 내밀고 궁둥이를 흔들며 걷는 흉내를 냈다. 머리에 무거운 보퉁이를 인 시늉으로 목을 움츠리고 배만 쑥 내민 자세여서 여간 우스꽝스럽지 않았다. 아이들이 폭소를 터뜨렸 다. 타로오는 신이 나서 배를 팡팡 두들기며 다리를 절름거리기 시작했다. 웃음소리가 더욱 커졌다. 우장춘은 머릿속이 하얗게 바랬다. 타로오에게 덤벼들었다. 멱살을 잡고 쓰러졌다. 주먹을 마구 휘둘렀다. 타로오도 만만치 않았다. 둘은 흙바닥에서 뒹굴며 엎치락뒤치락 싸웠다. 힘이 비슷한지 쉽게 결판이 나지 않았다. 우장춘은 눈을 질끈 감고 무조건 주먹질을 퍼부었다. 많이 맞기도 했지만 아픈 줄도 몰랐다. 드디어 콧대가 시큰하더니 뜨뜻한 피가 흘러내렸다. 순사 온다는 고함소리가 들렸다. 아이들이 우르르 달아났다. 어느 틈엔지 타로오도 달아나버렸다. 우장춘은 혼자 남아 땅바닥에 주저앉아 한없이 흐느꼈다. 도무지 눈물이 그치질 않았다.

어머니가 들어오기 전 그는 우물에서 얼굴을 깨끗이 씻고 옷에 묻은 싸운 흔적도 말끔히 지웠다. 어머니를 걱정시키고 싶지 않았다. 그러나 밤이 되자 인력거집 아주머니가 달려와 항의하는 바람에 탄로나고 말았다. 아주머니는 엄청나게 큰 몸집으로 현관문을 가로막고 서서 삿대질을 했다.

"도대체 이 집에선 아들을 어떻게 가르치는 겁니까?"

어머니는 행상 보따리를 정리하다가 얼른 현관으로 나갔다. 들어오라고 권했으나 아주머니는 꿈쩍도 하지 않고 문을 가로막고 서 있었다. 뒤편으로 동네사람들이 몰려와 기웃거렸다. 우장춘은 얼른 이불을 뒤집어쓰고 웅크렸다. 숨소리도 죽였다. 아주머니 눈에 띄지 않으려는 속셈이었다. 아주머니는 어머니가 고개를 굽실거리자 더욱 기세등등해져서 소리쳤다.

"지금이 어떤 시국인데, 위험한 장난을 쳐서 파출소에 잡혀가지를 않나, 이제는 남의 집 아이를 상처투성이가 되도록 두들겨패기까지 하고. 이런 불량소년이 동네에 있으니 어디 마음놓고 자식을 기를 수가 있습니까?"

아주머니는 불량소년이라는 말에 힘을 주며 떠들어댔다. 사람들이 웅성거렸다. 어머니는 어찌할 바를 모르고 허둥거렸다.

"무슨 일인지……"

"아니, 모르세요? 이 집 아들이 우리 타로오를 얼마나 두들겨팼는지, 상처투성이를 하고서 들어왔지 뭡니까? 타로오 아버지가 알면 얼마나 화를 내실지 모릅니다. 이 일을 대체 어떻게 수습하실 거예요?"

어머니는 얼굴이 핼쑥해졌다.

"아이들끼리 싸운 것이군요?"

"아이들끼리 싸움도 어느정도지요. 그렇게 죽도록 두들겨패는 법이 어디 있습니까? 사방이 상처투성이인데다 퉁퉁 부어서 눈도 못 뜰 지경 이란 말입니다."

"죄송합니다. 제가 장사를 한다고 밖으로 나돌다보니 아이 단속을 제대로 못했습니다. 제 잘못입니다. 죄송합니다."

사정을 짐작한 어머니는 무조건 머리를 조아리며 사과했다.

"죄송하다고 말하면 단가요? 듣자하니, 이 집은 비국민이라고 하던데, 그렇다면 남의 나라에 와서 신세를 지는 주제에, 이렇게 말썽을 피워도 괜찮은가요? 비국민이 너무 건방지지 않습니까?"

아주머니의 그림자 뒤에서 그렇지, 이 집은 비국민이야, 하는 속삭임이 퍼져갔다.

"죄송합니다. 뭐라고 사죄를 드려야 할지. 아이를 잘 타이르겠습니다. 용서하십시오."

어머니는 사과하면서 더욱 깊숙이 절을 했다. 아주머니는 한참을 떠들고 나서도 분이 풀리지 않았는지 씩씩거리면서 돌아갔다.

우장춘은 무릎에 코를 박고 엎드린 채로 이불 밖 동정을 엿보려 했으나 눈물이 자꾸 앞을 가렸다. 어머니가 보면 또 운다고 꾸중할 거였다.

울려고 한 게 아닌데. 나도 모르게 자꾸 눈물이 나는 건데.

우장춘은 주먹을 부르쥔 채 두 눈을 마구 비볐다. 주먹이 축축하게 젖었다. 발소리가 들렸다. 타따미를 밟는 가벼운 발소리. 어머니였다. 그는 꼼짝도 하지 못하고 기다렸다. 초조했다. 어머니가 이불을 휙 잡아젖혔다.

"똑바로 앉아라."

그는 꼼짝도 하지 못했다. 등이 무방비로 노출되어 허전했으나 감히 얼굴을 들 수가 없었다.

"바로 앉아보라니까."

어머니의 목소리가 낮아지면서 떨렸다. 또 우는가 하고 그는 벌떡 몸을 일으켰다. 어머니가 그의 눈을 똑바로 들여다보았다. 어머니 눈의 흰자위가 빨갛게 핏발이 서긴 했으나 눈물 없이 메말라 보였다. 다행이었다.

"또 우냐?"

어머니가 엄하게 물었다. 그는 억지로 눈물을 삼키고 대답했다.

"절대 안 울려고 했는데 나도 모르게…… 내가 먼저 싸움을 건 게 아닌데…… 나만 때린 게 아닌데, 나도 코피가 나도록 맞았는데…… 타로오가 자꾸 센진노꼬라고 놀리니까……"

더듬더듬 설명하다보니 설움이 북받쳐서 그는 왕 하고 울음을 터뜨리고 말았다. 어머니가 묵묵히 그의 눈가를 닦아주었다. 손길이 다정했다.

"그러니까 아이들이 널 센진노꼬라고 불러서 약이 올랐단 말이지? 하지만 타로오가 틀린 말을 한 건 아니잖니? 네 아버지는 조선사람이고 그러니까 너도 당연히 조선사람의 아들이지, 그렇지? 맞는 소리를 듣고 화를 내면 안되지. 너는 조선사람의 아들이라는 게 부끄러우냐? 아버지는 당신이 조선사람이라는 사실을 자랑스럽게 여기셨는데?"

"그런 게 아니라, 자꾸 놀리니까, 참을 수가 없어서……"

어머니는 땅이 꺼져라 한숨을 내쉬었다.

"사내대장부는 눈물을 보여선 안된다고 하신 아버지의 말씀을 벌써 잊었니? 아버지가 살아 계셔서 이런 네 모습을 보면 얼마나 실망하실까? 아버지는 네가 당당한 사내대장부가 될 거라고 기대하셨는데. 아무 데서나 눈물 흘리는 버릇이랑, 변명하는 버릇이랑 앞으로는 하지 마라. 그래야 아버지가 바라시던 대로 사내대장부가 되지. 이걸 간직하고 있다가 앞으로 눈물이 나올 것 같거나 변명이 하고 싶어지거든 아버지를 생각하렴."

어머니는 고리짝을 당겨 뒤적거리더니 겹겹이 헝겊으로 싼 것을 꺼내 그의 눈앞에서 풀어 보였다. 그는 순간 흠칫 떨었다. 몇겹으로 싼 그 속에는 시곗줄이 들어 있었다. 피비린내가 진동하던 어둑한 방안에 흐릿하게 떠올라 번쩍거리던 금빛 시곗줄. 회중시계는 없고 줄만 남아 있었다. 어머니는 시곗줄을 그의 손바닥에 올려놓고 쥐여주었다.

"이 줄을 품에 간직하고 아버지를 기억하렴. 시계는 박영효 대감께서 아버지의 용기를 기리느라 상으로 내리신 것이란다. 시계를 없애야 했던 게 정말 애석하구나. 네게 유품으로 남겨주려고 했는데…… 이 줄이라도 잘 간직해라. 아버지는 진정한 사내대장부였단다. 공평무사하고 솔직담대한. 그러니 너도 울거나 변명하지 마라. 부당하게 세상 모두가 나를 오해하더라도 눈물 없이, 말없이 꿋꿋하게 참고 견뎌야 그게 바로 사내대장부니까. 아버지는 조선에선 신분이 높은 분이셨다. 구대나 장교를 지낸 집안의 적장손(嫡長孫)이라며 자부심이 대단하셨지. 아버지도 조상님들과 마찬가지로 장교가 되었다가 나중에는 훈련대 대장을 지내셨다. 일본으로 따지면 천황폐하를 모시는 군대의 대장이란다. 그런 높은 신분으로 조선을 문명개화의 나라로 만들려고 하다가 반대파에게 밀려 일본으로 망명하신 거란다. 너는 그런 가문과 아버지를 기억하고 자랑스럽게 여겨야 한다. 그에 어울리는 아들이 되려고 노력해야 한단다. 너를 낳았을 때, 아버지가 얼마나 기뻐하셨는지 모른단다. 강보에 싸인 너를 들여다보고 또 보면서, 조선에서도 얻지 못한 아들을 이역만리 일본에 와서 얻게 될 줄 누가 알았겠느냐고 감탄을 하시곤 했지. 너를 얻어 대를 잇게 되었으니 조상님들 뵐 면목이 선다는 말씀도 하시고. 나중에 보니 한성에 연락할 방도를 어떻게 찾아내셨는지, 너를 우씨 집안 장손으로 호적에 올리도록 손을 써놓으셨더구나. 그 정도로 너를 귀애하셨다. 그러니 너도 아버지를 자랑스럽게 여기도록 해라. 동네 아이들과 다툼질하지 말고 아버지의 뜻을 받들어 조선에 쓸모 있는 사람이 되도록 노력하여라. 앞으로는 아버지의 아들다운, 당당한 사내대장부가 되어다오. 엄마하고 약속할 수 있지?"

어머니는 꿋꿋하게 말했으나 표정은 슬퍼 보였다. 그는 얼결에 무조건 고개를 끄덕였다. 그는 덩그러니 줄만 남은 시곗줄을 받아쥐고는 꼭 사내대장부가 되겠다고 굳게 약속하였다.

그렇다고 아이들과의 싸움을 그만두지는 못했다. 센진노꼬라는 놀림은 그치지 않았고, 따돌림이 점점 심해지더니 나중에는 그에게 돌멩이를 던지기까지 했다. 천한 백정이 나타나면 피하면서 돌멩이를 던지는 것과 같았다. 그럴 때마다 우장춘은 아버지를 생각할 겨를도 없이 불끈거리는 성미에 휩쓸려 툭탁거리며 싸웠다. 그래도 많이 참는 편이었고, 상대방을 죽어라 두들겨패거나 하지는 못했다. 동네 아주머니들이 또 어머니에게 달려가 항의를 하는 일은 생기지 않도록 하기 위해서였다.

그 때문에 그의 낮은 평화롭지 못했다. 밤에도 날이 갈수록 불러오는 어머니의 배가 아슬아슬해서 지켜보느라 마음이 편치 못했다. 날이 따뜻해지면서 어머니의 배는 엄청나게 불러왔다. 볼 때마다 동네 아이들 말대로 빵 하고 터지는 게 아닌가 싶어 가슴이 두근거렸다.

여름 초입, 집집마다 문간에 잉어 모양의 깃발이 내걸려 나부꼈다. 남자아이의 무병장수를 비는 단오절의 풍속이었다. 어머니는 유난히 예쁘게 색칠한 잉어깃발을 사다 문간에 걸었고, 그를 데리고 창포탕에 다녀왔다. 풀냄새 향긋한 물로 목욕을 하고 돌아오는데, 미리 온 여름의 햇살이 유난히 눈부셔서 신작로가 하얗게 바래어 끝이 없는 것처럼 느껴졌다.

집안청소를 했다. 구석구석 먼지를 털고 쓸었다. 그도 양동이에 물을 길어다 걸레를 빨며 도왔다. 벌써부터 더워져 이마에 땀이 송골송골 맺혔다. 청소가 끝나자 어머니는 볕이 드는 툇마루에 앉았다. 그 앞에는 햇볕이 잘 들지 않는 작은 화단이 있었고, 거기 벚나무는 꽃은 이미 지고 잎이 푸르게 돋아 무성했다. 어머니는 볕이 닿지 않는 담 그늘을 물끄러미 응시하며 앉아 있었다.

"이리 좀 와서 앉아보렴."

그는 무릎걸음으로 다가가 어머니의 얼굴을 보았다. 눈밑에 검은 그늘이 짙게 드리웠다.

"벌써, 여름이 왔구나. 이제 몇살이더라?"

"여섯살."

"아냐, 넌 부처님 생일 부근에 태어났으니까 일곱살이라고 해야 맞지. 너를 낳았을 때 아라이(新井) 스님이 몸소 오셔서 축원도 해주셨는데…… 그 스님 기억나니? 아버지와 나를 중매해주신 분인데. 하긴 너무 어릴 때라 기억나지 않겠구나. 내일은 아라이 스님이 오실 거란다."

퍽이나 상기된 어조였다. 여린 연두색 이파리 하나가 바람에 날려 나풀거리다 어머니의 치마폭에 내려앉았다. 어머니는 잎을 집어 들여다보다가 점차 얼굴을 발그레하니 물들였다.

"아라이 스님이 아버지 사진을 갖고 와서 결혼하겠느냐고 물으시던 게 떠오르는구나. 얼마나 가슴이 떨렸는지. 아버지는 키도 훤칠하니 크고 아주 잘생긴 분이셨지. 한번은 내가 일하는 후지와라(藤原) 댁 앞을 지나가실 거라고 해서 문틈으로 몰래 엿본 적도 있단다. 눈이 부셨다. 그후론 다른 남자는 아예 눈에 들어오질 않더구나. 병학에 조예가 높으셔서 조선에서는 군부대신조차 부하인 아버지에게 물어보고 일을 결정할 정도였다고 들었다. 그에 비하면 나는 글자도 모르는 무식한 하녀일 뿐이니, 과연 그렇게 잘난 분과 맺어질 수 있을까 의문스러웠지. 그런 마음도 모르고 스님은 또 찾아와 물으시더구나. 아버지는 적이 많아서 앞날을 보장하기 어려운 풍운아인데, 그래도 결혼해서 살 마음이 있느냐고. 그래서 내가 그랬단다. 사람은 누구나 앞일은 모르면서 살아가지 않느냐고. 앞일이 어떻게 될지 미리 알고 살아가는 사람은 없다고. 그랬더니 스님은 당돌하긴 해도 맞는 말이라며 무릎을 치며 웃으셨어. 그렇게 스님이 중간에 애써주셔서 아버지와 난 결혼하게 되었고…… 앞으로 너는 아라이 스님하고 같이 지내게 될 게다."

"예?"

갑작스레 말이 바뀌어 그는 잘못 들었는가 싶었다. 어머니는 여전히 벚나무 우듬지에 시선을 준 채 같은 어조로 담담하게 말을 이어갔다.

"도저히 너랑 같이 살 형편이 안되니 무슨 수를 내야만 했단다. 살아갈 방도가 없구나. 곧 동생도 태어날 텐데, 모아둔 돈도 한푼 없고, 더이상 행상을 다닐 몸은 안되고, 일자리가 있는 것도 아니고, 정말 막막하구나. 그래서 아라이 스님에게 편지를 드렸더니 남쪽지방에 볼일이 있어서 내려오시는 길에 들르겠다고 답장을 주셨다. 너를 토오꾜오에 데려가 절에서 살도록 해주시겠다고. 아라이 스님은 좋은 분이란다. 외할아버지와 친구였고 네 아버지와도 동지나 다름없으신 분이란다. 그러니 그분을 따라 토오꾜오에 가 있으럼. 절에서 기다리고 있으면 엄마가 돈을 많이 벌어서 찾으러 갈게."

순간 우장춘은 어머니와 헤어져야 한다는 사실만 머릿속에 번쩍거렸다. 왜? 온갖 이유가 바쁘게 오갔다. 누가 아이들과 자주 싸움을 한다고 일러바쳤을까? 아니면 밥을 많이 먹는다고 노마님이 말했을까? 그러니 아주 멀리 보내라고? 토오꾜오까지?

"안돼요, 엄마. 난 절대 안 갈 거예요. 왜 나를 스님에게 보내려고 해요? 내가 아이들하고 자꾸 싸워서 그래요? 밥을 많이 먹는다고 큰이모네서 이젠 오지 말라고 그래요? 앞으로는 절대 안 그럴게요. 아이들이 아무리 놀려도, 아무리 돌을 던져도 꾹 참고 싸우지 않고요. 울지도 않을 거고요. 밥도 아주 조금만 먹을게요. 큰이모네 집에 가면 밥을 아주 안 먹을게요. 그러면 괜찮죠? 네? 그냥 엄마하고 같이 살래요."

그는 또 눈물이 솟구쳤으나 얼른 눈물을 훔치고 이를 악물었다. 어머니도 전염된 것처럼 눈가를 붉게 물들였다.

"그래서 그러는 게 아니란다. 너하고 둘이서는 도저히 방법이 없어서…… 앞으로 스님을 따라 토오꾜오에 가거든 울거나 따지거나 하면 안된다. 당당한 사내대장부가 되어야 한다는 걸 잊어선 안된다. 시곗줄을 꼭 간직하고 있다가 힘들 땐 아버지를 생각해라. 아버지는 너를 얼마나 귀애하셨는데…… 얘, 네가 잘못해서 이러는 게 아니라니까. 그만 눈물 닦아라. 엄마를 도와주는 셈치고 스님을 따라가 기다리고 있으럼. 엄마가 동생을 낳고 돈을 모으면 꼭 널 찾으러 갈 테니까."

다음날 우장춘은 어머니의 손을 잡고 쿠레 역으로 나갔다. 화창하고 더웠던 어제와 달리 음산하니 흐리고 가끔씩 비가 추적추적 내렸다. 그 때문에 기차가 내뿜는 허연 증기는 허공으로 솟아오르지 못하고 옆으로 길게 누워서 기차를 따라다녔다. 검댕이 섞인 석탄 증기가 플랫폼 가득 떠돌았다.

아무리 궁리해봐도 우장춘은 아라이 스님이 어떤 사람인지 상상이 되지 않았다. 마음이 자꾸 들썽거렸다. 제발 무서운 사람은 아니어야 할 텐데. 조선사람을 비국민이라고 싫어하지 않아야 할 텐데. 문득 아버지의 비석이 있는 신응원의 무서운 사천왕상이 눈앞에 어른거렸다. 퉁방울눈을 부릅뜨고 험상궂은 표정을 한. 그렇게 무서운 사람이면 어떡하나? 무서우면 안 그러려고 해도 자꾸 눈물이 날 텐데⋯⋯

히로시마에서 오는 기차가 서서히 속도를 줄이며 플랫폼으로 들어섰다.

4. 토오꾜오, 희운사

　아라이 스님은 뚱뚱한 체격에다 분홍빛 도는 피부, 끝이 느른한 날카로운 코를 갖고 있었다. 빙글빙글 웃으며 잠자코 있다가 누가 말을 꺼내면 그제야 깨달았다는 듯 그렇지 하면서 손바닥으로 자기 이마를 철썩 치는 버릇이 있었다. 퍽이나 마음씨 좋고 낙천적으로 보였다. 옛 전설의 재물을 가져다주는 분홍빛 괴물 텐구(天狗)를 닮았다. 그러나 겉보기와 달리 같이 지내보니 편안치가 않았다. 우선 말수가 적어 친근감을 가지기 어려웠다. 먼저 말을 거는 일은 거의 없었고, 이야기를 나눌 때면 가만히 눈을 빛내면서 상대를 뚫어져라 들여다보는 품이 마음속까지 샅샅이 살피는 것 같아 어색하고 불편했다.

　스님을 따라 토오꾜오에 도착하는 데 무려 일주일이나 걸렸다. 도중에 볼일이 있다면서 오까야마(岡山) 등지에 머물렀고, 토오꾜오로 가는 기차를 갈아타려고 나고야(名古屋)에서도 하룻밤을 잤기 때문이다. 밤에는 주로 스님이 아는 집에 가서 신세를 졌는데, 매번 크고 오래된 저택들에다 험상궂게 생긴 낭인 모습의 남자들이 득시글거린다는 게 공통점이었다. 때로는 하오리(키모노 위에 입는 도포) 위에 가문의 문양이 찍힌 몬스기(문장이 찍힌 겉옷)까지 정식으로 갖춰입고, 칼을 찬 무사차림의 남자들이 잔뜩 모여 있기도 했다. 그중 문신이 있는 상반신을 드러냈거나, 흉터투성이의 얼굴에 매서운 눈매를 가진 남자들의 모습은 어린 우장춘을 겁먹게 하기 충분했다.

어디를 가든 남의 눈을 피해 음모를 꾸미는 듯한, 비밀결사의 음침한 그늘이 느껴졌다. 그래서 스님의 정체가 더욱 아리송했다. 언뜻 보기에는 솔직하고 낙천적인 인상이라 평생을 환한 양지쪽만 밟으며 살아온 것 같은데, 그런 스님이 만나는 사람들은 한결같이 침침한 그늘을 드리운 인상인 게 영 어울리지 않았다. 그러나 어디가 어디인지, 무엇이 무엇인지, 우장춘은 뚜렷하게 기억하지 못했다. 어린 우장춘의 머릿속은 수시로 변하는 낯선 풍경들이 뒤죽박죽 뒤엉켜 와글거렸고, 기차를 타고 있지 않을 때도 기차바퀴의 진동이 얼얼하도록 몸을 뒤흔들었다.

토오꾜오 신바시(新橋) 역에서 기차를 내렸을 때는 늦은 오후였다. 소문대로 신바시 역은 크고 웅장한 석조건물이었다. 역 광장에서 뻗어나간 도로들은 모두 넓고 혼잡했으며, 인파가 들끓었다. 토오꾜오는 막 부서지면서 동시에 새로 지어지고 있는 것처럼 보였다. 길 양쪽에 늘어선 건물들은 뜯기거나 헐리는 중이었고, 새로 지어지는 건물들은 양관(洋館)풍으로 서너 칸 뒤로 물러나 있었다. 인력거와 수레가 뒤엉키듯 함께 달렸으며, 땡땡 종소리를 울리는 것은 역시 전차였다. 도로 양옆으로는 가로등과 전봇대, 무성한 버드나무 가로수가 죽 늘어섰다. 축제일처럼 많은 인파가 서로 밀치며 바쁘게 걸어다니고 있었다. 어디서 뿌우 하고 나팔소리가 들리나 했더니 마차 한대가 우장춘의 발등을 칠 듯 스치고 지나갔다. 그는 눈이 휘둥그레져서 시선을 고정시킬 수가 없었다. 스님이 빙긋 웃으며 그의 어깨를 툭툭 쳤다.

"놀라지 마라. 서양이 삼백년 동안 이룩한 문명개화를 일본은 메이지 삼십년 동안 따라잡느라고 바쁜 거란다."

비스듬히 기운 하오의 햇살이 역 광장을 따갑게 내리쬐고 있었다. 기차에서 내린 사람들이 광장 한편에 대기하고 있는 인력거꾼들과 차비를 흥정했다.

"우리는 어떡할까? 걸어서 가도 되겠지? 우리 절은 네가 태어난 홍고오(本鄕)라는 동네와도 멀지 않단다. 스미다(隅田) 강을 긴 언덕에 있지. 인력거나 철도마차를 타면 편하기는 하겠지만 걷는 것도 수행이라고 생각하자."

같이 여행을 시작한 뒤 처음으로 스님은 예전부터 아는 사이라는 것을 드러내어 말했다. 그는 목마른 참에 우물을 만난 것 같아 반색하며 스님을 올려다보았다. 어느새 서먹한 느낌은 사라지고 어머니 말씀대로 친척 어른을 만난 것처럼 정답게 느껴졌다.

"그럼 스님도 아버지와……"

친구였느냐고 물으려다가 그는 입을 다물었다. 종잡을 수 없었던 모리나까의 말이 떠올랐던 것이다. 같은 말을 듣게 될까봐 두려웠다. 국익을 위해서는 이제 친구가 아니게 되었다는 것은 무슨 소리일까? 아버지가 모리나까나 일본이란 나라에 무슨 잘못을 저질렀다는 뜻일까? 고영근의 손에 죽은 것 말고 또 어떤 잘못이 있었을까? 아무리 곱씹어봐도 알 수 없었다. 스님이 그렇지, 하면서 반들거리는 이마를 철썩 때렸다.

"너에게 미리 말을 해둔다는 걸 잊고 있었구나. 이 토오꾜오에는 너의 아버지, 우범선을 기억하는 분들이 많이 사신단다. 넌 차차로 그분들을 뵙게 될 것이다. 그러니 그분들이 실망하지 않도록 열심히 노력하는 자세를 보여야 한다. 우리는 네가 기대에 부응하는 한, 어디까지나

네 뒤를 봐주기로 작정했단다. 다시 한번 강조한다만, 네가 우리 기대에 부응하는 한 말이다, 알겠지?"

스님은 엄하게 말하면서 계약서에 도장이라도 찍듯 그의 눈을 뚫어져라 들여다보았다. 서릿발처럼 파랗게 날선 눈빛이었다. 우리가 누구이고 어떤 기대를 말하는지 몰랐으나 그는 무조건 고개를 끄덕였다. 어쩌면 아버지가 당부했듯 사내대장부가 되도록 노력하라는 소리일지도 몰랐고, 그거야 두 번 강조하지 않아도 앞으로 그렇게 되기로 단단히 결심하고 있는 터였다. 그는 허리띠 부근에 넣어둔 시곗줄을 만지작거리며 새삼 혼자 다짐했다.

해질 무렵 희운사에 도착했다. 푸르스름한 이끼가 낀 돌계단을 오르자 산문이 나왔다. 저녁 종소리가 뎅그렁뎅그렁 울려퍼지고 있었다. 인가가 있는 쪽으로는 아름드리 편백나무들로 둘러싸이고, 반대편으로는 강을 끼고 있는 크고 오래된 절이었다. 산문과 마주보는 위치에 본당이 있고, 왼쪽에는 종탑, 오른쪽에는 살림을 하는 안채가 있었다. 안채마당을 비켜 비스듬히 저쪽으로 강 언덕이 보였다. 다리 부근 강변 거리에 늘어선 창고건물들 위로 해가 지고 있었다. 하얗게 회칠한 창고 벽들이 석양을 받아 불그스름하게 빛났다. 그 위를 갈매기들이 한가로이 날고 있었다. 쿠레의 항구거리와 비슷했다. 그는 비로소 집을 떠나왔다는 실감이 들어 와락 눈물이 나려 했다.

하녀가 그들을 보자 어머머 비명을 지르며 대충 허리를 굽히더니 안에 대고 주지스님이 오셨다고 큰 소리로 외쳤다.

"토오꾜오에선 그렇게 큰 소리를 내지 않는 법이라니까. 상스럽기는. 시골에서 갓 올라온 애라 어쩔 수 없구나."

안에서 타박을 하며 중년부인이 나왔다. 갈색 줄무늬가 있는 키모노(일본의 전통 여성 의상)를 입고 머리를 틀어올린 것으로 보아 여승은 아닌 듯했다. 부인은 상냥하게 허리를 굽혔다.

"이제 오십니까? 가셨던 일은 잘되셨습니까?"

말투가 조곤조곤하고 나직했다. 그렇게 작게 말하는 게 토오꾜오식인 모양이었다.

"음."

스님은 신음도 대답도 아닌 짧은 소리를 내며 마루에 털퍼덕 걸터앉았다. 하녀가 대야에 발 씻을 물을 담아 내왔다. 대야에서 김이 났다. 스님은 신과 더러워진 버선을 벗고 발을 담갔다. 모든 게 신기하기만 하여 그는 구석에 선 채로 연신 두리번거리고 있었다. 부인이 먼저 그를 알아보았다.

"바로 이 아이입니까? 남쪽에 가면 데려올 거라던?"

"ㄱ래, ㄱ렇지. 인사ㄷ려라. 마님이시다."

우장춘은 어머니에게 배운 대로 잘 부탁드린다며 공손하게 허리를 굽혔다. 부인은 고개를 끄덕이곤 그를 세세하게 뜯어보았다. 눈빛이 곱지 않았다. 그는 환영받지 못한다고 느꼈다.

"얘도 벌써 소학교에 들어갈 나이가 된 건 아닙니까? 그럼 골치아플 텐데요? 요즘은 아이들을 강제로 소학교에 넣으라는 법이 새로 생겨서 학교 갈 나이의 소년이 있는 집에는 순사들이 일일이 찾아다니며 시끄럽게 군다고 하던데요?"

"체격이 큰 편이라 그렇게 보이는 거요. 게다가 이 아이의 호적은 일본이 아니라 조선에 있다니, 문제가 되진 않을 거고…… 세밀한 점은 차차 연구해보기로 하고…… 어쩐다? 그렇지, 테쯔오(鐵男)가 이 아이와 같은 또래겠군. 그래, 우선 테쯔오부터 불러주게."

테쯔오라는 소년은 마당을 쓸다가 불려온 듯 자기 키만큼이나 큰 싸리비를 들고 나타나 허리를 굽혔다. 스님은 수건으로 발을 닦으며 말했다.

"이번에 새로 온 아이다. 앞으로 함께 지내게 됐으니 네가 데리고 가서 잘 지도해주도록 해라."

스님과 부인은 방으로 들어가버렸다.

여름인데도 토오꾜오는 해가 지자 금방 공기가 서늘해졌다. 목덜미로 찬바람이 불어들어와 등뼈를 타고 주르르 흘러내렸다. 그는 소름이 돋았다. 테쯔오는 키는 작아도 다부지게 보였다. 둥근 얼굴에 눈꼬리가 약간 치켜졌고, 앞니 두세 개가 튀어나왔으며 오랜 풍파를 겪은 어른처럼 입가에는 자글자글한 주름이 있었다. 마음씨가 어떨지 몰라 우장춘은 한참이나 곁눈질로 살펴보았다. 스님이 사라지자 테쯔오가 히죽 웃더니 빗자루를 들어 그의 옆구리를 쿡쿡 찔렀다.

"어이, 신참, 얌전하게 날 따라오도록 해. 넌 오늘부터 내 밑에 딸린 초년병을 하는 거다."

군인처럼 단호한 명령투였다. 그는 어리둥절해서 대꾸도 못한 채 따라갔다.

수증기가 부옇게 차 있는 부엌을 지나 낭하를 걸어갔다. 별채가 나왔다. 사방에 좁은 툇마루로 둘러싸인 위아랫방이 있었다. 마루 끝에는 이층으로 올라가는 사닥다리가 있고, 그 밑이 목욕탕이었다. 아이들은 일층에서 지낸다고 했다. 그 절엔 잡일을 맡은 청지기나 하숙인들을 제외하고 소년들이 열댓 명 있다고 했다. 정식으로 고아원을 차린 것은 아니지만 이런저런 사정으로 부탁해오는 아이들을 맡다보니 숫자가 그렇게 불어난 것이라고 했다.

"마님 말씀으로는 전쟁이 일어나는 바람에 이렇게 됐다는 거야. 남자가 전쟁터에 나가서 소식이 끊어지면 남은 식구들은 먹고살 길이 없으니까 뿔뿔이 흩어지게 마련이지. 그래서 고아가 아닌데도 와 있는 애들도 많아."

테쯔오가 어른스럽게 설명해주었다.

소년들은 대체로 우장춘과 비슷한 또래거나 더 어렸고, 나이가 많은 소년은 세 명이었다. 그중 열다섯살이고 체격도 크고 건장한 하야오(雄男)라는 소년이 대장처럼 별채의 규율을 감독하면서 소년들을 보살핀다고 했다.

"그 형은 조금 있으면 군인이 돼서 만져우에 갈 거랬어. 거기서 러시아군을 백명도 더 무찌를 거래. 형들은 되게 무서운 편이니까 말을 잘 듣는 게 좋아. 안 그러면 죽어."

마침 안으로 들어오는 얼굴이 검고 어깨가 떡 벌어진 소년이 바로 하야오라고 했다. 보기에도 험상궂었고, 잇따라 들어오는 작은 소년들을 목욕탕으로 내모는 품이 어간 거칠어 보이지 않았다. 말소리도 어느 지방의 사투리인지가 섞여 억세고 무뚝뚝하게 들렸다. 우장춘은 무조건 고개를 끄덕이며 듣고만 있었다. 이것저것 신기해서 놀라느라 입을 벙긋할 겨를이 없었다.

하야오는 아이들을 죽 세워놓고 손발을 검사했다. 조금이라도 더러우면 가차없이 다시 목욕탕으로 내쫓겼다. 손종소리가 들렸다. 아이들은 얼굴을 환히 빛내면서 와, 저녁밥이다, 하고 소리치며 낭하를 우당탕 뛰어갔다. 서로를 밀치고 법석이었다. 하야오가 얌전하게 걸으라고 제지했으나 그 순간만은 아무도 듣지 않았다.

식사는 부엌 마루청과 이어진 안채 아랫방에서 했다. 무척이나 큰 방이었다. 타따미가 수십장도 더 깔린 것 같았다. 어두워지자 심지가 굵은 남폿불을 켜서 매달아놓았는데 방 네 구석에 어두컴컴한 그늘이 남을 정도로 컸다. 그을음을 내며 타오르는 남포등의 불꽃과 불공을 드리느라 피웠던 향 연기가 섞여 일반가정과는 다른 이상한 냄새가 났다.

누렇게 변한 벽지와 장지문, 그을음으로 검게 변한 기둥과 들보들이 음침해 보였다.

아이들은 알아서 두리반상을 펴고 둘러앉았다. 우장춘의 배에서는 연신 시냇물 흐르는 듯한 꼴꼴거리는 소리가 났다. 토오꾜오까지 오는 내내 마음이 들썽거려 음식을 제대로 먹지 못했다. 입안에 모래를 가득 문 것처럼 서걱거려 씹는 일도 잘할 수 없었다. 오늘 낮에도 기차 안에서 스님이 먹으라고 준 주먹밥을 한개도 다 해치우지 못했을 지경이었다. 그런데 이제는 쥐어짜는 것처럼 창자가 뒤틀렸다. 하녀가 김이 무럭무럭 피어오르는 나무밥통을 안으로 들이자 눈썹이 짙고 목이 굵으며 손발도 긴 소년이 덥석 달려들어 밥통을 껴안더니 각자의 공기에 밥을 퍼주기 시작했다.

"에이, 오늘은 전승축하라고 했는데, 그래도 또 순 감자네."

실망스러운 속삭임이 물무늬처럼 번져갔다. 공기를 들여다보니 밥풀은 몇개 되지 않고 역한 냄새를 풍기는 감자가 가득 들어 있었다. 큰이모네는 쌀을 아낀다고 무를 채썰어 넣고 밥을 지어 아랫사람들에게 먹였는데, 여기서는 무 대신 감자를 넣는 모양이었다. 이래서야 만족스럽게 먹을 수 있을 것 같지 않았다.

"누구야? 불평하는 사람?"

하녀가 허리에 양손을 대고 버럭 소리를 질렀다. 낮게 번져가던 불평이 뚝 그치고 잠잠해졌다. 소매를 걷어 드러난 하녀의 팔뚝은 굵고 단단해 보였다.

"마님께선 먹을 걸 갖고 이러니저러니 말이 많은 사람은 쫄쫄 굶기라고 하셨어. 오늘저녁에 밥 굶을 사람 있으면 나와. 시내에 나가봐. 굶어죽는 사람도 많아. 이런 시국에 배를 채울 수 있는 것만 해도 감지덕지해야지."

턱이 길어서 말상인 하녀는 용모처럼 말소리도 크고 거칠었다. 모두들 슬금슬금 눈치를 보며 마지못해 젓가락을 들었다. 우장춘도 역한 냄새에도 불구하고 허겁지겁 첫술을 떠서 입에 넣었다. 뜨거운 감잣조각이 목에 걸려 얼굴이 새빨개졌다. 그래도 도로 내놓지 못하고 된장국을 마셔 억지로 삼켰다. 목구멍이 찢어지는 것 같았다. 처음에는 배가 고파 무조건 입안으로 퍼넣었으나 점차 냄새나고 퍽퍽한 감자밥을 먹는 게 고되게 느껴졌다. 오래 저장한 모양으로 썩는 냄새가 지독했다. 참고 꾸역꾸역 두 공기를 먹었다. 아무래도 배가 찬 것 같지 않았다. 냄새가 나더라도 조금 더 먹어야 할 것 같았다. 그때 테쯔오가 그의 무릎을 쿡쿡 찔렀다.

"두 공기 먹었지? 그걸로 된 거야."

"왜? 난 아지도 배가 고픈데?"

그는 영문을 알 수 없었다. 세 공기가 정량이고 그 이상 더 먹기도 했다. 테쯔오가 더욱 목소리를 낮추었다.

"우리는 안돼. 형들 먹어야 하니까 배가 고프더라도 참아. 안 그러면 형들이 널 잡아먹을 거야."

"정말?"

"그래. 저기 저 형 좀 봐. 슈이찌(修一) 형인데, 되게 무섭게 생겼지? 저 형은 배가 고프면 사람이라도 잡아먹어야지 배가 고픈 건 죽어도 못 참는데. 슈이찌 형이 살던 신슈우(信州) 산골에서는 옛날부터 죽 그랬대. 흉년이 들어서 먹을 건 없고, 눈은 지붕까지 쌓이는 겨울철이면 꼬마들부터 차례대로 잡아먹으면서 겨울을 난다는 거야. 눈에 갇혀서 꼼짝도 할 수 없으니까 어쩔 수 없대. 무섭지? 그러니까 참아. 안 그러면 슈이찌 형이 너부터 잡아먹을 거야."

테쯔오가 은밀하게 턱짓으로 가리킨 소년은 짙은 눈썹 밑에 부리부리한 눈을 빛내며 밥통을 감시하면서 밥을 먹고 있었다. 산골출신다운 외모였다. 목도 굵고 어깨도 굵었다. 걸리면 뼈도 못 추릴 것 같았다. 그런 위협 때문인지 나이 어린 소년들은 공기에 두 번 정도 부실하게 퍼먹고는 젓가락을 내려놓는 거였다.

"너도 얼른 젓가락 놔. 이쪽을 본다. 걸리면 죽어."

테쯔오가 안달했다. 우장춘은 아쉬워서 채소절임을 집어먹고 된장국을 찌꺼기까지 말끔하게 마셨으나 그래도 배가 허전했다.

지내면서 보니 희운사에서는 먹을 것을 두고 소년들 사이에서 다툼이 심했다. 어린 소년들은 늘 배를 곯았다. 시주댁에서 제사가 있어 남은 음식을 회사하거나, 법회가 열려 떡을 찧거나 한 날이면 덩치 큰 소년들은 어린 소년들에게 제 몫을 내놓으라고 위협하곤 했다. 또 끼니때마다 하녀가 밥을 담아오는 밥통은 한창 자라는 소년들의 배를 골고루다 채워주기에는 터무니없이 작았다. 따라서 늘 배가 고픈 소년들은 자기보다 작은 소년들에게 밥을 양보하라고 을러댔고, 어린 소년들은 눈물을 머금고 상에서 물러나 우물로 가서 물로 배를 채우기도 했다. 다들 오래 저장해서 썩은 냄새가 진동하는 감자라도 좋으니까 한번 배불리 먹어봤으면 하고 소원했다.

아이들 먹이는 일에 이처럼 야박한 것을 보면 희운사도 가난한 게 분명했다.

국력을 기울여 러시아와 전쟁을 치르느라 일본의 경제사정은 극도로 악화되었다. 정부는 전쟁비용을 감당하느라 공채를 남발했고, 러시아를 이겨 조선을 식민지로 삼느냐 못 삼느냐 하는 것에 앞으로의 일본경제가 달렸다는 말로 국민의 불평을 달래고 있었다. 아무렇든지 지금으로선 전쟁 때문에 세금은 불어나고 물자부족으로 물가는 나날이 올라 일반서민들이 살기가 어려웠다. 궁벽진 시골에서는 굶어죽는 사람이 허다했고, 굶주림으로 자식을 팔아넘기는 일도 드물지 않았으며, 때로 폭동이 일어나기도 했다. 밖으로는 일본이 서구열강과 어깨를 나란히하는 강대국이 됐다고 자랑이었으나 일반서민들은 예전과 마찬가지로 끼니조차 잇기 어려운 형편이었다.

그런 서민들의 시주를 받아 살림을 꾸려가는 절의 형편은 더욱 나빴다. 한때는 이 절에도 부유하고 유력한 시주댁이 딸린 시절도 있었다고 했다. 그 때문인지 언뜻 보기에 절은 크고 호화스러웠으나 실제 생활은 곤궁하기 짝이 없었다.

"선대 주지스님이 계실 땐 절 형편이 이 정도까지는 아니었어요. 젊은 스님도 여러 분 계셨고. 그런데 우리 스님이 물려받으신 뒤로 조금씩 오그라들더니 이렇게까지 됐답니다. 전쟁이니 해서 젊은 스님 보기도 요즘은 힘들어졌고요. 이런 때일수록 우리 스님이 정신을 차리고 열심히 해주셔야 하는데, 우리 스님은 아시아라는 말만 나오면 밥 먹다가도 벌떡 일어나 뛰어가실 정도인데다, 겐요오샤(玄洋社)라는 단체에선 만져우까지 차지해야 일본이 살 수 있다고 부추기기나 하고. 우리 스님은 젊을 때부터 그 단체에 홀딱 빠져서 절 살림은 좀 건성이셨는데, 요즘은 더욱 분주해지셨지요. 이러니 절 살림이 제대로 돌아가지 않는 건 당연하지요. 정치가 아니라 시주들에게 정성을 들여야 신용이 생기는 건데…… 게다가 먹여살려야 하는 입은 자꾸 불어나니 정말 답답하답니다. 지금 데리고 있는 아이들을 먹이는 것만 해도 벅찬데, 이번에 스님은 남쪽에 가시더니 또 아이를 한명 데리고 왔답니다. 이 입들을 다 어쩌면 좋을지 모르겠어요."

주지스님의 부인이 절에 사는 하숙인이며 놀러 온 사람들에게 걸핏하면 늘어놓곤 하는 하소연이었다.

비었던 배에 음식이 들어가자 우장춘은 이번에는 잠이 쏟아지기 시작했다. 여전히 몸은 기차바퀴의 진동으로 흔들리고 있었는데, 그것도 역시 졸음을 부채질했다. 그는 낭하를 걸어가면서도 꾸벅꾸벅 졸았다. 누군가 등을 밀치거나 옷을 잡아당기기도 했으나 조느라고 일일이 대응하지 못했다. 하녀가 별채로 와서 남포에 불을 붙여주자 아이들은 벽장문을 열고 이불을 꺼내 깔았다. 모기장을 치는 것과 함께 아이들은 베개를 던지거나 하며 장난을 쳤다.

"야, 거기 구석에 있는 놈, 새로 왔지? 누구야? 인사도 없이 슬며시 잘 셈이냐?"

누군가 소리를 꽥 질렀다. 저편에서 어른거리는 그림자 중에서 튀어나온 것 같았는데, 하야오인지 슈이찌인지 분간이 되지 않았다. 그는 가물거리는 눈을 비볐고 그림자들은 더욱 짙게 엉켜들며 어른거렸다. 끔뻑거리며 멍하니 서 있는 그의 다리를 누군가 발로 차며 물었다.

"고아야? 그래서 여기 온 거야?"

말소리들이 귓전에서 와글거렸다. 그는 뭐라고 대답해야 좋을지 고심했다.

아버지가 없다, 죽었다. 우선 그 생각부터 들어 속이 메슥거렸다. 피웅덩이의 영상은 날이 감에 따라 흐려지는 게 아니라 더 선명해지는 듯했다. 아무렇든지, 그러니까 고아인가? 그래도 쿠레에는 어머니가 살아계신다. 그러나 헤어졌으니까 없는 거나 다름없는 신세가 되었다. 그러니까 고아인가? 한참을 궁리하는데, 누가 그의 정강이를 아주 세게 걸어찼다. 그는 앞으로 고꾸라지며 코를 찧었다. 다행히 바닥에 요가 깔려 있었다.

"이거 몇살인데 우물쭈물하나? 덩치는 큰 놈이 대답도 잘 못하고. 바보 아냐?"

그는 정강이를 문지르며 일어섰다.

"씨이, 솔직하게 맞는 대답을 하려고 생각을 좀 했는데."

와그르르 웃음소리가 터져나왔다. 별로 우스운 말 같지 않은데도 몇몇 소년들은 몸을 뒤집으며 굴러가면서 웃어댔다.

"되게 웃기는 놈이다."

"군기가 빠진 거야. 내일부터 당장 벌을 세워서 정신을 차리게 해야해."

테쯔오가 재빨리 가로막고 나섰다. 볼일이 많은 스님을 따라 토오꾜오에 오느라고 아직 제정신이 아니라고 대신 해명했다. 소년들은 혀를 쯧쯧 차면서 스님 따라다니느라고 되게 힘들었겠다, 고향은 어디냐, 쿠레는 어디 붙어 있는 고장이냐, 캐묻기 시작했다. 쿠레도 같은 일본 땅인지, 거기도 토오꾜오처럼 문명개화의 바람이 불어서 기차며 자동차가 다니는지, 남쪽지방이라면 쌀농사가 잘돼서 먹을 것이 풍부하다는데 정말인지, 다들 배불리 먹고 사는지, 일년 내내 여름처럼 날씨가 따뜻하다는데 그게 정말인지, 등등의 질문이 얼이 빠질 정도로 쏟아졌다.

"거기 사람들도 간식으로 썩은 감자만 먹니?"

"아냐, 고구마를 먹어. 맛이 굉장히 달다. 경단보다 달다. 아냐, 꿀보다 더 달아."

그 말을 의심하면서도 소년들은 쩝쩝 입맛을 다시며 침을 꿀꺽 삼켰다.

"그래, 고구마는 굉장히 달다고 하더라."

먹보 슈이찌가 타협하듯 긍정의 말을 했다. 그러자 하야오가 물었다.

"암만 그래도 그 촌구석에서 서양인을 본 적은 없겠지?"

우장춘은 졸음과 싸우면서도 씩씩한 목소리로 아니라고 대답했다.

영국의 장군이 쿠레에 온 적이 있다. 키가 팔 척이고 머리털이며 수염은 모래처럼 샛노랗고, 입에 파이프를 물고 연기를 풍풍 내뿜는 굉장한 모습이었다. 또 쿠레는 어마어마하게 큰 도시다. 그곳에는 군함을 만드는 커다란 공장이 있고 대포와 총을 만드는 무기공장도 있으며 해군부대도 있다고 자랑했다.

"일본 해군은 다 거기에 있대. 거기서 연습하고 있다가 커다란 군함이 만들어지면 그걸 타고 나가서 싸우는 거야. 군함을 새로 만들어서 바다에 띄울 땐 진수식이라고 해서 부두에서 굉장한 잔치가 벌어진다. 동네사람들이 죄다 부두로 몰려가고, 군악대는 연주를 하고 배랑 부두 사이에다 색줄을 죽죽 늘어뜨리고 만국기를 달고 색종이랑 비둘기를 날리고, 아무튼 굉장한 잔치가 벌어져."

"순 거짓말. 일본에서 최고로 큰 토오꾜오에도 없는 게 그렇게 먼 촌구석에 있을 리가 없지, 안 그래?"

"그래, 남쪽에 사는 사람은 다 야만인이래. 원숭이하고 섞여서 사람인지 원숭인지 모르고 사는 게 보통이라던데."

"남쪽 섬에 가면 원숭이뿐이래. 그래서 거기 사람들은 먹는 것도 원숭이하고 똑같이 먹고, 같이 놀고, 밤에는 원숭이를 꼭 끌어안고 잔다더라."

"쿠레는 섬이 아냐. 군항이야."

격분해서 그가 소리쳤다. 또 아이들이 와그르르 웃어댔다.

"야, 너는 테쯔오가 좋겠다. 서로 끌어안고 자면 딱 좋겠다? 테쯔오는 원숭이처럼 생겼으니까."

그 말에 테쯔오는 성내는 기색도 없이 같이 킬킬거리며 웃었다. 그는 대꾸할 말을 찾지 못하여 멍하니 서 있었다.

곧 아이들은 하나둘씩 잠이 들었다. 테쯔오가 모기장 안으로 들어와 자기 옆에 누우라고 했다. 우장춘은 앵돌아져 도사렸다. 거기서 잤다간 내일아침에 또 놀림을 당할 것 같았다. 그러나 곧 졸음이 그의 의지를 이겼다. 그대로 고꾸라져 잠들어버렸다. 자는 동안에도 배에서는 꼴꼴 거리는 소리가 그치지 않았고, 여전히 기차를 타고 있는 양 몸이 흔들 리는 것 같았다.

5. 허약한 소년

　절에 사는 소년들은 하나같이 똑똑하고 영리한 것 같았다. 눈치가 빠르고 민첩했다. 우장춘보다 덩치가 작고 나이가 어릴지라도 무슨 일을 당해 꾸물거리거나 자신없이 쭈뼛거리는 법이 없었다. 세상물정이라면 어른 뺨칠 정도로 환했다. 청일전쟁에서 이겨 조선을 집어삼키려던 속셈이, 영국 독일 러시아의 삼국 간섭으로 수포로 돌아가자, 그때부터 러시아에게 설욕을 해야 한다고 주장해온 토오꾜오제국대학 일곱 박사의 이름을 줄줄이 외우며 영웅으로 떠받든다든지, 어느 신문은 전쟁을 반대하니까 매국신문으로 타도해야 한다든지 하는 뒷골목에 떠도는 소문을 어디서 다 물어들이는지 몰랐다. 또 조선과 만져우에서 일본군과 러시아군이 어떻게 싸웠다든지 하는 전황도 마치 현지에서 보고 들은 것처럼 생생하게 전할 줄도 알았다.

　시골인 쿠레 사람들과는 확실히 달랐다. 거기서는 천황의 신임을 받는 국가원로라면 이또오 히로부미가 고작이었고, 그의 지도에 따라 전쟁을 하다보면 장차 일본이 아시아의 주인이 될 거라는 지식 정도가 가장 앞선 것이었다.

그러나 토오꾜오에서는 소문이 자세하고 생생했으며, 때로는 그 뒤에서 벌어지는 일까지도 만담처럼 흥미진진하게 전해지고 있었다. 원로라고 해서 꼭 국민의 존경을 받는 것만은 아니라는 것도 토오꾜오에 와서야 알았다. 그들의 비리는 사람들 입에 자주 오르내렸다. 일반국민들은 굶주림으로 죽어가는데 산업을 육성한다는 명목을 내세우며 재벌과 군벌들 사이에서는 뇌물과 탈세, 사치와 방탕이 횡행한다든지, 또 권력다툼이 일어나 이번에는 어느 파벌이 정권을 잡았다든지 하는 것들이었다. 또 국민들이 전부 전쟁에 찬성하는 것은 아니어서 어떤 사람들은 러일전쟁에서 발생한 수만명이 넘는 전사자들을 추모하며 반전데모를 벌이다가 경시청에 잡혀갔다든지 하는 소식도 들렸다. 그렇지만 대부분의 국민들은 전쟁소식에 한껏 고무되어 있었다. 러시아를 이겨 조선을 식민지로 삼기만 하면, 조선을 발판으로 일본도 영국처럼 부자나라가 될 거라는 기대감이 팽배해 있었다.

가끔 산문 앞에 나가면 거리를 행진하는 군인들의 모습을 볼 수 있었다. 중무장을 하고 총검까지 멘 군인들이 구령에 맞춰 군홧발 소리를 울리며 걸어가면 울타리에 매달린 아이들은 박수를 치며 만세를 불렀고, 길 양쪽으로 비켜선 어른들도 따라 박수를 치기도 했다.

일월에 펑톈(奉天)이 함락되었다는 소식이 들려와 토오꾜오는 온통 축제분위기에 휩싸였다. 축포를 쏘고, 횃불을 들고 거리행진을 하는 등 법석이었다. 소년들은 마치 자신이 펑톈을 습격해서 점령하기라도 한 양 만세를 부르며 뛰어다녔다.

우장춘은 당황스러웠다. 인천과 뤼순(旅順)에 정박해 있는 러시아의 군함을 기습함으로써 전쟁이 시작된 후, 승전보를 들을 때마다 함께 기뻐하게 되지 않는 자신을 어떻게 설명해야 할지 몰랐다. 결국 이 절의 소년들도 자신을 센진노꼬라고 부르는 날이 올 것 같아 두렵기도 했다.

"펑텐은 어디에 있는 거야? 조선 땅이야?"

은밀하게 우장춘은 쇼오하찌(宗八)를 붙잡고 물어보았다. 쿠레에서 알던 켄을 닮은 소년이었다. 둥근 얼굴로 순한 성격에 어눌했고, 말을 하면 침이 사방으로 튀어 아이들의 놀림을 받았다.

"일본군이 조선에서 러시아군을 모두 쫓아낸 게 언젠데. 이젠 만져우 (滿洲)를 점령할 차례야. 너는 지도도 못 봤냐? 스님 방 벽에 붙어 있는데. 펑텐은 만져우에 있는 요새인데, 거기를 차지하기만 하면 만져우에서 러시아군을 다 쫓아낸 거나 다름없는 곳이래. 그러니 이젠 만져우도 일본 땅이 된 거나 마찬가지지."

쇼오하찌는 신이 나서 말을 한번도 더듬지 않고 유창하게 설명했다. 나이는 한살 더 많아도 몸집이 작아서 그런지 더 어려 보이는데도 눈치가 빠르고 모르는 일이 하나도 없는 성싶었다.

'이래서 에도꼬, 에도꼬 하나보다.'

우장춘은 감탄해서 혼자 중얼거렸다.

시골에서는 수도 토오꾜오에서 태어나 자란 사람을 에도꼬라고 부르며, 눈을 감으면 코를 베어갈 정도로 약삭빠르고 질이 좋지 않으니까 십분 조심해야 한다고 했다.

"여기 있는 애들이 전부 에도꼬는 아냐. 진짜로 따진다면 내가 정말 에도꼬야. 요즘은 시골에서 태어났어도 토오꾜오에서 살기만 하면 에도꼬라고 우기는데, 다 가짜야."

에도꼬가 무슨 벼슬이라도 되는 양 테쯔오가 자랑스럽게 말했다.

테쯔오는 주로 서민들이 모여사는 아사꾸사(淺草) 앞 시따마찌(下町) 거리를 방황하다가 스님에게 발견되어 절로 왔다고 했다. 그의 부모는 두 해 전 겨울, 시따마찌를 휩쓴 화재 때 죽었다. 목재로 지은 집들이 다닥다닥 붙어 있는 토오꾜오 서민거리에서는 겨울철에 자주 화재가 일어났고, 하도 빈번해서 그걸 에도(토오꾜오의 옛 지명)의 꽃이라고 부르기도 했다.

"그런데 너 비밀 지킬 수 있어?"

테쯔오가 그의 귀에 입을 바싹 들이대며 속삭였다.

"사실은, 그때 죽은 사람들, 진짜 내 부모 아냐."

"그럼 누군데?"

"유모. 남편하고. 나를 몰래 데리고 나와서 키우다가 죽은 거야."

테쯔오는 자신이 원래 명문가의 자식이라고 했다. 메이지유신으로 무사들이 몰락하기 전에는 군주를 모시고 토오꾜오에 올라올 정도로 지체가 높은 가문이었다는 것이다. 그러다 사정이 생겨 유모 부부가 어린 도련님인 그를 안고 시따마찌로 도망쳐나와 숨어살았고, 그러다 불이 나서 고아처럼 된 것이라고 했다. 그러나 자신의 성과 이름은 대대로 물려받은 그대로여서 진짜 부모는 그를 찾아낼 것이고, 그러면 신분을 회복해서 군대에 들어가 장군이 될 예정이라고 했다.

"전쟁에 나가서 공을 세우고 돌아오면 작위도 받을 거야. 천황폐하를 알현하고 검을 하사받는 거지. 경의 힘으로 일본이 아시아의 주인이 된 공적을 치하하노라. 앞으로는 그대를 타나베(田邊) 후작이라고 부르도록 하겠다. 어떠냐? 타나베 테쯔오 후작? 그럴듯하지?"

테쯔오는 연극무대에 선 배우처럼 손짓발짓하면서 으스댔다. 동화처럼 믿기 어려운 이야기였으나 그렇다고 아니라고 반박할 무엇이 있는 것도 아니었다.

사연을 들어 그런지 테쯔오는 다른 아이들과는 좀 다른 것 같기도 했다. 옛날 일본의 영웅 토요또미 히데요시(豊臣秀吉)가 원숭이 얼굴을 가졌다고 했는데, 테쓰오도 비슷하니까 어쩌면 그 혈통인지도 모른다. 히데요시가 그랬던 것처럼 테쓰오도 행동이 잽싸고 영리한데다 눈치가 아주 빨랐다. 그래서 하녀와 마님은 그를 귀여워했고, 절 안살림이라면 데면데면하게 구는 스님조차도 가끔 그를 불러 사미승 대신 일을 맡기기도 했다.

낮이면 소년들은 당번을 정해 돌아가면서 절의 일을 도왔다. 밭일이며 청소, 물을 긷고 장작을 패어 목욕물을 데우고, 빨래를 거들고, 청지기나 하녀의 심부름을 했다. 그중에서 밭일이 가장 고되었다. 어렵다기보다는 힘에 부쳤다. 여름에는 감자를 캤고 그 밭을 다시 일구어 가을에 먹을 무와 배추를 심어야 했으므로 아무리 힘들어도 게으름을 피울 수 없었다. 쨍쨍한 뙤약볕 아래 허리를 구부리고 일하다보면 갑자기 눈앞이 노래지면서 현기증이 났다. 그래서 허리를 펴면 이번에는 세상이 갑자기 사라진 것처럼 캄캄해지는 거였다. 늘 허기진 몸에서는 땀이 비오듯 흘러내렸다.

도시에서 자라 농사일에 서툰데다 허약한 편인 우장춘은 밭일 당번이 되면 쩔쩔맸다. 엄살을 부린다고 혼이 나기도 했다. 그때마다 눈물이 쏟아지려고 했으나 누가 볼세라 이를 악물고 참았다. 눈물이 나려고 하면 아버지를 기억하라던 어머니의 말을 떠올린 것이다.

보다못해 하야오는 그에게 괭이질은 그만두고 밭에 뿌릴 물이나 길어오라고 지시했다. 물지게 역시 절에 와서 처음 져보는 것이었다. 물지게의 멜대는 그의 키만큼이나 길었다. 양쪽 끝에 물통을 매달고 어정쩡한 자세로 걷노라니 발을 내디딜 때마다 물이 출렁거려 밭에 닿았을 때는 물통의 물이 반도 남지 않았다.

"그렇게 비실거려서야 어디다 써? 지게를 질 땐 발이랑 어깨랑 장단을 맞추는 요령도 모르나? 너는 정말 할 줄 아는 게 하나도 없는, 쓸모라곤 없는, 허약한 놈이구나."

결국 하야오가 화를 냈다.

밭을 둘러싼 은행나무에서는 여름 내내 매미가 극성스럽게 울어댔다.

밭일보다는 청소가 조금 쉬운 편이었다. 무엇보다 지붕 밑 그늘에서 일한다는 장점이 있었다. 그 절에는 용도를 알 수 없는 오래되고 어두컴컴한 방들이 많이 있었다. 한달에 세 번 있는 법회 때도 열리는 일이 드물었으나 매일같이 청소하고 통풍을 시켜두어야 했다. 청소당번이 되면 방방이 돌아다니며 장지문의 먼지를 턴 뒤, 타따미를 쓸고 닦았다. 마루는 물걸레로 문질러 윤이 나도록 반질반질하게 닦아야 했다.

"너처럼 하면 백 시간이 걸려도 다 못할 거야. 나를 봐. 나처럼 하면 빨라."

테쯔오가 청소에도 요령이 있다고 했다. 복두의 긴 마루에 물을 군데군데 뿌려놓고서 두 손으로 걸레를 대고 밀면서 뛰어다니는 거였다.

"힘껏 뛰면 그만큼 빨리 끝나. 재미도 있고. 어른들은 아무것도 몰라. 마루에 물 묻은 자국이 있으면 닦았다고 생각하거든."

타따미가 깔린 방도 같은 요령으로 청소하면 된다고 했다. 돗자리로 된 가운데는 쓸기만 하고 헝겊으로 마무리를 한 테두리는 물기가 남을 정도로 걸레질을 하고 다니라는 거였다.

"그러면 시간이 반도 안 걸려서 다 끝나. 남은 시간은 얼마든지 놀 수 있어."

"하녀는 속아넘어갈지 몰라도 스님은 금방 눈치챌 거야."

분홍빛 텐구처럼 생긴 스님의 얼굴이 눈앞에 떠올랐다. 마음속까지 꿰뚫어보는 까맣고 반짝거리는 두 눈을 속이기는 어려울 것 같았다.

"잘 몰라. 모를 거야. 스님은 절에서 무슨 일이 일어나든지 신경 안 써. 정치 때문에 바쁘거든."

정치 때문에 바쁘다? 그럼 스님도 아버지와 같은 직업을 갖고 있을까? 주지는 임시방편이고 본업은 혁명지사인가? 아버지…… 허리춤의 두둑한 곳을 더듬어보았다. 시곗줄이 만져졌다. 사내대장부가 되어야 했다. 목에 칼이 들어와도 솔직하게. 우장춘은 고개를 저었다.

"안 그러는 게 좋겠어. 걸레질은 다 하는 걸로 해. 제대로 안 닦고서 닦았다고 하는 건 거짓말이잖아."

"뭐가 겁나서 그래? 어차피 아무도 모른다니까. 그리고 살짝이라도 닦은 건 닦은 거잖아. 너, 혼자서만 잘난 척하면 안돼. 같이 당번하는데 네가 그러면 나까지 힘들어지잖아. 내 말 듣는 게 좋아. 안 들으면 어떻게 되는지 알아? 슈이찌 형한테 일러서 밥을 조금만 먹게 할 거야."

"그래도 솔직해야 돼. 거짓말하고 그러면 큰일나."

우장춘이 완강히 고개를 젓자 테쯔오는 골이 나서 가버렸다.

어떤 고자질을 어떻게 했는지 그날 저녁 슈이찌가 밥을 한공기만 먹으라고 명령했다. 이유를 물었더니 따귀를 올려붙였다. 잠자코 물러나 시키는 대로 하는 수밖에 없었다. 배는 더욱 고파졌다. 몇번이고 고쳐 생각하려고 했으나 그래도 거짓말을 할 수는 없었다.

우장춘은 누가 흔드는 바람에 벌떡 깨어났다. 하녀였다. 작은 등불을 들고 있었다. 스님이 부르시니까 얼른 일어나라고 했다. 한밤중이었다. 다른 아이들은 정신없이 곯아떨어져 자고 있었다. 불현듯 토오꾜오로 오는 동안 스님과 함께 들렀던 집들이 떠올랐다. 밤의 도움을 받아 숨쉬는 듯 어두운 그늘이 드리워진 집들, 그리고 험상궂은 남자들…… 일어나 목욕탕으로 가서 얼굴에 물을 찍어발랐다. 하녀는 지키고 서서 귀 뒤도 씻으라고 잔소리하고 수건을 건네주고 옷차림도 바로잡아주었다. 그리고 옷깃에 흙탕이 튄 부분이 눈에 띄자 걸레로 문질러 지워주었다. 중요한 일이 벌어진 모양이었다.

"다 됐다. 가자. 얌전하게 행동해야 한다. 뭘 물으시거든 네, 하고 분명하게 대답하고. 혹시 손님이 과자를 먹으라고 하신다고 덥석 집어들거나 하면 안돼."

"손님이오?"

우장춘은 잠에서 완전히 깨어났다.

"그래, 너를 만나고 가신대. 귀한 분들이니까 공손하게 행동해, 알았지?"

하녀는 등을 두드리며 거듭 다짐을 놓았다. 공손한 태도라면 얼마든지 할 수 있었다. 어머니와 헤어져 토오꾜오에 온 뒤로 그는 자신도 놀랄 정도로 어른이 되어간다고 느끼고 있었다. 아버지가 알면 분명 기뻐하실 터였다. 말씀대로 사내대장부가 되고 있으니까. 변명이나 말질을 하지 않으려고 혀를 깨물면서 참았고, 남들 앞에서 눈물을 흘린 적은 단 한번도 없었다.

안채 복도를 걸어가려니 서늘한 밤기운이 덮쳐왔다. 여름이 가고 아침저녁으로 쌀쌀해지는 시기였다. 석등 쪽에서 귀뚜라미들이 울었다. 밤이 되자 마룻널은 유난히 큰 소리를 내며 삐걱거렸다.

방문에는 스님 말고도 두 사람의 그림자가 더 어른거렸다. 기척을 내자 스님이 들어와 인사를 올리라고 명했다. 고개를 숙인 채로 살짝 엿보니 두 사람 다 스님 정도의 연배였다. 한사람은 평범하지만 비싼 감으로 만든 하오리를 입고 있었고, 또 한사람은 높고 칼날처럼 빳빳하게 깃이 접힌 새하얀 셔츠에다 양복을 입고 있었다. 정부의 고관일까? 양복을 입은 사람은 등을 반듯이 편 자세였고 직선을 긋듯 팔을 뻗더니 찻잔을 들어 입에 가져다댔다. 아버지가 떠올랐다. 그러고 보니 그의 조끼주머니에도 금빛 시곗줄이 반짝거리고 있었다.

"허어, 우리가 기억나느냐?"

두 사람을 살피는 우장춘의 유난스러운 시선을 느꼈는지 하오리를 입은 쪽에서 다정하게 말을 걸었다. 눈빛과 표정 모두 부드럽고 인자했다. 마음씨 좋은 할아버지라고 하고 싶었다. 스님이 껄껄 웃으며 이마를 철썩 때렸다.

"그럴 리가 있겠습니까? 태어난 직후 잠시 뵌 게 고작일 텐데. 그래, 직접 만나보시니 어떻습니까?"

하오리를 입은 쪽은 수긍하여 고개를 끄덕이면서도 미련이 남는 모양 더욱 다정한 눈빛으로 그를 보았다. 양복을 입은 쪽에서는 목을 돌리기는커녕 시선조차 주지 않았다. 석상을 갖다놓은 것처럼 부동자세로 앉아 싸늘한 위엄마저 풍겼다.

"이리 가까이 좀 오너라. 불빛이 있는 데로. 자세히 좀 보자. 눈이랑 체격은 우범선군을 닮은 것도 같은데…… 입매가 튀어나와 허술한 건 영 아닌 것 같고…… 새삼 우범선군이 그리워지는군요. 정말 고맙습니다. 우범선군에 대한 정리(情理)로 보나, 조선 개화당과의 인연으로 보나 내가 이 아이를 돌봐야 하는데, 스님께 폐를 끼칩니다."

하오리를 입은 남자가 장황하게 떠들며 스님에게 고개를 숙였다. 그리고 소개를 기다리지 않고 자신의 이름이 스나가 하지메(須永元)라고 밝혔다. 아버지와는 친한 친구였다고 했다. 스나가씨는 모리나까와 달리 아직도 아버지와 친구인 모양이었다.

추억담이 길게 이어졌다. 스나가는 아버지를 우에노 역에서 처음 만났을 때, 다른 사람이 소개해주지 않아도 금방 아버지라는 걸 알아보았다고 했다. 담대한 호걸 기상이어서 그 자리에서 당장 감복하고 말았다는 것, 그런 사람을 잃다니 아시아로 보면 얼마나 큰 손실인가 하고 한탄하기도 했다. 양복 입은 남자는 묵묵히 앉아 듣기만 하다가 무겁게 입을 열었다.

"내가 이노우에(井上) 공의 후임으로 조선공사로 발령을 받게 되자, 일본에 반감을 품어 엇나가기만 하는 조선 왕비를 어떻게 제어할 것인 가, 하는 게 가장 큰 문제였소. 일본 정부에서는 별다른 방침도 내놓지 못하고 나더러 알아서 하라고만 하고. 고민 끝에 일본에 망명해 있던 박영효 공을 만났지요. 곧 한성에 갈 터여서 소문나게 만날 수는 없어 서 우에노 공원에 산책 나왔다가 우연히 마주친 양 가장하여 세이요오 껭(精養軒)에서 면담을 했습니다. 거기서 박영효 공이 하는 말이 거두 절미 조선에 가거든 우범선군을 만나보라는 거였소. 그에게 비책이 있 을 거라고. 한성에 와보니 그는 그때 궁궐을 지키는 훈련대 대장으로 있었는데, 나를 보자 대뜸 조선을 개화하려면 여우를 처치하는 게 급선 무라는 주장을 펼치는 것이었소. 여우를 처치한다…… 감히 누구도 입 밖에 내지 못하는 그런 말을 불쑥 내던지다니. 난 깜짝 놀라고 말았소. 정말 그 담력 하나는 존경할 만하다고 하지 않을 수 없었소."

밤이 깊어질수록 대화는 더욱 활기를 띠었다. 어린 우장춘으로서는 알아들을 수 없는 내용이어서 졸리고 다리도 저렸다. 어서 돌아가 자라 는 말이 나왔으면 하면서도 아버지에 관한 이야기라면 하나도 놓치지 않고 간직해두려고 귀를 쫑긋거리고 있었다. 이윽고 이야기가 바닥나 고 침묵이 찾아왔다.

"어쩐지, 별로, 닮은 것 같지 않군요."

양복 입은 남자가 검사한 물건에 가격을 매기는 것처럼 불쑥 말했다.

"허약해 보이는 게 아무래도 무인 기상은 아닌 것 같고……"

"아직 어리지 않습니까? 열살도 안되었습니다. 사내아이란 크면서 세 번은 변한다고 했으니 차차로 지켜보기로 하십시다."

스님은 반질거리는 이마를 쓰다듬으며 좋도록 말했다.

"아무리 그래도 타고난 그릇이 바뀌는 건 아니라는데……"

양복 입은 남자는 못 미더운 양 한번 더 우장춘을 샅샅이 살피며 말끝을 흐렸다. 그는 시선을 받자 등으로 한기가 죽 흘러내렸다. 대신 스나가 쪽에서 따스한 미소를 지었다.

"그럴 겁니다. 그 피가 어디로 가겠습니까? 차츰 드러나겠지요. 지켜보십시다."

우장춘이 인사를 드리고 물러나는데 스나가가 다정하게 고개를 끄덕였다. 양복 입은 남자는 여전히 노려보는 듯 날카로운 눈길을 보낼 뿐이었다.

우장춘은 잠자리에 누웠으나 졸음은 간데없이 달아났다. 정신이 말똥말똥했다. 눈을 껌뻑거리며 까만 천장을 노려보았다. 오랜 비바람으로 검게 변한 저택들이며 손질하지 않은 정원의 무성하게 번은 나무들의 어둑한 그늘들. 개구리밥이 덮여 푸르뎅뎅하게 썩어가는 연못들. 그 주변을 오가며 은밀하게 귓속말을 주고받는 험상궂은 사내들. 그들은 어떤 음모를 꾸미고 있을까? 오늘 만난 두 사람도 다 그런 분위기를 풍기고 있었다.

하긴 아버지도 다르지 않았다. 콧수염을 달고 호랑이처럼 부리부리한 눈을 번쩍거리며 상대방을 뚫어져라 바라보았다. 꼿꼿하게 앉아 몇 시간이고 꼼짝도 하지 않는 게 보통이었다. 얼음처럼 차갑고 오만한 말투를 썼다. 그러나 아들인 그에게는 얼마나 부드럽고 인자했던가.

'허약해 보이는 게 별로 닮지 않은 것 같군요.'

양복 입은 남자는 분명 그를 보고 실망한 것 같았다.

'사내대장부가 되어야 한다.'

아버지는 다정하지만 엄격하게 말했다.

우장춘은 팬히 몸서리가 처졌다. 혼란스러웠다. 한참을 끙끙거리다

슬며시 잠이 들었다.

　가을이 왔다. 우장춘이 걸레질을 마치고 우물가에서 걸레를 빨고 있는데 쇼오하찌가 달려와 부엌에서 찾는다고 일러주었다. 하녀가 부른다고 했다. 마당을 쓸던 테쯔오가 손을 멈추고 귀를 쫑긋거렸다. 같이 요령을 피우지 않겠다고 한 뒤로 테쯔오는 우장춘과 멀찍이 거리를 두면서도 그의 동정에 주의를 게을리하지 않았다. 어쩌면 대충 청소하라고 했다고 이를 것을 걱정하는지도 몰랐다. 우장춘은 그럴 마음은 조금도 없었으나 말해줄 기회가 없었다. 그렇게 그들은 서먹하게 지내고 있었다. 부엌으로 갔더니 하녀는 맡은 일을 다 했으면 시장에 가서 양동이를 하나 사오라고 시켰다.

　"내일이 전승축하 법회라 모두 바쁘니까 너라도 써먹어야겠다. 이젠 양동이 정도는 사올 수 있겠지? 손바닥 벌려봐라."

　크기가 네 뼘 정도 되는 양동이를 사오라고 했다.

　"같이 가면 안돼요?"

　어느 틈에 테쯔오가 나타나 조르기 시작했다. 우장춘은 놀랐다. 같이 가고 싶다니? 이제는 마음을 풀기로 한 모양이었다.

　"같이 가게 해주세요."

　"그래요, 얘는 아직 지리를 잘 몰라요. 내가 같이 가는 게 안전해요."

　"네가 영리한 건 알지만…… 그래, 마당 다 쓸었으면 같이 가도 좋아."

　하녀는 망설이다가 승낙했다.

　시장에는 구경거리가 넘쳐났다. 보이는 것마다 눈이 휘둥그레질 정도로 신기한 것뿐이었다. 테쯔오는 물 만난 고기처럼 사람들 사이를 요리조리 빠져다녔다. 시장은 혼잡하고 테쯔오는 하도 재빨라 같이 다니려니 그는 눈알이 핑핑 돌 지경이었다.

그림가게 앞에는 일본군과 러시아군이 싸우는 광경을 담은 채색화들이 죽 내걸려 바람에 펄럭거리고 있었다. 지나가던 사람들은 걸음을 멈추고 판화를 손가락질하며 전황을 이야기했고 즉석에서 토론을 벌이기도 했다. 연일 일본이 이기고 있는 것은 사실인 모양이었다. 테쓰오가 그를 재촉했다.

"그림 다 봤어? 그럼 얼른 딴데도 가보자. 구경할 게 얼마나 많은데 꾸물거리냐?"

둘은 손을 붙잡고 사람들이 둥그렇게 몰려선 곳을 비집고 들어가보았다. 원 안에서 원숭이가 재주를 부리고 있었다. 빨간 조끼를 입은 작은 원숭이는 북소리에 맞춰 줄넘기를 했다. 쿵쿵 울리는 북소리가 흥겨웠다. 끝났다는 표시로 절을 하자 사람들이 박수를 쳤다. 다음 원숭이는 장대를 가져와 죽마를 타고 걸어 보였다. 사람보다 더 영리한 것 같았다. 사람들은 폭소를 터뜨리며 더 크게 박수쳤다. 원숭이가 장대에서 폴짝 뛰어내려 이마가 땅에 닿도록 절을 했다. 그러자 어떤 사람이 약상자를 들고 나와 설명하기 시작했다.

"에이, 약장수였어. 가자."

테쓰오가 또 팔을 잡아당겼다. 경단장수 앞을 지나치는데 요령소리가 요란했다. 테쓰오가 경단상자를 들여다보며 침을 꿀꺽 삼켰다.

"경단, 되게 맛있는데. 사먹으면 좋겠다."

경단장수는 약올리듯 더 세게 요령을 흔들었다. 어묵이며 야끼소바, 덮밥, 떡, 코로께 등 먹을 것을 파는 노점의 행렬을 침을 삼키며 지나쳤다. 일전만 내면 신기한 만화경을 보여주는 장수도 있었다.

대장간에 가니 가게 앞에 양철로 만든 온갖 물건들이 늘어놓여 있었다. 특히 포렴 밑에 양철로 만든 고양이가 예쁘게 색칠하고 자동으로 팔을 흔드는 모형이 있어 사람들의 눈길을 끌었다. 모두들 감탄하며 한 번씩 보고 갔다. 직공이 은판처럼 하얗게 빛나는 함석을 끌어내더니 가게 앞에 놓인 틀에 대고 나무망치로 땅땅 두들겼다. 눈 깜짝할 사이에 둥글고 긴 연통이 만들어졌다. 서양식 난로에다 굴뚝처럼 붙이는 것이라고 했다. 우장춘은 거듭 감탄했다. 꼭 요술을 보는 것 같았다.

"와, 나도 어른이 되면 기술자가 돼야지."

그러자 테쯔오가 콧방귀를 뀌었다.

"기술자? 시시한 거야. 군인이 되는 게 좋아."

"요술 같잖아. 난 나중에 기술자 될 거야."

"아니라니까 자꾸 그래. 군인이 훨씬 높은 거야. 군인이 명령을 내리면 전국민이 다 말을 듣게 되어 있어. 군인 대장이 되면 수상도 하고 대신도 될 수 있대. 그러니까 군인이 가장 높은 거야. 요즘은 출세하려면 군인이 되어야 하는 거다."

"그래…… 난 아무래도 안될 건데. 사람들은 나를 보고 허약하다고 하는걸."

우장춘은 자신감을 잃고 우물거렸다. 상인용 앞치마를 두른 청년이 나와 무엇을 찾느냐고 물었다. 양동이도 여러 종류가 있었다. 테쯔오가 나서더니 전문가인 척 양동이를 하나씩 살펴보면서 가격을 물었다.

"이거하고 저거는 크기가 비슷한데 값은 오전이나 차이가 난다. 어때?"

테쯔오가 우장춘을 쿡쿡 찌르며 물었다. 그는 말뜻을 몰라 멀거니 쳐다보았다. 테쯔오가 입술을 축이더니 설명해주었다.

"그러니까 이걸로 사면 오전이 남잖아. 그걸로 우리, 뭐 사먹고 들어가자. 어때?"

우장춘은 자기도 모르게 침이 꿀꺽 넘어갔다. 경단장수의 요령소리가 새삼 귀를 울렸고, 기름진 어묵냄새가 코끝에서 맴돌았다. 그러나 양동이 두 개를 번갈아 살펴보니 아무래도 크기가 다른 것 같았다. 하녀는 분명 네 뼘 크기의 양동이를 사오라고 일렀다.

"딱 보면 다르잖아?"

그러자 테쯔오는 아니라며 날렵하게 손을 뻗어 대충 네 뼘씩 재어 보이더니 같다고 우겼다. 우장춘도 손을 벌려 재보았다. 상인이 빨리 정하라고 재촉했다.

"차이가 난대도 아주 조금이야. 너, 배고프지? 오다가 보니까 떡집도 있더라. 경단보다는 떡이 더 배가 부를 거야. 난 큼직한 찹쌀떡 구운 게 맛있던데. 한개에 삼전이라고 씌어 있지만 두 개 오전도 해줄 거야. 그거 굽는 냄새가 여기서도 맡아진다. 맛있을 거야."

"안돼. 거짓말이잖아."

"모를 테니까 상관없어. 거의 똑같다니까. 이걸로 산다? 결정했어? 결정했다."

테쯔오가 우장춘의 손에 있는 동전을 빼앗아 값을 치르고 양동이를 받아 그에게 건넸다.

떡집에서 테쯔오는 흥정을 해서 구운 찹쌀떡 두 개를 오전에 샀다. 아주 큼직하고 구수한 냄새를 풍기는 것이었다. 테쯔오가 그의 몫이라며 한개를 건넸으나 그는 어찌할 바를 몰랐다. 눈을 질끈 감고 큰 덩어리째 덥석 입에 넣었다. 문득 아버지가 떠올랐다. 속이 메슥거리기 시작했다. 사레들린 것처럼 기침이 와락 터졌다. 입에 넣었던 떡이 도로 튀어나와 땅에 떨어졌다. 테쯔오가 얼른 떡을 주웠다.

"먹기 싫어? 넌 배가 안 고픈 모양이지?"

그러고는 흙을 털더니 자기가 날름 먹어버렸다. 그는 섭섭해서 눈물이 찔끔 맺혔다.

하녀는 해찰하다 왔다고 나무랐으나 자세히 따질 겨를이 없도록 바빴다. 건성 보더니 그 양동이에다 콩을 퍼서 떡쌀을 찧는 청지기에게 갖다주라고 했다. 우장춘은 몰래 가슴을 쓸어내렸다. 저녁시간은 무사히 지나갔다. 밤이 되었다. 겨우 마음이 놓여 잘 수 있었다.

다음날 법회 뒷정리가 끝나 한가해지자 부인이 우장춘을 불렀다. 안채로 갔더니 마루에 앉혀놓고 심부름을 잘못했다고 나무라기 시작했다.

"크기가 작은 걸 사온 것도 모르고 이미 사용해버렸으니 바꿔올 수도 없고, 이를 어쩐단 말이냐?"

그래서 더욱 화가 나 있었다. 부인은 눈을 치켜뜨고 똑바로 노려보았고, 우장춘은 마루 밑으로 기어들어가고 싶은 것을 허리춤을 누르며 꾹 참았다. 솔직담대하기란 정말 어렵다고 새삼 생각했다.

"누나는 분명 너에게 네 뼘 크기라고 가르쳐줬다고 하더라?"

거듭 추궁했다. 그는 하는 수 없이 네 뼘 크기보다 약간 작은 것을 샀다고 시인하지 않을 수 없었다.

"그럼 거스름돈을 틀리게 받아온 게 아니냐? 남은 돈은 어디 있니? 어디다 써버렸어?"

부인 역시 스님처럼 남의 속을 꿰뚫어보는 모양이었다.

"떡, 샀어요."

"떡? 감히? 허락도 없이? 네가?"

부인은 놀란 얼굴을 했다.

"시골에서 올라온 지 얼마나 된다고 벌써부터 뺀질거린단 말이냐? 그러라고 누가 시켰지?"

재차 다그쳤으나 변명하지 말라고 한 말이 떠올라 그는 묵묵히 고개를 숙이고 있었다.

"어린것이 벌써부터 잔돈을 훔쳐서 군것질이나 하고. 이대로 뒀다간 큰일나겠다. 그렇게 소죽은 귀신처럼 입을 다물고 있다고 내가 그냥 넘어갈 줄 아니? 대답을 해봐라. 너 혼자 생각한 거 아니지? 누가 시킨 거지?"

"배가 하도 고파서……"

갑자기 부인은 길길이 뛰었다.

"배가 고파? 우리 절에선 힘에 부칠 정도로 너희를 먹이고 입히고 있는데, 고작 한다는 소리가 배가 고파? 은혜를 몰라도 유분수지. 다른 애들은 아무 소리 없이 잘 지내는데, 널 혼자만 굶기더냐? 배가 고파서 떡 사먹었다고? 안되겠다. 스님께 말씀드려서 버릇을 고쳐놔야지."

부인은 분연히 방문을 닫았다.

기어이 스님도 그를 불렀다. 스님은 책상 앞에 앉아 무엇을 쓰고 있다가 그가 가서 마루에 꿇어앉자 돌아다보았다. 같은 분홍빛 얼굴인데도 오늘은 싸늘하게 굳어 차갑기 짝이 없었다. 평소 빙글빙글 떠돌던 미소는 간데없었다.

"그렇지. 똑바로 앉아서 내 눈을 똑바로 쳐다보아라. 똑바로 내 눈을 쳐다봐. 마님 말씀이 네가 거스름돈을 훔쳐서 떡을 사먹고선 반성은커녕 배가 고프다고 불평까지 늘어놓는다고 하더구나. 그래, 정말 떡을 사먹은 게 맞지?"

"먹지는 않았는데."

그는 어떻게 설명해야 할지 몰라 머뭇거리면서 조그만 소리로 대답했다. 스님의 눈빛이 더욱 날카로워졌다.

"어허, 솔직하게 말하라니까. 너, 떡, 먹었어? 안 먹었어?"

그는 얼굴이 새빨개져서 더욱 움츠러들었다.

"안 먹었어요."

간신히 대답했다. 스님이 손바닥으로 자기 이마를 철썩 때렸다.

"변명에, 도둑질에다, 이젠 거짓말까지. 배가 고프다고 불평하고, 이제는 떡을 안 먹었다고 거짓말까지 해? 그럼 식모누나가 오전 모자란다는 건 무슨 소리냐? 내가 너를 데리고 대장간에 가서 값을 물어봐야 솔직하게 말할 테냐? 그러면 못쓴다. 무슨 일이 있어도 사람은 솔직해야지. 다시 한번 묻겠다. 심부름하라고 준 돈 중에서 오전을 떼어서 떡을 샀냐, 안 샀냐?"

"떡을 사기는 했지만."

스님이 그의 말을 가로챘다.

"그래, 샀다고 솔직하게 대답해야지. 어린것이 웬 말이 그렇게 많아? 정말 스님은 너에게 실망하고 말았다. 범새끼려니 하고 키웠더니 고양이새끼에 지나지 않더라는 옛말도 있더니…… 이번엔 용서해주겠다. 그만 가서 반성해라."

그러고는 책상 앞으로 돌아앉아버렸다. 그는 어쩔 줄 모르고 꿇어앉은 채 기다렸으나 가보라는 말뿐 눈길도 다시 주지 않았다.

마루 끝에서 볕을 쬐던 고양이가 약올리듯 야옹 하고 울었다.

6. 기선(汽船)아, 나도 데려가다오

가을이 깊어지자 마당청소도 밭일 못지않게 고역이었다. 티끌 하나 남지 않도록 비질을 해도 바람이 불면 낙엽은 다시 떨어져 비질하기 전이나 다름없이 어질러지곤 하였다. 특히 강이 보이는 뒷마당 공동묘지는 울타리 대신 황매화덤불로 둘러싸여 일일이 손으로 낙엽을 훑어가며 쓸어야 해서 더 성가셨다. 그렇다고 하루종일 빗자루를 들고 바람부는 걸 지키고 있을 수도 없는 노릇이었다. 마당청소를 변변하게 하지 못했다고 꾸지람을 듣고 나자 우장춘은 궁리 끝에 미리 나무들을 흔들어 잎을 모두 떨어뜨려놓고 비질을 하기로 결심했다. 그래도 우듬지마다 잎은 여전히 남았고, 바람이 불면 그게 하나둘씩 떨어져 깨끗이 쓴 마당은 다시 어질러졌다. 한숨이 나왔다.

그래도 청소를 하기 전 나무둥치를 일일이 두드리면서 돌아다니는데, 아라이 스님의 역정난 목소리가 들렸다.

"허, 하라는 청소는 안하고 웬 장난이냐?"

지나가다 그의 행동을 보고 멈춰선 모양이었다. 우장춘은 얼굴이 새빨개져 고개를 푹 수그렸다. 입술을 잘근잘근 씹었다.

"나무도 생명을 가진 것인데, 못살게 굴다니. 아무리 남자아이라지만······"

스님은 화를 내면서도 무슨 변명을 기다리는 모양, 한참을 그대로 서 있었다. 그러나 우장춘은 입을 열지 않았다. 자신이 입을 열면 열수록 일이 꼬이기만 한다는 것을 깨닫고는 과묵해지기로 결심한 터였다.

"허, 생명을 함부로 알다니, 참으로 딱하고 가엾은 심성이로다."

결국 스님은 혀를 끌끌 차고 탄식하면서 법당 쪽으로 가버렸다.

떡사건 이후 스님의 눈에는 그가 하는 행동이 뭐든 나쁘게만 해석되는 모양이었다. 그를 바라보는 스님의 눈빛에는 못마땅해하는 기색이 담겨 있었다. 테쯔오와도 사이가 점점 꼬이고 있었다 나날이 서먹해졌다. 같이 심부름 갔으니 같이 속인 거라고 테쯔오도 스님에게 불려가 꾸중을 들었다. 그후 테쯔오는 솔직히 말하지 않아도 되는 것을 까발렸다고 그를 원망했다. 아니라고 우기면 그만인데, 비겁하게도 죄다 불어버려 자기까지 혼났다는 거였다.

"스님 체면에 도포자락을 휘날리며 대장간까지 달려가 값을 확인해보지는 못할 건데."

그러다 러일전쟁이 끝나고 조선을 일본의 보호국으로 삼기로 했다는 뉴스가 나오자 테쯔오는 마침 잘됐다는 듯 그를 구박하기 시작했다. 이제부터 조선은 일본의 부하라고 뻐겼다.

"부하가 되기로 약속했으면 말을 잘 들어야지. 그런데 조선사람들은 안 그런다며? 비겁한 놈들이야. 졌으면서도 승복하지 않고 우리 일본사람들을 뒤에서 공격하고 반항하니까. 그러니까 조선사람은 항복이라고 말해도 믿으면 안돼. 의병이니 뭐니 폭동을 일으켜서 뒤통수를 친다니까. 비겁한 놈들. 조선사람은 열등국민이야. 우장춘 애도 조선사람이라 군대가도 간첩이 될 거야. 이런 애랑 친해지면 우리만 손해야."

테쯔오의 의견에 다른 소년들도 대부분 찬성인 모양이었다. 어느덧 절의 소년들은 우장춘을 슬금슬금 피하기 시작했다.

겨울이 오자 나이 많은 소년 둘이 제련소와 방직공장에 취직하여 절을 떠났다. 하야오에 이어 슈이찌가 별채의 대장노릇을 맡았다. 슈이찌는 테쯔오를 귀여워해서 그의 말이라면 무엇이든 들었고, 따라서 우장춘을 내놓고 구박했다. 또 밥 욕심도 여전해서 힘없는 소년들은 배를 더욱 곯았다.

러시아와의 전쟁 이후로 현역 군인들이 정권을 장악하면서 일본 사회는 꽁꽁 얼어붙었다. 전국민이 한마음으로 뭉친다는 거국일치(擧國一致)라는 표어가 곳곳에 내걸리고, 국민들 사이에서는 정부를 비판하는 기색이 조금만 엿보여도 비국민이니 매국노니 하고 욕하면서 따돌려버리곤 하였다. 어른 사회의 그런 분위기는 아이들 사회에서는 조금은 색다른 아이라면 비국민이라고 지목하여 따돌리고 돌멩이질까지 하는 양상으로 나타났다.

테쯔오는 우장춘의 내력을 자세히 알았다. 작년, 절에 처음 왔을 때, 테쯔오를 믿고 아버지가 조선사람이라는 것, 망명해왔다는 것, 그런데 동지의 배신으로 암살당했다고 다 털어놓은 터였다. 테쯔오는 그걸 떠벌리며 그를 욕하였다. 믿지 못할 비국민인데다 질나쁜 범죄자의 자식이라고 했다.

"정말 네 아버지가 범죄자야?"

법당 마루를 걸레질할 때 쇼오하찌가 귓속말로 물었다. 덧문까지 닫아놓아 어둠침침한 법당에는 부처님 말고는 그들밖에 없었다.

"누가 그래? 절대 아니야."

우장춘은 펄쩍 뛰었다. 물어보나마나였다. 테쯔오의 친절에 믿고 털어놓은 게 잘못이었다.

"범죄자라고 하던데? 그래서 도끼에 맞아죽었다면서? 안 그랬더라면 순사한테 잡혀서 교수대에 목이 대롱대롱 매달렸을 거라고 하더라. 너, 교수대 본 일 없지? 되게 무시무시한데. 까마귀도 교수대는 어떻게 알고 무지 많이 꾀어들거든. 교수대 지붕에 시커멓게 늘어앉아 우는 걸 보면 소름끼친다. 순사가 네 아버지를 잡아 교수대에다 매달려고 했는데, 그 직전에 다른 도둑놈이 배신하고 도끼로 때려죽였다고 하더라."

"아니라니까. 증거가 어딨어? 넌 그 말 믿어?"

그는 화가 나서 머리통으로 쇼오하찌의 가슴을 들이받을 듯 들이대며 추궁했다. 쇼오하찌가 떠밀려 엉덩방아를 찧더니 그대로 주저앉은 채 고개를 갸웃거렸다.

"꼭 믿는 건 아니지만, 그래도 조선사람은 모르잖아. 조선사람은 거짓말도 잘하고 저희들끼리 서로 배신하고 막 싸우고, 서로 죽인다고 그러던데."

우장춘은 가슴이 터질 것처럼 뻐근해졌다. 아니라는 증거를 보여주고 쇼오하찌라도 내 편으로 끌어들이고 싶었으나 조선에 관해서는 우장춘 자신도 별로 아는 게 없었다. 그에게 있는 것은 헌 시곗줄뿐이었다. 회중시계조차 없어 남들에게 보여줘야 무슨 쓸모인지 모를.

"순 거짓말이야. 테쯔오가 다 지어낸 거야."

그는 겨우 그렇게만 말했다. 쇼오하찌가 여전히 고개를 갸웃거렸다.

"테쯔오는 사무라이의 아들이기 때문에 거짓말은 절대 못한댔어. 그런데 너는 센진노꼬잖아. 조선사람들은 열등한 국민이라 우리 일본이 지도감독하지 않으면 막 싸우고 서로 배신하고 그런대. 그래서 이또오 후작이 조선사람들을 감독하려고 조선통감으로 간 거고."

갈수록 태산이었다. 억울하고 분통 터지는 것을 참을 수 없어 그는 눈물이 찔끔 맺힐 정도였다.

가만히 보면 조선사람에 대한 그런 의견은 아라이 스님도 마찬가지인 것 같았다. 그래서 스님도 테쯔오의 말은 믿어도 센진노꼬인 그의 말은 신용하지 않는 것이리라. 떡을 안 먹었다고 솔직하게 말했건만 믿어주지 않고, 오히려 그게 바로 거짓말하는 증거라고 추궁했던 것이다.

열등국의 열등국민. 약한 나라의 약한 백성. 그렇기 때문에 틀린 말을 들어도 반박할 권리조차 없다고 생각하자 우장춘의 어린 가슴은 울분으로 가득 찼다. 어쩌면 그럴수록 아버지를 기억하고 당당하려고 애써야 할지도 몰랐다. 당당했던 아버지. 해군장교보다 더 위엄과 절도가 넘쳐 그 앞에서는 누구나 저절로 고개를 숙이게 만든 아버지. 세상 모두가 나를 오해하더라도 구구하게 변명하지 말고 눈물도 흘리지 말고 사내대장부답게 행동하라고 했다. 그런 기억을 되씹으면서 그는 왜 자신은 아버지처럼 당당하지 못하고 남의 말 한마디에 가슴 터지게 분개하고, 눈물까지 찔끔거리는지 반성하고는 했다.

절 생활은 갈수록 고달파졌다.

군국주의 열풍은 절의 별채까지 불어와 소년들의 생활을 군대식으로 바꿔놓았다. 겨울이라 아침해가 느지막하게 뜸에도 불구하고 다섯시만 되면 소년들은 기상하여 어둑한 마당에 나가 사루마따(가랑이 사이에 고무줄을 넣은 속옷)만 입은 채로 구령에 맞춰 건포마찰과 맨손체조를 해야 했고, 노역은 한층 더 심해졌으며, 조그만 불평만 나와도 즉각 매국적이고 애국심이 부족하다며 단체기합을 받았다.

따뜻한 남쪽지방에서 자란 우장춘으로서는 토오꾜오의 겨울은 견딜 수 없이 춥기만 했다. 쿠레에서는 서리나 눈이 내려도 하루가 지나지 않아 다 녹았고, 얼음이 어는 경우도 드물었는데, 토오꾜오에서는 눈이 한번 내리면 며칠씩 세상이 눈 천지로 얼어붙는 거였다. 밤이면 싸락눈이 내리다 공중에서 꽁꽁 얼어붙어 함석지붕에 얼음알갱이 떨어지는 소리가 콩알 쏟아지는 것처럼 두두두두 요란스럽게 울리기도 했다. 처음에 그는 그게 무슨 소리인지 몰라 자다가 놀라 벌떡 일어나기도 하여 다른 소년들의 웃음을 샀다.

점차 소년들은 그를 이름 대신 센진노꼬라고 불렀다. 당번을 할 때면 모두가 기피하는 임무가 그에게 주어졌다. 예를 들면 날씨가 추워지자 빨래를 하거나 목욕물 길어오는 일을 주로 맡았는데, 목욕물을 데우는 따뜻한 아궁이 근처에는 얼씬도 못하게 하는 식으로 괴롭혔다.

그의 손등은 빨갛게 얼어서 텄고 버선도 얻어 신지 못하고 맨발로 지내다보니 발등이며 뒤꿈치가 쩍쩍 갈라져 케따끈에 피가 배었다.

"안만해도 테쯔오가 너한테는 해도 너무하는 것 같아."

은밀하게는 여전히 동정적인 쇼오하찌가 몰래 말을 걸었다. 이제 남의 눈을 피해서라도 말을 거는 소년은 쇼오하찌뿐이었다. 그는 너무 지쳐 대답할 기운조차 없었다.

"가만 생각해봤는데, 너 테쯔오하고 한판 붙는 게 어때? 차라리 그게 낫겠다."

"나더러 싸우라고?"

"그래, 이렇게 당하고 사느니 차라리 맞붙어서 때려눕히는 게 나을 거야. 너는 말랐어도 키는 테쯔오보다 크잖아? 싸우면 네가 이길지도 몰라."

"그러면 안돼. 일없이 싸우는 건 사내대장부가 아니랬는데."

우장춘은 완강하게 거절했다. 쇼오하찌가 눈을 동그랗게 뜨고 설득하려고 덤볐다.

"누가 그딴 소리를 해? 사내대장부? 아냐. 어른들이 그러잖아. 남자로 태어나면 언제나 싸우면서 살게 돼 있다고. 너, 이런 말 못 들어봤어? 적과 싸울 줄 알아야 진짜 남자다. 나를 못살게 구는 적이 있으면 맞붙어서 싸워 이겨라. 항복을 받아라. 그러면 찍소리도 못한다. 그래, 그 말대로 해버려. 너한테 항복하면 테쯔오는 너를 더 괴롭히지 못할 테니까. 너, 만날 당하면서 살 거야? 억울하지도 않아? 네가 참으면 참을수록 걔는 점점 더 너를 우습게 알고 못된 짓을 할 건데?"

우장춘은 마음이 몹시 흔들렸다. 그런데 한편으로 곰곰 생각해보면 아버지의 교훈과는 반대인 것 같았다. 아버지는 사내대장부란 참을 줄도 알아야 하며, 때로는 못마땅한 사람이 있더라도 통 크게 포용할 줄도 알아야 한다고 했다. 둘 중 어떤 의견을 따라야 할지 갈피를 잡을 수 없었다. 테쯔오와 싸우면 지지 않을 자신은 있었다. 어쩌면 이길 것 같기도 했다. 때려눕혀 항복하게 한 다음 찍소리도 못하게 한다? 그럴싸했다. 쉽고 편해질 것 같았다. 그러나 아버지가 당부한 사내대장부가 되라는 교훈이 쇠사슬처럼 쩔렁거리며 몸을 묶고 있는 것 같았다.

그가 망설이자 쇼오찌는 더욱 열을 내며 부추겼다.

"네가 만날 참고 지낸다고 치자. 그러면 테쯔오는 너를 점점 더 무시하고 깔보게 되는 거라고. 일단 너를 우습게 보는 이상은 절대로 자기 말이나 행동을 고치지 않을 거고. 남자는 자기하고 싸워서 이기는 사람에게만 승복하여 아무 소리도 못하고 순종하는 거야. 만약 자기보다 약한, 시시한 상대라면 깔보고 말도 못하게 무시하는 건 당연하고. 그게 바로 무사도라는 거야. 네가 참는다고 걔가 그걸 알아줄 것 같니? 싸워서 네가 더 강하다는 걸 보여줘야 돼. 때려눕혀서 항복을 받아. 그래야 돼. 안 그러면 걔는 언제까지나 너를 깔보고 괴롭힐 거야. 싸워서 이기기만 하면 걔는 너한테 무지 잘할 거야. 어쩌면 네 부하가 되겠다고 설설 길지도 몰라. 그러니까 무사도대로 해."

쇼오하찌는 안타까워하며 여러 말로 그를 설득하려고 들었다. 그래도 그는 망설이기만 했다.

쿠레에서 아이들과 맞서 싸우다가 어머니를 곤혹스럽게 했던 일도 떠올랐다. 어머니는 사내대장부가 되라며 아버지의 시곗줄을 간직하도록 주었고, 그는 매번 그것을 만지작거리면서 사내대장부가 되어야 한다며 참곤 해왔다. 그런데 곰곰 생각해보면 아버지의 사내대장부는 쇼오하찌가 말하는 일본의 무사도와 비슷한 것 같은데 어떻게 생각하면 정반대 같기도 했다. 내가 힘이 더 세더라도 참고 포용해라? 아니, 싸워 이겨서 항복을 받아라?

그는 고민했으나 결국 고개를 흔들고 말았다. 어쩔 수 없는 노릇이었다. 이미 결심했고, 맹세도 한 이상 새삼 자신이 어느 것을 선택하고 말고의 문제는 아니었다. 쉽게 성내지 않고 싸우지 않는 사내대장부가 되겠다고 한 이상 그 결심을 지켜야 했다. 그래야 하는 것이다.

우장춘은 시달림이 커질수록 강이 보이는 뒷마당에서 혼자 보내는 시간이 많았다. 묘지가 있는 뒷마당은 기일(忌日)이면 후손들이 참배하러 오는 것을 제외하곤 언제나 인적이 드물어서 숨어 있기가 좋았다. 그는 황매화덤불을 등지고 앉아 강을 내려다보곤 했다.

그는 날이 갈수록 어머니가 그리웠다. 어서 데리러 오기만 바랐다. 이제는 동생도 낳았을 것이다. 남동생일까, 여동생일까? 아기를 낳고 돈을 모아서 데리러 온다고 했는데, 아직도 감감무소식인 것을 보면 또 뭐가 잘못된 것일까? 어쩌면 돈을 벌지 못해 그를 버리기로 했는지도 모른다. 그런 의심이 떠오를 때마다 또다시 터지려는 울음을 참느라 그는 무릎에 얼굴을 묻고 격격 흐느끼곤 했다.

그런 와중에 스나가가 어머니의 소식을 전해주었다.

스나가는 절에 오지 않고 인력거를 보내 우장춘을 우에노(上野) 공원으로 불렀다. 겨울이 끝나려는 즈음이었다. 그가 담요를 걷고 인력거에서 내리는데, 스나가의 얼굴에는 실망의 기색이 스쳐갔다.

"여전히 마르고 헛배만 불룩한 것이…… 넌 아무래도 무인의 기상은 아닌 모양이다."

스나가는 혼잣말처럼 혀를 차며 중얼거렸다.

아무렇든지 우장춘은 허기가 진데다 추워서 따스한 곳에 들어가 말을 했으면 싶었다. 맨발에 케따만 신은 발을 동동 구르며 스나가를 올려다보았다. 스나가는 그를 한참이나 뜯어보고는 부근 세이요껭이라는 양요릿집으로 데리고 들어갔다. 크고 웅장한 양관이었다. 붉은 벽돌을 반듯하게 쌓아올린 이층이었는데, 지붕에는 검은 기와를 얹었다. 어둠침침한 격자문이나 장지문 대신 유리를 끼운 길쭉한 창문을 수도 없이 달아놓아 실내가 환했다. 스나가는 묻지도 않고 차와 케이크를 주문했다. 곧 둥근 접시 중앙에 빵처럼 생긴 서양과자 두어 개가 달랑 놓여서 나왔다. 그는 실망하고 말았다. 간에 기별도 안 갈 정도로 적은 양이었다. 주변을 둘러보니 양장을 한 신사숙녀들은 고기며 밥이 푸짐하게 담긴 접시를 앞에 놓고 먹고 있었다. 그는 꿀꺽 침을 삼켰다. 과자 대신 배를 채울 만한 음식을 사주면 좋을 텐데.

"절에서 사는 게 어떠냐? 불편하지는 않으냐? 남쪽에서만 살았으니 토오꾜오가 춥겠지?"

스나가는 뻔한 일을 눈치없이 묻고 있었다. 화창한 날 야외에서 마주친 사람에게 날씨가 좋다고 거듭 강조하는 것과 비슷했다. 우장춘은 대꾸하지 않기로 했다. 앞으로는 어른들에게는 쉽게 마음을 열어 보이지 않겠다고 마음을 꽁꽁 싸매고 있는 터였다. 어른들은 괴상했다. 아이들 머릿속이 무슨 서랍이나 되는 것처럼 벌컥벌컥 열고서는 함부로 헤집어보다가 자기가 원하는 것을 못 찾았다고 투덜댄다. 제대로 찾았는지 자신은 돌아보지 않고 아이들더러만 말이 많으니, 건방지다느니 꾸지람을 하는 것은 부당한 일이었다. 어른들의 그런 비위를 맞출 자신이 없다면 입을 꾹 다무는 편이 나았다.

"솜옷은 있나? 토오꾜오에서 겨울을 나려면 솜을 두둑이 넣은 옷이 요긴할 터인데?"

"괜찮습니다. 이젠 겨울도 다 끝나가는걸요."

우장춘은 어른스럽게 사양했다. 스나가가 눈을 가늘게 뜨고 찬찬히 살폈다.

"그래, 그동안 많이 큰 것 같구나. 어느새 어른이 다 됐구나. 하지만 앞으로 내겐 사양할 거 없다. 내가 솜옷을 보내주마. 참, 네 어머니가 동생을 낳았다는 소식은 들었느냐?"

"아뇨, 못 들었습니다."

그는 가슴이 울렁거렸다. 곧 어머니가 데리러 나타날 거라는 기대가 꿈틀거렸다.

"건강한 사내아이라고 들었다. 이름을 홍춘이라고 지었다고 하던가. 이제 동생이 한살쯤 됐으니 어머니도 너를 돌볼 여유가 생겼을 것이다. 애야, 희망을 가져라. 봄이 되면 너는 학교에 들어가야 할 터이니 더욱 부지런하고 건강하도록 하고. 일전에 내가 미우라(三浦)씨를 찾아가보았다. 그분에게 너희 모자가 함께 살 수 없을 정도로 생활이 곤궁하니 그것은 면하게 해주어야 하지 않느냐고 설득했다. 미우라씨도 어떻게 생활비 지원이라도 받을 수 있게 해줘야겠다고 고개를 끄덕이셨고. 그리고 경성에 있는 박영효씨에게도 연락을 하고 상의해보겠다고 약속하셨다. 그래서 엊그제 네 어머니에게 편지를 보냈단다. 아무래도 소학교는 어머니 슬하에서 다니도록 하는 게 좋겠다고. 형편이 필 때만 기다리지 말고 서둘러 데려가도록 하라고. 일간 좋은 소식이 있을 테니까,

얘야, 그렇게 슬픈 얼굴을 하지 마라. 낙심은 금물이란다. 네 아버지가 너에게 얼마나 기대를 품었는지 모른단다. 그러니 힘들면 아버지를 생각해라."

스나가가 부드러운 어조로 달랬다. 그는 울먹이려는 것을 참고 물었다.

"정말 어머니가 저를 데리러 오실까요?"

"그럼, 곧 오실 게다. 소학교에 입학하는 사월이 되기 전에 와서 데려가시라고 내가 썼으니까. 소학교는 꼭 쿠레 어머니 밑에서 다니게 하라고 강조했단다."

스나가가 힘주어 말하면서 고개를 여러번 끄덕거렸다.

우장춘은 새롭게 희망이 부풀어오르기 시작했다. 곧 봄이 오고 어머니가 온다고 생각하니 발이 허공에서 둥둥 떠다니는 것 같았다. 배도 고프지 않았고 춥지도 않은 것 같았다.

홍차를 마신 뒤 그들은 세이요껭을 나와 숲 사이로 난 산책로를 걸었다. 곧 자그마한 광장이 나왔다. 광장 한가운데는 개를 데리고 가는 남자의 동상이 있었다. 여느 동상과 달리 프록코트가 아닌 하오리를 입은 일상적인 모습이어서 특이했다. 스나가가 그 동상을 가리키며 물었다.

"저 사람을 아느냐?"

우장춘은 고개를 저었다.

"사이꼬오 타까모리(西鄕隆盛)라는 분이다. 사무라이로 태어나 메이지 천황께서 막부(幕府)를 타도하고 왕정복고를 하실 때 큰 공을 세우셨지. 이분의 활약 때문에 카고시마(鹿兒島)에서 태어난 남아는 웅비(雄飛)한다는 속설도 생겼단다. 공신이 되었으나 나중에 세이난(西南) 반란이 일어났을 때, 할복자살로 생을 마감하셨다. 세이난 반란을 일으킨 게 자신은 아니지만 자신의 부하들이 일으켰다는 점에서 책임을 통감하고 죽음으로써 갚는다는 유언을 남겼단다. 바로 일본 사무라이의 모범이라고 할 수 있다. 그래서 동상을 세워 기리는 것이고…… 조선 망명객들에게 들었는데, 일본에 사무라이가 있다면 조선에는 사내대장부라는 말이 있다고 하더구나. 네 아버지는 조선사람이니 사무라이라곤 못해도, 바로 그 사내대장부였다고 해야 할 게다. 공평무사하고 솔직담대했다. 나는 네가 네 아버지의 기상을 이어받아 세상이 좁다 하고 웅비하는 남아가 되기를 바라는데…… 그런데 스님 말씀을 듣자하니, 너는 좀더 솔직하고 당당해질 필요가 있다던데……"

스나가의 음성이 은근하고 나직해졌다. 우장춘은 몰래 몸서리를 쳤다. 방싯 열린 마음을 도로 닫아걸었다. 스나가는 떡사건을 꼬치꼬치 캐물었다. 그를 믿지 않는 게 뻔했다. 그러면서도 자기한테는 솔직하면 이해하겠다고 강요하는 사람들. 더 나빴다. 자기만은 선입견을 가졌다고 인정하지 않는 사람들. 대부분의 어른들. 우장춘은 입술을 꼭 깨물고 발끝만 내려다보며 서 있었다.

"어떠냐? 내게 할말이 없느냐?"

스나가는 몇번이나 어깨를 다독이며 추궁했으나 우장춘은 끝내 입을 열지 않았다.

"나는 네가 나를 아버지나 다름없이 여겨주기를 바라는데……"

결국 스나가는 한숨쉬며 단념하고 말았다.

공원을 빠져나와 스나가는 지나가는 인력거를 불러세웠다. 그러고는 그를 절로 데려다주게 했다.

시간의 발걸음은 한없이 느렸다. 좀처럼 겨울은 가려 하지 않았다. 우장춘은 자주 뒷마당으로 갔다. 봄은 눈에 띄지 않을 정도로 아주 조금씩만 다가오는 것 같았다. 어느덧 강 언덕에는 푸릇한 기운이 감돌고, 버드나무의 싹눈은 볼록하게 벌어지려 하고, 민들레도 피어나려는 기색이 눈에 잡힐 정도가 되었다. 그래도 어머니가 온다는 소식은 없었다. 매일 그는 언덕에 나가 봄이 얼마나 가까이 왔는지 살피는 게 버릇이 되었다. 민들레를 보면 더욱 어머니가 그리웠다.

'아무리 짓밟혀도 다시 일어나 꽃피우는 길가의 민들레처럼 살아다오.'

날이 풀리면서 강물 위에는 뿌연 물안개가 끼었다. 물안개는 이불홑청을 덮어놓은 것처럼 강물 위에 한무더기로 뭉쳐 둥둥 떠다녔다. 강물은 찰랑거리며 언덕 기슭에 몰려왔다가 물러났다. 갈매기도 날았고 돛단배도 두어 척 순풍을 받아 오르내리고 있었다. 완연한 봄이었다. 한 번 타는 데 요금이 십전이라는 증기선이 천천히 하구로 내려가고 있었다. 배의 자취가 물거품으로 강물 위에 길게 그림을 그렸다.

어쩌면 저 배가 요꼬하마(橫濱)를 거쳐 코오베를 지나고 세또 해협으로 항해하여 쿠레에 가닿을지도 모른다. 쿠레에는 어머니가 계신다. 얼굴을 모르는 동생 홍춘도.

우람한 기선 굴뚝에서 허연 증기와 함께 뿌우 하고 고동소리가 났다. 우장춘은 자기도 모르게 벌떡 일어섰다. 손나팔을 만들어 입에 대고 힘껏 외쳤다.

"기선아, 나도 데려가줘라. 나를 이곳에서 어서 데려가줘라. 여기선 슬픈 일뿐이다. 나를 멀리멀리 데려가줘라."

목청을 다해 그렇게 소리지르자 기선은 화답하는 것처럼 뿌우 하고 한번 더 고동을 울리고는 속력을 냈다. 그는 기선의 모습이 강 하구 저편으로 사라질 때까지 지켜보며 서 있었다. 눈가가 축축했다.

우장춘은 애타게 바랐다. 어서 시간이 흘러서 봄이 오고, 희운사와 썩은 감자와, 텅 비었다고 말하는 듯 비틀듯 쥐어짜이는 창자와 그리고 특히 사무라이의 아들, 테쯔오와 작별하기를 바랐다.

드디어 노란 민들레꽃이 강 언덕을 뒤덮었다. 어머니가 와서 쿠레로 그를 데려갔다. 그동안 형편없이 야위고 배만 바가지처럼 볼록 튀어나온 이상한 체격으로 변한 아들을 보며 어머니는 한참을 울먹였다. 그러나 그는 울지 않았다. 그의 태도는 어느새 숙성하고 어른스러워져 어머니로 하여금 버석버석한 틈이 생긴 것처럼 느끼게 했다.

쿠레로 가는 기차를 타고 나서야 우장춘은 비로소 마음을 놓을 수 있었다. 무엇보다 더이상 테쯔오 같은 아이와 실랑이를 벌이지 않아도 된다는 사실에 안심하였다. 이제는 무사도와 사내대장부 사이의 갈등 같은 건 겪지 않아도 된다며 한숨을 내쉬었다. 어린 그로서는 성질이 북받치는 대로 막 싸우고 욕도 하고 고함도 치고 싶었다. 그러나 사내대장부여야 한다는 아버지의 말씀은 언제나 그런 그의 뒷덜미를 붙잡아당기는 거였다. 울컥 성질이 솟구칠 때마다 품속에 간직한 시곗줄은 마치 쇠사슬이라도 되는 양 그를 꼼짝 못하게 포박했다. 그 때문에 두 눈 뻔히 뜨고, 두 주먹을 움켜쥔 채로 테쯔오의 시달림을 참아야 했다. 앞으로는 그럴 필요는 없으리라. 다시는 불끈거리는 울분을 억누르려고 자신과 싸우지 않아도 되리라. 쿠레로 가면서 우장춘은 깊이깊이 안도했다.

그러나 테쯔오와의 인연은 그것으로 끝난 게 아니었다. 히가시 혼도오리(東本通) 소학교와 쿠레 중학교를 졸업한 1916년 봄, 제1차 세계대전이 한창일 무렵, 토오꾜오로 돌아와 대학에 진학했을 때, 테쯔오와 다시 마주쳐야 했다.

7. 1916년, 토오꾜오

다시 와보니, 토오꾜오는 빠르게 변하면서 확장되는 중이었다. 우선 기차를 신바시 역이 아닌 토오꾜오 역에서 내린다는 사실부터가 달라졌다. 칠년여에 걸친 대공사였다는 자랑을 입증이라도 하듯 신축한 토오꾜오 역은 르네쌍스식 삼층건물의 웅장한 위용으로 토오꾜오에 오는 사람들을 압도하였다. 역 앞에는 보기 힘든 널따란 광장이 펼쳐져 있었고, 도로는 확장되고 더욱 번잡해졌으며, 전차며 자동차는 십년 전과는 비교할 수 없을 정도로 불어났다. 상점마다 상품들이 풍성하게 쌓여 있었고, 전깃불이 눈부시게 번쩍거렸으며, 사람들의 옷차림이며 표정도 넉넉했다.

러일전쟁으로 전국민이 생활고에 시달리며 내핍생활을 했던 때와 달리, 이번 세계대전에서는 일본이 무임승차하여 호황을 누린다는 말이 토오꾜오에 오자 실감이 났다.

팔월 입학에 맞추어 도착한 우장춘은 먼저 스나가 댁으로 인사를 갔다. 늘 아버지 대신을 자처하고 있어 소홀히하면 안되었다. 스나가는 우장춘이 토오꾜오제국대학 농학부 실과에 들어간 것이 실망스러운 양 마주앉은 내내 뚱한 표정을 짓고 있었다. 무엇을 공부하면 좋겠다고 내놓고 말한 적은 없었으나, 그래도 농학자가 되기를 바란 것은 아닌 모양이었다.

"왜 하필 농학인가? 예전부터 농학자가 되고 싶었나? 아니면 요즘 갑자기 신문에서 농화학자 스즈끼 박사를 떠들썩하게 칭송하니까 나도 그렇게 되고 싶다고 충동적으로 결정한 것인가?"

그즈음 스즈끼란 사람이 세계 최초로 비타민 비를 합성하여 신문에 오르내리고 있었다.

"제 의사는 중요하지 않았습니다. 조선총독부에서 일방적으로 그렇게 결정한 것입니다."

우장춘은 조심스럽게 대답했다.

십년 만에 다시 만난 스나가는 늙어 보였다. 머리밑이 하얗게 세기 시작했고, 이마며 입가에는 주름살이 깊게 패었다. 아버지도 살아 있다면 저 연배이니 늙기 시작했으리라. 그는 공연히 그리운 심정이 되어 주머니에 든 시곗줄을 만지작거렸다.

"그게 총독부에서 일방적으로 내린 결정이란 말이지?"

스나가가 쓸쓸한 표정으로 되물었다.

총독부와의 관계는 함부로 입에 올리기 어려운 문제였다. 한일합방이 되자 총독부에서는 그들 모자에게 생활보조금을 지급하기 시작했는데, 대신 그들의 생활을 일일이 간섭하고 있었다. 우장춘은 일본인 어머니로 하여 일본에서 태어나 여느 일본 소년이나 다름없이 중학교를 마쳤음에도, 총독부에서는 조선 유학생이란 신분으로 토오꾜오제대 농학부 실과에 진학하라는 지시를 내렸다. 정작 공부해야 할 당사자의 의견 같은 것은 묻지 않았다. 그는 매달 받는 이십엔이란 돈에 몸을 팔아 버린 기분이 들기도 했다.

스나가는 무슨 생각을 하는지 아득한 눈빛으로 그를 더듬다 허공을 뚫어져라 응시했다. 바라는 게 있으면 툭 터놓고 말해주면 될 텐데. 그는 가만히 눈길을 맞추어 재촉하려고 해보았다. 스나가가 고개를 흔들었다.

"하기야, 조선은 이제 없어진 나라지. 없어진 나라 백성이니까 중립적인 과학을 공부하는 게 무난하다고 판단했을까?"

없어진 나라. 그 말은 화살처럼 날아와 우장춘의 심장에 꽂혔다.

소학교 때 한일합방이 있었다. 그때 쿠레에서는 대대적인 불꽃놀이까지 곁들인 축하식이 벌어졌다. 모두 흥분하고 들떠 야단이었다. 두 나라를 합친다? 어떻게 되는 건지 그는 궁금했다. 그래서 어머니에게 물었으나 시원스러운 대답을 얻지 못했다. 어머니는 한참이나 고심하더니, 네 아버지의 나라 조선과 일본이 하나의 나라가 되었으니, 앞으로 조선사람과 일본사람은 같은 나라 사람으로 사이좋게 살게 되겠지. 별 확신도 없이 그렇게 말했다. 현실은 어머니의 순진한 생각과는 딴판이었다. 학교에 가면 센진노꼬라고 차별과 학대가 심해졌고, 우장춘은 마치 일본의 불가촉천민 에따(穢多)처럼 기피당하였다.

조선사람과 일본사람이 동등하다고 믿는 사람은 아무도 없었다. 절에서 지낼 때 테쯔오가 그랬던 것처럼 한일합방으로 모두들 조선은 일본의 부하가 되었으니까 조선사람은 얼마든지 천대하고 함부로 괴롭혀도 된다고 생각하는 것 같았다.

절 생활을 마치고 어머니 슬하로 돌아갔을 때, 우장춘은 그런 것에는 일일이 대응하지 않을 정도로 철이 들었다. 감정표현도 자제할 줄 알게 되었다. 아무리 유창하게 설명을 한다고 해도, 이미 편견을 가진 사람들의 귀에는 그 말이 들리지 않는다는 것, 그래서 말을 하면 할수록 시끄럽기만 하다는 사실을 깨닫고 있었다. 어느새 그는 한걸음 뒤로 물러나 있는 듯 없는 듯 지낼 줄 알게 되었다. 그렇게 조심하지 않으면 약자는 살아가기 어렵다는 사실을 통절하게 깨우쳤던 것이다.

"자네가 공대에 진학하고 싶어한다는 말을 들은 것 같은데? 공대는 안된다고 하던가? 하긴 따지고 보면 공학도 농학처럼 중립적인 과학이긴 해도, 전쟁과는 뗄 수 없는 기술문제가 있으니, 총독부에선 식민지 백성인 자네가 배우기에는 위험하다고 판단한 것일까? 흠, 지나치구먼. 그렇게 사방을 막아놓으면 반발만 심해질 게 명약관화한데. 도대체 정부의 식민지정책은 어디로 가고 있는지……"

스나가는 그를 앉혀놓은 채 혼자 불평하고 혼자 분개하면서 투덜댔다. 우장춘은 조용히 기다리고 있었다. 드디어 스나가는 자기 생각에서 빠져나와 헛기침을 하며 말을 이었다.

"하긴, 조선이라는 나라가 그냥 있었다고 할지라도 자네는 무인(武人)이 될 그릇은 아니었지. 어릴 때도 보면 유난히 몸이 허약해 뵈는 것이 내가 괜한 기대를 품었을지도…… 그런데 농학은 실습이 많아 몸이 튼튼해야 공부해낼 수 있다던데, 어떤가? 더구나 본과가 아닌 실과는 직접 논밭을 갈고 농사를 짓기도 한다면서? 감당해낼 수 있겠는가?"

"기왕 들어간 것이니까 힘껏 노력하겠습니다."

무난하게 대답하고 일어서려는데, 스나가는 다시 그를 앉게 하고는 길게 주의사항을 늘어놓았다.

요즘 토오꾜오의 청년지식인 사이에서는 불온한 사상이 유행하고 있는데, 거기에 휩쓸리지 않도록 조심하라는 내용이었다. 한일합방 후, 이년도 못 되어 메이지 천황이 죽자, 타이쇼오(大正) 천황이 즉위했는데, 민변이 자주 일어나고 타이쇼오 데모크라시라고 하여 민본주의 열풍이 불고 있다. 황송하옵게도 타이쇼오 천황이 너그러우셔서 사회기강이 느슨해지는 바람에 요즘은 민주주의를 외친다고 해서 경시청에서 잡아가질 않는다. 그 때문에 청년들은 멋모르고 날뛰지만, 사실 민주주의도 공산주의나 무정부주의와 다름없이 불온한 것이니, 그에 물들지 않도록 조심하라고 했다. 자칫 잘못 휩쓸리면 총독부에서 어떻게 나올지 모른다고 경고하기도 했다.

"그런 불상사가 생기면 자네 학비가 중단될지도 모르네."

노파심에 찬 고리타분한 설교였으나 아무튼 그는 조심하겠다고 대답하고 일어나 나왔다.

그 집 다실 부근에서 테쯔오와 마주쳤다. 서생차림으로 하얀 옷을 입고 맨발로 마당을 쓸고 있었다. 검불이며 떨어진 가지, 꽃잎 같은 것들을 동백나무 밑으로 쓸어서 모으는 중이었다. 우장춘은 자기도 모르게 흠칫 놀라면서도 한편으로는 반갑기도 했다. 여전히 비질이나 하고 있다니. 도대체 십년이 지났는데도 변치 않았구나 싶었다. 테쯔오는 어제 만났다 헤어진 사이처럼 놀라지 않고 심상한 얼굴로 인사했다.

"여, 드디어 자네도 토오꾜오에 돌아왔군. 이번에 대학에 진학하게 되었단 소식은 들었지."

나이를 먹어서 그런지 목소리에 무게가 실렸고, 둥글고 오글쪼글 원숭이 같던 얼굴에는 살이 붙어 듬직해졌다. 그래도 다부지고 영리한 소년이란 인상은 남아 있었다. 약간 치켜진 눈꼬리며 그에 깃들인 반짝거리는 호기심도 여전했다.

"자넨 군인이 될 거라고 했는데?"

우장춘은 얼떨떨한 미소로 답했다. 테쯔오가 앞니를 드러내며 히죽 웃었다.

"그게 말이지, 그래서 많이 방황했지. 하지만 아라이 스님이 주선해주셔서 이 댁 서생으로 지내면서 맘을 잡은 거라네. 잘하면 경찰 쪽으로 연줄을 잡을 수 있을 것도 같거든. 참, 희운사에는 들러봤나? 아라이 스님이 만져우로 가셔서 마님은 다 접고 친정인 시즈오까(靜岡)에 가셨다네. 절은 다른 스님이 맡았고."

"그럼 군인이 아니고 경찰에 들어가려는 건가?"

"글쎄, 되는대로. 지금으로선 모든 게 미우라 선생께 달렸다네. 그런데 그분은 속을 알 수가 없단 말이야. 정말 컴컴해. 참, 자네도 미우라 선생을 알고 있다면서? 자네 선친과 아는 사이라고 하던데? 예전에 자넬 만나러 희운사에 오신 적도 있다고 하던데?"

그날 밤 스나가와 함께 찾아온 양복 입은 남자가 미우라라는 이름이었나? 고개를 갸웃거리며 되짚어보았으나 영상이 흐릿했다. 조끼주머니에서 빛나던 시곗줄. 그때 기억이 되살아나기는 잠자코 있었다. 마침 하녀가 와서 테쯔오에게 심부름을 해달라는 것을 기회로 헤어져서 나왔다. 꼭 반가운 것만은 아닌 꺼림칙한 뒷맛이 남았다.

그뒤로 우장춘은 규칙적으로 스나가의 집에 인사를 다녔다. 단신 상경하여 아는 사람이라곤 없는 토오꾜오에서의 생활이 외로운데다, 그들 모자에게 변함없이 관심을 쏟는 스나가의 은혜를 잊지 말라는 어머니의 당부도 있었고, 무엇보다 아버지와 연결된 끈을 놓치고 싶지 않은 마음이 컸다. 실낱같을지는 몰라도 스나가는 생전의 아버지 친구라는 끈인 셈이었다.

성장할수록 우장춘은 아버지에 대한 약간의 기억만으로는 충분하지 않게 되었다. 조선의 혁명지사였다. 그보다는 더 구체적인 것이 필요했다.

우장춘이 드나들면서 보니 스나가는 서생을 좋아하여 테쯔오 말고도 여러 청년을 집에 두고 있었다. 가보면 언제나 청년들이 두어 명쯤 있었다. 대부분 우락부락하게 생긴 낭인 분위기였는데, 아마도 한몫잡으려고 조선이나 만져우로 떠나기 전 임시로 머무는 눈치였다. 서생들의 얼굴은 자주 바뀌었고, 테쯔오를 제외하고는 인사조차 나누지 않았다.

추분의 태풍이 지나가고 난 다음 우장춘이 그 집에 갔을 때, 색다른 청년 한명이 있었다. 그날 테쯔오는 없고, 낯선 청년이 다실에 앉아 있었다. 이 집에서 흔히 보는 낭인풍이 아닌 해맑고 지적인 인상이어서 유별나 보였다. 말투에 옅게 관서지방 사투리가 밴 것이 오오사까(大阪) 지방에 올라온 부유한 장사꾼의 자제인 듯했다. 그는 지나치면서 한번 더 뒤돌아보았고, 그쪽에서도 우장춘의 유난한 관심을 느끼고 뒤돌아보더니 가볍게 얼굴을 붉혔다.

그리고 그 청년을 히비야(日比谷) 공회당에서 다시 마주쳤다.

며칠째 비가 오락가락하며 궂은 날씨가 계속되던 때였다. 매일같이 흐리거나 실비가 내리곤 했다.

가을로 접어들자 밤이 일찍 찾아오기 시작하여 네시 무렵에 이미 실험실 안은 어둑해져버렸다. 우장춘이 혼자만 늦어버린 실험을 서둘러 끝내고서 교문을 나섰을 때는 이미 사방이 캄캄했다. 비는 내리는 것도 그친 것도 아닌, 안개 같은 작은 물방울 덩어리로 뭉쳐 조금씩 스며들었다. 축축한 냉기 때문에 그는 부르르 진저리가 쳐졌다. 보통때라면 거리에는 제일고등학교 학생들이 왁자하니 떠들며 길을 메울 터인데, 시간이 늦은 것인지, 오늘은 거리가 휑뎅그렁했다. 드문드문 켜진 등불들이 깜빡거렸고, 인기척이 드물었다. 멀리서 들리는 게따짝 소리가 메아리를 달고 탁, 탁, 탁 울려퍼지고 있었다.

사람들 모두가 불빛 환하고 따뜻한 장소를 찾아가버리고 그 혼자만 남은 것 같았다. 공연히 심란했다. 곧장 하숙으로 직행할 마음이 나지 않았다. 그는 토오꾜오에 온 뒤로 학교와 하숙이 있는 코마바(駒場) 부근밖에는 모르고 지내온 터였다. 불빛과 온기와 명랑한 웃음소리가 그리웠다.

우장춘은 목적도 없이 길을 터벅터벅 걸어내려갔다. 전찻길이 나왔다. 어디로 가야 할지 망연해서 잠시 서 있었다. 돌로 지은 관공서 건물의 위압적인 냉랭함과 머리를 풀어헤친 듯한 버드나무 가로수의 검은 그림자. 그리고 자신. 한참을 두리번거리고 있는데 땡땡 종소리가 들렸다. 전차였다. 불빛 환한 전차 안에는 사람들이 빽빽하게 타고 있었다. 그는 행선지도 알아보지 않고 그냥 올라탔다.

전차는 황궁 쪽으로 달려갔다. 히비야 공원에 닿자 승객들이 우르르 내렸다. 그는 멋모르고 따라 내렸다. 전차 안과 달리 바깥은 추웠다. 더구나 부근에는 불빛이나 인가도 없는 공원이었고, 넓은 잔디밭에는 피할 곳 없이 빗방울 섞인 세찬 바람이 몰아닥쳤다. 몸이 떨려왔다. 어릴 때나 청년이 된 지금이나 토오꾜오는 언제나 춥기만 한 도시 같았다. 그가 공원 울타리에서 잠시 망설이는 사이에 전차에서 내린 그 많은 사람들이 순식간에 사라져버렸다. 마술에 걸린 것만 같았다.

우장춘은 한참을 두리번거리다 공회당이 있는 저쪽에서 노란빛이 나는 것을 발견하고 이끌리듯 다가갔다. 공회당 입구에는 현수막이 걸리고 '청년 교양강좌, 개성의 발견'이라는 말이 쓰여 있었다. 그 밑에는 연사의 이름이 강좌제목보다 더 크게 쓰여 있었다. 법학박사 요시노 사꾸조오(吉野作造). 우장춘도 들어본 이름이었다. 토오꾜오제대 법학부 교수인 요시노 사꾸조오는 자유민권운동을 이끄는 선도자로서 이름이 높았는데, 비교적 사회문제에 둔감한 편인 농학부 학생들 사이에도 자주 입에 오르내렸다. 최근에는 발행부수가 최대라는 『중앙공론(中央公論)』이라는 잡지에 "헌정의 참뜻은 민본주의에 있다"는 글을 발표하여 물의를 일으키고 있었다. 세간에서는 그가 천황제를 부정하는 국적이라는 비난과 그와 반대로 진정한 데모크라시를 주장하는 양심있는 학자라는 옹호가 심각한 논쟁거리였다. 그는 호기심이 일어났다.

공회당 안은 사람들로 가득했다. 좌석이 모자라 통로까지 사람들이 빽빽이 서 있었다. 사각모자에 금단추를 단 대학생 제복을 입은 청년들이 말이 끝날 때마다 옳소 하고 고함치며 열정적인 박수를 보냈다.

요시노 사꾸조오는 명성에 비하면 젊은 편으로 삼십대 정도인 듯했다. 동북지방 사투리가 깔린 굵은 목소리로 공회당 유리창이 쩌렁쩌렁 울릴 정도로 크게 연설했는데, 사람들을 압도하는 정열과 힘이 넘쳤다. 내용은 제목과는 다소 동떨어진 느낌으로 개인의 존엄성에 바탕을 둔 개성의 인정이라는 문제를 보통선거권 이야기로 연결시킨 것이었다. 요시노는 목청을 높여 신분의 차이에 따라 개인을 차별하는 봉건적인 사고방식과 재산이 많고 적음에 따라 선거권을 주고 안 주는 지금의 제도에 어떤 차이가 있는지를 청중에게 물었다. 청중들은 다를 바 없다고 소리치며 발을 굴러대고 박수를 쳤다. 그 말을 받아 요시노는 하루빨리 봉건적인 사고방식에서 해방되지 않으면 안된다, 모든 사람들에게는 저마다의 개성이 있고, 존재가치가 있다, 그것을 발견하고 존중하는 데 민본주의의 본령이 있다고 결론을 내렸다.

우장춘은 옷이 안개비에 젖어 축축한데다 뼛속까지 얼었다가 조금씩 녹기 시작한 것 같았다. 냉기에 떨다가 사람들의 체온과 숨결로 후텁지근해진 실내에 몸을 담그자 나른하게 늘어졌다. 꾸벅꾸벅 졸았다. 며칠째 무리하며 실험을 마무리짓느라 녹초가 된 모양이었다. 그러다 문득 옆사람이 속삭이는 소리에 정신이 번쩍 들었다.

"타이쇼오 천황은 아직 나이가 어릴 뿐 아니라 머리에 이상이 있다는 것도 공공연한 비밀이 아닙니까? 그런데도 원로대신이라는 자들은 천황의 조칙이 이러하므로 우리도 어쩔 수 없는 문제라고 둘러대면서 권좌에 앉아 버티는 것은 실은 제멋대로 권력을 휘두르며 절대 내놓지 않겠다는 속셈이 아니고 뭐겠습니까?"

보통 국민이라면 황송해서 감히 입밖에 내지 못할 이야기였다. 천황에 대한 험구가 여기서는 공공연히 이야기되고 있었다. 그는 정신을 차리고 주변을 살펴보았다. 자기만 겁내고 있을 뿐 모두들 태연하게 지껄였다. 감히 꿈도 꾸지 못했던 보통선거니 평등이니 데모크라시니 하는 단어가 사방에서 마구 튀어나왔다. 물론 임관석에 앉아 감시하는 형사를 의식해서 단어를 조심스럽게 골라서 쓰기는 했다. 그러나 민주주의라는 말 대신 데모크라시, 혹은 민본주의라고 한다고 해서 그 과격한 뜻이 가려지는 것은 아니었다. 시골에서 올라온 지 얼마 안된 우장춘에게는 당혹스럽기 짝이 없는 분위기였다.

요시노 다음에는 재야파인 후꾸다(富田) 박사의 강연이 있다는 안내가 나왔다. 청중들은 기대에 차서 미리 박수를 치거나 웅성거리며 기다렸다. 우장춘은 가슴이 점점 더 죄어왔다. 숨이 가빴다. 속이 울렁거려 당장 토할 것만 같았다. 연사가 나오기를 기다리는 틈을 타서 공회당에서 나오려고 했다. 통로까지 들어찬 사람들을 헤치고 나오려니 시간이 걸렸다. 간신히 출입구 부근까지 가서는 자기도 모르게 눈앞이 아찔해져 주저앉고 말았다. 순간 어떤 청년이 등뒤에서 그를 붙잡아주었다.

"안색이 몹시 나쁩니다. 도와드릴까요?"

후리후리한 키에 해맑은 인상을 가진 청년이었다. 고개를 흔들었으나 또다시 눈앞이 캄캄해졌다. 우장춘은 그 청년의 팔에 기대지 않을 수 없었다.

"고맙습니다. 이젠 됐습니다. 밖에 나가 찬바람을 쐬면 괜찮을 겁니다."

"아까보다 빗발이 굵어진걸요? 무리하면 안됩니다. 조금 기다려보세요."

청년은 어디론가 뛰어가더니 재빠르게 우산을 갖고 돌아왔다. 그런 경황중에도 우산도 망또도 갖추지 못한 자신의 몰골이 부끄러웠다. 며칠째 계속된 실험 때문에 얼굴이며 옷도 엉망일 것이었다.

청년의 도움을 받아 간신히 하숙에 돌아온 우장춘은 밤새 앓았다.

아침결에 하녀가 깨우러 올라온 기척을 느꼈으나 그는 정신을 차리지 못했다. 잠깐씩 정신이 들었다가 다시 나가곤 했다. 어느 순간인가 정신을 차려보니 의사가 왕진을 와 있었다. 누가 청해주었는지 궁금했으나 물어볼 겨를이 없었다. 주사를 맞고 흐릿한 정신상태로 의사의 충고를 듣는 둥 마는 둥 스르르 의식을 잃었다.

꿈에서 스페인독감이라는 명패를 목에 달고 삼지창을 휘둘러대는 작고 까만 도깨비들에게 쫓겨다녔다. 그 창에 찔려죽은 사람들로 땅바닥은 발디딜 틈이 없었다. 대부분 서양인 같았다. 이 독감 때문에 사람들이 죽어서 유럽대륙은 시체 천지다. 시쳇더미에 끼이지 않으려면 서로 부둥켜안고 체온을 나누라는 하늘의 계시가 천둥처럼 울려퍼졌다.

제대로 정신을 차려보니 열은 내리고 가래며 가슴을 쥐어짜던 밭은 기침도 잦아들어 있었다. 창밖은 맑게 갠 오후였다. 은행나무 가지 사이로 비쳐든 햇살이 육조방 벽을 노랗게 물들였다. 상체를 일으켜 창문을 열었다. 새파랗게 갠 하늘에 장마철 같은 하얀 뭉게구름이 피어올라 둥둥 떠다녔다. 까마귀 한마리가 이웃집 은행나무 가지에 앉아 그에게 무슨 말을 전하기라도 하듯 똑바로 노려보면서 깍깍 규칙적으로 울어댔다. 누가 보낸 무슨 소식일까, 그는 한참을 갸우뚱거리면서 궁리하다가 실소했다.

'새가 말을 할 리가 없지. 바보 같아.'

우장춘은 어지러워진 머리를 도로 베개에 얹었다. 일곱살 때 아라이 스님을 따라 처음 와본 토오꾜오 거리와 어느새 엄청나게 확장되어 미로가 된 지금의 토오꾜오 거리가 마구 뒤엉켜 떠올랐다가 스러지곤 했다. 그리고 유난히 새파란 쿠레 앞바다. 세또 해협의 아름다운 섬들, 그 사이를 유유히 떠다니는 기선들. 그리고 어머니.

문득 까마귀가 놀란 듯 깍깍 울부짖으며 날아갔다. 복도를 걷는 발소리가 들리고 하녀가 나타났다. 손님이 왔다고 했다. 결석해서 학교에서 찾아온 줄 알고 그는 몸을 일으켰다. 며칠째 청소하지 않아 방은 어수선했고, 퀴퀴하게 전 땀냄새가 그득했다. 사방에 흩어진 책이며 옷가지와 수건들. 이부자리가 꾀죄죄한 것도 마음에 걸렸다. 허둥지둥 지저분한 것들을 모두 벽장 안으로 쓸어넣는데 청년이 불쑥 들어왔다. 히비야 공회당에서 마주쳐 하숙까지 데려다준 바로 그 청년이었다. 게다가 제대로 보니 스나가 댁에서 마주치기도 했다. 방석이 더러운 것 같아 뒤집어서 내밀다가 얼결에 또 뒤집어서 내놓았다. 그 청년이 방석을 뒤집어놓고 앉으며 물었다.

"의사 말로는 인플루엔자라고 하던데, 몸은 어떠십니까?"

"형께서 의사의 왕진까지 청해주셨군요. 바래다주시더니, 의사까지. 이 후의를 어떻게 갚아야 할지 모르겠습니다."

그가 고개를 숙이자 청년은 쑥스러운 듯 입술을 비죽거리며 무릎에 얹은 사각모자를 만지작거렸다. 모자에 붙은 교표는 와세다(早稻田) 대학 것이었다.

"형도 조선사람이지요?"

"어떻게 아셨습니까? 그렇긴 합니다만."

청년이 긴장을 풀고 활짝 미소지었다. 피부색이 희고 눈이 큰 탓인지 미소를 지으면 어린애처럼 천진해 보였다.

"정말 반갑습니다. 실은 나도 조선사람이거든요. 스나가 선생 댁에서 뵈었을 때, 그 댁 서생 말이 그렇다는 것 같아 유념해두고 있었습니다. 히비야에서 뵈었을 때는 놀랐습니다. 얼마나 반가웠는지요."

그는 깜짝 놀랐다. 분명 스나가 댁에서는 이 청년을 일본 성으로 불렀기 때문이었다.

"형은 카네야마(金山)라고?"

"아닙니다, 내 이름은 김신안입니다. 본관은 안동이고 수원에서 태어났고, 집은 경성이고요. 카네야마는 아버지가 만들어서 쓰는 성입니다. 어차피 왜놈들과 교제해야 하니까 왜놈 이름으로 불리는 게 편리하다는 주장입니다. 스나가 선생은 내 부친과 상업적인 거래가 있으므로 저를 그렇게 부르는 겁니다. 나는 어릴 때부터 코오베로 보내져 그곳 미션계 학원에서 중학교까지 마치고 예비학교부터는 토오꾜오에서 다녔습니다. 앞으로는 영어를 잘해야 출세한다는 아버지의 의견에 따른 거죠. 아버지는 내가 야소교도가 되든, 불교도가 되든 상관없으니 다만 서양학문을 익히고 영어를 잘하면 된다고 하십니다. 돈만 잘 벌면 다른 문제는 문제가 아니게 되는 법이라는 게 아버지 신조거든요. 못마땅하지만 참기로 하고 있습니다."

김신안은 스스럼없는 밝은 태도로 묻지도 않은 개인적인 내력까지 술술 털어놓았다. 그를 알게 되어 진정으로 기쁜 기색이었다. 우장춘은 어떻게 응대해야 좋을지 몰라 쩔쩔맸다. 탁 터놓고 접근해오는 김신안의 솔직함이 당황스러운데다 원체 사교성이라곤 익히지 못한 시골뜨기였던 것이다.

하녀가 뜨거운 물주전자를 가져왔다. 김신안이 벌떡 일어나 받더니 마치 자기가 주인인 것처럼 찻주전자에 물을 붓고 두 개의 찻잔을 가득 채웠다.

"인플루엔자에 걸리면 뜨거운 차를 많이 마시는 게 좋답니다."

"형께선 무엇 때문에 내게 이런 친절을?"

우장춘은 어색해서 말을 더듬기까지 하면서도 묻지 않을 수 없었다. 김신안이 무릎을 바싹 당겨 다가앉으며 비밀처럼 속삭였다.

"굳이 변명하자면 핏줄의 그리움이라고나 할, 본능 같은 거겠지요."

우장춘은 놀라 몸을 뒤로 빼고 다시금 바라보았다. 김신안이 환하게 미소지으며 설명을 덧붙였다.

"우형이 조선사람이라는 말을 들었을 때 내 가슴은 뛰었습니다. 내 동포구나, 하고 생각하면 나는 무턱대고 반갑고 껴안고만 싶어집니다. 난 일본에서 오래 살아서 조선말도 잘하는 편이 못 되고, 조선 땅에 대한 추억도 그리 많질 못합니다만, 그래도 내가 조선사람이라는 사실은 한시도 잊어본 적이 없습니다. 안중근 의사께서 한일합방의 주범 이또오 히로부미를 사살했을 때, 일본인 규우들은 영웅이 죽었다고 통곡하면서 나를 미워했습니다만, 그럼에도 나는 기뻐했고, 조선이 일본에 합병되었다는 소식을 들었을 땐 눈물을 금치 못했습니다. 어린 나이였지만 어른 유학생들이 하는 것처럼 손가락이라도 잘라 반대하고 싶었습니다. 그게 그러니까…… 그러려고 하지 않아도 저절로 그렇게 되더군요. 마음이요. 그런 게 바로 조국에 대한 사랑이라는 감정이 아닌가 싶습니다. 요즘 대학생들 사이에선 러시아 문학이 유행인데, 그 나라 시인 레르몬또프를 아십니까?"

"아니요, 아무래도 난 이과인지라 문학 방면은 잘 모릅니다."

"레르몬또프의 「조국」이라는 시가 있습니다. 들어보시겠습니까?

조국을 사랑하네, 그러나 그것은 이상한 사랑!
나의 이성도 그것을 이기지 못하네.
피로 값을 치른 영광도,

어엿한 믿음에 넘친 안정도,
아득한 옛적의 귀중한 전설도
이 가슴에 즐거운 꿈을 낳지 못하네.
그러나 사랑하네, 무엇 때문인지 모르면서도……

어떻습니까? 이처럼 어쩔 수 없이 솟구치는 사랑, 그게 바로 조국에 대한 사랑이 아닌가 싶습니다만. 나는 내 아버지의 나라는 사랑하지만, 내 아버지를 존경하지는 못합니다. 슬픈 일이지만 어쩔 수 없습니다. 왜놈들에게 나라를 빼앗겼는데도, 힘이 없으니 어쩔 수 없는 일이라고 체념하고 왜놈들에게 빌붙어서 잘살아보겠다고 안달하는 아버지의 모습이 부끄럽습니다. 나라도 그렇게 살지 말자는 다짐을 하곤 합니다."

김신안이 장광설을 늘어놓고 돌아간 뒤 우장춘은 다시 자리에 누워 곰곰 생각에 빠져들었다. 김신안의 말과 행동은 그에게 놀라움을 안겨주었다. 여태까지 그렇게 솔직하게 가슴을 터놓고 사귀자는 사람을 만나지 못했을뿐더러, 아버지가 부끄럽다느니 하는 말을 서슴없이 내뱉는다는 것은 꿈도 꾸지 못할 행동이었다.

우장춘에게 있어 아버지란 흠모하고 존경해야 할 대상이었고, 고난을 견디게 해주는 자부심의 원천이었으며, 자신의 존재를 규정해주는 틀이기도 했다. 그는 김신안이 말하는 것처럼 아버지는 싫지만, 아버지의 나라는 사랑한다는 식으로 아버지와 조국을 별개로 떼어서 생각한 적이 없었다. 아버지라는 존재가 바로 조국이었는데, 둘 다 막연한 몽상 같은 그리움으로 흐릿하니 멀었다.

8. 칸다의 남명구락부

　가을은 정신없이 지나갔다. 실험실습이 많아 시간표가 빡빡한데다 시험도 자주 치러야 했다. 그런 와중에도 그는 홀연히 나타난 조선 청년, 김신안의 모습이 떠오르곤 했다. 가슴이 뿌듯하고 든든했다. 그후 김신안은 장문의 편지를 보내어 서로의 가슴을 통하고 지내자는 제안을 하였다. 그에 대한 우장춘의 답장은 엽서 정도로 짧긴 했으나 청년다운 감격에 넘친 것이었다. 그러나 얼굴을 맞대고서 진정을 토로할 기회를 잡지는 못하였다. 안타까운 마음에 밤을 새워 열렬한 편지를 써보기도 했으나, 그 편지는 하숙집 책상에 놓인 채 차일피일 미루며 부쳐지지 못했다. 그럼에도 학교에서 매일 마주치는 일본인 학우보다 김신안이 더 친밀하게 생각되는 것은, 그의 말대로 본능적인 핏줄의 그리움인가, 하고 고개를 갸웃거리곤 했다.

　그러다 다시 김신안과 마주쳤는데, 그것도 우연이었다. 이번에는 칸다(神田)의 남명구락부(南明俱樂部)에서 열린 "아시아의 정세와 일본의 임무"라는 강연회에 참석했을 때였다.

당시 토오꾜오에는 강연회며 토론회가 대유행이었다. 무슨 공회당이며 료고꾸(兩國)의 국기관, 무슨 회관 강당처럼 많은 사람들이 모일 수 있는 장소라면 어디서든 각종 명목으로 강연회가 열렸고, 그때마다 지식에 목마른 청년들이 새시대 새로운 사상을 찾아 몰려들었다. 학교에서도 웅변 잘하는 학생이 단연 인기였다.

평소 정치문제에는 관심을 두지 말라던 스나가가 무엇 때문인지 이 강연회만은 꼭 들어두라고 당부하였다.

남명구락부 강당에 모인 청중들 틈에서 김신안의 모습을 발견했을 때, 우장춘은 꽤나 정치에 열심인 청년이구나, 하고 혼자 쓴웃음을 지었다. 그런데 이상했다. 김신안은 그와 눈길이 마주친 게 분명한데도 아는 체하지 않았다. 가만히 살펴보니 친구들과 함께 온 것 같았는데, 대개는 대학생의 상징인 사각모자 대신 사냥모자며, 중절모, 납작한 토리우찌(납작한 모자) 같은 걸 쓰고 학생복 대신 하오리를 걸치고 있었다. 팔짱을 끼고 고개를 반듯하게 쳐든 자세로 오연히 단상을 노려보는 품이 심상치 않았다.

강연이 시작되자 무리를 지어 몰려온 듯한 청년들이 큰 소리를 내며 방해했다. 연사의 말이 끝날 때마다 우, 하고 조롱하면서 킬킬 웃거나, 웅성웅성 떠들었다. 그러면 주로 강당 가장자리에 몰려선 험악한 낭인 분위기의 청년들이 위협하듯이 눈을 부라리며 사방을 둘러보는 거였다. 점점 긴장이 고조되었다. 조그만 빌미라도 있으면 즉각 패싸움으로 번질 기세였다. 청중들 머리 위로 파닥파닥 불꽃을 튀기며 스파크들이 떠다니는 듯했다. 결국 강연회 중반에 이르자 걷잡을 수 없는 소동이 벌어지고 말았다.

연사의 극우적인 발언은 점점 강도가 높아지더니, 나중에는 "서양

백인종의 침략에 맞서 아시아를 지키려면 황인종의 대표인 일본이 군비를 강화하지 않을 수 없다"는 요지의 발언을 했다. 그 말이 떨어지자 갑자기 청중석이 벌집 쑤신 것처럼 소란해졌다. 청중들은 일본말뿐 아니라, 여러 나라 말로 마구 떠들며 고함을 치고 발을 굴러댔다. 어떤 청년이 단상으로 뛰어올랐다. 사회자가 제지했으나 아랑곳하지 않고 단숨에 말했다.

"아시아의 단결을 도모하여 서양열강의 침략으로부터 아시아를 지키는 것이 일본군의 목적이라고 말은 하지만, 사실 그 속셈은 영국이나 독일, 프랑스를 대신하여 일본이 아시아를 식민지로 삼고 착취하겠다는 흑심이 아닙니까?"

중국말투가 섞이긴 했으나 유창한 일본말이었다. 박수와 환호성이 터졌다.

"옳소, 옳소. 흑룡회는 가면을 벗어라. 사탕발림을 포기하고 정체를 드러내라."

함성이 강당을 뒤흔들었다. 이어서 무례하다는 비난이 그 못지않은 큰 소리로 외쳐졌다. 연사가 목청을 가다듬고 발언을 계속하려고 했으나 너무 시끄러워 말소리가 들리지 않았다. 낭인 분위기의 청년들이 단상 쪽으로 우 몰려갔다. 다른 청년들도 가만있지 않았다. 여기저기서 사람들이 몰리면서 패싸움이 시작되었다. 나무의자가 부서져 날아다녔다.

그것으로 강연회는 그만이었다. 우장춘은 놀라 구경하다가 인파에 떠밀리다시피 밖으로 밀려나오고 말았다. 마음이 복잡하고 무거웠다. 이 강연회만은 꼭 참석하라고 권한 것을 보면 스나가도 주최측인 흑룡회 회원일지도 모른다는 의심이 생겼다. 어떻든 그 단체의 주장에 찬성인 것은 확실했다. 그렇다면? 아버지의 옛 동지나 다름없다는 사람이 그런 주장을 갖고 있다면? 도대체 아버지가 조선에서 하려고 했던 일은 무엇이었을까?

로비에서 서성거리며 고민하고 있는데, 김신안과 딱 마주쳤다. 패싸움에 끼었는지 소맷자락이 조금 뜯어진 것을 겨드랑이에 끼고 누르며 후후 웃고 있었다. 개구쟁이처럼 신바람나 보였다. 그들은 누가 먼저랄 것도 없이 덥석 손을 잡았다.

"나는 우형이 한번쯤 찾아주려니 하고 기다렸습니다."

대뜸 김신안은 섭섭함부터 토로했다. 우장춘은 매우 겸연쩍었다. 사귀기 싫어서 찾아가지 않은 것은 아니었다. 학교 일정이 바쁜 탓도 있었고, 망설임도 컸다. 그는 구구하게 변명하지 않고 본의가 아니었다고 사과했다. 문득 밖에서 호루라기 소리가 요란하게 울리더니 멀리서 말발굽 소리가 밀려왔다.

"이크, 큰일났군요. 기마대까지 출동한 모양입니다."

두 사람의 눈길이 마주치자 어쩐 일인지 폭소가 터지고 말았다. 김신안은 겁나기는커녕 게임하듯이 재미있는 모양이었다. 사람들은 재빠르게 구락부 건물을 빠져나가기 시작했다.

"우리도 얼른 피합시다. 가볍게 생각했는데, 일이 커질 모양입니다."

부근의 골목길로 뛰어들었다. 몸을 숨기고 엿보니, 어느새 구락부 앞의 거리가 텅 비고 기마순사대에 둘러싸였다. 뒤늦게 하나둘씩 구락부를 빠져나오던 사람들은 형사들에게 붙들려 조사를 받게 되었다. 김신안이 그의 소매를 잡아당겼다.

"이리로 갑시다. 이 골목으로 빠지면 욘쬬오메(四丁目)가 나올 텐데. 강연회가 끝나면 친구며 선배들을 거기 있는 요릿집에서 만나기로 했거든요."

두 사람은 어깨가 부딪칠 정도로 좁은, 여염집들이 늘어선 골목길을 걸어갔다. 세밀 바람은 얼음알갱이가 섞인 듯 차갑고 따가웠으나, 쌓인 눈은 대부분 녹아 땅이 질퍽했다.

"김형은 정치문제에 관심이 많은가보죠?"

"식민지 백성인데 당연한 거 아닙니까?"

김신안이 씩 웃으며 모자를 벗더니 멋지게 손질한 머리카락에 손가락을 넣어 마구 흐트러뜨리곤 다시 모자를 썼다. 사각모를 쓰지 않아도 멋쟁이였다. 장난기 그득한 해맑은 표정이며 눈 주위가 불그스름하게 달아오른 모습이 악동 같았다.

"도대체 흑룡회라면 참아줄 수가 있어야지요. 너무 심하지 않습니까? 조선과 중국을 식민지로 삼는 게 동양 평화를 위해서는 당연한 일이라니? 그런 말을 듣고도 가만히 있을 조선이나 중국 사람이 어디 있습니까? 뭐니뭐니 해도 그 단체는 정직하지를 못해 싫습니다. 차라리 톡 까놓고 일본이 이익을 위해서 조선과 중국을 차취하고 못살게 굴어야겠다, 그렇게 말하면 솔직하다는 평이라도 해주겠는데. 그동안 벼르기만 하다가 오늘은 선배며 친구들이랑 미리 짜고서 왔답니다. 몰려가서 혼을 내주자고요. 내가 다니는 대학은 조선 유학생 못지않게 중국 유학생이 많기로 유명한데, 특히 중국 학생들은 일본의 군비확장을 여간 염려하고 있는 게 아니랍니다."

골목이 끝나고 한길이 나왔다. 빙 돌아서 한참 걸어온 것 같은데도 남명구락부 건물은 여전히 시야에 있었다. 책방들이 죽 늘어선 거리였다. 주로 청년들이 오가고 있었다. 학생복을 입지 않았어도 학생으로 보이는 청년들이었다. 그들은 걸음을 멈추고 서점 앞에 진열해놓은 신간서적이며 잡지들을 훑어보면서 즉석에서 열띤 토론을 벌이기도 했다. 말을 탄 순사가 위협하듯이 거리를 오르내리며 사람들을 길 가장자리로 밀어냈다. 저쪽 편 길모퉁이에서 쯔메에리(목단이 양복)에 토리우찌를 쓴 차림의 형사들이 지나가는 청년들을 불러세워놓고 심문하고 소지품을 검사했다.

"이번에는 흑룡회도 조금은 깨우친 바가 있을 겁니다……"

김신안은 목소리를 낮추면서도 여전히 웃으면서 말을 이었다. 형사들이 서 있는 길목을 태연하게 지나가려고 했으나 그는 조마조마한 가슴을 감추기 어려웠다. 갑자기 등이 근질거리는 듯도 했다. 뒤돌아보았다. 갈길 바쁜 행인들만 가득 눈에 들어왔다.

"누굴 찾습니까?"

"아는 얼굴을 본 것 같아서."

길 위아래를 죽 살피는데, 갑자기 테쯔오의 모습이 시야에 들어왔다. 저쪽에서 손을 번쩍 쳐들며 활달하게 다가오고 있었다. 학생들이 항용 입는 남색 하오리에 줄무늬 하까마를 입고 토리우찌를 눌러쓴 차림이었다.

"또 우연한 데서 마주치는구먼. 반갑네. 얼마 만인가?"

우장춘은 놀라 고소를 머금었다. 뭐라고 응대해야 좋을지 몰랐다. 반갑다고 하는 것은 거짓말 같았다. 테쯔오는 이 거리의 주인이기라도 한양 가슴을 펴며 다시 물었다.

"그래, 여긴 무슨 일로 왔나?"

"친구를 만났어. 그런데 자넨 어쩐 일이야?"

"아직 모르고 있나? 나는 지난여름부터 여기서 근무하는데."

"여기서 근무해?"

"그래, 히비야 경시청 소속. 치안이나 소요라면 바로 우리 관할이야. 그래서 출동한 거라네."

테쯔오가 우리라는 말에 힘을 주면서 뽐냈다.

"축하하네. 드디어 순사시험에 합격했구먼."

"그게 아니고, 미우라 선생께 청을 넣은 일이 성사되었다네. 아직은 코쯔까이(使喚)로 심부름을 하는 정도에 불과하지만 힘껏 노력해서 장차 그 은공을 갚아나갈 작정을 하고 있네. 그런데 자네, 혹시 불온한 학생들과 어울려서 여기에 온 건 아니겠지?"

테쯔오가 형사처럼 눈을 빛내며 그와 김신안을 살폈다.

"불온한 학생이라니?"

그는 시치미를 뗐다.

"오늘 와세다대학의 요시찰 클럽회원들이 남명구락부에 출몰했다는 첩보가 들어왔거든. 방금 남명구락부에서 일어난 육박전의 배후가 그 클럽 학생들이라고 하더군."

순간 길 저쪽에서 비명소리가 터져나왔다. 말발굽에 아이가 밟혔다는 것도 같고 곤봉에 머리가 깨졌다는 소리로 들리기도 했다. 사람들이 그쪽으로 우르르 몰려갔다. 테쯔오가 혀를 찼다.

"기어이 사고가 터지고 말았군. 내일 아침 신문에 칸다에서 또 민변이 났다는 기사가 나면 우리가 곤란해지는데. 어서 가봐야겠군. 나중에 보세. 내가 자네 하숙으로 놀러 가든지 할게. 회포는 그때 풀기로 하세."

테쯔오는 의젓하게 인사를 차리고 가버렸다. 김신안이 그 뒷모습을 지켜보며 고개를 갸웃거렸다.

"묘한 인상이군요. 우형과는 친구 사이입니까? 경시청에서 코쯔까이를 하는 친구도 있다니, 신기하군요."

"어릴 때 잠시 같이 지냈어요."

우장춘은 그 정도로 설명해두고 말았다. 희운사에 처음 갔을 때 테쯔오의 친절에 마음을 기대어 모든 것을 털어놓았다가 낭패본 기억이 떠올랐다. 진정을 담은 아버지 이야기는 테쯔오의 손에 넘어가자 센진노꼬라는 칼로 바뀌어 그를 괴롭혔다. 잠자코 있는 편이 나을 때도 있는 것이다.

"바쁘지 않다면 같이 가는 게 어떻습니까? 약속한 요릿집에 모두들 모여 있을 텐데. 가서 인사도 하고 얼굴도 익히면 좋지 않습니까? 같은 동포끼리 만나면 정말 기쁠 겁니다. 많이 바쁩니까?"

네거리에서 김신안은 그를 붙잡고 간곡하게 권했다.

길을 꺾어드니 학생들 사이에서 만두로 유명하다는 중국집이 나왔다. 그곳 이층 큰 방에는 열댓 명쯤 되는 청년들이 모여 있었다. 흥분했는지 모두들 얼굴이 발그레했고, 목소리도 한옥타브쯤 높았다. 방문 앞에 서니 말소리가 뚝 그치고 경계의 기색이 넘실거렸다. 곧 그들은 김신안인 것을 알고 환영의 미소를 떠었다. 사람 좋은 김신안은 누구나 좋아하는 모양이었다. 김신안이 그를 끌어다 세우고 소개했다. 구석진 자리에 여학생 네 명이 앉은 것을 발견했다. 우장춘은 놀라 눈길 둘 데를 모르고 쩔쩔맸다. 인사를 하는데도 긴장해서 뻣뻣해졌다. 아무리 남녀평등의 이십세기가 되었다지만 그는 아직도 이성을 벗으로 삼아 교제해본 경험이 없는 풋내기였던 것이다. 눈이 부셔서 그는 감히 여학생이 앉은 쪽을 쳐다보지도 못하고 비스듬히 돌아서 자리를 잡았다. 바로 옆에 얼굴이 갸름하고 머리를 서푼 길이로 짧게 깎은 청년과 무릎을 겹치다시피 하여 앉게 되었다. 그쪽에서 먼저 말을 걸어왔다.

"저는 와세다대학에 다니는 윤영립이라고 합니다. 본관은 파주고 경성에 집이 있지만, 본가는 양주입니다. 우형의 본가는 어딥니까?"

서로가 알 만한 연줄을 따져보려는 눈치여서 오해가 없도록 미리 밝혀두기로 했다.

"저는 일본에서 태어나고 자랐습니다. 히로시마현 쿠레에서 소학교와 중학교를 졸업했지요."

'조선 땅엔 아직 가보지 못했고, 조선사람과 사귀게 된 것도 이번이 처음입니다.'

그러나 뒷말은 난 체하는 듯이 들릴 것 같아 꿀꺽 삼키고 미소만 지어 보였다. 윤영립은 노동자처럼 깎은 머리와 담백하게 차린 옷과는 어울리지 않게 금테를 두른 비싼 러시아제 궐련을 피우고 있었다. 그런 어긋나는 면 때문인지 퍽 인간적으로 느껴져 마음이 놓였다. 윤영립이 계속 물었다.

"토오꾜오제대 농학부라면 거기 재학중인 김병하형을 아시겠군요?"

"본과인가요? 저는 실과라서 잘 모릅니다."

"그 형은 오늘은 참석하지 않았지만 관학파 중에선 가장 활발한 활동을 하고 있습니다."

"관학파라니요?"

"관립학교에 다니는 조선 유학생, 아니면 총독부의 지원을 받아 유학와서 몸조심하는 학생을 가리키는 거죠. 우리 유학생 모임인 학우회에서 활발하게 활동하는 사람은 대부분 사립학교에 다니는 학생들입니다. 그래서 관학파와 사학파로 나누는 게 버릇이 됐습니다. 아무래도 관립학교에 다니는 학생들은 이기적으로 몸을 사리거든요. 너무 심할 땐 '일본의 개'라고 욕하기도 합니다."

"일본의 개라니? 정말 심한 욕이군요."

"정말 아무것도 모르는 모양이군요. 차차 실정을 알게 되면 우리를 이해할 겁니다. 아무렇든지 우는 조선에서 흔한 성씨는 아닌데, 본관이 하나라고 알고 있습니다. 단양. 그런데 아버님 함자가 어떻게 되십니까?"

그때 좌장으로 보이는 청년이 사담은 그치고 토론을 계속하자고 재촉했다.

일본말을 쓰기는 했지만 조선 학생들이 모인 자리여서 그런지 중요한 대목에 이르면 간간이 조선말이 섞여들었다. 우장춘은 뜨개질을 하다 코를 빠뜨리는 격으로 말을 놓치기도 하면서 토론을 경청했다. 젊은 학생들이어서 이야기는 시종일관 뜨거웠다. 그들은 세계대전의 전황과 러시아 정세에 관심이 많았다. 그리고 이번 전쟁이 끝나면 세계정세가 어떻게 달라질 것인가 하는 문제를 놓고 갑론을박하고 있었다. 잠수함 같은 최신무기를 개발한 독일이 강력하긴 하지만 그래도 연합군이 이기지 않겠느냐고 했다. 또 머지않아 무한한 자원과 인력을 가진 미국이 영국과 프랑스를 편들어 참전하여 세계대전이 쉽게 끝날 것이라고 예측하기도 했다. 그런데 연합군이 이길 거라고 하면서 이 전쟁이 끝나기만 하면 조선이 일본의 마수에서 벗어나 독립하리라고 기대하는 게 앞뒤가 맞지 않는 논리처럼 여겨졌다. 누군가가 그 점을 지적하고 나섰다.

"일본은 영국과 동맹을 맺고 있으니, 영국이 주도하는 연합군이 승리한다면 일본의 식민지인 조선이 독립한다는 건 가능하지 않은 일이야."

반응이 없었다. 그런 문제는 아무도 신경을 쓰지 않는 듯했다.

아무렇든지 조선 유학생들의 꿈은 독립이었다. 또 그들은 조선이 독립하려면 한시바삐 문명개화하여 서양이나 일본과 동등한 실력을 갖추어야 한다고 생각했고, 바로 자신들이 공부해서 무지몽매한 조선 민중을 계몽하기만 하면 쉽게 달성되리라는 낙관론에 젖어 있었다. 그들이 토오꾜오에 와서 공부하는 까닭은 오로지 그런 사명 때문이라는 거였다. 그들이 어찌나 열렬하게 독립의 꿈을 토로했는지, 그 논리가 타당한지 어떤지 따져볼 겨를도 없이 우장춘까지도 취해버리고 말았다. 그 역시 가보지도 못한 조선이라는 나라에 대한 사랑이 뭉클하도록 가슴에 솟구침을 느꼈다.

'그렇다! 아버지는 조선을 위해 목숨까지 버린 혁명가였다. 따라서 아들인 나도 그 길을 따라야 한다.'

우장춘은 새삼스레 가슴 깊이 다짐했다.

"요시노 사꾸조오 선생이 불붙인 자유민권운동의 물결이 조금만 더 강력하게 퍼진다면 저런 흑심을 품은 극우단체는 깡그리 없어지고 말 텐데. 그래야 조선을 위해서나 일본을 위해서 바람직한데 말이지."

전체적으로 빛깔이 엷은 청년이 영탄조로 말했다.

"안이한 생각일세."

얼굴이 검고 윤곽이 단정한 청년이 낯을 찌푸리며 가로막았다. 콧대가 똑바르고 입술이 일직선으로 뻗어서 그런지 강직한 인상을 풍겼다. 아까 반론을 던졌다가 아무 호응도 얻지 못한 바로 그 사람이었다.

"우리가 가장 경계해야 할 것이 바로 섣부른 낙관주의요, 감정에 치우친 판단일세. 일개 평범한 사람이라면 모르되, 민족의 선도자를 자처하는 자로서 그릇된 판단을 내린다면 민족을 잘못된 길로 이끌게 되네. 일본의 군국주의가 그렇게 호락호락하게 두 손 들 거라고 생각하면 오산일세."

그러자 빛깔이 엷은 청년은 열을 내어 유창한 웅변을 토했다.

"낙관주의가 아냐. 현실론이지. 시대가 그런 방향으로 나아가고 있는 게 바로 지금의 현실 아닌가? 도도한 시대의 흐름을 누가, 무슨 수로 막는단 말인가? 얼마 전 러시아에선 노동자 농민이 들고일어나 로마노프 왕가가 무너지고 께렌스끼 시민정부가 수립되었네. 독일에선 리프크네히트의 주도 아래 노동자들이 스파르타쿠스 단을 결성하여 노동자들의 권익과 반전을 외치고 있고. 소식통에 따르면 곧 독일에서도 시민혁명이 일어날 것이라고 하네. 그럼 그 물결은 앞으로 프랑스, 미국…… 세계 각지로 퍼져나갈 것일세. 바야흐로 우리의 눈앞에는 새로운 시대가 와 있네. 이성의 시대, 실증의 시대, 과학의 시대, 진보의 시대가 도래하고 있네. 무분별하고 비합리적이었던 구제도, 야만스럽게 인간을 억압하던 봉건적인 구세계는 물러가고 모든 인간이 해방되어 자유롭게 살 수 있는, 아름다운 시대가 오는 것일세. 인도주의, 자유주의는 앞으로 인류 보편의 이념이 될 것이네. 이건 아무도 막을 수 없네."

세계정세에 대한 해박한 지식을 보여주는 뜨거운 웅변이었다. 열렬한 박수소리가 일어났다. 청년들은 모두 동감이라고 외쳤다. 구석에 앉은 여학생들도 감탄하면서 그에게서 시선을 떼지 못했다. 얼굴이 검은 청년의 얼굴에 살짝 짜증스러운 기색이 스쳐갔다. 그는 미간을 좁힌 채 박수소리가 그치기를 기다려 반박했다.

"안이한 생각이라니까. 요즘 들어 토오꾜오에선 자유민권사상이 널리 퍼졌다고는 하지만, 지금 소학교나 중학교의 역사교과서를 살펴보게. 특히 얼마 전부터 남북조 정통론 논쟁을 계기로 교과서는 일본 천황제와 군국주의를 찬양 고무하는 쪽으로 집필되고 있지 않나? 이게 다 일반국민들 머릿속에다 아시아 침략의 야심을 불어넣으려는 목적이 아니겠나. 토오꾜오에 있는 몇몇 지식인들이 자유주의를 외친다고 해서 그게 일본 사회 전체의 생각인 것으로 현혹되면 안되네. 일반국민들의 생각은 오직 경제적 이익을 바라 대륙침략을 찬성하는 쪽으로 기울어지고 있으니, 그게 앞으로 아시아의 큰 골칫거리가 될 것일세."

각각 두 사람의 주장을 편들어 입씨름이 시작되자 방안이 소란해졌다. 그러나 빛깔이 엷은 청년 쪽이 웅변이며 설득력 면에서는 앞서 있는 것 같았다. 가만히 살펴보니 훌쩍한 체격에 앉은키도 크고, 길쭉길쭉한 느낌에 머리칼이며 눈빛도 서양인처럼 노란빛에 가깝다고 할 정도로 훤칠한 인상이었다. 그래서 그런지 여학생들의 시선도 은연중 그에게로 쏠렸는데, 윤영립이 귓속말로 알려준 바에 따르면 스물다섯살로 토오꾜오 유학생 사회에선 이미 유명한 와세다대학 철학과 학생이라고 하였다. 영어가 유창하며 벌써부터 경성에서 발간되는 『매일신문(每日新聞)』이며 토오꾜오 유학생 기관지 『학지광(學之光)』 같은 잡지에 글을 실어 이름을 날리고 있다고 했다. 이수광이라는 이름이었다.

"소설이면 소설, 평론이면 평론, 무엇을 쓰든 막힘이 없다고 합니다. 천재지요. 조선 제일의 문장가라는 평판이 벌써부터 자자합니다."

결국 유학생 친목회 간사이며 나이도 지긋한 와세다 법대생 성계백이 중재에 나섰다.

"이형의 의견도 단숨에 세계가 바뀐다는 건 아닐 걸세. 차차 인도주의가 득세하게 된다는 것이지. 아무튼 홍형은 사태를 비관적으로만 보는 경향이 있네. 너무 그러면 사람들의 기운을 떨어뜨려 일이 추진되지 못하는 결점이 있지."

자리가 파하여 현관에서 신발을 찾아 신고 있는데, 김신안이 그를 얼굴이 검은 청년에게 데려가 소개하였다. 같은 대학 선배로 이름이 홍광표라고 했다.

"우리가 배울 게 많은 선배님입니다."

단순히 인사치레로 하는 말 같지 않았다. 홍광표는 스물두어살쯤으로 얼굴선이 예리했으며, 상대를 압도할 듯 날이 선 눈빛을 갖고 있었다. 대학 예과생으로 간신히 스무살 고개를 턱걸이하는 그들을 아직도 어린애라고 얕잡아보는 듯 가볍게 목례만 하고 가버렸다.

중국집에서 나와 두 사람만 남았을 때, 김신안은 서로 말을 놓는 게 어떠냐고 제안했다. 찬성이었다.

"그리고, 누가 홍광표 선배를 주의자라고 비방하더라도 곧이듣지 마. 절대 그런 사람 아니니깐."

"무슨 문제라도 있어?"

"채 오백명도 안되는 작은 유학생 사회지만 이러니저러니 말들도 많아."

"조선 민족은 당파성이 강하다더니 유학생 사회까지 그런 모양이지?"

그가 무심결에 대꾸하자 김신안이 펄쩍 뛰었다.

"그런 말 마. 우리 민족에게만 당파성이 있다는 말은 다 왜놈들이 꾸며낸 거야. 다방면으로 제한되고 억압받는 사회에선 어떤 민족이든지 편이 갈라지고 싸우게 마련이야. 일본은 안 그렇고 프랑스는 안 그런가? 일본도 가만 보면 지금 각 지방 족벌끼리 뭉쳐서 정권을 잡으려고 서로 싸우고 있지 않나? 자네도 왜놈들이 하는 말을 그대로 믿고 있구먼. 조선사람들이 그런 말에 속아서 우리는 원래 못났으니까 일본의 식민지가 될 수밖에 없다,라고 생각하게 만드는 게 왜놈들의 의도라네."

"딴은 그럴듯한 소리군. 대단한 견식일세."

"대단하지? 실은 내 생각이 아니라 홍광표 선배의 견해라네."

"그런데 주의자라는 말을 많이 쓰던데, 정확히는 무슨 뜻인가?"

"공산주의자나 무정부주의자라는 말을 줄여서 주의자라고 한다네. 홍광표 선배가 경제이론에 밝고 농민 노동자 같은 기층민중에게 관심을 가져 건설자동맹이라는 써클에 관계하고 있는 건 사실이지만, 순수한 민족주의자로서 그럴 뿐이네. 우리 학교 건설자동맹이라는 써클에선 약소민족의 자립을 연구하는 분과도 있거든. 그런데 괜히 홍광표 선배를 시기하는 사람들이 주의자라고 소문을 내어 한동안은 난처한 지경에 빠진 적도 있었다네."

"정말 곤란했겠군. 주의자라고 소문이 났었다니. 대역사건이 일어나고는 주의자라고 의심되면 모조리 잡아다 처형했지. 증거가 없어도. 그후로는 말 한마디 잘못해도 주의자라고 할까봐 벌벌 떠는 판국인데."

"그래도 요즘은 달라. 많이 나아졌어. 어쩌면 도로 번창할 기미가 보인다고 할까. 자네, 지난번 메이데이 행사 하는 거 봤나? 노동자들이 주로 몰려 사는 강동구에서는 여간 호응이 크지 않았는데."

"잡혀가지 않나? 노동자라는 말만 잘못해도 사형당할 수 있다고 하던데?"

"에이, 타이쇼오 데모크라시라는 말이 괜히 나왔겠나. 예전에 온뎅(穩田)의 괴승이 천황이 바뀌면 신천지가 열린다고 예언했다더니, 메이지 천황이 죽은 뒤론 세상이 참 많이 변했어. 얼마 전에는 무정부주의를 표방하는 신문이 발간되기 시작했는데, 아직도 경시청에선 폐간시킬 기미가 없어. 계속 나오고 있거든. 놀랍지 않나?"

김신안도 시대가 달라지고 있다는 대목에 이르자 감격에 넘쳐 떨리는 말소리가 되었다.

그들은 휑뎅그렁한 밤거리에 서서 전차를 기다렸다. 추웠다. 십이월의 매서운 바람이 몰려왔다. 질척거리던 도로가 밤이 되자 까맣게 얼어붙었고, 불빛도 드물어졌다. 전차는 좀처럼 오지 않았다. 김신안이 기다리다 못해 케따를 신은 발로 얼어붙은 돌멩이를 걷어찼다. 그는 먼저 가라고 했으나 듣지 않았다. 자기 하숙은 가까우니까 가는 걸 보겠다고 했다.

"정말 이상해."

김신안이 불쑥 말했다.

"뭐가?"

"갑자기 자네에 대해 내가 아는 게 별로 없다는 생각이 들어서. 조선에서는 낯선 사람을 만나면 으레 묻는 것들이 있다네. 고향은 어디냐, 본관이 무어냐, 부친의 성함은 어떻게 되고, 뭘 하는 분인가. 조부는? 그렇게 해서 친지나 친척 중에 서로가 알 만한 사람이 있는지 따져보지."

"아버지는 일찍 돌아가셨다네. 러일전쟁이 일어나기 직전에."

우장춘은 자기도 모르게 퉁명스럽게 대꾸했다. 김신안에게 자세한 내막을 다 털어놓아야 할지 판단이 서질 않았다. 얇은 구두창을 타고 냉기가 올라와 몸이 떨리기 시작했다. 김신안이 적극적으로 손을 내저었다.

"아냐, 아냐. 지금 자네에게 그걸 묻는 게 아냐. 오늘저녁 사람들이 자네가 어떤 사람인지 내게 묻질 않겠나. 그래서 비로소 난 자네에 대해 아는 게 별로 없다는 생각이 났던 것이지. 그런데도 여태까지 자네를 잘 아는 것처럼 스스럼없이 대해왔다는 게 이상하질 않나? 마치 태어났을 때부터 아는 사이인 것 같아."

"그런 생각이 들었을 수도 있겠군. 설명하자면 난 아버지가 돌아가신 뒤 홀어머니 슬하에서 컸다네. 밑으로는 남동생이 하나 있고. 둘 다 쿠레에서 살고 있지. 나의 어머니는 일본사람이라네. 아버지에 대해선 뭐라고 설명하면 좋을까…… 조선의 혁명지사였다고 들었네. 실패하고서 일본으로 망명해온."

"어떤 혁명? 나라를 일본에게 빼앗기기 전, 조선에서는 수많은 정변이 일어났는데."

"구체적으로는 몰라. 그냥 혁명이라고. 자세한 사연을 듣지는 못했네. 아마 대단한 일은 아니었을 거야. 그랬으니까 말을 안했을 테고."

우장춘은 암살당했느니 하는 말을 입에 담아도 될지 꺼려졌다. 테쯔오가 그랬던 것처럼 범죄자의 아들이라고 오해할지도 모른다. 김신안이 말을 더듬는 그를 제지했다.

"됐네. 말 안해도 돼. 난 자네를 믿어. 그런 건 궁금하지가 않아."

전차가 왔다. 김신안이 얼른 타라고 등을 떠밀었다. 전차에서 내다보니 어둠속에서 가로등이 밝혀져 전차정류장 부근만 환해 보였다. 세모꼴 노란빛 속에서 김신안이 환하게 웃으며 손을 흔들어주었다. 가슴이 훈훈했다.

그는 자꾸 무거워지는 가슴을 안은 채 하숙으로 돌아갔다.

9. 20세기 청년백서

겨울방학은 12월 25일부터 1월 7일까지였다. 짧기 때문에 조선 유학생들은 귀향하지 않았고 그도 어머니가 계신 쿠레에 다녀오지 못했다.

해가 바뀌자 오랜만에 어머니에게서 편지가 왔다. 아우 홍춘이 대필한 것으로서 홍춘도 중학교에 들어가 잘 지내고 있으니 집걱정은 말고 공부에만 전념하라는 말로 시작되었다. 이어 어머니는 네가 몸이 허약해서 늘 걱정이었는데, 얼마 전 토오꾜오의 유명한 의학박사가 쿠레 시민관에 와서 강연을 했다, 박사 말이 우유와 감자가 몸을 튼튼하게 해준다, 서양 사람들의 몸집이 크고 건강한 까닭은 우유와 감자를 주식으로 하기 때문이라고 하더라,고 말한 뒤, 너는 절에서 살다온 뒤로는 감자는 절대 입에 대지 않으니 우유라도 매일 한홉씩 배달받아서 마시라고 당부하였다. 세계대전 이후 물가가 나날이 오르고 있는 건 사실이지만, 그럭저럭 꾸려갈 만하니 우유대금 정도는 보내줄 수 있다고도 썼다. 같이 보내온 솜조끼 속에는 우유대금인지 빳빳한 십전짜리 지폐가

오엔이나 들어 있었다. 동전이나 은화 대신 새로 지폐가 나왔다고 하더니 그걸 한장씩 모은 모양이었다.

쓸쓸하게 정초가 지나고 추위가 한풀 수그러들자 그는 불현듯 토오꾜오에 있는 아버지의 묘소를 찾았다. 토오꾜오의 아오야마(青山) 영원(靈園)에는 아버지의 친구들이 아버지의 유골을 가져다 만든 또하나의 묘가 있다는 말을 들었으나, 한번도 가본 적이 없었다. 시부야(澁谷)에서 아오야마 연병장 쪽으로 올라가면 멀지 않았다. 원래 수풀이 무성한 곳이라고 들었으나 겨울이어서 황량하였다. 눈은 다 녹았고, 지난해의 낙엽이 함부로 구겨진 것처럼 발목까지 수북이 쌓여 버석거렸다. 벌거벗은 나뭇가지엔 까마귀들이 늘어앉아 음산하게 울고 있었다. 샛노란 햇볕이 쨍쨍하게 내리쬐어 작은 돌멩이 하나, 마른 풀잎 하나까지도 까맣고 선명한 그림자를 거느린, 응달과 양달의 대비가 눈부신 그런 날이었다.

"세상에 존재하는 것은 모두가 그림자를 거느리게 마련이지."

우장춘은 묘비 사이를 돌아다니면서 자기도 모르게 그런 말을 중얼거렸다.

아버지의 묘비에는 검푸른 우산이끼가 끼어 우범선이라는 글자까지 덮었다. 아무도 찾아주지 않는 모양이었다. 그는 절을 올린 후 양동이와 걸레를 빌려와 묘석을 닦았다.

유학생 모임에 참석한 후로 자꾸만 아버지가 떠올랐다. 생각을 하면 할수록 흐릿하니 더 멀어지는 느낌이 드는 게 이상했다. 그동안 별문제 없이, 그냥 잘 안다고 여기고 있었는데, 이제 한가지씩 곰곰 짚어보니 아는 게 하나도 없다는 것을 깨닫게 되었다.

조선에서 아버지는 무엇을 했을까? 왜 망명하지 않으면 안되었을까? 아버지가 조선에 남겨두고 온 가족은 몰살당하고 정말 아무도 남지 않았을까? 어릴 때 본 일영관 앞에서 고영근과 함께 서 있던 홍안백발의 키큰 신사는 누구일까? 왜 그들은 아버지를 살해했을까? 조선인으로서 아버지의 동지였다는 사람은 왜 만날 수가 없을까? 그리고 왜 아버지는 합방 후, 박영효나 그런 사람들처럼 복권되지 못했을까?

궁금한 것투성이였다. 그는 누구에게 물어봐야 할지 막연하여 더욱 마음이 안타까웠다.

묘석을 닦다가 옆면에 새긴 건립자들 이름에 주의가 쏠렸다. 차근하게 읽어보았으나 그중 아는 이름은 스나가 하지메뿐이었다. 한참을 바라보다가 결심했다. 우선 한걸음 내디뎌보기로 했다.

우장춘이 코오지마찌(麹町)의 하숙으로 찾아가자 김신안은 놀라면서도 기뻐했다. 평상복이 아닌 학생복 차림이어서 외출하려던 것 같았는데, 별일 아니라며 굳이 하숙방에 그를 앉혀놓고서는 안절부절못했다. 용건을 꺼내기 어려울 정도로 어수선하게 굴었다. 김신안은 엉덩이를 들썩거리다 결국 방석이 데워지기도 전에 일어나 쿄오바시(京橋)로 산책을 나가는 게 어떻겠냐고 제의했다. 김신안이 방을 나서기 전 거울을 들여다보며 모던보이풍으로 기른 머리를 새삼 빗고 또 빗는 품이 수상스러웠다.

"특별히 어디를 들를 작정인가?"

그가 넌지시 떠보았다.

"쁘랭땅이라는 까페에 가보면 어때? 거기서 차를 마시면 좋겠지? 그 가게를 몰라? 멋진 곳인데. 토오꾜오에서 가장 먼저 생긴 까페인데, 주인이 화가라서 아주 예술적으로 꾸몄다네. 경험 삼아 한번 가보는 것도 좋을 거야. 요즘 토오꾜오에서 난다긴다 하는 지식인이며 예술가는 다 거기로 모인다니까."

"무슨 용무가 따로 있는 건 아니고?"

중심가의 까페에서 차를 마시는 건 보통은 하지 못하는 사치여서 그는 더욱 궁금해졌다.

"그러니까, 그게, 대단한 건 아닌데……"

김신안이 한참을 우물거리다가 실토하고 말았다.

"자네도 윤영립 선배 알지?"

노동자처럼 머리를 짧게 깎은 와세다대학생으로 비싼 러시아제 궐련을 피우는 게 인상적이었다.

"아, 그 선배를 만나려는 거군."

"그게 아니고…… 실은 거기서 그 선배 누이동생을 만날 약속이 있다네. 오빠 면회를 가야 하는데, 같이 갈 사람이 필요하대서 내가 소개를 해준다고 했거든. 지난해에 유학을 와서 오빠와 함께 지내는데, 엊그제 갑자기 오빠가 잡혀가서 상심하고 있거든. 내가 여자 혼자 면회 가는 건 곤란할 테니, 성계백 선배와 함께 가라고 권했네. 그 선배는 법학 전공에다 학우회 간사를 맡고 있어서 그런 문제엔 환하니까."

쁘랭땅은 다채로운 벽화며, 진기한 식물 화분들로 장식되어 색채가 화려했다. 들어서니 벽면 위쪽으로 낙서가 가득한 것이 먼저 눈에 띄었는데, 거기에는 나까이 카후우(永井荷風)며, 오까다 사부로오(岡田三郎) 같은 서명이 들어 있었다. 모두가 유명 예술가들로 이 까페의 단골이라고 하였다. 김신안은 홀 안을 죽 훑어보곤 실망한 기색이었다. 멋부리듯 금빛 회중시계를 꺼내 시간을 확인했다. 여급이 와서 자리를 안내해주었다. 줄무늬 키모노에 레이스가 달린 하얀 앞치마를 두른 어여쁜 처자였다. 하얀 식탁보를 빳빳하게 풀먹여 덮은 둥근 탁자에 자리를 잡았다. 곧 코코아와 과자가 함께 나왔다.

"그런데 윤선배 누이동생이 자네를 찾아와 그런 부탁을 했단 말이지?"

어느 틈에 여성과 그 정도로 친밀한 교제를 하게 됐는지 감탄스러워 그는 김신안을 다시 보았다.

"아냐. 교제는 하지 못한 사이지만…… 마침 그이들 집을 방문했다가 부탁을 받은 거라네. 엊그제 우리 학교 건설자동맹 클럽회원 몇명이 경시청에 검거되었다는 소문을 들었거든. 토오꾜오제대의 클럽 신인회랑 홍고오에서 연합을 했는데, 하필 거기서 낭인회와 마주쳐 한판 붙었다지 뭔가. 혹시나 싶어 방문해봤다네. 비밀인데, 윤영립 선배, 그 클럽에 관계하고 있다네. 홍광표 선배도 그렇고. 두 사람 다 굉장히 래디컬하거든. 윤미려씨는 미모의 재원이라네. 자네도 보면 한눈에 반할지도 몰라. 엔젤이야, 눈부신 엔젤. 토오꾜오에서 성악공부를 하는데, 피아노 연주솜씨도 대단하다네. 어려서부터 피아노를 쳤다고 하더군. 그 집안이 워낙 그래. 장신 백발의 풍채에다 개화당으로 유명한 윤효지이란 사람의 딸인데, 일찍 개화한 집안이라, 맏언니 윤덕려는 십년도 전에 벌써 유럽 유람을 다녀와 경성을 깜짝 놀라게 하기도 했거든……"

잔뜩 들뜬 표정으로 횡설수설하면서 긴요하지도 않은 설명을 늘어놓는 품에 그는 저절로 웃음이 나왔다. 슬쩍 넘겨짚어보았다.

"자네, 연애에 빠진 거군. 자, 이실직고하게. 그게 바로 말로만 듣던 자유연애지? 맞지? 자네, 큰일났구먼."

순간 김신안의 얼굴이 수줍게 물들었으나, 곧 반격하고 나섰다.

"에이, 놀리지 말게. 그래, 난 연애를 하고 있네. 이십세기는 자유연애의 시대인데 뭐 어때? 무릇 이십세기 청년이라면 구습을 벗어던지고 자유연애를 행할지니…… 청년이라면 당연히 해야 할 일을 하는 것일세. 저기 축음기에서 나오는 노래 좀 들어보게. 카추샤의 노래, 알지? 이것도 몰라? 자넨 아는 게 뭐야? 요즘 시중에서 대단한 유행인데? 예술좌에서 공연한 똘스또이의 「부활」이라는 신파극도 못 봤어? 거기서 카추샤가 부르는 노래라네. 그 역을 맡은 마쯔이 스마꼬(松井須磨子)라는 배우는 대단한 매력덩어리라네. 사람을 홀려버린달까. 그런데 와세다대 교수요 자연주의 문예평론가로 이름이 높던 시마무라 호오께쯔(島村抱月) 선생이 그녀에게 홀딱 반하고 말았지 뭔가. 여차저차하더니 결국 시마무라 선생은 와세다대학 강의도 때려치우고, 처자식도 내버리고, 마쯔이와 동거생활에 들어갔다네. 이야말로 자유연애 만세요, 사랑의 승리 아니겠나?"

"정말 대단하구먼. 학문도 처자도 버리고 연애에 몸을 불사르다니. 정말 이십세기라는 걸 실감케 하는군."

그도 감탄하지 않을 수 없었다. 그 이야기를 듣는 동안 배꼽 밑에서 아련한 아지랑이 같은 것이 피어올라 핏줄을 타고 돌아다니는 듯 몸이 근질거렸으나 그게 무엇인지 정체를 알 수 없었다.

"그래, 바로 그거야. 자유연애 만세지. 계절은 봄, 인생은 청춘. 그러니 자유연애 만만세일세. 앞으로 이십세기 청년이라면 반드시 연애에 몸을 불사르는 경험을 해야만 할 거야. 그러니 이십세기의 선구자를 자처하는 우리가 반드시 경험해야 하지 않겠나? 자네도 마쯔이라는 배우가 연기하는 걸 봐야 해. 그러면 여성이 뭔지, 연애가 뭔지 이해할 텐데. 『요미우리신문(讀賣新聞)』에선 그녀가 무대에 선 자태를 보기만 해도 전율을 느끼게 된다고 기사가 났더군."

김신안이 신이 나서 떠벌렸다. 그는 잠시 생각해보고는 진중하게 말을 끊었다.

"그런 건 잘 모르네. 이과생이니 연극이나 가요에도 무식하고. 그보다 스나가 선생은 어떤 사람인가? 그걸 물어보려고 일부러 자네를 찾아온 거라네."

김신안이 눈을 휘둥그렇게 떴다.

"왜 내게 그런 걸 묻지? 자네가 더 잘 알 텐데? 난 아버지 심부름으로 몇번 그 댁에 갔던 것뿐이라네. 그에 비하면 자네는 매달 거르지 않고 인사를 다니지 않나?"

"인사를 다니고 있긴 하지만 아는 게 거의 없어. 사실 토오꾜오에 올라오기 전에는 이름도 잘 몰랐는걸."

어릴 때 스나가가 세이요껭에 데려가 홍차를 사주던 일이 떠올랐다. 배를 채울 음식을 기대했는데 물어보지도 않고 차와 과자를 주문해주어 섭섭했다. 그 생각을 하면 지금도 실망스러운 기분에 입안 가득 침이 괴었다. 그처럼 스나가와의 만남은 언제나 피상적인 듯했다.

"왜 갑자기 스나가 선생에 대해 알려고 하지?"

우장춘은 과자를 한입 깨물어 우물거리면서 천천히 말을 골랐다.

"내 선친과 친분이 있다고 들었거든. 나는 요즘 선친에 대해 자세한 것을 알고 싶어졌다네."

"어머니께 여쭈어보면 되지 않나?"

그 생각은 하지 못했다. 언제나 단정하고 엄격한 어머니. 다른 어머니들처럼 곰살궂거나 다정하지 못하고 무뚝뚝한 성품인 것이 불만스럽기도 했으나 그게 아버지를 대신하여 자식을 제대로 키우려는 노력이라고 알고 의지하였다. 그런 어머니가 먼저 말을 꺼내지 않는 한 아버지에 대해서는 언급하지 않는 게 보통이었다. 아버지가 죽었을 때 어머니는 기진할 정도로 울었다. 그리고 어느날 문득 눈물을 씻더니 딱 자르듯 선언했다. 아무리 짓밟혀도 다시 일어나 꽃피우는 민들레처럼 살아가자고.

"잘은 모르지만 스나가 선생은 토찌기현(栃木縣)에 땅을 많이 가진 지주인데, 미곡상도 하고, 다른 여러 사업에도 손을 대고 있다고 들었네. 한때는 조선의 한성에다 가죽공장을 설립하려고 한 적이 있었나봐.

그게 러일전쟁이 일어나기 전이라니까, 이십년도 더 지난 일이고. 아주 예전부터 조선의 혁신세력과 친분을 쌓아서 조선 문제에 자주 관여하고 있다고 하더군. 이런 정도는 자네도 아는 걸 테고…… 그 관여라는 게 단순한 상업상의 거래만은 아니라는 소문도 들은 거 같은데…… 아무튼 스나가 선생에겐 흑막이 있어. 확실한 건 몰라. 예전엔 겐요오샤라는 단체에서 활동했고, 요즘은 흑룡회에도 깊숙이 관여한다는 말도 있고."

"겐요오샤? 흑룡회? 어떤 단첸데?"

"저번에 남명구락부에서 강연회를 열었다가 우리한테 조롱을 당한 바로 그 단체야. 한마디로 우익 국수주의자들 집단이지. 신인회, 건설자동맹 학생들과 홍고오에서 한판 붙었다는 낭인회도 바로 그런 단체고. 다 똑같은 무리들이야. 저희들 깜냥으로는 아시아를 지킨다고 설치고 다니는데…… 그렇지. 그런 단체들은 홍광표 선배를 찾아가서 물어보면 제대로 알 수 있네."

김신안이 말을 늘어놓다가 뚝 그쳤다.

경쾌한 하이힐 소리가 나더니 어떤 여성이 나타났다. 가까이 오기도 전에 백합꽃 향기 같은 달콤한 냄새가 맡아졌다. 똑떨어지게 서양식 복장을 한 여성이었다. 종처럼 생긴 펠트모자를 쓰고 붉은 드레스와 검은 코트를 입었으며 목에는 한마리분의 여우털목도리를 둘렀다. 하얀 장갑을 낀 손에는 고급스러운 검은 핸드백을 들었다. 얼굴이 하얗고 뺨이 도독하고 눈은 기름하니 시원스러웠다. 김신안이 얼간이처럼 벌떡 일어서더니 의자를 잡아빼어서 권했다. 그녀는 작지만 똑똑한 음성으로 고맙다는 말을 한 뒤 살포시 앉았다. 그녀에게만은 중력이 적용되지 않는 것처럼 동작이 우아했다. 나비날개보다 가벼운 것 같았다. 그녀는 등을 꼿꼿이 펴고 앉아 천천히 장갑을 벗었다. 길고 화사한 손가락이 드러났다. 여느 여학생들과 달리 조금도 수줍어하는 기색 없이 서양 여자처럼 세련되고 당당했다. 그녀는 똑바른 시선으로 김신안과 그를 보았다.

"이분이 바로 성계백 선생님이세요?"

말끝이 살짝 들리면서 검은 속눈썹이 나비날개처럼 파닥거렸다.

"아닙니다, 아직 안 오셨습니다. 곧 오실 겁니다. 오시거든 그냥 성 선배님이라고 부르세요. 오빠 선배니까. 참, 이쪽은 제 친구 우장춘입니다."

그녀는 가볍게 고개를 숙이며 화사한 미소와 함께 핸드백에서 명함을 꺼내 내밀었다. 사교에 익숙한 세련된 태도였다. 거기에는 윤미려라는 이름과 주소가 적혀 있었다. 니홈바시(日本橋)의 요꼬초오(橫町)라고 쓰인 것을 보니 이 부근 시내에 사는 모양이었다.

"저는 토오꾜오제대 농학부에 다닙니다. 아직 명함은 없고요."

우장춘은 자기도 모르게 얼굴을 붉히면서 주섬주섬 말했다. 말소리가 떨리지 않아서 다행이었다. 윤미려는 다시금 미소를 지으며 그를 똑바로 보았다. 여성에게서 이처럼 직선적으로 눈길을 받아보기는 처음이었다. 그도 용기를 내어 윤미려를 마주보았다. 그녀는 빨간 입술 사이로 하얀 이 끝이 살짝 드러난 뭐라 말할 수 없이 상큼한 미소를 띠고 있었다. 그녀가 나타나자 쁘랭땅이란 까페가 서양의 격조 높은 쌀롱인 것처럼 느껴졌다. 김신안이 반할 만도 했다.

"무엇보다도 다른 조선 여학생들과 달리 일본 복장이 아닌 게 마음에 드는군."

그가 귓속말로 감탄했다.

"쉿, 사람을 앉혀두고 귓속말을 하는 건 실례야."

김신안이 주의를 주었다. 그가 당황해서 어쩔 줄 몰라하는데, 마침 성계백이 나타났다. 망또를 두르고 단장까지 짚은 중후한 차림이었다. 두 사람은 일어났으나 윤미려는 앉은 채로 서양 여성처럼 가볍게 손을 내밀었다.

"이분이 바로 윤영립군 누이시구먼. 나도 어제 김신안군의 연락을 받고서야 오빠 일을 알았습니다. 얼마나 놀라셨습니까? 객지에서 이런 일을 당하시다니, 정말 심려가 크시겠습니다."

성계백이 그녀가 내민 손을 살짝 잡고 깍듯한 인사를 했다. 그리고 말썽꾸러기들을 꾸짖는 것처럼 그들 두 사람을 힐끗 보면서 낯을 찌푸렸다.

"정말이지, 요즘 젊은이들은 이해를 못하겠군요. 큰일입니다. 너무 자유분방해서 연장자의 말을 듣지 않는데, 그래서 더욱 문젭니다. 그동안 내가 선배로서 그런 써클은 위험하다고 그토록 주의를 주었건만."

김신안이 얼른 끼어들었다.

"그렇게 걱정하지 않아도 될 겁니다. 대단한 사건은 아니라고 하던걸요. 무엇보다 토오꾜오제대 신인회랑 같이 잡혀갔으니, 일반 잡범 다루듯 하지는 못할 거라고요. 이삼일 정도 취조하고선 내보내줄 거라고들 하더군요."

윤미려가 얼굴을 찌푸렸다.

"그렇지만, 제가 어제 경시청 앞의 사식 차입해주는 집에 갔더니, 제게 한주일치를 미리 예약하라고 하던걸요. 이쪽에서 생각하는 것처럼 그렇게 쉽게 내보내주는 일은 좀처럼 없다면서."

그녀의 눈동자가 근심으로 어두워졌다. 한 단어씩 말할 때마다 고개가 살짝 기울어져 까딱거렸고, 그 리듬에 따라 모자에 꽂힌 데이지꽃이 춤추듯 흔들렸다. 가만히 보니 그녀의 시선은 김신안에게는 거의 향해 있지 않았다. 말을 하느라 눈길이 부딪쳐도 그때뿐 곧 딴 곳으로 흘려버리고 마는 것이었다. 김신안은 그런 그녀의 시선을 붙잡으려고 애쓰면서 이리저리 눈알을 굴렸다. 암컷의 시선을 끌려고 멋진 깃털을 보여주며 안달하는 수컷 새처럼 안쓰러웠다.

"벌써 윤군을 위해 사식을 차입하셨군요. 훌륭하십니다."

성계백이 칭찬했다.

"유치장에서 주는 밥은 도저히 입에 댈 게 못된다고 들었거든요."

"아니, 그렇다면? 윤군은 전에도 유치장에 들어간 적이 있습니까? 동생분께선 모르십니까? 홍광표군이야 이미 요주의 인물로 경시청에 찍혔다고 다들 알고 있지만 윤군까지 물이 들다니. 같은 학교 선배인 나도 모르는 사이에…… 정말 큰일났군요. 통탄할 노릇입니다. 조선 학생이 토오꾜오에 오면 나는 주의를 줍니다. 일단 조선 청년이라는 사실만으로도 경시청의 감시를 받게 된다고. 그런데 그런 급진적인 단체에 관계하다니, 무모한 행동입니다. 감옥살이를 하고 싶다고 자진해서 걸어들어간 거나 진배없어요."

성계백은 한참을 한탄하더니 김신안에게 몸을 돌리고 물었다.

"김신안군, 윤군이 전에도 경찰에 붙들려 조사를 받은 적이 있나? 처음이면 가벼운 훈방 정도로 끝날 수도 있는데. 모르나? 일단 면회부터 하도록 합시다. 그리고 변호사가 필요하다면 사꾸마(佐久間) 선생이나 이마이(今井) 선생이 있으니까 상의하면 됩니다. 아시겠지만 그분들은 우리 조선 유학생들에겐 동정적이어서 아무 일 없이 풀려나도록 해주실 겁니다. 걱정 안하셔도 될 겁니다."

갑자기 성계백이 일어나자고 재촉했다. 윤미려가 계산서를 요구하자 김신안이 얼른 가로채어 지불했다. 까페에서 나와 히비야 쪽으로 걸어갔다. 스끼야 다리(數寄屋橋)를 건너면 새하얀 대리석으로 지은 제국극장이 있고 그 뒤편으로 붉은 벽돌의 웅장한 이층건물이 있는데, 바로 경시청이었다. 다리 위에서 성계백이 그들에게 말했다.

"이렇게 우르르 몰려가봐야 면회는 한사람만 허용되네. 그러니 나와 윤미려양 둘만 가는 게 좋겠어. 출옥하는 것도 아니니 수선을 떨 필요는 없겠지. 자네들은 이제 볼일을 봐도 되네."

반박할 명분이 없어 김신안은 엉거주춤 서버렸다. 따라가고 싶은 눈치였으나 어쩔 수 없었다. 성계백과 윤미려는 저만치 앞으로 걸어갔다. 외투 밑으로 빠져나온 늘씬한 종아리가 경쾌해 보였다. 두 사람의 모습이 제국극장 뒤쪽으로 사라질 때까지 김신안은 눈길을 돌리지 못하고 다리난간에 기대서 있었다.

홍광표는 욘따니(四谷) 공설시장 부근의 뒷골목에 살고 있었다. 옹색한 집들이 다닥다닥 붙어 있는 서민들의 동네였다. 개천을 건너 저쪽 저지대에는 공장들이 몰려 있어 굴뚝마다 검은 연기가 피어올랐다. 아련하게 웅웅대는 기계의 울림소리도 골목바닥에 두껍게 깔린 듯했다. 좁은 거리에는 볕도 잘 들지 않았다. 반찬가게며 두붓집, 바느질집 등 고만고만한 가게들을 지나쳐 작은 신사 앞에서 길을 꺾어드니 나가야(長屋, 다세대 서민주택)라고 부르는 셋집이 나타났다. 방문 위쪽에 쓰인 숫자를 짚어 홍광표가 사는 집을 찾을 수 있었다. 우장춘이 살고 있는 코마바의 하숙도 고급이라곤 할 수 없었으나, 이 골목의 집들은 더욱 누추했고, 바람에 실려오는 공장의 연기 때문인지 퀴퀴한 악취가 감돌고 있었다.

불쑥 찾아와 질문만 던져놓고 사정 설명은 하지 않는 우장춘을 홍광표는 내심 당돌하다고 여기는 모양이었다. 그들이 끼고 앉은 화로는 숯불이 살려져 따뜻했으나 그들 사이에는 냉랭한 기운이 감돌았다. 홍광표는 공연히 잡지를 집어 훌훌 넘겨보며 시간을 끌었다. 그러다 불쑥

154

잡지를 던지고 질문을 했다.

"앞으로 윤영립군은 요시찰 인물 중에서도 갑(甲)호로 분류될 모양이더군요. 이번엔 유치장에 사흘밖에 있지 않아서 경성에 계신 부친 모르게 해결되었지만 앞으로는 어떻게 하려는지 궁금합니다. 부잣집 도련님이라 더욱더 단련이 필요한데."

우장춘은 남의 일에 뭐라고 말하기가 그래서 방안만 휘휘 둘러보았다. 초라한 방이었다. 한쪽 벽으로 책들이 쌓여 어수선하게 보였으나 책상 위의 붓이며 공책은 깔끔하게 정돈되어 있었다.

"그러니까 우형은 흑룡회에 대해 알고 싶어서 왔다는 겁니까?"

다시 침묵을 지키다가 홍광표가 말했다.

"폐를 끼쳐서 죄송합니다."

다시 한번 그는 정중하게 고개를 숙였다.

"아니, 폐랄 건 없습니다. 어려운 내용을 설명해달라는 것도 아니고, 시간도 별로 걸리지 않는 문제니까요. 거칠게 말한다면, 흑룡회는 청일전쟁 무렵 활동하던 겐요오샤라는 극우단체의 뒤를 이어받아 우찌다(內田)라는 사람이 결성한 것입니다. 그 단체의 이름은 일본의 국경을 만져우에 있는 흑룡강까지 넓히겠다는 취지로 지었다고 알려져 있습니다. 그리고 그 단체의 목표는 일본이 조선과 만져우, 나아가 중국과 시베리아 등 대륙까지도 식민지로 삼아 지배하는 것입니다. 일본이라는 나라 안에서는 헌정옹호나 벌족타도 같은 구호를 내걸고 민권운동을 벌이기 때문에 자칫 자유주의 사상을 가진 단체로 오해하기 쉽습니다. 그러나 대외적으로는 어디까지나 약소국을 식민지로 만들기 위해 침략하자고 합니다. 그들은 흔히 주장하지요. 아시아 각국이 서양열강의 침략에 맞서려면 서로 협력해야 한다고. 그 말에 현혹된 조선이나 중국의 혁신세력들이 흑룡회 같은 단체와 손을 잡게 됩니다. 그리고 먹히는 거죠. 그러니까 조선이나 중국의 혁명이나 민중해방을 후원하는 체하면서 일본의 세력을 점차 넓혀가는 게 그들의 상투적인 수법이라는 걸 명심해야 합니다. 그들은 일본의 우월성을 굳게 믿고 있습니다. 일본은 미국이나 영국과 어깨를 견줄 정도로 문명개화한 우수민족인데, 조선이나 중국은 우둔하고 미개해서 자기네 나라를 통치할 능력조차 없는 야만민족이라고요. 그래서 서양열강의 먹이가 되고 있으니 같은 아시아인이요, 황인종인 일본이 대신 나서서 아시아를 통치해야 한다는 주장을 펴는 겁니다. 자세한 증거는 책을 봐야 되지만, 1910년 일본이 조선을 집어삼킬 때, 그 단체가 막후에서 큰 힘을 발휘했고, 또 중국이며 만저우에서 한밑천을 잡으려는 낭인들은 대부분 그 단체의 후원을 받는 것으로 알고 있습니다. 그런데 왜 갑자기 그 단체에 대해 궁금해합니까? 혹시 그 단체에서 우형더러 가입하라고 권유합니까?"

말끝에 붙인 질문은 분명 그를 조롱하는 것이었다. 우장춘은 자신이 조롱당해야 하는 까닭을 몰라 어리둥절했다.

"그 단체는 일본인들만 가입하는 단체라고 들었는데요?"

"그럼 우형이 조선사람이라는 게 사실입니까?"

홍광표는 더욱 짓궂은 미소를 띠며 비꼬았다.

"그렇다면…… 왜 그렇게 제게 모욕적인 말씀을 하십니까?"

그는 화가 치밀어 부르르 떨기까지 했다.

"우형이 조선사람처럼 보이지 않아서 한 말이니까 모욕하려고 일부러 지어냈다고 생각하지 마십시오. 우형을 조선사람으로 여기기에는 문제가 많습니다. 김신안군이 우형을 데려왔을 때, 난 여간 의아하지 않았습니다. 순진한 김군은 무턱대고 내 동포라고 껴안고 감격하기를 좋아합니다."

홍광표는 냉소적으로 비꼬아 말했다. 나름대로 벽을 단단히 쌓아놓고 들어앉아 상대방을 내려다보는 투여서 그는 몹시 마음이 상했다.

"나는 조선사람입니다. 선배님은 왜 내가 조선사람처럼 보이지 않는다고 하십니까?"

"무엇보다도 우형은 조선말을 모르거니와 조선에 대한 추억도 그리움도 없지 않습니까? 그러니 무엇을 가지고 우형을 조선사람이라고 하겠습니까? 조선사람이려면 우선 자신을 조선사람으로 느끼겠다는 의지가 있어야 하겠지요. 물론 조선사람이 현재 당하고 있는 억압과 고통에 대한 공감, 이것도 우형의 일부분이어야 할 것이고요. 그런데 이 중에 어떤 것을 자신의 것처럼 절실하게 느끼고 있습니까?"

홍광표의 말은 매몰찼다. 그는 저항했다.

"제 선친은 조선사람이었습니다. 그리고 조선을 위해 목숨까지 바치셨습니다. 저는 그것을 자랑으로 알고 살아왔습니다."

"선친께서 조선사람이었다면 우형도 조선사람인 게 마땅합니다. 그러나 저절로 그렇게 되는 게 아니라 애써 그렇게 되도록 노력해야만 하는 것입니다. 그러자면 그렇게 되려는 의지가 가장 우선이겠지요. 선친이 어떤 분이었는지는 모르지만, 너무 거기에 연연해하지 마십시오. 우형 자신이 어떤 선택을 하고 어떻게 살아가느냐 하는 게 문제입니다. 자신을 조선사람이 되도록 뜻을 세우고 노력하십시오. 먼저 조선말과 조선 역사부터 배워야겠군요."

홍광표가 말했다. 전염성이 강한 확신으로 가득 차 있었다. 아버지가 문제가 아니고 바로 본인이 조선사람다워야 한다는 그 말은 그의 가슴에서 징소리처럼 은은하게 울려퍼졌다.

10. 음치

우장춘은 자신을 조선사람답게 만들어줄 것을 찾기 시작했다.

조선말을 배우겠다고 혼자 끙끙거리다 손들고 만 것은 아무리 생각해 봐도 불가사의였다. 이상했다. 조선말을 알아듣기는 하겠는데 귀에 들려오는 대로 말을 하면 아무도 알아듣지 못한다는 게 납득되지 않았다.

"보꾸도 마누치 무유."

한번은 수줍게 발음해 보이자 김신안이 눈을 휘둥그렇게 뜨며 어리둥절해서 물었다.

"대체 무슨 말을 하려는 거야? 어느 나라 말이야?"

그가 '복도 많지 뭐요'라는 뜻이라고 하자 김신안은 배꼽을 잡고 한참이나 웃어댔다.

"제발 그만둬. 그건 조선말도 일본말도 아니잖아. 괴상해서 도무지 들어줄 수가 없어."

아무래도 받침을 끊지 못하고 모음을 붙여서 소리를 내는 게 문제인 듯했다. 그러나 연습해도 받침소리가 앞소리에 가서 붙지가 않았다.

이번에는 조선의 역사 쪽으로 관심을 돌려보았다. 학업 때문에 본격적으로 시간을 내어 공부하지는 못했으나 사정이 허락하는 대로 국제정세며 조선의 현상황을 공부하는 모임에 참석했으며, 정치강연회에도 간간이 얼굴을 내밀게 되었다.

게다가 김신안은 귀찮을 정도로 자주 그를 불러내어 이리저리 끌고 다녔다. 음악회며 무용회, 신파극 등, 그해 봄 참석했던 문화행사의 목록을 작성한다면 길고 다채로울 지경이었는데, 그러고도 질리지 않는지 김신안은 영문모를 작은 소모임까지 혼자 기웃거리기도 했다. 속사정을 들어보니 이랬다. 김신안은 윤미려와 교제하기를 바랐으나 조선의 풍속이 원체 남녀가 유별한데다 그녀의 태도가 도도하여 개인적으로 만나는 건 꿈도 못 꾸었다. 그래서 그녀가 나타날 만한 곳, 심지어는 기독청년회의 기도회며, 조선 여자 유학생 친목회까지 찾아다니는 거였다. 덕분에 우장춘도 예술에 눈을 뜨게 되었고, 여성이라는 존재에 아주 무심하지만은 않게 되었다.

자신이 음치라는 사실을 알게 된 것은 그런 와중이었다. 김신안의 권유로 계명창가구락부라는 모임에 참석했다가 얻은 소득이었다. 그때 일과 이런저런 전후 사정을 종합해보고야 자신이 조선말을 남이 알아듣도록 발음하지 못하는 까닭이 그 때문이라는 사실을 깨닫게 되었다.

노래를 부르는 것은 취미에 맞았다. 부르다보면 절로 흥이 났고, 서양노래는 색다른 정서를 안겨주어 신기하고 재미있었다. 그리고 범연합써클인 그 모임에는 윤미려가 피아노 반주자 중 한명으로 활동하여, 일주일에 한번씩 피아노 치는 고운 자태를 감상할 수 있다는 점도 즐거웠다. 그러나 얼마 지나지 않아 그만두어야 했다.

"아무래도 우형에게는 노래를 부르는 일이 고역이겠습니다?"

써클회장이자 지휘를 맡은 사사끼가 에둘러서 그에게 말했다. 지나가는 말처럼 들렸으나 그 정도면 알아들어야 했다. 모임에 나오지 말아달라는 뜻임을.

일본 사회에서는 직접 얼굴을 맞대고 상대의 결점을 지적하거나, 대놓고 거절하거나, 상대가 내게 폐를 끼쳤다고 지적하는 일은 없었다. 다른 조선 학생과는 달리 그런 관습에 익숙한 우장춘은 사사끼가 하는 말을 어렵지 않게 알아차릴 수 있었다. 이미 스스로도 깨닫고 마음에 걸려하던 바이기도 했다. 흥에 겨워 노래를 부르다보면 다른 사람들의 노래를 방해하게 된다는 걸 자각하고 있었다. 바로 자신이 옆사람의 음정을 틀리도록 이끌거나 이상한 소리를 내어 연습을 되풀이하게 만드는 장본인이었던 것이다.

그렇지만 두 사람만 있는 자리에서 말을 해주어도 됐을 텐데, 싶어 그는 사사끼가 원망스러웠다. 하필 피아노 근처였고, 거기서는 윤미려가 분주하게 책장과 피아노 사이를 오가며 악보를 정리하고 있었던 것이다. 분명 그녀에게도 그 말이 들렸을 것이다. 부끄러웠고 화도 났다.

'나를 어떻게 생각할까? 그까짓 노래도 제대로 못 부르다니, 얼간이라고 여길 테지.'

속이 쓰라렸다. 그 말을 들었는지 어쨌는지 윤미려는 돌아다보지 않았다. 책장을 뒤적이며 뭔가를 찾고 있었다. 곧 그는 자신으로부터 비롯된 일이라고 마음을 다독거리며 마음을 풀었다. 어머니로부터 자신이 할 수 있는 일과 할 수 없는 일을 명확하게 구분하여 체념할 것은 확실하게 체념하도록 배운 그로서는 객관적으로 받아들이기가 어렵지 않았다. 사사끼로서도 부득이한 조처일 것이다.

사사끼는 지휘봉 끝을 만지작거리며 그의 결단만 기다리고 있었다.

"정말 그렇습니다. 그런데도 미적거린 게 제 불찰입니다. 폐를 많이 끼쳤습니다."

"천만에요. 저로서도 몹시 서운합니다. 나중에라도 종종 놀러 오시면 무척 반가울 것입니다."

정중하게 인사를 나누고 연습실을 나오는데 눈물이 핑그르르 돌았다. 그는 깜짝 놀랐다. 노래 부르기에 이처럼 애착을 느꼈는가 싶어 스스로도 의아할 지경이었다.

속도 모르고 김신안은 혼자서는 노래모임에 가지 못하겠다고 투덜거렸다.

"정 그렇다면 차라리 예수교 신자가 되어보는 건 어때? 그러면 일요일마다 메지로(目白)의 예배당에 가서 예배를 볼 수 있을 텐데. 윤영립 남매는 독실한 신자니까 분명 길 잃은 양 한마리를 찾았다고 친하게 대해줄 걸세."

그가 제안하자 김신안은 생각해볼 것도 없이 즉각 거절했다.

"안돼, 난 불교도야. 이미 맹세까지 한걸."

"정말? 맹세를 해?"

"그럼, 맹세를 했지. 코오베에서 미션스쿨을 다닐 때 얼마나 이를 갈았던지, 일생 동안 불교도로만 살기로 맹세를 한걸."

"무엇 때문에?"

"거기서 일본인 목사를 보고 학을 뗐다네. 여보게, 예수교에서 말하는 사랑이 바로 인도주의가 아니겠나? 그런데도 채플시간이면 학생들을 모아놓고 일본의 승리를 위해 기도하자니 말이 되나? 또 설교는 더 가관이지. 하느님의 크나큰 은혜로 러시아를 무찔렀다는 둥, 조선을 식민지로 삼은 게 하느님의 뜻이라는 둥. 심지어는 조선사람인 학생들이 없는 게 아닌데도 이또오 히로부미를 죽인 안중근은 천벌을 받아 지옥에 갈 거라고 욕도 하겠지? 도대체 예수교 목사라는 작자가 어떻게 저럴 수 있나 싶었다네. 그런데 가만히 보니 예수교 신자들은 다 그래. 그에 비하면 불교가 훨씬 인도적인 것 같더군. 그때부터 불교를 믿겠다고 결심했네. 불교는 자기네 종교를 안 믿는다고 공격하거나 적대시하지는 않잖나? 그저 깨닫지 못한 중생이구나 하고 불쌍하게 여길 뿐이지. 믿으라고 남을 괴롭히지도 않고. 그것 하나만 봐도 불교가 훨씬 진보적이고 인도적인 종골세."

일본인을 어머니로 하여 일본에서 자란 그로서는 김신안보다 종교에 대한 이해가 일본사람들의 성정에 가까웠다. 그 때문에 그로서는 그게 별것 아니라고 웃어넘길 수도 있는 문제였다.

"여기선 종교보다는 국가가 우선이라서 그래. 일본 국민들은 국체(國體)를 보전하는 게 자기네 인생의 목적이라고 믿고 살 정도거든. 전통이 그래서 그래. 게다가 여러 신을 믿는 전통이 있어서 예수교라고 해서 특별한 하나의 신으로 심각하게 받아들이질 않는다네. 이들에겐 국가의 신이 최우선이고, 나머지 여러 신은 믿을 수도 있고 안 믿을 수도 있는데 예수도 그중 하나인 거지. 이 신사에 가면 이 신에게 빌고 저 신사에 가선 저 신에게 빌면서도 갈등을 안 느끼는 것과 마찬가질세."

"그래도 안돼. 난 조선사람이니까."

김신안이 뻐기듯 가슴을 내밀며 단호하게 말했다.

"신성한 연애를 하는 참인데, 종교 정도는 넘어설 수도 있지 않은가?"

"사내대장부가 그럴 순 없어. 아녀자 때문에 맹세를 저버린다는 건."

사내대장부라는 말에 실실 삐져나오던 웃음이 딱 그쳐버린 것은 또 아버지가 기억난 때문이었다. 어릴 때, 그의 팔다리를 쇠사슬처럼 옭매어 부자유스럽게 하던 사내대장부라는 말. 그는 김신안을 더이상 설득하려고 하지 않았다. 윤미려와 교제할 수 있도록 돕고 싶었으나 그로서도 방법을 생각해낼 수 없었다.

누런 흙먼지 섞인 바람이 몰아치는 날과 화창하게 갠 날이 번갈아 찾아오는 계절이 되었다. 봄기운은 점점 짙어졌다. 한밤중 창을 열면 온갖 꽃향기가 훈풍에 실려와 혈관을 들쑤셔놓았다. 그는 몸이 근질근질했다. 목련이며 벚꽃이 순식간에 피어났다가 져버리고, 유록색 어린 나뭇잎들이 돋아나더니 점차 초록으로 무성해졌다. 보랏빛 등꽃이 피어났다.

김신안의 연애는 여전히 일방적인 기웃거림으로 그친 채 보람을 얻지 못하고 있었다. 옆에서 보기에도 딱할 지경이었다. 아무리 사람이 좋다지만 저러다 지치겠구나 싶었다.

음악학교에서 가르치던 독일인 교수, 하인리히 피셔의 귀국 송별음악회 밤이 되었다. 그날따라 윤미려는 오빠 윤영립이 아닌 다른 남성의 에스코트를 받으며 음악학교 강당에 나타났다. 전혀 모르는 사람이었다. 김신안은 자리에 앉은 채로 한참을 두리번거리다가 그 한쌍을 발견하곤 무슨 생각이 들었는지 시무룩하니 펴져버렸다. 피셔 교수는 일본에 처음으로 독일 리트(독일의 가곡을 이르는 말)를 소개한 사람으로 멋진 바리톤으로 슈베르트의 「겨울나그네」 전곡을 순서대로 불렀다. 첫 곡인 「밤인사」는 애인의 집 유리창에다 몰래 안녕이란 말을 써놓고 떠난다는 내용이었는데, 음악광이 아닌 사람도 가슴이 미어질 정도로 구슬펐다. 김신안을 흘깃 엿보니 그렁그렁 고인 눈물을 훔칠 염도 하지 않고 무대 뒤의 하얀 벽만 뚫어져라 바라보고 있었다.

음악회가 끝나고 나오면서 김신안이 투덜거렸다.

"여자란 정말 요물이야. 내가 여기 올 것을 뻔히 알면서도 다른 남성을 대동하고 나타나다니. 남자의 애간장이나 태우는 요물이 아닌가. 세상에 이럴 수는 없는 거야."

김신안이 술이나 한잔 마시고 가자고 했다. 어떤 까페에 들어갔다. 그
때부터 심상치가 않았다. 김신안은 마중나온 여급들을 모두 물리치더
니 호기롭게 맥주가 아닌 위스키를 주문했다. 그것도 병째로 가져오라
고 소리쳤다.

"너무 실망하지 말게. 미려씨는 아무것도 모르고 있으니, 그럴 수도
있지 않은가?"

그가 좋도록 달래려고 들자 김신안이 버럭 화를 냈다.

"모를 리가 있나? 그동안 그렇게 열심히 쫓아다니며 정성을 보였는
데, 알고도 남을 게 아닌가? 그런데도 시치미를 뚝 떼고 다른 남성과 함
께 나타나다니. 결국, 나 김신안이는 그녀의 안중에는 없다, 그런 뜻이
아니겠나? 세상에 어찌 이런 일이 있을 수 있나?"

김신안은 위스키를 마시며 음미하는 게 아니라 냉수처럼 목구멍에
들이부으며 땅이 꺼져라 한숨을 내쉬었다.

"하지만 말로 고백한 적은 없지 않은가?"

"사내대장부가 행동이면 됐지, 구구하게 무슨 말이 필요해?"

"여보게, 이건 자네 잘못이야. 말을 해야 사람은 마음을 알게 되는 것
일세. 이쪽에서 아무말도 안하고 있는데, 저쪽에서 알아서 호응을 하다
니, 미려씨가 점쟁이라도 된단 말인가? 중학교를 졸업하던 무렵, 우리
어머니는 내게 온갖 것을 다 가르치려고 하셨지. 남자는 사회생활을 하
려면 술을 마실 줄 알아야 한다고 저녁마다 술 한잔씩 마시는 연습을
시킨다든지 하는 엉뚱한 일도 하셨네. 그런데 어머니는 장차 여성을 사
귀는 문제까지 충고하셨다네. 여성은 남성이 마음을 확실한 말로 드러
내어 이끌어주기를 기다리고 있다고. 그래서 용감하게 말을 꺼내는 남
성만이 원하는 여성을 얻을 수 있다고. 여자는 남자가 말로 확실하게

드러낼 때에만 남자답고 책임감있다고 생각하게 된다고 하시더군. 이 사회에서 여성은 앞장서는 게 금지되어 있으니까 남자가 그렇게 해줘야 여성도 행동할 수 있다고. 미려씨도 여성이니 자네가 남자답게 확실한 말을 하기만을 기다리고 있을지도 모르네. 아직 늦지 않았네. 누구와 약혼했다는 소문은 못 들었으니까 미리 실망할 일은 아니라고 보네. 자네 마음을 말로 전하도록 하게. 그래야 미려씨도 알고 호응을 해올 게 아닌가?"

조곤조곤 늘어놓는 그의 말에 반박할 여지를 찾지 못하자 갑자기 김신안은 그에게 술을 마시지 않는다고 타박하기 시작했다.

"안 마시는 게 아니라 체질상 못 마시는 거라니까."

"그렇다고 친구인데, 같이 취흥에 빠져주지도 못하나?"

김신안은 마구 생떼를 부렸다.

결국 김신안은 술에 취해 몸도 제대로 가누지 못했다. 옆에서 부축을 해줘야 간신히 걸을 정도였다. 달래서 까페에서 데리고 나오긴 했으나 하숙집까지 데려다줄 일이 난감했다. 김신안은 말리는 것은 전혀 듣지 않았다. 여자음악학교 앞, 흐릿한 가로등만 몇개 깜빡거리는 메지로 거리를 마구 휘젓고 돌아다녔다. 몇번이나 인력거를 불러세웠으나 좀처럼 타려고 하지 않아 실랑이를 했다.

갑자기 그는 거리 바닥에 드러눕더니, "이 거리가 바로 나의 엔젤이 아침저녁으로 밟고 다니는 길이야. 나는 차라리 이 길바닥에 누워 엔젤이 즈려밟고 가게 하고 싶다네" 하고 떠벌리는가 하면 순사가 나타나 그를 흔들어 깨우며 어서 집으로 돌아가라고 재촉하자, "나도 그러려고 합니다, 그러려고 하던 참이란 말입니다" 하고 반항적으로 대꾸했으며, 점포마다 닫아놓은 함석 덧문을 텅텅 소리가 나도록 두들겨대서 잠자던 사람들이 깜짝 놀라 뛰어나오게 만들기도 했다. 대단한 소동이었다.

그러나 사각모자에 학생복을 입은 차림새 탓인지, 모두가 대학생의 객기 정도로 간주하고 관대하게 눈감아주어 크게 말썽으로 번지지는 않았다.

그날 밤, 김신안을 고지마찌의 하숙으로 데려다주기까지 우장춘은 몇번이나 가슴을 쓸어내려야 했다.

며칠 뒤 저녁이 다 되었을 때, 김신안이 그의 하숙으로 찾아와 사과했다. 그러나 아직도 그날 밤의 숙취에서 깨어나지 못한 듯 창백하고 열에 들뜬 얼굴이었다. 잠시 앉아서 차를 마시는 동안 안절부절못하더니, 돌연 산책을 나가자고 일어섰다. 가슴이 터질 것 같아 바람을 쐬어야겠다고 했다. 하늘이 흙바람 때문에 붉게 물들었고 드러난 살에 닿는 공기가 쌀쌀하니 따끔거렸다.

"요즘 자네 너무 개갠다는 거나 알고 있게."

그는 마지못해 따라나서며 일침을 놓았다. 김신안은 얼굴을 붉혔으나 아무 변명 없이 앞장섰다. 어슬렁거리며 걸어다니다보니 어느새 메이지회관 앞이었다. 그 건물에는 창가구락부가 빌려쓰는 연습실이 있었다. 회관 마당의 보랏빛 등꽃이 레이스처럼 축축 늘어진 시렁으로 그를 이끌었다. 벤치에 앉아 한참을 망설이던 김신안이 갑자기 그의 손을 덥석 부여잡았다.

"날 용서하게. 사실 부탁이 있어서 산책을 나오자고 했네."

거의 애원조였다. 그런 모습에 놀라 그는 눈을 크게 떴다. 김신안의 볼이 타는 것처럼 새빨갰다.

"이제 더는 참을 수가 없네. 가슴이 터져버릴 것만 같아. 나는 이렇게 열렬하게 연애에 불타고 있는데, 그냥 바라보기만 하다니, 무슨 수를 내지 않으면 안되겠어. 연모하고 있다고 고백해버릴 거야. 조금 있으면 연습이 시작되니까, 미려씨는 미리 나와서 피아노 연습을 하고 있을 게 분명해. 부지런하고 알뜰한 사람이라 늘 만반의 준비를 하거든. 자네가 들어가서 말을 좀 전해주게. 뭐라고 하면 좋을까? 그렇지! 내가 아프다고 하게. 그러면 문병을 와줄 거야. 오빠하곤 절친한 사이이니까. 미려씨가 문병을 와주기만 한다면, 단둘이 만날 수 있다면, 난 고백을 해버릴 거야."

거의 제정신이 아니었다. 그는 김신안의 어깨를 흔들어보았다.

"지금, 나더러, 들어가서 거짓말을 하라는 건가?"

"뭐 어때? 연애는 신성한 것일세."

김신안이 얼빠진 표정으로 마구 우겼다.

"그래도 안돼. 난 거짓말은 못해."

"왜 못해? 우린 친구잖아? 어떻게 이런 수가 있어? 그리고…… 꼭 거짓말을 하라는 건 아냐. 실은 난 지금 몸이 조금 아픈 것 같아. 이대로 하숙에 돌아가 누워야겠네. 요즘 감기는 심해지면 독감이 된대. 요즘 유럽에선 스페인독감이 널리 퍼져서 사람들이 마구 죽어간다고 하지 않는가? 정말 위험한 병이야. 그러니 얼른 가서 말해줘. 난 지금 당장 하숙에 돌아가 누워 있을 테니까."

김신안은 횡설수설 떠들며 떼를 썼다. 술취했을 때만큼은 아니었으나 보통 수단으로는 말릴 수가 없었다.

"곧이듣지 않을 거야. 유럽에선 스페인독감 때문에 사람들이 죽어가지만 아직 일본에선 널리 퍼지지 않았으니까."

"아냐, 얼마 전에 죽은 시마무라 선생도 사실은 사인(死因)이 스페인독감이었대. 마쯔이라는 배우와 연애에 몸을 불사르던 그분, 알지?"

그는 잠시 궁리해보았다. 그리고 말없이 김신안의 팔을 무지막지하게 잡아끌고 회관으로 들어갔다. 실랑이를 벌였으나 힘껏 잡은 손을 놓지 않았다.

마침 윤미려가 나와 있었다. 다른 반주자와 피아노의자에 나란히 앉아 소곤소곤 이야기를 나누는 중이었다. 윤미려는 얼핏 돌아보고 방긋 웃으며 인사했으나 대화를 멈추지 않았다. 그가 김신안의 등을 마구 떠밀며 속삭였다.

"어서 용기를 내게. 가서 말을 하라고. 이번 일요일에 우에노 공원에서 만나 산보라도 하자고 청해보게."

그러나 김신안은 소심해져서 팔을 빼고 도망치려고 했다. 후끈 달아오른 뺨의 열기가 옆에 있는 그에게 전해질 정도로 수줍음을 탔다. 그래도 그는 팔을 잡은 채 완강하게 버텼다. 내친 김에 덜덜 떠는 김신안을 끌고 피아노 앞으로 갔다. 다른 반주자가 하던 말을 멈추고 쳐다보았다. 이윽고 짐작하겠다는 듯 빙그레 미소를 띠었다.

"이분들이 미려상에게 용무가 있으신 모양인데요? 그럼 저는 이만 실례하겠어요."

짓궂은 미소를 던지고는 일어나 가버렸다. 윤미려가 고운 턱을 살짝 치켜들었다. 눈동자에는 진한 빛무리가 둘러 있어 그윽하고 깊었다. 눈길이 부딪치자 깊은 우물로 추락하는 것처럼 현기증이 났다. 윤미려의 얼굴에는 미소가 떠올라 있었으나 먼저 입을 열지는 않았다. 김신안도 아무말 못하고 덜덜 떨기만 했다. 하는 수 없이 우장춘이 나섰다. 눈을 질끈 감고 빠르게 말했다.

"시간이 필요하답니다. 김신안군이 그대가 시간을 내주기를 청한답니다."

김신안이 화들짝 놀라며 얼간이처럼 마구 손을 내저었다.

"아냐, 아냐. 그게 아니라니까."

윤미려가 새초롬하게 웃었다.

"아니라고 하는데요? 실제로 제 시간을 필요로 하는 분은 김선생님이 아니라 우선생님 아닌가요?"

농담을 하는 것처럼 놀리는 말투를 썼으나 그녀의 얼굴에도 홍조가 피어올랐다. 그걸 보자 그도 덩달아 얼굴을 붉히지 않을 수 없었다.

"맞습니다. 아닙니다. 아니, 내 말은 그러니까 김신안군이 그대의 시간을 얻고 싶다고 했습니다. 그것도 아주 간절히요."

"그래요? 그렇다면 이따가, 모임을 파하고 돌아갈 때, 그때 다시 한번 제게 시간이 있느냐고 물어보면 좋겠군요. 그때는 필요한 분이 직접 말씀을 하시는 게 좋겠어요. 김선생님이든 우선생님이든지요."

"아, 이따가는 저는 없을 겁니다. 지금 갈 거거든요. 노랜 그만두었습니다."

그는 자기도 모르게 얼른 대꾸해버렸다. 한번 용기를 내어 입을 열면 말은 술술 나오게 되어 있는 모양이었다. 윤미려는 그 말을 듣고 눈썹을 모았다가 무슨 짐작이라도 가는 듯 더 캐묻지 않고 그윽하게 응시했다. 그녀의 얼굴에서 놀리는 듯한 미소가 사라지고 진지해졌다. 이번에는 김신안이 무안함을 달래기 위해선지 그의 소매를 붙잡고 늘어졌다.

"오늘은 노래를 부르고 가게. 자네가 좋아하는 이딸리아 가곡을 배울 거야."

"안돼."

"왜 안돼? 잠깐만 시간을 내면 되잖아?"

"아, 그렇지요. 전부터 저는 우선생님이 조선말을 안 쓰는 게 이상했는데, 그래서 그랬던 거구나 하고 이해하게 되었어요. 아마 그동안 오해도 많이 받았을 테니, 많이 답답하셨겠어요. 사실은 안 쓰는 게 아니라 못하는 건데, 그것도 모르면서 말이죠, 그렇죠?"

윤미려가 다정하게 말하며 촉촉한 눈빛으로 그를 바라보았다.

"네?"

"귀에 들리는 것과 다르게 발음이 안 따라주니 얼마나 안타깝겠어요?"

"그, 그걸…… 어떻게 그렇게 잘 아시죠?"

우장춘은 놀라 허둥거리며 더듬었다. 윤미려가 다시 미소지었다.

"그야 제 전공이니까요."

나라는 존재에게 그 정도까지 관심을 두고 있었단 말인가. 그런 생각을 하자 그는 가슴이 두근거리기 시작했다.

그날 더는 대화를 잇지 못하고 연습실에서 도망치듯 나오고 말았으나 일요일이 다가오자 그는 좀이 쑤셨다.

과연 김신안이 데이트 신청을 제대로 했을지, 윤미려가 승낙을 했을지, 그래서 두 사람은 일요일에 만나 우에노 공원을 거닐고 있을지 궁금했다. 그 한쌍이 공원을 거니는 광경은 빼어나게 돋보여 사람들의 눈길을 끌 터였다. 잘생기고 멋진 차림을 한 개화청년의 데이트이니 모두들 선망의 눈길을 보내게 될 것이다.

윤미려는 일찍이 유럽 유람까지 했다는 큰언니의 영향을 받은 탓인지 서양식 드레스를 자주 입어서, 보통 키모노를 입고 다니는 일본 처녀들 사이에서 유난히 두드러지고 세련되어 보인다. 그리고 그 자태도 양복과 잘 어울려 상큼하고 시원하니 쭉 뻗은 느낌인데다 외모만큼 마음씨도 곱다. 마주앉아 대화하면 고개를 살짝 기울이면서 수긍하는 품이 나비가 날갯짓하는 것만 같다. 그런 그녀가 화사한 양산을 펴고 그 그늘 밑으로 들어오라고 손짓한다면……

온갖 상상이 일어나 그의 머리를 어지럽혔다. 그렇다고 김신안을 불쑥 찾아가 연애가 잘되어가느냐고 물어볼 수도 없는 노릇이었다. 잇따라 몰려오는 공상을 단호하게 끊어버려야 했다. 어떻든 김신안은 소중

한 친구였다.

'요즘 청년들은 모두가 자유연애를 외치고 다닌다더니, 나까지도 전염이 되는 모양이군.'

그는 쓴웃음을 지으며 뒤돌아보지 않으려고 노력했다.

아무렇든지 지난해와 비교한다면 우장춘의 생활은 엄청나게 달라졌다. 쓸쓸하고 고독했던 생활 반경을 벗어나 바쁘게 움직이면서 많은 것을 배우고 깨달았다. 무엇보다도 막연한 그리움이라고 부를 정도로 멀게만 생각되던 조선과의 거리감이 성큼 좁아진 느낌이 흐뭇했으며, 조선 유학생들의 세계가 더이상 낯설지만은 않은 것도 흡족했다.

1910년대 중반, 그러니까 제1차 세계대전이 한창인 무렵, 조선 독립의 꿈은 유학생 자신들의 사명감과 결합하여 드높은 이상이 되고 있었다. 그들의 세계관은 어떻게 보면 단순했다. 일본에 항거하여 독립의 염원을 품고 행동하면 영웅호걸이었고, 그렇지 못하고 현실과 타협하면 개돼지나 다름없었다. 대부분 그런 소박한 차원에서 독립을 꿈꾸고 토론했는데, 홍광표만은 좀 다른 것처럼 보였다. 견식이 넓고 사고가 정밀했으며, 언제나 현실에 근거를 두고 이론을 펼쳐 보이곤 했다. 그가 듣기에는 홍광표의 의견이 타당하게 여겨질 때도 그다지 찬성을 얻지 못하는 것 같아 놀라웠다.

김신안조차 가끔 투덜거렸다.

"홍광표 선배는 너무 극단적이야. 언제나 어두운 면을 보고 밝은 면은 간과해버리는 경향이 있어."

"내 생각에는 다른 사람들이 세밀하게 사고하지 못해서 문제인 것 같은데? 홍광표 선배를 빼고는 모두들 감정적으로 낙관론으로 많이 치우쳐 있는 것 같아. 논리적인 비약도 심하고."

그가 반박했더니 김신안은 동의하지 않고 고개를 설레설레 저었다.

"자네에겐 이 선배 의견이 옳게 들린단 말이지? 이해할 수가 없군. 세상은 진보하고 있는데, 홍선배나 자네나 왜 그렇게 비관적으로만 보는지."

때때로 우장춘은 유학생들 대부분이 정치나 법학, 철학과 같은 문과 계통이라는 점을 생각해보았다. 홍광표의 사고는 오히려 이과생인 자신처럼 엄정한 실증을 위주로 하는 사람들과 맞는 게 아닌가 싶기도 했다.

한번은 홍광표가 우울한 목소리로 그에게 불평을 털어놓았다.

"정치적 정열은 있을지 모르나 정치적 이성이라곤 없는 사람들은 나를 우울하게 합니다."

어쩌면 그와 사사건건 대립되는 이수광을 가리켜 하는 말인지도 몰랐다. 이수광은 화려한 카리스마가 넘치는 사람이었다. 우장춘은 좋도록 대꾸했다.

"그래도 힘은 되겠지요. 조선 독립을 성취하는 데."

"천만에요, 이성적 토대가 없는 정열은 쉽게 흔들려서 오히려 해가 될 수도 있어요."

홍광표가 단언했다.

11. 한여름밤 히비야의 폭동

봄부터 러시아에서 혁명이 났다는 소식이 계속 들려오는데다 일본 내에서는 쌀소동이 일어나 분위기가 뒤숭숭하기 짝이 없었다.

세계대전으로 물가가 치솟기 시작했는데 그중에서도 쌀값은 감당할 수 없을 정도였다. 유월엔 쌀 한되에 사십전 하던 것이 칠월로 접어들자 팔십전까지 올라 쌀 한되 값이 방직공장 노동자 하루 임금과 맞먹을 정도가 되었다. 서민들은 술렁거리기 시작했고, 후지야마현(富山縣)의 한 어촌 부녀자들이 '굶어죽느니 쌀이나 마음껏 먹어보자'고 외치며 쌀가게를 습격한 것이 불씨였다. 그렇게 시작된 쌀소동은 마른 짚단에 불붙듯 순식간에 일본 전역으로 퍼져갔다. 며칠 못되어 곳곳에서 쌀을 매점한 미곡상이 습격당하거나 쌀창고가 약탈당하고 불에 타버렸다. 마을마다 자경단(自警團)이 조직되고 코오베나 쿄오또에는 군대까지 출동했으며 정부에서는 폭동소식을 신문기사로 내지 못하도록 취체령까지 내렸으나 쌀소동은 쉽게 수그러들 기세가 아니었다.

장마철이 되자 학교는 조금 한가해졌다. 농학부 원로인 안도오 코따로오(安藤小太郎) 교수는 어디까지나 실습이 중요하다고 주장하는 터여서 그가 주관하는 농학부 실과에서는 특히 더 실습이 강조되고 있었다. 그런데 비 때문에 야외실습이 줄어 농학부 학생들은 여유가 생겼다. 신이 난 학생들은 오랜만에 영화를 보러 가기로 결정했다.

아사꾸사 6구에는 영화관이 죽 늘어서 있어 삼십전만 내면 영화 세 편을 마음대로 볼 수 있었고 또 영화관 앞 노점에서는 적은 돈으로 튀김이며 순대, 오므라이스 같은 것을 배불리 먹을 수 있었다.

그들은 아사꾸사에 몰려가 역사물 「사구라 소오고로 일대기」란 영화를 보았다. 영화관에서 나와보니 하루종일 꾸물거리던 회색 하늘에 황혼도 없이 어둠이 깃들이기 시작하였다. 오락가락 내리던 빗줄기는 그쳤으나 푹푹 찌는 것 같은 가마솥더위는 여전했다. 그들은 저녁식사는 국수 정도로 간단히 때우고 화려한 까페에 가서 시원한 맥주를 마시며 놀기로 했다.

"히비야 쪽에 내가 아는 까페가 있는데, 여급들이 모두 미인이라는 평판이야."

호소가와(細川)가 앞장서려고 했다.

"심히 속물스러운 발언이 아닌가? 대학생이라면 이 사회 최고 지성인인데, 여색이나 탐하다니."

"그래, 고상한 취미를 길러야지. 지성인에게 어울리는 예술적인 까페로 가는 게 좋겠네."

"고상한 덴 심심할 게 뻔해서 싫어. 자고로 영웅호색이라고. 남자 허리 아래 일은 시비하지 않는 법이라는 말도 못 들어봤나?"

"그럼 둘 다를 겸한 까페를 찾아보세. 고상하면서 여급도 미인인 곳."

"그런 델 찾으려다간 헤매기나 할걸. 난 벌써부터 목이 마른데."

모두들 한마디씩 거들며 거리를 휘젓고 걸었다. 인원수가 많아 의견이 쉽게 일치되지 않았다. 가다가 눈에 띄는 까페마다 누군가는 꼭 흠을 들추어 들어가지 못하고 한참을 걸어야 했다. 결국 히비야 공원 부근까지 왔을 때는 날이 완전히 어두워졌다. 공원 부근이라 대기가 조금 청량해진 듯했으나 목이 말랐다. 지친 학생들은 아무데나 들어가자고 아우성을 쳤다. 바로 앞, 까페에서 「황성의 달」이라는 유행가가 애절하게 흘러나오고 있었다. 물어볼 것도 없이 우르르 들어갔다. 자리를 잡고서 제대로 살펴보니 분위기가 초라하고 여급들의 용모도 시원치 않았다.

"에이, 비단 고르다 삼베 쭉정이가 걸린다더니, 뭐야? 정말로 시시하군."

다들 실망했으나 일어나려는 사람은 없었다. 맥주를 시켰다.

점차 그들의 대화는 여성보다 더 그들을 흥분시키는 러시아 혁명이라는 화제로 옮아갔다. 이번 여름에 러시아에 레닌과 뜨로쯔끼가 망명지 스위스에서 돌아왔다는 소식이 있었으므로, 청년들 사이에서는 곧 노동자 농민의 혁명이 일어날 거라는 기대가 팽배했다.

"일단 노동자 농민이 들고일어나기만 하면……"

"그럼 세계 최초로 노동자 농민의 정부가 탄생하겠지. 위대한 역사적 사건을 우리는 목격하는 거야."

"혁명이 뭐 그렇게 손바닥 뒤집듯 쉬운 줄 알고 그러나? 프랑스 대혁명이 일어나고도 백년이 지나도록, 노동자 농민은 여전히 자신의 권리를 찾으려고 거듭 투쟁하다 좌절해오지 않았나?"

"그렇더라도 생물이 진화하듯 역사도 진화한다는 이론이 맞아. 조금씩 제멋대로의 진화로 보이기는 하지만."

"그래, 이번에도 어려울 거야. 러시아 한 나라만의 문제가 아니거든.

다른 나라들이 방해할 게 분명해. 벌써 세계열강들은 혁명의 불길이 자기네 나라로 번질까봐 전전긍긍 막으려고 수를 쓰고 있다던걸."

공산주의 혁명의 물결이 전세계로 퍼질 것인가, 아니면 러시아 한 나라의 혁명으로 그칠 것인가 하는 문제를 놓고 그들은 입에 거품을 물고 토론하였다.

"자네는 무슨 생각을 하느라 그렇게 넋을 놓고 있나?"

옆자리에 앉은 호소가와가 우장춘의 팔을 툭툭 치며 일깨웠다. 그는 영화를 관람하는 동안 느낀 비감한 감정이 조금씩 가라앉고 잔뜩 울고 난 어린애처럼 허탈하고 감상적인 기분에 빠져 맥을 놓고 있었다.

"아까 본 영화 어땠나?"

그가 불쑥 물었다. 호소가와가 같잖다는 듯 씽긋 웃었다.

"삼류 통속극인데 어떻고 자시고 할 게 뭐 있었어야지. 혹시…… 자네, 그까짓 영화를 보고 감동해서 이러는 건 아니겠지?"

"통속적이라? 통속적이니까 더 쉽게 사람의 마음을 움직이는 게 아닐까? 자네는 비웃을지 몰라도 나는 그 영화의 한장면이 뇌리에서 떠나질 않네. 소오고로가 영주에게 상소하기 위해 집을 떠나는 장면 기억나나? 아이들이 울부짖으며 아버지를 붙잡으려고 하지만 소오고로는 눈을 질끈 감고 묵묵히 돌아서 가버리고 말지. 눈보라가 몰아치는 그 길을. 소오고로는 알고 있다네. 자신의 앞길에는 죽음밖에 없다는 사실을. 영주에게 가서 직접 호소하는 자는 아무리 정당한 호소여도 할복으로 그 무례함을 갚는 게 법이니까. 그렇게 대의를 위해 죽음까지 각오하고 떠나는 사나이의 심정에 나는 감복하지 않을 수 없었네. 통속적이라고 할진 몰라도 정말로 사람의 심금을 울리는 일이 아닌가?"

감상적인 말을 늘어놓을 자리는 아닌 줄 알았으나 그래도 그는 감격에 취해 자기도 모르게 진지하게 털어놓고 말았다.

"그까짓 통속극에 그렇게 감동하다니, 자넨 정말 어이없는 친구로구
먼."

호소가와가 부드럽게 눈웃음치며 빈정거렸다.

"그까짓이라…… 그렇게 가볍게 말할 건 아니라고 보는데…… 나는
그보다 더 아름답고 숭고한 것을 찾을 수 없을 듯하던데……"

조금은 우스꽝스러워 보여도 상관없다는 기분에 빠져들며 그는 솔직
하게 털어놓았다. 누군가의 공감을 얻고 싶었다. 그러나 호소가와는 아
무리 말해도 공감하지 못하겠다는 태도였다. 그저 장난스럽고 한가한
기분에 젖은 그대로 그의 말을 농담으로 돌리고 싶어했다. 결국 우장춘
은 결심을 하고 말을 꺼냈다.

"자네는 내 선친이 어떤 분이셨는지 모르지?"

단지 아버지란 단어를 꺼낸 것만으로도 그는 어린아이처럼 가슴이
뿌듯해졌다. 갑자기 신경이 팽팽하게 당겨오면서 목이 말랐다. 그는 입
술을 질끈 깨물며 성급하게 말을 쏟았다.

"내 선친은 혁명지사였다네. 그것이 바로 나의 숨은 자부심일세. 대
의를 위해 가족을 버리고 일본으로 망명하지 않으면 안되었던 분. 그
때문에 목숨까지 잃어야 했던 분. 아까 그 영화를 보고 있노라니 선친
의 모습이 눈앞에 선연하게 떠오르는 것만 같았네. 이제 나는 그분의
용모조차 어렴풋하게밖에는 기억하지 못하네. 하지만 그분이 조선을
떠날 때의 비장한 모습을 내 눈으로 직접 지켜보는 듯했네. 그분도 소
오고로처럼 앞길에 죽음만 기다릴 뿐이라는 걸 알고 계셨을까? 아니,
그런 예감은 없었을지 몰라도 소오고로처럼 죽음을 각오하고라도 대의
를 위해 사소한 인정의 눈물은 참아내셨을 거라고 확신하네. 정말 나는
아버지가 자랑스러워. 나는 그런 분의 아들이라는 게, 그런 분의 피가
내 혈관에도 흐르고 있다고 생각하면 자랑스러워 울고 싶기까지 하다

네."

감격에 겨워 그는 정신없이 늘어놓았다. 갑자기 호소가와가 짓궂은 미소를 띠며 귀에 대고 속삭였다.

"여보게, 자네는 교실에서는 유전의 법칙이며 진화문제에 그토록 정통한 우등생이면서, 아직도 모르고 있었나? 부친의 피는 단 한방울도 자식에게는 전해지지 않네. 혹시 부친이 아들에게 수혈을 해준다면 몰라도. 이십세기는 실증의 시대일세."

놀리는 것인지 비웃는 것인지 모를 호소가와의 응수에 그는 그만 멍해져버렸다.

갑자기 까페 밖 거리에서 술렁거림이 몰려왔다. 돌아보니 누가 까페 문을 열고 버티고 서 있었다. 그는 까페 안에다 대고 무작정 히비야에서 잇뀨우(一休, 민중반란)가 일어났다고 외치더니 문밖 어둠속으로 사라져버렸다. 홀 안에 있던 사람들은 놀라 서로의 얼굴을 바라보았다.

"뭐야?"

"뭐야?"

"무슨 소리지?"

까페 문은 탕 소리를 내며 도로 닫힌 뒤였다.

"야, 어서 가보자. 신나는 일이 생긴 모양이다!"

학생들은 눈짓을 주고받으며 일제히 일어섰다. 성급한 친구들은 벌써 밖으로 뛰쳐나갔다. 까페가 있는 골목 어둠속에서는 뛰어가는 케따 소리와 함께 잇뀨우가 일어났다는 외침이 거듭 울려퍼지며 멀어지고 있었다. 가만히 살펴보니 히비야 공원 쪽 하늘이 유난히 밝고, 거기서 웅성거리는 소리가 들려오는 듯했다. 갑자기 함성소리가 터졌다. 공원 쪽으로 달려가는 발소리가 어지럽게 몰려왔다. 더 상의할 것도 없이 그들은 히비야 공원 쪽으로 뛰기 시작했다. 갈수록 함성소리가 우렁우렁

크게 들렸다.

히비야 공원에는 가로등이 환하게 밝혀져 있었고 천명은 넘을 듯 많은 군중이 모여 있었다. 저쪽 끝에 누군가 궤짝을 가져다놓고 올라서서 연설을 시작했다.

바로 어제 오오사까 『아사히신문(朝日新聞)』 사장 무라야마 류헤이(村山龍平)가 국적으로 지목되어 낭인들의 습격을 받아 부상을 입었다고 했다. 무라야마뿐 아니라 민본주의자나 자유주의자로 알려진 사람들은 곧 테러를 당할 것이라고 했다. 특히 민본주의운동 지도자로 유명한 요시노 사꾸조오 선생도 국적의 괴수라고 지목되어 낭인회에서는 곧 습격하려고 벼르고 있다는 거였다. 그런데도 정부에서는 그런 테러를 막으려고 하기는커녕 뒤에서 은근히 부추기고 있다고 비난했다.

"헌정옹호, 벌족타도."

연설이 끝나자 군중들은 박수를 치고 난 뒤 목소리를 맞춰 구호를 외쳤다. 저편에서 해산하라, 그러지 않으면 체포하겠다는 경찰의 경고 소리가 들려왔다. 그러나 군중들은 꿈쩍도 하지 않았다. 순사들도 저지선만 쳐놓은 채 별 움직임이 없는 것으로 보아 몇명 되지 않는 모양이었다.

또 한사람이 궤짝으로 올라갔다. 그는 민중들은 생활고에 시달리고 있다는 말로 연설을 시작했다. 그는 쌀 한되 값이 노동자 하루 임금과 맞먹는 현실을 개탄하면서 그렇게 된 까닭이 정부가 지주며 부자들을 비호하려고 쌀 수입을 막기 때문이라고 주장했다. 그런 와중에도 재벌들은 쌀을 매점매석하여 폭리를 취할 뿐만 아니라, 비리와 탈세를 저질러 국민들을 도탄에 빠뜨리고 있다고 했다.

그 말에 군중들이 심하게 동요하기 시작했다. 군중의 머리 위로 파닥거리며 불꽃이 튀어 돌아다니는 게 눈에 보이는 듯했다. 서민들 대부분이 물가폭등으로 생활고를 겪는 마당에 여름 들어 쌀값이 무섭게 올라 힘든 형편이고, 또 요즘에는 매일같이 재벌의 탈세사건이 신문머리를 장식하는 까닭이었다. 어디서인지 으쌰, 으쌰 하는 외침이 시작되었다. 사람들은 긴자 쪽 출입구로 몰려갔다. 저지선을 친 순사들은 총검을 들고 지키기는 했으나 몇명 되지 않아 군중들에게 쉽게 밀려났다. 저지선을 뚫은 사람들은 무작정 앞으로 내달리기 시작했다. 나갈수록 흥분의 파도는 높아졌다. 공원 밖 한 파출소에 닿자 누가 먼저랄 것도 없이 목조로 된 작은 파출소 건물을 부수기 시작했다. 순식간에 목잿더미가 된 파출소에 불이 붙었다. 화염이 시뻘겋게 타올라 밤하늘을 물들였다. 불을 보자 군중들은 더욱 흥분했다. 헌정옹호와 벌족타도라는 구호를 힘차게 외치며 긴자거리로 몰려갔다. 함성이 밤하늘에 메아리쳤다. 저만큼 앞에서 누군가 전쟁만 고집하는 군벌내각과 재벌 편만 드는 신문은 없애버려야 한다고 외쳤다. 그 말은 물결처럼 되풀이 퍼져나갔고 군중들은 오륙신문사 쪽으로 방향을 틀었다. 장마철 무더위에 지쳐 거리에 나와 바람을 쐬던 사람들이 자꾸 합류하는지 어느새 군중은 엄청나게 불어 있었다. 그 통에 농학부 친구들은 뿔뿔이 흩어지고 말았다. 우장춘은 군중 속에서 혼자가 되었다. 자신의 뜻과는 상관없이 사람들의 물결에 휩쓸려가지 않을 수 없었다. 재벌 편이라고 알려진 오륙신문사 앞에서 사람들의 흐름이 멎었다.

석조로 지은 사층건물 앞에 도착하자 군중들은 한목소리로 사장은 나오라고 고함을 쳤다. 『아사히신문』 사장 무라야마가 낭인회에게 당한 것을 갚아줘야 한다는 거였다. 건물의 몇몇 창문에는 불이 켜져 있었으나 안에서는 아무런 반응이 없었다. 소란이 점점 더해갔으나 신문사 안은 잠잠했다. 거리는 끝을 알 수 없을 정도로 많은 사람들로 메워졌다. 돌멩이가 허공을 날아다니기 시작했다. 와장창 유리 깨지는 소리가 났다. 불붙은 나무토막도 날기 시작했다. 째지는 듯한 비명소리가 났다. 군중들은 점점 더 흥분하여 마구 고함치면서 손에 닿는 대로 아무거나 집어던지기 시작했다.

어느새 말발굽 소리가 들려왔다. 해산명령이 되풀이 외쳐졌고, 형사들과 기마순사대가 출동했다는 겁먹은 소문이 입에서 입으로 전해졌다. 군중들은 갑자기 갈팡질팡하며 흩어지기 시작했다. 그러나 도로 저쪽은 벌써 경찰들이 가로막았다. 그러자 이번에는 반대쪽으로 사람들이 몰렸다. 말을 탄 순사가 곤봉을 휘두르며 군중들 사이를 깔아뭉갤 듯이 내달렸다. 여기저기서 비명소리가 터졌다. 사람들은 우왕좌왕하며 피할 곳을 찾았다. 어떤 사람들은 곤봉에 얻어맞고 있는지 퍽퍽 둔탁한 소리가 그치지 않았다.

잠시 후 경찰은 저지선을 단단히 쳐놓고 임시검문소를 만들어 사람들을 하나씩 살펴본 후 통과시키기 시작했다. 주동자를 색출하려는 것이었다. 그는 히비야 부근 지리에는 익숙지 않은데다 친구들과도 떨어져서 어떻게 해야 할지 몰랐다. 노동자나 학생으로 보이는 사람은 모조리 체포당하고 있었다.

경시청 유치장에는 잡혀온 사람들로 가득했다. 얼굴을 가린 삿갓을 쓰고 수갑을 찬 사람들이 마룻바닥 가득 꿇어앉혀져 있었다. 대부분 학생이거나 노동자로 보였다. 그는 형사에게 떠밀리다시피 복도 오른편 방으로 처넣어졌다. 묘하게 고요했다. 가끔 숨죽이며 속삭이는 말소리만 들릴 뿐 잔뜩 긴장된 침묵이 떠돌고 있었다.

"우형 아니오?"

어두컴컴한 방 안쪽에서 누군가 그의 이름을 반갑게 불렀다. 눈을 몇 번 껌뻑이자 감방 안이 분간되었다. 윤영립이었다. 그는 구석에 앉아 자기 옆으로 오라고 손짓했다. 두 평 반 정도 넓이에 스무 명 가까이 있어 그 사이를 뚫고 지나가기란 쉽지 않았다. 모두들 뻣뻣하게 굳어 쉰 땀내를 무럭무럭 풍기며 앉아 있었다. 그래도 윤영립이 있는 곳은 창바로 아래여서 고약한 냄새가 조금 덜했다.

"어쩌다 윤선배님도?"

"하도 더워서 히비야 공원에 바람을 쐬러 나갔는데 공교롭게도 붙들리지 않았겠소."

윤영립은 아무것도 개의치 않는다는 듯 호탕하게 말했다. 태연자약한 태도여서 그도 마음이 조금 놓였다.

"그럼 이번 폭동은 건설자동맹에서……"

"쉿! 조심하시오. 이 안에서도 엿듣는 사람이 있을지 모릅니다."

윤영립이 목소리를 낮추며 주의를 주었다. 새삼 주위를 둘러보니 조선사람만 넣은 감방인 듯했다. 그러나 아는 얼굴은 더 없었다. 갑자기 비명소리와 숨넘어가는 듯한 신음소리가 번갈아 터져나왔다. 닫혔던 취조실 문이 열린 모양이었다. 감방 안 사람들은 더욱 긴장했다. 무거운 짐을 질질 끄는 소리가 나더니 감방 문이 벌컥 열리고 한사람이 내동댕이쳐져 넣어졌다. 사람들은 몸을 도사려 자리를 만들어주었다. 익사한 것처럼 물에 퉁퉁 분 사람이었는데 기절해서 쓰러진 채 움직이지를 못했다. 사람들이 수군거리며 들여다보았다.

"죽일 놈들, 벌써 물고문까지 시작한 모양이군요."

윤영립이 몸을 부르르 떨며 이를 갈듯 내뱉었다. 그는 소름이 쭉 돋았다. 그 사람은 물에 젖어 시푸르뎅뎅한데다 숨이 거의 끊어진 듯했다. 특고 형사들의 고문이 잔혹하다는 소문은 이미 듣고 있었으나 실제 목격하기는 처음이었다. 윤영립은 곧 그의 손을 잡고 취조당하더라도 겁을 먹지 말라든지, 한번 대답한 말은 끝까지 그대로 고집해야 한다든지 요령을 가르쳐주었다.

"처음 잡혀오면 어리벙벙해서 자꾸 중언부언하는데 그게 가장 나쁩니다. 말이 틀리면 끝까지 물고늘어져서 나중에는 고문까지 일삼거든요. 어쨌든 겁먹지 않으면 됩니다. 우형은 처음인데다 대학생이고 하니일반노동자처럼 함부로 취급하지는 않을 겁니다."

그래도 기절하여 시체처럼 쓰러진 사람을 보려니 손에 땀이 축축이내배는 것은 어쩔 수 없었다. 잠시 후 구둣발 소리가 저벅저벅 울려왔다. 창살을 곤봉으로 드르륵 긁는 신경 거슬리는 소리가 뒤따랐다.

"떠들지 마랏! 근신하랏!"

그는 얼핏 창살 사이를 내다보았다가 깜짝 놀랐다. 테쯔오였다. 그는우장춘이 들어 있는 감방 앞에서 걸음을 멈추곤 마룻바닥에 쓰러진 사람을 턱짓으로 가리키며 명령했다.

"일으커앉혀. 정좌시커."

"기절했습니다. 정신을 못 차려 일어나지 못합니다."

다른 사람이 그 사람의 어깨를 흔들어 보이곤 대신 대답했다. 그러자테쯔오는 창살 틈으로 곤봉을 넣어 그 사람의 발을 쿡쿡 찔렀다. 그 사람은 더욱 애달픈 신음소리를 낼 뿐 깨어나지 못했다. 테쯔오가 분연히저쪽으로 가더니 양동이를 들고 나타났다. 그러고는 감방 안으로 물을좍 퍼부었다. 감방 안은 순식간에 아수라장이 되었다. 테쯔오가 이를드러내며 히쭉 웃었다.

"어때? 이젠 정신이 드나?"

그러고는 또다시 정숙과 근신을 외치며 곤봉으로 창살을 긁으면서사라졌다.

"어물전에 가면 못난 망둥이가 설친다더니, 순사도 아닌 녀석이 형사보다 더 악질이야."

사람들은 투덜거리며 물을 훔치느라 분주하게 움직였다. 장마철 특유의 날씨여서 후텁지근한데다 제대로 된 수건이나 걸레가 있는 것이 아니어서 아무리 애를 써도 물기는 흥건히 남았다. 바닥의 물을 대강 훔쳐내고 기절한 사람을 변기가 있는 안쪽으로 끌어다 뉘어놓았다. 그리고 사람들은 더위와 습기 때문에 신경이 곤두서서 잔뜩 도사리고 앉아 서로의 살이 닿지 않도록 조심하면서 밤을 지새웠다. 숨막히는 밤이었다.

다음날 아침이 되어서야 겨우 그도 이름이 불려 감방을 나갔다. 하도 오래 쪼그리고 앉았던 터라 관절이며 무릎이며 등을 펴니 통증이 느껴질 정도였다. 통로 끝 취조실 문 앞으로 가다가 테쯔오와 딱 마주쳤다.

"이러면 안되지. 자네가 이럴 수는 없는 거야."

테쯔오는 놀란 기색으로 마구 한탄했는데 어쩐지 허풍스럽게만 보였다.

"뭘? 나는 아무 짓도 안했는데. 구경하다가 잡혀온 걸세."

그는 애써 태연한 태도를 꾸미며 대꾸했다.

"우리 경찰이 바본 줄 아나. 아무 짓도 안한 사람을 잡아오게?"

"정말일세. 구경하다가 이렇게 된 거라네. 히비야 부근에서 농학부 친구들과 놀고 있었거든. 증인도 있어. 아마 다른 방에는 우리 농학부 학생들이 있을 거야. 그 친구들은 무사한지 궁금하군."

"담도 크구먼. 이런 지경에 빠져서도 남의 걱정이나 하게. 그 친구들은 걱정할 거 없어. 문제는 바로 자네야. 조선사람 주제에 폭동까지 가담하고. 제정신인지 모르겠네. 스나가 선생이며 미우라 선생의 은혜를 생각한다면 자네가 이렇게 경거망동할 수는 없는 거야."

"아무 짓도 안했다니까. 그보다 농학부 학생들은 어떻게 됐나? 풀려났나?"

"그 친구들 걱정은 할 거 없대도. 대학생이고 일본사람이니 신원이 확실하다면 크게 문제를 삼지 않을 테니까. 자넨 자네 걱정이나 하게."

테쯔오는 괜히 화를 내면서 으르렁거렸다.

말 그대로였다. 취조실에 들어선 순간 형사들은 그의 국적이 조선이라는 사실부터 들추더니 두말할 것도 없이 따귀를 때리고 호통을 쳤다. 조선사람 주제에 은혜도 모르고 설친다는 비난을 퍼부었다. 이리저리 따귀를 맞고 휘청했으나 넘어지지 않으려고 이를 악물었다. 형사는 두 사람이었는데, 번갈아가며 책상을 두드리고 고함치며 위협하는가 하면 다른 한편으로는 달래어 배후를 캐내려고 했다.

취조실 바닥 구석에는 물이 흥건했고 막걸상이며 주전자, 양동이 같은 고문도구라고 짐작되는 물건들이 함부로 내동댕이쳐져 있었다. 두려웠으나 본격적으로 고문하려는 기색은 없었다. 어쩌면 대학생이라고 봐주는지도 몰랐다. 그는 토오꾜오제대 소속이었으므로 그 학교 클럽 신인회와의 관계를 집중적으로 추궁당했다. 그러나 그는 소문으로만 알 뿐이어서 대답할 것이 없었다. 애써 정신을 차리고 윤영립의 충고대로 같은 물음에는 같은 대답을 하려고 애썼다. 또 형사들은 평소의 생활이며 학교성적, 교우관계까지 낱낱이 캐물었다. 조금만 어릿거려도 따귀를 때리며 추궁하는데, 다 알면서 묻는 것 같았다.

취조당할 때 말고는 갇혀 있어 시간이 지리하게 흘러갔다. 창밖으로 보이는 경시청 가운데뜰은 풀잎 하나 없는 자갈만 두껍게 깔린 삭막한 마당이었다. 그 위로 비 그친 뒤의 쨍쨍한 햇볕이 내리쬐어 내다보고 있으면 눈이 시고 눈꺼풀이 지끈거렸다. 눈길을 안으로 돌리자 창밑 감방 벽에 몰래 써놓은 낙서가 보였다. 글씨가 적갈색으로 흐릿했다. 빈궁에 시달리다 최근에 죽었다는 이시까와 타꾸보꾸(石川啄木)의 시였다. 경찰서 유치장에서는 필기도구가 허용되지 않아 뭘 쓰려면 젓가락 같은 막대기 끝을 뾰족하게 갈아 혈관에서 피를 뽑아서 글씨를 쓴다더

니 정말이었다. 피로 쓴 까닭인지 그 시는 더욱 비장하게 가슴에 와닿
았다.

나는 안다. 테러리스트의
슬픈 마음을
말과 행동으로 나누기 어려운
단 하나의 그 마음을
빼앗긴 말 대신에
행동으로 말하려는 그 심정을
자신의 몸과 마음을 적에게 내던지는 심정을.
그것은 성실하고 열심한 사람이 늘 갖는 슬픔인 것을.
끝없는 논쟁 후의
차갑게 식어버린 코코아 한모금을 홀짝거리며
혀끝에 닿는 그 씁쓸한 맛깔로
나는 안다. 테러리스트의
슬프고도 슬픈 마음을

정오 무렵에도 그는 까치발을 들고 창밖을 내다보며 서 있었다. 건너
편에는 별채처럼 된 회색의 면회소 건물이 있었다. 날씨가 무더운 탓인
지 뜰로 향한 면회소 대기실은 문이며 창들이 모두 활짝 열어젖혀져 있
어 안이 다 들여다보였다. 무심히 기웃거리다가, 면회와서 차례를 기다
리는 사람들 속에서 윤미려의 모습을 발견했다. 놀랄 일은 아니었다.
오빠를 면회왔을 것이다.
오늘 그녀는 연보랏빛 줄무늬 키모노 차림에 붉은빛의 아름다운 띠
를 매고 있었는데, 예의 고개를 귀엽게 기울이곤 손수건을 부채삼아 부

치고 있었다. 그는 힘을 다해 발꿈치를 쳐들었다. 제발 이쪽을 보라고 속으로 고함을 쳐보았다. 어떻게 하겠다는 생각이 든 것은 아니었다. 그저 시선을 마주치기만을 바랐다. 그녀의 미소를 보고 싶었다. 윤미려는 가운데뜰을 향해 열린 문으로 서서히 나오더니 문기둥에 몸을 기대어 섰다. 어디선지 새소리가 났다. 그녀의 시선은 새를 찾아 허공으로 향했다. 그는 창살 틈으로 얼른 사방을 살펴보았다. 면회소를 지키는 수위는 어떤 순사와 이야기를 하느라 이쪽을 보고 있지 않았다. 그는 창살 틈으로 손을 내밀어 흔들었다. 그녀의 시선은 여전히 건물 지붕 쪽에 머물러 있었다. 안타까웠다. 내친 김에 손을 쭉 빼어 마구 휘저었다. 드디어 윤미려가 그를 발견하곤 펄쩍 뛰며 외쳤다.

"어머나, 우선생님도 여기 잡혀오셨군요."

큰 소리였다. 갑자기 창밖에서 순사가 달려들더니 곤봉으로 창살 틈으로 나온 그의 손을 마구 때렸다. 윤미려가 비명을 질렀다. 적막한 가운데뜰은 비명소리로 가득 찼다. 그제야 수위도 눈치채고 윤미려에게 달려가 마구 나무라기 시작했다. 그래도 윤미려는 이쪽을 바라보고 있었다. 변호사로 짐작되는 중절모를 쓴 신사가 그녀를 잡아끌며 안으로 들어갔다. 그녀의 모습이 사라져버렸다. 한바탕 꿈을 꾼 것만 같았다. 그걸 반증하듯 맞아서 시뻘겋게 부어오른 손이 있었다. 그는 실실 비어져나오는 미소를 주체하지 못했다. 아픈 줄도 몰랐다.

저녁 배식시간이 되었다. 그의 앞으로도 사식이 들어왔다고 했다. 이름을 잘못 들은 줄 알았는데, 그의 도시락도 있었다. 가만히 보니 윤영립과 같은 집에서 차입된 것으로서 윤미려가 넣어준 게 틀림없었다. 달걀말이까지 들어 있는 호사스러운 도시락이었다. 윤영립이 날카로운 눈길로 힐끗 보곤 잠자코 젓가락질을 시작했다. 그는 달걀말이부터 집어 입에 넣어보았다. 맛을 천천히 음미했다. 쿠레에서 어머니가 그가 너무 허약하다고 동생 몰래 도시락 반찬으로 달걀말이를 넣어주곤 하던 일이 떠올랐다.

'절에서 너무 곯아서.'

그게 어머니의 변명이었다.

그는 목이 메어와 삼키는 데 힘이 들었다.

식사가 끝나고 차를 나눠받을 때 윤영립이 그에게 몸을 기울이면서 나직이 물었다.

"내 누이하고 아는 사이였던가요?"

그는 아직도 감격에서 벗어나지 못해 말도 못하고 고개만 끄덕였다. 대신 윤영립이라도 포옹하며 감사의 말을 늘어놓고 싶은 심정이었다.

"어떻게 아는 사입니까?"

재차 물어오는데 그제야 말투가 심상치 않음을 깨달았다. 그러고 보니 윤영립의 얼굴에는 호의적인 구석이라곤 눈 씻고 찾아봐도 없었다. 그는 당황했다.

"창가구락부에 노래를 배우러 다녔거든요. 거기 반주자로 활동하셔서……"

윤영립이 고개를 끄덕이며 한숨을 쉬었다.

"그랬군요. 요사이 김신안군이 열을 내어서 쫓아다닌다는 말은 들었으나……"

그러고는 윤영립은 깊은 생각에 빠진 표정으로 멀찌감치 떨어져 앉았다. 그뒤로 윤영립은 내내 그를 서먹하게 대했다.

'내가 상종 못할 무뢰한이라도 된단 말인가? 누이하고 아는 사이라는 걸로 화를 내다니.'

그는 내심 불끈해서 속으로 투덜거렸다. 그런 한편으로는 객지에서 공부하는 누이를 둔 오라비의 걱정이려니 하고 너그럽게 이해하려고 애쓰기도 했다. 그래도 섭섭함은 가시지 않았다. 어쩐지 자신만 유난스럽게 못마땅하게 여긴다는 느낌이 왔던 것이다.

먼저 방면된 일본인 학우들이 손을 썼는지, 안도오 코따로오 교수의 의견서가 제출되었다는 말을 들은 것은 사흘 뒤였다. 테쯔오가 살짝 귀띔해주었다. 토오꾜오제대 교수인데다 대장성 대신으로 물망에 오를 정도로 사회적인 명망이 높은 분이니까 분명 그 의견서가 도움이 될 것이라고 했다. 거기에는 그가 우등생이며 한번도 사상적인 문제로 말썽을 일으킨 적이 없으며, 온순하고 순량하다고 적혀 있다고 했다. 의아하기 짝이 없었다. 도대체 테쯔오가 자신을 도우려는 것인지, 아니면 어릴 때처럼 비국민이라고 적대시하는 건지 판단할 수가 없었다. 아무튼 별일없이 풀려나는 것은 당연하다고 생각했다. 아무 짓도 안했으니까. 형사들도 서너 차례 취조실에다 불러놓고 위협하고 윽박지르기도 했으나 아무런 혐의점을 찾지 못했다. 곧 나가게 될 것이었다. 굳이 테쯔오까지 나서서 위해주는 척할 필요도 없었다.

나흘이 지나자 유치장에 남은 사람은 노동자를 포함한 일본 청년 몇몇과 조선 학생들뿐이었다. 그는 단순가담으로 분류되어 훈방되었다.

"저는 나가게 되었지만 선배님은 아직도 결정이 안 났으니 걱정스럽습니다."

그는 일부러 윤영립에게 다가가 깍듯이 인사를 차렸다. 윤영립은 얼굴을 찌푸렸으나 태연하게 대답했다.

"크게 걱정 안해도 될 겁니다. 보호관찰로 분류되어 있어 좀 귀찮기는 하겠지만…… 어차피 조선 유학생이라면 누구나 감시를 받게 마련이니 그게 그거인 셈이지요. 심해도 스가모(巢鴨) 감옥에 이송되어 몇 달 징역살이를 하는 정도면 될 겁니다."

"변호사가 그렇게 말합니까?"

"그건 아니지만…… 성계백 선배가 애써주고 있으니, 우형은 안심하고 나가십시오. 그보다……"

윤영립은 무슨 말을 할 듯 우물거리며 망설이고만 있었다. 그는 잠자코 기다렸다. 간수가 나오라고 거듭 소리를 질렀다. 이윽고 윤영립은 그의 어깨를 툭툭 치며 가볍게 말했다.

"아무튼 나가게 되어 축하합니다. 밖에서 한번 만나 이야기를 하십시다."

꺼림칙하게 들리기도 하는 말이었다. 그는 다시 한번 고개를 숙이고 간수를 따라 나왔다.

12. 백합 같은 그녀

　어린 소년들이 철없을 때 하는 차별이 가장 심한 거라고 생각했다. 그리고 그 사람의 식견이 얼마나 트였는지에 따라 그 정도도 다르고, 또 성인이 되어 철이 들면 자연히 차별도 줄어들 거라고. 사실이 그랬다, 대충은.

　대학생이 되자 그를 조선사람이라고 노골적으로 차별하는 사람은 거의 없었다. 하긴 대학생이라면 타이쇼오시대 일본에서는 엘리뜨계층이었고, 아무래도 어른들은 아이들처럼 자기 감정을 솔직하게 드러내지 않기 때문일 터였다. 그러나 경찰서 유치장에서 보낸 나흘은, 그로 하여금, 조선사람이라는 딱지가 떼고 싶어도 뗄 수 없도록 몸에 찰싹 들러붙어 있다는 사실을 깨닫게 만들었다.

　일본이라는 나라를 대표하여 법을 집행하는 경찰은 무조건 그를 조선사람이라는 사실만으로 함부로 대했고, 우장춘이라는 개인의 인간됨은 전혀 고려하지 않았던 것이다. 일본사람의 관점에서 본 조선사람이란 더럽고 무식하고 야만스러우며 언제 무슨 일을 저지를지 모르는 우범자였다. 따라서 보통 일본사람들의 눈에는 우장춘이라는 청년이 그 성장과정이나 사고방식, 인격이 어떤가는 상관없이 무조건 경계해야 할 위험한 청년으로 비치고 있는 것이었다. 식민지 백성에게는 인격이나 개성은 없는 것이나 다름없었다.

충격이었다. 그런 한편으로는 묘한 만족도 느꼈다. 이처럼 자신에게 조선사람이라는 딱지가 붙었다는 사실에 비로소 제 길을 찾아 제대로 가고 있다는 안도감을 느끼기도 하였다. 이걸 훈장처럼 보듬으며 살아가야 할지도 모른다. 아버지는 아마 아들이 그러기를 바랄 것이다. 그렇게 생각되었다.

석방되는 동료들을 위해 학우회에서 사람들이 나와 있었다. 김신안도 보였다. 그는 따로 호소가와의 연락까지 받았다고 했다. 먼저 석방된 농학부 친구들이 안도오 교수며 김신안 등에게 그의 뒤를 보살펴주도록 알린 모양이었다. 조선사람이라는 사실 하나만으로 혹독한 처우를 받은 뒤여서 국적을 따지지 않는 그들의 우정이 새삼 가슴에 사무쳤다.

"더운 날씨에 좁은 감방에 갇혀서 고생이 많았네."

김신안이 위로했다.

"나만 고생한 게 아닌데. 윤선배는 아직도 안에 있으니 걱정일세."

장마는 아주 끝났는지 하늘은 파랗고 높았으며, 하얀 뭉게구름이 피어 있었다. 어느새 잠자리까지 날아다니고 있었다. 불과 며칠 사이인데도 유치장 안에서 한 계절을 지내고 나온 것처럼 바깥세상이 서먹했다.

"안 그래도 윤선배 일로 사꾸마 변호사가 이층, 변호사 면회실로 올라가셨네. 아무리 저쪽에서 뭐라고 해도 이 정도는 충분히 기소유예 처분을 받아낼 수 있으니까 걱정하지 말라고 하더군. 그보다 어쩌다 자네 같은 백면서생이 이런 사건에 휘말린단 말인가? 사람, 다시 봐야겠네."

김신안은 안됐다고 혀를 차면서도 히비야 폭동을 직접 목격한 게 부러운 눈치였다.

"그 다음날 폭동기사가 신문마다 대문짝만하게 실렸다네. 기사에선 두번째 연설이 굉장했다고 하던데? 그 연설 때문에 군중들이 열광해서 경찰의 저지선을 뚫었다고 하던데?"

"멀리서 본 거라 확실하진 않지만 변사가 하세가와(長谷川) 선생 같았는데, 그분은 어떻게 됐나? 이번에 잡히면 고초가 심할 텐데. 그리고 요시노 선생에겐 별일 없나? 그날 밤, 떠도는 소문으로는 낭인회에선 무라야마 사장을 그런 것처럼 곧 습격할 거라고 들었는데."

"하세가와 선생은 지명수배를 받아 피신중이야. 이번에 잡히면 징역살이를 면치 못할 거래. 그리고 요시노 선생이야 워낙 널리 알려진 분이고 토오꾜오제대 교수이니 아무리 낭인회인들 함부로 습격 못하지. 현재로서는 아무 일도 일어나지 않았네. 그래, 그날 밤 이야기 좀 해보게. 그 연설은 어땠나?"

"아주 감동적이었네…… 난 말주변이 없어서 제대로 전하지를 못하겠군. 쌀값 폭등과 재벌의 탈세사건을 나란히 이야기한 점이 사람들을 격동시켰던 것 같아. 다들 먹고살기가 어려우니까 공감이 컸을 테지. 대단했어. 그 연설을 듣고 난 뒤론 내내 심장이 벌렁거렸을 정도니까."

홍광표와 윤미려가 나란히 다가왔다. 눈길이 마주쳤으나 어색해서 말이 선뜻 나오지 않았다. 두어 걸음쯤 뒷걸음질치기도 했다. 냄새가 대단할 거였다. 유치장에서 지내는 동안 목욕은커녕 세수도 하지 못했다. 가만히 앉아 있기만 해도 땀이 줄줄 흐르는데 두어 평 남짓한 공간에 스무 명 넘게 넣어놓고 세수조차 허락하질 않는 것도 일종의 고문인 모양이었다. 변기를 비우는 당번이나 되어야 겨우 손 씻은 물에 얼굴까지 씻을 수 있을 뿐이었다.

"얼마나 걱정했다고요. 고생 많으셨어요."

윤미려가 수줍음이라곤 없이 활발하게 인사를 건넸다.

"저만 먼저 나와서 면목없습니다. 윤선배님은 곧 따라나갈 테니 걱정 말라고 했지만, 그래도 걱정이 크겠습니다."

윤미려가 피시시 웃으며 고개를 저었다.

"이런 일에 그만 단련이 되었다고나 할까, 오빠는 제가 토오꾜오에 온 첫해부터 이랬답니다. 그 때문에 제가 학교 기숙사를 나와 오빠와 함께 살기로 한 거죠. 하지만 아버지도 말리다 못해 이젠 젊은날의 반항심에 불과할지도 모르니 그냥 두고보자고 하실 정도랍니다."

"내 생각엔 윤군은 댁의 아버님이 동대문 밖의 그 저택을 처분하실 때까지는 계속 이럴 것 같은데요? 모종의 죄책감이 작용하고 있을지도 모르죠. 그런데도 댁의 아버님은 그 저택을 포기하는 것보다는 아들이 유치장에 드나드는 걸 구경하는 편이 낫다고 여기시는 모양이죠?"

홍광표가 빈정거렸다. 윤미려는 찔끔했다가 곧 기승스럽게 고개를 쳐들고 노려보았다. 시원스러운 눈매에 원망의 기색이 가득 담겼다. 분위기가 냉랭하게 얼어붙었다.

"저는 이만 가봐야겠습니다. 학교도 급하고, 교수님도 뵈어야 하거든요."

우장춘은 얼버무리며 자리를 뜨려고 했다.

"같이 가세. 나도 자넬 만나는 거 말고는 여기서 볼일은 없으니까."

김신안이 부상자를 부축하는 것처럼 그의 겨드랑이에 팔을 끼고 같이 자리를 떴다. 대기소를 나오자 햇살이 눈꺼풀을 따갑게 찔렀다. 눈을 감아도 앞이 새하얬다. 현기증나는 밝음이었다. 흙먼지 자욱이 인 신작로가 빛 속으로 증발되는 양 흐릿하게 보였다.

"그런데, 홍선배가 한 말, 무슨 뜻인가? 미려씨가 상당히 불쾌하게 여기는 눈치던데?"

그가 궁금증을 이기지 못하고 물었다.

"그러게. 조만간 싸움이라도 날 거 같지? 같은 조선 유학생끼리. 그 것도 관학파들하고가 아니고 사학파들끼리. 걱정일세…… 그게 말이 야, 미려씨 아버지 윤효직은 애국자로 명성이 높은데, 한일합방 때 일 본으로부터 합방하사금을 받은 사실이 최근에 드러나지 않았겠나. 동 대문 밖에 으리으리한 저택을 지어 살고 있는데, 그 집값이 거기서 나 왔다는 거야. 까놓고 보니 매국노 이완용이나 송병준과 똑같은 친일파 더라 그런 셈이지. 홍광표 선배는 이를 갈아. 윤효직은 이완용이보다 더 나쁜 놈이라고. 겉 다르고 속 다른 행동을 해서 국민들을 현혹시키 니까."

김신안이 소곤거렸다.

"그랬군. 그런 내막이 있었구면."

어느새 윤미려가 그들 뒤를 바싹 쫓아오고 있었다. 두 사람 다 돌아 다보긴 했으나 어디로 가느냐고 묻지 않았다. 어쩌면 이럴 때는 눈치 빠르게 없어져주는 게 친구간의 의리일 것 같았다. 그럼에도 그는 선뜻 발길을 돌리지 못하고 미적거렸다. 사식을 차입해줘 고맙다는 말은 하 고 싶었다. 그러나 말을 하면 김신안이 연유를 캐물을 터였고, 오해하 지 않도록 해명할 것이 번거로웠다. 그는 한참을 주저하다가 혼자 전차 를 타고 코마바로 가겠다고 했다.

"잠깐요, 저기 국숫집이라도 들렀다가 가세요."

윤미려가 적극적인 태도로 그를 잡았다. 백합꽃 향기가 풍겨와 어질 어질했다.

"왜요?"

"두부를 잡수셔야지요?"

"그렇지. 내가 깜빡했네. 가세."

김신안도 이마를 치며 그를 붙잡았다.

"아냐. 어차피 난 술도 못하는데."

"술은 나하고 미려씨가 마실 테니 자넨 안주로 히야꼬(양념장을 곁들인 냉두부)를 시켜먹으면 돼. 벌써 점심때가 됐으니 배도 고플 거야. 먹고 가게."

우장춘은 못 이기는 체 그들을 따라 국숫집 포렴을 들추고 들어갔다. 옹색한 가게였다. 탁자는 몇개 되지 않았고 걸상 대신 나무로 만든 헌 간장통들을 놓았다.

"날씨가 더우니 시원하게 자루소바로 시작할까?"

김신안이 땀을 훔치며 들뜬 기색으로 말했다.

'아, 이 친구는 여전히 보답을 받지 못하는 연애에서 헤어나질 못하고 있구나.'

그는 속으로 탄식했다. 윤미려는 김신안에게 별로 관심을 보이지 않았다. 김신안이 하는 말을 잘라먹는가 하면 비꼬아서 받기도 하고, 조롱하여 웃어넘기기도 했다. 그렇게 반응이 시원치 않음에도 김신안은 현실이 눈에 들어오지 않는 모양이었다. 그녀와 얼굴을 맞대고 앉아 있다는 사실만으로도 들떠 횡설수설 떠들었다. 안타까웠다. 그는 두부접시가 빈 것을 기화로 자리에서 일어섰다.

"벌써, 가세요?"

그녀가 눈썹을 치켜떴다.

"그래야겠습니다. 미려씨는 어디로 가십니까?"

"니콜라이 성당 쪽. 거기 사시는 선생님께 레슨을 받기로 되어 있거든요."

"그럼 신안군하고 같은 방향이군요. 신안군이 바래다드릴 겁니다."

그는 못을 박듯 확실하게 말하고는 얼른 국숫집을 나섰다. 감사의 뜻을 전하지 못한 것이 영 찜찜했다.

'사식을 넣어줘 고맙단 말은 한마디도 못했으니, 염치없는 놈이라고 여길 테지.'

우장춘은 어수선하여 마음이 가라앉질 않았다. 감사의 뜻을 표해야 할 텐데, 어떻게 하면 좋을지 몰랐다. 만나서 말하면 진심을 제대로 전할 수 있을 것이다. 그러나 김신안을 생각한다면 따로 만나자고 청하는 게 좀 그랬다. 편지를 하는 건 더구나 안될 듯싶었다.

'연애하겠다는 게 아닌데, 그냥 고맙다는 마음만 전하면 되는데.'

그래도 어려웠다. 좁은 유학생 사회에서는 남녀가 만나기만 해도 연애에 불타고 있다는 둥 연애박사라는 둥 소문이 파다해졌고, 뒷말이 무성했다.

그는 강의를 듣거나 실습지에서 일하는 동안 평소와 달리 자주 해찰을 했다. 집중이 되질 않았다. 그의 들뜬 태도가 눈에 띄었는지 온상에서 일하고 있을 때 안도오 교수가 나타나 그를 불렀다.

"거기 있는 물주전자 좀 이리 가져오게. 정말 덥구먼."

교수는 나무그늘 맨땅에 털퍼덕 주저앉아 케따와 밀짚모자를 벗어놓더니 목에 걸친 수건으로 땀을 쓱쓱 닦았다. 그가 주전자를 건네자 교수는 컵을 찾을 사이도 없이 뚜껑에 물을 따라 벌컥벌컥 마셨다. 영락없는 농부의 모습이었다. 모르는 사람이 본다면 최고의 명망을 얻은 학자라고 짐작하지 못할 거였다. 행동이나 말이 그렇게 늘 소박하고 인정스러웠다. 그 때문에 안도오 교수를 존경하는 것이기도 했다.

"자네도 여기 앉아 잠깐 쉬는 게 어떤가? 볕이 너무 따갑구먼. 사실 여름엔 이렇게 해가 쨍쨍 내리쬐는 게 순리지. 그래야 작물들도 마음껏 자랄 테니. 그런데도 여름이 덥다고 불평하는 건 인간뿐일 거야……
그런데, 자네, 요즘 무슨 걱정거리라도 생겼나?"

"아닙니다."

"그렇게 보이는데? 내가 알면 곤란한 일인가?"

눈이 날카로웠다. 히비야 폭동 이후로 안도오 교수는 그를 주의깊게
살피고 있는 모양이었다.

"공연한 참견이라고 할지 몰라도 내가 할 수 있는 일이라면 자네를
돕고 싶네. 별뜻은 없고…… 음, 육종학분야에서 장래가 유망한 학생
을 괜한 소동에 말려 잃고 싶지 않아서 그런달까……"

"감사합니다만, 그런 문제가 아니라…… 실은 고마운 사람이 있는
데 어떻게 그 뜻을 전해야 할지 몰라서."

갑자기 안도오 교수가 긴장을 풀면서 무릎을 치며 웃었다.

"하하, 여성 문제로구먼. 요즘 청년들 신조가 청춘만세요, 연애만세
라더니. 좋군, 좋아. 청춘은 눈 깜빡할 사이에 지나가버리니 순간순간
을 소중히하도록 하게."

"그런 게 아닙니다. 다만 고마운 일이 있어서."

"하하, 어렵게 생각지 말게. 꽃을 보내면 어떨까? 여성들은 꽃을 받
으면 기뻐하지. 신기한 일이야, 인간이 꽃을 보고 기분이 좋아진다는
게. 봤다고 해서 배가 부른 것도 아니잖나? 왜 그런지 생각해봤나?"

"글쎄요? 아름답기 때문에?"

"그럼 여성도 아름다워서 보면 기분이 좋아지는가? 그러니 꼭 미인
이라야 하고? 그래서 자네는 정신을 못 차리고 헤매고? 하하. 꽃이 피
었다는 건 곧 결실이 있을 거라는 자연의 약속이기 때문이라네. 원시시
대부터 인간은 꽃이 핀 다음에는 과일이나 곡식과 같은 먹을 게 생긴다
는 걸 수없이 학습해왔지. 그래서 꽃은 인간에게 맛있고 배부른 상태를

연상시켰고. 인간이 꽃을 볼 땐 무의식에서 그런 풍성함을 상상하게 되어 기분이 좋아지는 거라네…… 아무렇든지, 꽃의 목을 댕강 잘라서 보내는 짓일랑 하지 말게. 온상에서 화분으로 하나 고르지 그러나? 군의 가슴속에 있는 여성에겐 어떤 꽃이 어울리려나?"

뭐가 그렇게 좋은지 안도오 교수는 웃음을 그치지 못했다.

고민이 단숨에 해결된 셈이었다. 교수의 충고대로 화분을 선물하기로 했다. 그즈음 꽃선물이라면 카네이션을 최고로 치고 있었으나 그건 너무 흔했다. 고심한 끝에 백합으로 정했다. 곧 피어날 봉오리와 반쯤 벌어진 꽃송이가 있는 화분이었다. 그는 하숙으로 화분을 가져가 정성껏 닦고 남들 눈에 띄지 않도록 보자기로 잘 쌌다. 그래도 뭔가 허전했다. 장식을 덧붙이고 싶었다. 서양 영화에서는 남자가 여자에게 꽃선물을 할 때는 화려한 리본 같은 것을 달곤 했다.

오후에 보퉁이를 들고 전차를 타러 가다가 양품점 앞에서 걸음을 멈추었다. 진열창 안에는 배를 타고 건너온 박래품(舶來品)들이 늘어놓여 있었다. 예쁜 파라솔이며, 고운 리본, 핸드백이며 화장품들. 그중에서 비칠 듯 얇은 천으로 만든 빨간 리본이 눈길을 끌었다. 그러나 비쌀 것이다. 한참을 들여다보며 망설이는데 누가 등을 세게 쳤다.

"어디 가는 거야?"

호소가와였다. 반사적으로 보따리를 든 손을 뒤로 감추었다. 그가 빙글빙글 웃으며 등뒤를 기웃거렸다.

"아무것도 아니라니까."

"자네, 요즘 연애에 불타고 있지?"

"아니야."

"그렇다면 이건 뭐야? 다 알아. 오전 내내 몰래 화분을 고르더니. 꽃 선물을 한다? 누군가?"

"아니라니까. 당치도 않아."

"괜히 한번 본 여성에게 정신 못 차리고 빠지거나 하면 안되네. 얼간이처럼. 여자 구경을 못한 남자는 여자라는 생물을 한번 보는 것만으로도 자신이 연애에 빠졌다고 착각하기 쉽다네. 어떤 여잔지 알지도 못하고서. 세상엔 많은 여자들이 나와 사귀려고 대기하고 있다는 걸 잊지말아야 해. 인류의 절반은 여자, 널린 게 여자야. 이것이 형님인 내가 아우인 자네에게 주는 충고일세. 어이, 어서 가. 뛰어. 전차를 놓치면 안되지. 내일 학교에 오면 이 형님께 이실직고하는 것도 잊지 말고."

그는 급하게 뛰느라 더 반박하지는 못했으나 전차를 타고서도 얼빠진 것처럼 내내 중얼거렸다.

"연애가 아냐. 감사의 뜻을 표하려고 할 뿐이야."

그는 주소가 쓰인 명함을 거듭 확인했다. 니혼바시라는 차장의 외침에 화들짝 놀라 허겁지겁 전차에서 내렸다. 요꼬초오로 가는 길을 물었다. 사람들이 메이지좌를 손가락질했다. 극장을 낀 소란스러운 유흥가를 지나서 있는 조용한 동네였다. 강을 끼고 에도시대의 상점들이 옛모습 그대로 남아 고요하고 한적한 분위기였다. 부유한 도매상들이었으며, 간간이 흙벽을 하얗게 칠한 창고도 많이 남아 있었다. 상점의 푸른 포렴 아래로 어두컴컴한 실내가 엿보였다. 길은 인력거 두 대가 나란히 달릴 정도의 폭이었다. 바로 이웃에 개화바람의 선두에 서서 재빠르게 변하는 긴자(銀座)가 있다는 게 믿어지지 않았다. 세월의 바람은 이곳을 그냥 지나치고 있는 듯했다.

우장춘은 여름날 하오의 긴 그림자를 앞세우고 한적한 길을 터벅터벅 걸었다. 윤미려가 사는 집을 찾기는 어렵지 않았다. 쇠꼬챙이가 촘촘하게 꽂힌 담 너머로 잘 손질된 향나무들이 서 있는 집이었다. 초인종을 누르자 한참 지나서 영리하게 생긴 하녀가 나왔다.

"저쪽 별채에 사는 여학생을 찾아오셨군요. 아직 안 들어오셨는데 요?"

그 대답에는 어떻게 할지 그는 마음의 준비가 전혀 되어 있지 않았다. 그는 보퉁이를 든 채 엉거주춤 서서 쩔쩔맸다. 하녀가 웃음기 가득한 목소리로 다시 물었다.

"그거 별채에 사는 아가씨께 드릴 건가요? 제게 주세요. 전해드리지요. 선생님의 명함은 이 안에 들어 있나요?"

마치 청년들이 찾아와 선물을 놓고 가는 게 통상 있는 일이라는 듯 응대가 익숙하고 자연스러웠다. 그는 보퉁이를 건네며 고개를 꾸벅 숙였다.

"아닙니다, 명함은 없습니다. 우장춘이라고 전해주십시오. 감사드리려고 찾아왔습니다. 사식을 넣어주셔서 감사했다고."

그는 말도 제대로 맺지 못하고 도망치듯이 그 집 앞을 떠나고 말았다.

놀랍게도 윤미려는 학교로 그를 찾아왔다.

하필 실습지에다 거름을 져나르고 있을 때였다. 어떤 학생 하나가 뛰어와 웬 여학생이 수위실에 와서 그를 기다린다고 했다. 여자라니? 학생들이 웅성웅성 떠들기 시작했다. 성급한 치는 쇠스랑을 내던져놓고 수위실 쪽으로 달려가 기웃거리고 와서는 굉장한 미인에다 세련된 신여성이라고 떠벌렸다. 그런 여성이 찾아오다니. 새삼 그를 다시 봐야겠다는 눈길들이었다. 그는 어깨가 으쓱해졌으나 한편으로는 난처하기 짝이 없었다. 땡볕은 한풀 꺾였으나 아직도 해가 저물지 않아 사방이 환했다. 끝나려면 한시간은 더 일해야 했다.

"여기 일은 우리가 알아서 할 테니, 어서 가서 작업복을 벗고 씻게."

그는 결정을 내릴 수가 없었다. 마무리를 미루고 가버리는 것은 얌체

짓 같았다.

"나 같으면 괭이를 내던지고 달려갈 텐데. 숙녀를 기다리게 하는 건 실례야."

"아무리 급해도 냄새는 착실하게 지우고 가야 돼. 이런 냄샐 풍기면 여성이 천리는 도망갈 거야."

"그저께 백합 화분을 들고 찾아간 그녀지? 오, 나의 마돈나여. 그대는 한떨기 백합이로다."

호소가와는 무릎을 꿇고 너스레를 떨었다. 친구들은 웃으면서 머뭇대는 그를 떠밀다시피 우물가로 보내며 수건을 빌려주고 옷도 털어주었다.

"절대 그런 사이가 아니라니까. 오해했다간 큰일난다니까."

그는 되풀이 변명하면서도 정성껏 얼굴과 손을 씻고 작업복도 걸레로 닦았다. 옷을 갈아입을까 하고 망설였으나, 곧 고개를 저었다. 그녀에게 잘 보이려고 하는 건 안될 일이었다. 더러운 작업복인 채로 수위실로 갔다.

수위실 옆 등나무 그늘 아래에서 그녀가 기다리고 있었다. 멀리서도 거기만 눈부시게 환해서 금방 알 수 있었다. 남학생들은 돌연 나타난 여성에게 진한 호기심의 눈길을 던지고는 지나갔다. 그는 자기도 모르게 가슴을 쭉 폈다. 어깨에도 힘이 들어갔다. 감색 써지 스커트와 하얀 레이스 블라우스를 입은 윤미려의 모습은 수수하면서도 아름다웠다. 하얀 구두를 신은 발은 앙증맞고 귀여웠다. 그녀는 남학생들만 득시글대는 장소가 어색한지 양산 끝으로 땅을 톡톡 두드리고 있었다. 다리가 떨리기 시작했다. 떨림을 감추려고 어금니를 꽉 깨물었으나 멋지 않았다. 그녀 앞에만 가면 어쩔 줄 모르고 얼간이처럼 굴던 김신안이 비로소 이해가 되었다. 윤미려는 손차양을 만들어 두리번거리다가 그를 발

202

견하고 활짝 웃었다. 그러나 아주 가까이 가기도 전에 그녀의 손이 코로 갔다. 냄새가 심한 모양이었다. 역시 작업복을 갈아입어야 했다고 그는 후회했다.

"미안합니다. 실습중이었습니다. 급하게 나오느라고."

그녀가 찡그렸던 얼굴을 펴며 고개를 끄덕거렸다.

"정말 대범하신가봐요? 저는 농학부라고 하기에 꽃이 잔뜩 핀 정원만 상상하고 왔어요."

"꽃이 만발한 정원을 만들려면 누군가는 뒤에서 이렇게 험한 일을 해야만 하니까요."

"옳으신 말씀이에요."

윤미려가 거듭 감탄했다. 잠시 침묵이 흘렀다.

"이걸 돌려드리려고요. 마침 시부야에 볼일이 있었거든요."

그녀가 가방에서 곱게 접은 보자기를 꺼내 건넸다.

"그랬군요."

스르르 맥이 풀렸다. 방문한 이유가 따로 있다는 게 왜 그렇게 실망스러운지 몰랐다.

"그후 건강은 어떠세요? 불편하신 덴 없어요?"

"괜찮습니다. 전 고문받진 않았으니까요."

"그랬군요? 다행이에요. 오빠는 이번에는 나온 뒤로 내내 누워만 지내는데."

"그래도 다행입니다. 윤선배님도 나오셔서. 몸을 크게 상하거나 하진 않았겠죠?"

그가 열심히 물었다. 윤미려는 고개만 끄덕일 뿐 더 자세히 설명하려고 하지 않았다. 정문을 오가는 학생들이 그들을 흘깃거리며 지나갔다. 그 눈길 때문인지 윤미려는 곧 일어섰다. 섭섭했다.

"제가 정거장까지 바래다드리지요."

그는 따라 일어나 나란히 걷기 시작했다.

저녁이 가까워 햇빛이 약해졌는데도 윤미려는 양산을 펴고 그 밑으로 들어오라고 손짓했다. 그는 고개를 저었다. 남학생들이 그득한 길에서 그럴 용기는 나지 않았다. 맞은편에서 일고생(一高生) 하나가 다가오면서 그들을 뚫어져라 보더니 고개를 설레설레 젓고 지나쳐갔다. 흙투성이 더러운 작업복을 입은 자신과 산뜻하게 차린 미모의 윤미려가 어울려 보이지 않는 거라는 짐작이 갔다. 아니, 그보다 남녀가 나란히 길을 걷기만 해도 시선을 끄는 시대였다. 미풍양속을 해친다고 순사의 경고나 받지 않으면 다행이었다. 그러나 윤미려는 그런 것을 의식하지 않는지 자연스럽고 당당한 태도였다.

"꽃을 주셔서 기뻤어요. 더구나 화분이더군요. 저는 평소 줄기를 잘라서 꽃만 꽂아놓는 일에 거부감을 가졌거든요. 아무리 말 못하는 식물이라고 하지만 목을 댕강 자른다고 생각하면, 잔인하잖아요. 게다가 주신 꽃이 백합이라니. 백합을 좋아하세요?"

그녀는 시원스러운 눈매로 무엇을 찾는 듯이 바라보았다. 그는 현기증이 났으나 용기를 내어 대답했다.

"그게 아니라…… 백합 같아서……"

"뭐가요?"

"그대가요. 백합 같습니다."

연애소설에나 나오는 그대라는 단어를 입밖에 뱉고 보니 그는 얼굴이 홧홧하니 달아올랐다. 그녀의 얼굴에도 가득 홍조가 피어올랐다.

"있죠, 프랑스에선 귀족들이 자살할 때 백합꽃을 썼다는군요."

"꽃으로 자살도 합니까?"

"밀폐된 방에다 활짝 핀 백합을 가득 채우고 들어앉아 있으면 질식

해서 죽는다고 하더라고요. 나도 다른 사람에게 들은 거예요. 그런데 꽃에 대해선 잘 모르시나봐요? 농학부는 대체 뭘 공부하는 곳이죠? 농사짓는 걸 배우나요? 이해가 안돼요. 그런 건 학교에서 가르치지 않아도 농부가 되면 저절로 알게 되는 거 아녜요?"

"농사짓는 기술도 기술이지만, 더 근본적인 문제를 연구하기도 하지요. 예를 들면 식물의 형질, 유전, 교배 같은 문제를 연구합니다. 더 뛰어난 품종의 식물을 개발하여 더 잘 생장하여 더 많은 수확을 내도록 만드는 거죠."

"그래서요?"

그는 자신이 잘 아는 문제가 나오자 열을 올리며 설명했다.

"앞으로는 식량이 나라마다 혹은 국제적으로 가장 중요한 문제가 될 겁니다 인구는 기하급수적으로 늘어나는데, 식량은 산술급수적으로 늘어난다, 그 말 아시지요? 머지않아 식량이 국가간에서 강력한 무기가 될 가능성도 큽니다. 우리처럼 쌀을 주식으로 하는 나라에선 벼를 연구해서 기르기 쉽고, 수확이 많고, 먹기도 좋은 품종을 개발하는 게 급선무지요. 그 때문에 농학자들은 많은 교배실험을 하고 있습니다. 선택적으로 이 품종과 저 품종을 교배해서 좀더 우수한 품종의 벼를 개발하려고요. 그런 학문을 육종학이라고 부르는데, 벼나 무, 배추, 감자와 같은 식량자원이 되는 작물을 중심으로 연구하지요. 그렇지만 꽃도 연구합니다. 식량문제가 해결되어 먹고살 만한 시대가 오면, 그다음에는 꽃을 감상한다든지 하는 취미도 중요하게 될 테니까요."

한참을 떠들다보니, 어느새 전차정류장에서 빙 돌아서 다시 학교 쪽으로 걷고 있었다. 그는 깜짝 놀랐다.

"정류장을 지나왔습니다. 다시 돌아갑시다."

"알아요. 이번에는 제가 우선생님을 바래다드리는 거예요."

윤미려가 웃으며 대답했다.

"예? 왜요?"

"그러고 싶어서요."

"학교 앞으로 가면? 미려씨는 전차를 타야 하니까, 다시 전차정류장으로 가야 할 텐데?"

"그러면 우선생님이 다시 저를 전차정류장까지 바래다주시면 되겠군요."

비로소 윤미려가 장난치고 있다는 것을 깨달았다. 그는 난처해서 머리를 긁적거렸다.

"여기서 그만 돌아갑시다. 제가 전차 타는 걸 보겠습니다."

"그렇게 서두르지 않아도 돼요. 아직도 해가 많이 남았어요."

"안됩니다. 이러다 해가 저물면 어떡합니까? 여성 혼자 가게 할 수는 없습니다."

억지로 윤미려를 돌아서게 하여 정류장 쪽으로 향했다. 윤미려가 정색을 하고 물었다.

"혼자 가게 할 수 없다는 게 세상 통념인가요, 아니면 우선생님 개인의 견해인가요?"

생각해본 적이 없는 문제였다. 그는 우물쭈물했다. 윤미려는 서늘한 눈빛을 하고 서 있었다.

"일본의 문명개화는 본받아야 하겠지만, 여성은 오직 현모양처가 되어 국가에 공헌하는 게 의무라는 일본사람들의 견해는 반대거든요."

윤미려가 똑부러지게 말했다.

"그렇습니까? 생각해본 적이 없어서…… 그럼 미려씨도 청탑파(靑鞜派) 신여성입니까? 여성해방을 외치는? 미려씨는 「인형의 집」에 나오는 노라처럼 가정을 박차고 나가는 걸 찬성합니까?"

"가정이 나의 개성을 억압한다고 느끼면 당연히 그래야 한다고 생각해요. 지금 조선은 절실하게 천재를 요구하고 있잖아요. 남녀 불문하고 조선을 문명개화로 이끌려면 천재가 되지 않으면 안된다고 생각해요. 개성을 억압당한다면 그 사람의 천재는 싹도 못 틔우고 죽어버릴 테니, 그런 운명을 거부하는 게 우리의 의무라고 믿어요. 우선생님도 농학에선 천재라는 소문을 들었는데요?"

"괜한 말입니다. 전 천재라든지 하는 건 꿈도 꾸지 못합니다. 어려서부터 아버지의 기상을 물려받지 못한 허약한 소년이라는 말을 자주 들었으니까요. 그저 농학을 공부하게 됐으니까 작은 배춧잎 하나라도 잘 개량하여 쓸모있는 사람이 되려고 노력하고 있습니다."

"바로 우리 조선을 위해서 말이지요?"

"물론입니다. 나의 조국, 조선을 위해."

"아아, 그러고 보니 그래서 우선생님이 다른 유학생들과 달라 보였던 거 같아요."

"네?"

"정말 그래요. 토오꾜오에 있는 조선 유학생들은 대개가 자신이 천재라고 으스대며 민족의 선도자가 되겠다고 호언장담을 하는 게 보통이죠. 앞에서 설치기나 좋아하고. 역겹죠."

갑자기 윤미려가 분위기를 바꿔 명랑하게 말했다.

"그런데요, 어떤 남녀가 있었어요. 여자 집 앞까지 남자가 바래다줬더니 그 다음엔 여자가 우겨서 남자를 남자 집 앞까지 바래다줬겠지요. 그러자 남자가 위험하니까 혼자 보낼 수 없다고 다시 여자를 집앞까지 바래다주고, 여자는 다시 우겨서 남자를 집앞까지 바래다주고……"

"바보들이군요. 그러다간 밤을 꼬박 새워도 끝이 안 날 텐데."

"그렇죠? 그래서 그 두 사람도 자신들이 바보라는 생각이 들었대요.

하지만 사람 마음이라는 게 이성보다 감정에 좌우되게 마련 아니에요? 그러니까 문제죠. 두 사람은 고심 끝에 그 문제를 어떻게 해결했는지 아세요?"

"글쎄요?"

"같은 집에서 살기로 결정했대요. 서로가 바래다줄 필요가 없도록. 어때요? 그 사람들, 영리하죠?"

윤미려는 아이처럼 까르륵 숨이 넘어가게 웃으면서 뛰어가버렸다. 그는 멍하니 그 뒷모습을 지켜보았다.

어수선했다. 기쁜 것도 같고 부담스러운 것도 같았다.

13. 두 번이나 경고를 받다

입추 아침녘, 집으로 찾아와달라는 윤영립의 엽서를 받았다. 우장춘은 궁금해서 당장 요꼬초오로 갔다. 석방된 뒤, 통 외출하지 않고 누워만 지낸다는 소문이어서 문병삼아 여름밀감을 한보따리 샀다. 아무튼 누이동생에게 관심이 있어서 접근한다는 오해를 받기 싫어 일부러 윤미려가 학교에 가 있을 이른 오후시간을 택했다.

하녀의 안내로 별채로 갔다. 본채와는 떨어져 깊숙이 들어앉은 조촐한 단층집이었다. 바로 곁에 신사가 있어 담을 가릴 정도로 수풀이 울창했고, 담 밑에는 조릿대가 무성했다. 후텁지근한 공기가 이곳에 오니 청신하게 감겨들었다. 섬돌을 밟고 건너가자 마침 열려 있던 방문으로 그가 오는 것을 보고 윤영립이 마루로 나왔다. 유까따(일본식 홑옷)만 걸친 느른한 모습이었다.

"어서 오세요. 마루에 앉을까요? 밖이 더 시원할 겁니다. 보기와 달리 이 집은 양철지붕이라 덥답니다. 그래도 차는 뜨거운 것이 좋겠지요?"

친절하게 맞아주기는 했으나 목소리에는 풀기가 없었고, 수염이 짙어 얼굴빛이 창백하여 아픈 것 같았다. 그는 밀감이 든 보따리를 내려놓았다. 하녀가 받아서 씻어왔다. 더하여 뜨거운 차와 함께 찬 물수건과 부채도 나왔다. 윤영립은 마주앉아 어쩌다 한번 생각난 것처럼 느리게 부채질을 했다. 외상은 없어 보이는데, 동작이며 말이 많이 굼떴다.

"누워 계신다고 들었습니다. 제가 나온 뒤 고초가 심하셨던 모양입니다?"

그가 인사를 건네자 윤영립이 씁쓸한 얼굴로 고개를 저었다.

"별일은 없었어요. 아픈 것도 아니고."

그러고는 한참이나 허공을 바라보는 거였다.

"그럼 왜?"

"염증이 나서 통 바깥출입을 하지 않았습니다. 그랬더니 아프다는 소문이 난 모양이지요?"

윤영립은 한숨을 쉬며 무겁게 침묵을 지켰다. 속상한 일이 생긴 모양이었으나 쉽게 입을 열 기미는 아니었다. 우장춘은 캐묻지 않고 빈공간을 메우려고 잡담을 꺼냈다. 요즘 학생들 사이에서는 요시노가 낭인회와 정식으로 대결을 하겠다고 선포한 것이 가장 큰 화젯거리였다.

"어떤 식의 대결이 될지 아직 구체적인 안이 나오지는 않은 모양입니다."

윤영립이 얼굴을 빛내며 고개를 끄덕였다.

"그래요, 진작 그랬어야 합니다. 정식으로 싸워 항복을 받아내지 않으면 낭인회는 언제까지나 민본주의자들을 국적이라고 공격의 고삐를 늦추지 않을 테니까요. 그런데 대결하려면 요시노 선생도 후원하는 단체가 하나쯤은 있어야 하지 않을까요? 청년들을 집결시켜 낭인회와 대등한 힘이 있다는 걸 보여줘야 할 텐데. 물론 힘이 아니고 웅변으로 대결하는 모양새가 되겠지만…… 아실지 모르지만, 조선 학생 중에서도 내놓고 요시노 선생을 추종하는 이가 많죠. 최상윤, 이달, 홍광표 군들은 일찍부터 그의 지도 아래 민주주의를 연구하는 분과에 참여해왔거든요. 그 대결은 정말 역사적인 사건이 될 겁니다. 기대되는군요……"

말을 하다가 윤영립의 표정이 일그러졌다.

"최근에 홍광표군을 만난 적이 있습니까?"

"최근엔 못 만났습니다. 무슨 일이 있나요?"

"이번에 홍광표군이 새로운 단체를 조직할 거라는 소문이던데. 이름하여 토오꾜오 조선 고학생 동우회라고 한다던가, 조선인 노동자와 고학생 연합체라고 하더군요. 그 때문에 학우회 간사인 성계백 선배가 여간 걱정하고 있는 게 아닙니다. 경시청에서 더욱 감시의 촉각을 곤두세울 거라고. 노동이란 말만 들어가도 경기를 일으키는 판국이니, 학우회까지 더 조여올 거라는 게 첫번째 문제요, 친목단체를 표방해온 우리학우회 안에서도 부르주아와 프롤레타리아로 분열이 일어날 우려가 있다는 게 두번째 문제라고 하더군요."

"선배님도 같은 걱정을 하십니까? 제가 알기에는 윤선배님도 홍선배님과 같은 의견이라 같은 단체에서 활동하시는 거라고 들었는데?"

"첨엔 그랬습니다만 요사이는…… 그런 뜻을 내세우는 단체라면 이미 와세다대학 안에 건설자동맹이라는 클럽이 있는데, 굳이 조선 학생들만 떼어서 따로 단체를 결성할 필요는 없지 않을까요? 노동계급의 단결에선 국적을 따지지 않으니까요. 별다른 이익도 없이 공연히 경시청의 주목을 끄는 건 어리석은 짓이지요. 우리 두 사람 의견이 비슷하다고 하는 모양이지만, 난 날이 갈수록 홍광표군을 감당할 수가 없어집니다."

윤영립은 더욱 어두운 표정을 지으며 고개를 설레설레 저었다.

"다른 문제도 더 있군요?"

윤영립은 팔짱을 끼고 망설이다가 무겁게 입을 열었다.

"사실, 우형도 곧 알게 되겠지만 우리 가친 문제입니다. 홍광표군이 우리 가친을 욕하고 다니는 게 지나쳐서 어떻게 할지를 모르겠습니다. 우리 가친은 대한자강회 부회장까지 지낸 윤자 효자 직자 성함을 가진 유명한 애국계몽 운동가입니다. 상당히 복잡한 인품을 가지신 건 사실 이죠. 조선에서 마지막으로 시행한 과거시험에 합격하여 탁지부(度支部) 주사로 관직생활을 시작하셨는데, 이후 죽 개화와 애국의 길을 걸 어오셨습니다. 팔척 장신에 젊어서부터 홍안백발의 특이한 용모인데다 연설에 뛰어나서서 대중적인 신망이 두터웠고, 고종을 폐하고 순종을 옹립하던 춘생문 쿠데타 사건으로 독립협회 간부들과 더불어 일본에 망명하시기도 했습니다. 어쨌든 나름대로는 나라를 위해 헌신해온 분 이죠. 그런데 이번에 한일합방 때, 왜놈에게 합방하사금을 받아 저택을 지었다는 소문이 났는데, 그게 사실인지, 그렇다면 어떤 속내가 있었는 지 아무도 모릅니다. 그런 분이 그렇게까지 하실 때에는 만부득이한 사 정이 없었다고 보기도 그런데…… 그런데 그런 소문이 나자 홍광표군 은 기정사실이기라도 한 듯, 우리 가친이 이완용이보다 더 나쁜 놈이라 고 욕을 하고, 부친의 과오를 씻으려면 아들인 내가 어떠해야 한다는 둥, 나까지 들추어서 씹고 다닌다니 참을 수가 없습니다."

새삼스레 울분이 더 북받치는 양 윤영립은 부르르 떨기까지 했다. 믿 어지지 않았다. 홍광표가 그렇게 경솔할 것 같지는 않았다. 두 사람 말 을 다 들어보지 않고는 속단할 수 없을 것 같았다. 우장춘은 섣불리 대 꾸하지 못하고 눈만 끔뻑거리고 있었다. 윤영립이 눈치채고 목소리를 바꾸었다.

"하긴 우형이 상관할 문제는 아니겠지요. 같은 학교도 아니요, 동급

생도 아닌 후배이니. 그보다 오시라고 한 것은…… 유치장에 있을 때부터 내내 어떻게 이 말을 해야 하나 망설였습니다. 고깝게 듣지 마십시오. 나도 부득이해서 하는 말이니. 우형은 내 누이를 어떻게 생각하고 있습니까?"

윤영립이 정색을 하고 물었다. 우장춘은 난처했다. 학교로 찾아와 같이 산보한 게 벌써 소문났는가 싶었다.

"별다른 생각이야…… 하지만 훌륭한 여성이니 가능하다면 저는……"

얼굴을 붉히고 쩔쩔매면서도 그는 솔직하게 말하려고 했다. 윤영립을 설득하여 교제해도 좋다는 승낙을 얻고 싶었다. 윤영립이 한숨을 내쉬었다.

"안에 있을 때 미려가 우형에게 사식을 넣어준 것을 보고 무척 고민했습니다. 물론 미려는 여성이지만 조선 청년으로서 혈기가 없는 건 아닐 테니, 우형을 격려해줄 수도 있다고 이해하려고 했습니다만…… 그래도 혹시…… 그러고 보니 이것도 가친 문제군요. 우리 가친은 밖으로는 개화파로서 견식이 트인 분이지만 집안문제만큼은 여간 봉건적이 아닙니다. 만약 미려가 누구와 교제한다고 소문이라도 나면 당장 어떤 청년인지 샅샅이 조사하실 겁니다. 그러니 미려와 교제해볼까 하는 마음이 있었다면, 오늘부로 깨끗이 접어주기 바랍니다. 소문이 난다면 미려가 계속 토오꾜오에 남아 공부하도록 용납하질 않으실 겁니다."

우장춘은 깜짝 놀랐다. 믿을 수가 없었다. 자신이 윤영립에게 호의를 느끼는 만큼 윤영립도 자신에게 호의를 가졌을 거라고 믿어 의심치 않았던 것이다. 그가 항의했다.

"제가 교제하면 안되는 이유가 무엇입니까? 적어도 전 기혼자는 아닙니다. 여기 온 조선 학생들 대부분이 조혼하여 집에 부인을 두고도 여기서 처녀를 쫓아다닌다고 말이 많지만, 저는 미혼입니다. 떳떳합니다. 그리고 미려씨도 따로 정혼한 남성이 없는 것으로 알고 있습니다."

"그런 문제가 아니라, 우형의 사람됨을 문제 삼는 것도 아닙니다. 다만 우라는 성씨가 문제입니다. 성만 들어봐도 당장 중인이라는 게 드러나지 않습니까? 더구나 일본인을 어머니로 일본에서 태어나 자랐고. 우리 가친은 파평 윤씨 양반이라는 자부심이 유달리 강하셔서, 같은 양반 중에서도 명문인지 아닌지 세밀하게 따지는 분입니다. 진외가까지 알아보실 정도죠. 그러니 미려가 토오꾜오에서 중인출신 청년과 교제한다는 걸 아시면 난리가 날 겁니다. 나도 오라비로서 감독을 소홀히했다고 책망당하는 건 물론, 당장 가친이 직접 달려와 공부를 중단시키고 미려를 데려가고 말 것입니다. 워낙 봉건사상에 젖은 분이라 어쩔 수 없습니다. 미려의 앞날을 위해서도 우형이 양해해주셔야겠습니다."

윤영립이 간곡하게 부탁하며 고개까지 숙였다. 그는 뭐라 응대하지 못하고 얼이 빠진 것처럼 한참을 앉아 있었다. 그는 벌떡 일어섰다. 가슴이 부글부글 끓어올랐다. 머리를 한대 얻어맞은 것처럼 멍했다.

우씨가 양반이 아니라 중인이라는 말을 곱씹었다. 조선 사회의 신분차별도 엄격하다고 들었으나, 그게 자신에게 해당될 줄은 몰랐다. 아버지는 가문을 자랑으로 아셨다. 구대나 장교를 지낸 명문이라고 입버릇처럼 강조하셨다. 그런데 이제 보니 양반과는 상종도 못할 천한 신분이라는 거였다.

돌아오는데 맥이 풀려 그는 다리가 따로 놀았다. 볕이 짱짱하게 내리쬐는 길을 휘청휘청 걸었다.

우장춘은 학교로 돌아가지 않고 하숙집으로 갔다. 마당에서 빨래를 손질하던 하녀가 눈을 동그랗게 뜨고 보았으나 아무말도 하지 않았다. 곧장 계단을 올라갔다. 하숙생들은 모두 학교로 가 집안은 조용했다.

머리가 지끈거리는 것 같았다. 그는 방에 들어서자 그대로 무너지듯 드러누워 손깍지 베개를 하고 천장을 응시했다.

'이럴 땐 아버지라면 어떻게 할까? 중인이라고 천대할 때는?'

어릴 때 들은 이야기가 생각났다. 마치 지금 장지문 너머 윗방에서 나누는 대화를 엿듣는 듯 웃음소리까지 생생하게 들리는 것 같았다. 아버지는 모처럼 거나하게 취해 조선에서 별기군 대장이었던 시절의 일화를 이야기하는 중이었다.

별기군은 신식군대였다. 따라서 별기군으로 뽑은 군인들은 모두 양반집 자제들이고 대장인 아버지는 중인이어서 병졸보다 신분이 낮은 형편이었다. 때문에 훈련을 받는 병졸들이 대장인 아버지에게 '하게'라고 말을 낮추었다. 아버지는 위엄이 서질 않는다며 병졸들에게 모조리 벌을 주었고, 중인이 양반을 벌주었다고, 사회적인 물의가 빚어졌다는 것이다. 아버지는 불려가 곤장형을 선고받았다. 옆집에 살던 지운영 형제가 당시 세력가이던 민영익에게 진정하여 곤장 맞는 것은 면했는데, 아버지는 분연히 별기군 대장직을 내놓고 유람을 떠나버렸다. 그뒤 임오군란이 일어날 때까지 조선에는 돌아가지 않았다.

"천하의 도도한 흐름을 거스르는 거라면 불복하는 게 옳습니다. 그렇게 솔직담대한 사람이야말로 진정한 기개가 있는 사내대장부라고 할 수 있죠."

같이 술을 마시던 사람들이 입을 모아 아버지를 칭송했다.

그중 한사람이 바로 어깨를 구부정하게 구부리고 앉은 고영근이다. 그리고 또 한사람은…… 장지문이 열리고 고영근의 시종 노윤명이 나온다. 빈 술병을 들고 부엌 쪽으로 가고 있다. 열린 장지문 사이로 보이는 얼굴은 어린 우장춘에게는 낯설다. 얼굴은 팽팽하게 젊은데 머리는 하얗게 세어 이상하게 보인다. 그 사람의 상반신 그림자가 길게 늘어져

족자가 있는 곳까지 걸쳐져 조금씩 흔들린다. 누구였을까?

"손님이 찾아오셨습니다."

하녀가 이미 열려 있는 방문 앞에 서서 헛기침을 했다. 그는 누운 자세 그대로 눈길만 돌렸다. 하녀 뒤에 테쯔오가 서 있었다. 그는 상체를 벌떡 일으켰다. 어떻게 하숙집까지 아는지 놀랐으나 내색하지 않았다. 채근을 하면 할수록 더욱 잡아떼는 게 테쯔오의 성격이었다. 궁금하다면 가만 버려두는 게 상책이었다. 그러면 제풀에 다 털어놓게 마련이었다. 궁금한 기색을 보였다간 꼬투리를 잡은 듯 약을 올릴 게 뻔했다.

"차는 권할 거 없네. 곧 나가야 하니까. 어서 채비를 하게. 스나가 선생께서 긴자의 요정에서 자넬 기다리고 계시니까."

테쯔오는 마루에 선 채 방안을 들여다보며 떠들었다.

"긴자? 요정? 무슨 일인데? 급한가?"

그는 테쯔오를 올려보며 움직이지 않은 채 물었다.

"그렇다니까. 자넬 찾아 만사 제치고 데려오라고 하신걸. 화가 단단히 나신 것 같아."

짐작가는 일이 없었다. 그는 궁리를 멈추고 일단 세수부터 하여 정신을 차렸다. 거울을 보니 눈가가 어쩐지 불그죽죽하니 젖은 것 같았다. 천천히 머리를 빗었다.

"요즘도 그 댁에 있나?"

"아니, 그 댁에서 나왔다는 말을 한 것 같은데? 이제 나는 간신히 코쯔까이 신세를 면할 참이야. 그래도 스나가 선생 부탁이라면 거절 못하지. 미우라 선생과는 막역한 사이니까. 참, 이번에 미우라 선생께서 서품을 받아 자작이 되신 건 아나?"

"몰랐네. 자넨 전부터 자꾸 미우라 선생 이야기를 하는데, 실은 난 잘 모르는 분일세."

"정말 몰라? 자네 선친과는 동지나 다름없는 사이였다고 들었는데. 미우라 선생은 젊은시절부터 속심이 깊어서 괴장군으로 불릴 정도로 유명한 분이었다고 하네. 그래서 그런지 정계며 군부 쪽으로 여간 발이 넓은 게 아니셔. 한때는 이노우에 백작의 후임으로 조선공사가 되어 한성에 가신 적도 있다고 하더군. 자네가 그분에게 날 적극 추천해주면 어떤가? 그럼 내 출세도 조금은 빨라질 텐데."

우장춘은 어이가 없었다. 어린시절을 까맣게 잊은 것 같았다. 그러나 그로서는 쉽게 잊어지지 않았고, 이렇게 대하는 것도 마음 편치만은 않은데, 추천까지 해달라는 것은 너무 심했다. 정말 잊어서 그러는 것인지, 아니면 상대방의 기분 같은 것은 배려하지 못할 정도로 자기본위이고 무신경한 것인지 알 수 없었다. 그는 한숨이 나왔으나 굳이 지적하고 싶은 마음도 없었다.

전차를 타고 나가는 동안 테쯔오는 같이 지냈던 소년들의 소식을 입에 담았다. 모르는 사람이 보면 절친한 동무여서 다정하게 추억을 주고받는 것처럼 보였으리라. 우장춘은 내내 서걱거렸다.

아무튼 슈이찌는 한밑천 잡는다고 만져우로 갔다. 스나가의 주선이었다. 가장 유별난 건 쇼오하찌였는데, 의외로 예인(광대)패거리에 들어가 지방을 떠돌아다니는 모양이었다. 대도시에서 공연할 정도는 못되는 변변찮은 패거리였다. 의외였다. 그런 이야기를 듣고 있으려니 그는 공연히 스산한 기분이 되었다. 가슴에 뻥하니 구멍이 뚫리고 거기로 찬바람이 드나드는 것 같았다. 테쯔오가 빙글빙글 웃으며 말을 맺었다.

"아마 우리 중에선 내가 가장 출세할 거야. 참, 자네도 대학을 다니니 곧 앞날이 훤하겠군?"

"실과에 불과해. 정확하게 말하면 전문학교 과정에 해당되니까 대학생이라고 하긴 그래."

그는 테쯔오가 오해하지 않도록 설명해주었다. 테쯔오가 그의 어깨를 두드렸다.

"가슴을 쭉 펴게. 그게 그거지 뭐. 그렇게 겸손한 척할 거 없네. 겸손해봤자 자기만 손해니까. 주머니에 일엔이 있으면 십엔이 있는 것처럼 큰소리치고 행세해야 알아주는 세상일세. 자네는 세상살이의 요령이 너무 부족해."

호화로운 요정이었다. 문간방에서 테쯔오는 자기는 여기서 기다릴 테니 들어가보라고 했다. 그는 하녀의 안내를 받아 어떤 방으로 들어갔다. 아무도 없었다. 정원 쪽 방문이 활짝 열려 있었다. 잘 가꿔진 정원수 사이로 석양이 비껴들어와 툇마루까지 물들이고 있었다. 앉아 기다리라고 했다. 스나가는 다른 방에 있는데, 그가 온 걸 알면 곧 올 거라고 했다.

어수선했다. 집이 아닌 요정에서 만나자고 한 것부터 심상치가 않았다. 어릴 때 아라이 스님을 따라 들렀던 여러 저택들이 생각났다. 제멋대로 벋은 정원수들로 어둠침침한 그늘이 져 있고, 험상궂은 인상의 남자들이 우글거려서 비밀스러운 음모의 냄새가 났다.

'스나가 선생은 흑막이 있어.'

김신안의 말이 떠올랐다.

스나가는 곧 나타나 자리에 앉았다. 대뜸 술부터 권했다. 전에 없이 격식을 차린 깍듯한 태도여서 여간 의아스럽지 않았다.

"아닙니다, 술은 전혀 못합니다."

그는 거듭 사양하며 몸을 도사렸다.

"요즘 자네가 술좌석에도 자주 어울리고 매우 분주하다는 소문을 들었는데?"

스나가가 비아냥거리는 투로 말했다. 그는 잠자코 용건을 꺼내기만 기다렸다. 스나가는 그가 오래 의문에 잠겨 있도록 두지 않았다. 어디까지나 성급하고 직설적이었다.

"요즘 자네 생활에 문제가 많다고 하더군."

'역시. 테쯔오가 일렀구나.'

그는 화가 나기는커녕 오히려 마음이 느긋해졌다. 어차피 한번은 잔소리를 듣게 될 거라고 각오하고 있었다. 아니, 각오하고 말고 할 정도로 신경을 쓰지도 않았다. 당연히 지나치겠지만 의미는 없는 간이역처럼 생각하고 있었다. 우장춘은 시선을 똑바로 들었다. 스나가 뒤에 세워진 금빛 병풍이 저녁빛 속에서 음울하게 빛났다. 아버지의 시곗줄이 어둠속에서 희끄무레하게 떠올라 빛나 보였듯이. 음침한 광채들.

그가 잠자코 쳐다보고만 있자, 스나가는 몇번 헛기침을 하더니 말을 이었다.

"자네 보증인으로서 싫은 소리를 하지 않을 수 없게 되어 유감일세. 자네의 행동이 상당히 걱정스러운 지경에 이르렀다는 말이 내 귀에까지 들려왔네. 전에도 누차 자네를 타이른 것으로 기억하네만, 다시 한번 강력하게 주의를 주어야 할 모양일세. 자네가 장학금을 받아 상급학교에 진학할 수 있었던 것은 다 나의 주선과 보증이 있었기 때문일세. 만약 앞으로도 자네가 방종한 생활을 한다면, 나는 더이상 자네를 보증해줄 수가 없네."

스나가는 얼굴을 찌푸리며 한 단어씩 힘주어 또박또박 말했다. 우장춘은 다시금 뜰로 눈길을 돌렸다. 해질 무렵 둥지를 찾아 돌아오는 새들이 호로롱호로롱 소리를 내며 울어댔다. 휘파람새였다.

'이제야 난 내 둥지를 찾았다. 그런데 이 사람은 다른 둥지의 다른 새이니 내가 변명하거나 설득하려고 해봐야 소용없을 것이다. 이해하지 못할 것이다. 그런데도 변명한다면 그건 내 신념에 위배될 터이니, 자신에게 떳떳지 못한 일이요, 만약 설득을 하려고 한다면 그런다고 해서 이 사람이 자기 의견을 바꿀 것인가? 공연히 입씨름이 벌어져 시끄럽기만 할 뿐이다.'

고심 끝에 그는 침묵을 지키기로 했다. 스나가가 참다못해 말했다.

"나를 똑바로 보게."

그는 시선을 들었다. 당당하려고 했다. 조금이라도 기가 죽거나 미안해할 일은 아니라고 다짐했다. 어차피 조선사람으로 살아가기로 한 이상 이런 사람과는 한번쯤 부딪쳐야 하는 것이다.

"이즈음 자네가 성향이 불량한 조선 학생들, 흔히 불령선인(不逞鮮人)이라고 하지, 특히 사립대학에 다니는 자유분방한 학생들과 교우관계를 맺고서, 수상쩍은 회합에도 자주 참석하여 경시청의 주목을 받게 된 것은 부형을 대신하는 입장에 있는 나로서는 그냥 넘길 문제가 아니라고 판단했네."

"죄송합니다만, 그렇게 막연히 말씀하지 마시고, 저의 어떤 행동이 불법적인지 구체적으로 말씀해주십시오."

"불법? 물론 아직 법에 저촉되는 잘못을 저지르지 않았다는 건 나도 아네. 자네의 학교성적은 우수한 편이고, 교수의 의견도 장래 육종학자로서 기대해볼 만하다는 칭찬 일색이더군. 하지만 요즘 자네의 교우관계는 경시청의 주목을 끌기 딱 알맞지. 요즘 자네가 친하게 지내는 홍아무개, 윤아무개군? 알아보니 요시찰 인물 중에서도 갑종으로 분류된 매우 불온한 자들이라고 하더군. 게다가 자네가 자주 참석하는 모임 역시 비합법이니 조만간 무슨 사단이 나리라는 건 불 보듯 뻔한 일이지. 지난번엔 처음이라 조사만 받고 훈방되었으나, 일본 경찰을 그리 만만하게 보면 안되네. 다 알고 있으니까. 자, 나의 충고를 받아들여 자네는 앞으로 동무를 선별해서 사귀게나. 불량한 조선 학생들과의 관계는 깨끗이 청산하고 비합법적인 모임에 참석하는 것도 중지하게."

"그럴 수는 없습니다. 저는 조선사람이니까 조선사람과 벗하는 것이 당연합니다."

"자네가 조선사람이라고?"

돌연 스나가가 큰 소리로 웃었다. 모멸로 들렸다. 그는 화가 불끈 솟았으나 꾹 참았다.

"조선사람이라? 그래, 그렇게 말할 수도 있겠지. 그러나 조선은 이미 없어진 나라일세. 없어진 나라의 국민임을 내세우는 건 일종의 망상이 아닐까? 조선과 일본이 합쳐 하나가 된 지금, 조선인이든 일본인이든 구별하지 말고 제각기 생업에 충실하면 그것으로 족하지 않을까? 오늘날 조선에는 두 종류의 인간이 있다고 보네. 하나는 일본에 무조건 반항하는 것만이 기개있는 일이라고 여겨, 앙앙불락 불온한 행동을 일삼는 몰지각한 부류와, 주어진 현실을 그대로 받아들이고 그 바탕 위에서 힘껏 자신의 길을 개척해가는 부류일세. 자네가 사귀고 있는 조선 학생들은 대부분 전자에 해당하는 무리라고 들었네."

스나가가 펼치는 이론의 허점은 일본의 착취에 시달려 조국땅을 떠나서 유랑걸식할 수밖에 없는 일반 조선사람의 현실은 무시하고, 피상적으로 한나라가 되었으니 한나라 사람으로 살면 된다고, 그래서 아무 문제도 없다고 주장하는 점에 있었다. 그리고 조선사람 누구도 자진해서 일본이 아시아를 차지하려고 벌이는 침략전쟁의 발판이 되겠다고 한 적은 없는 것이다. 그러나 우장춘은 굳이 논쟁하려 들지 않았다. 그들은 둥지가 다른 별종의 새라고 생각을 다졌다.

"이미 없어진 나라를 이제 와서 자네 힘으로 어떻게 하겠다는 것인가? 국권회복? 독립? 망상에 지나지 않네. 일본의 국력은 나날이 증가일로인데, 전에도 허약하기 짝이 없던 조선이 이제 와 무슨 힘으로 그럴 수 있겠는가? 또 어떻게 독립했다고 가정해보세. 예전처럼 강대국의 먹이가 되고 말겠지. 차라리 일본의 보호 아래 있는 게 나을 걸세. 그러니 자네는 어리석게 굴지 말고 현실을 받아들이게. 따지고 보면 자네 자당님은 일본인 아닌가. 비록 군이 사까이(우장춘의 어머니 사까이 나까 酒井 仲의 성)라는 성은 물려받지 않았지만, 그래도 절반은 엄연한 일본인이지. 그 절반을 부정할 수는 없을 걸세."

우장춘은 갑자기 눈물이 핑그르르 돌았다.

"제겐 아버지의 나라가 천근의 무게로 다가옵니다. 그것이 저의 근원이고 그렇기 때문에 저와는 하나라는 느낌입니다. 조선의 고통과 수치는 바로 저의 고통이요 수치라고 느껴집니다. 이제 저는 조선의 고통을 제 것으로 느끼지 않으면, 조선의 수치를 씻지 않으면 살 수 없게 되었습니다. 저를 어떤 말로도 설득하려고 하지 마십시오. 그렇게 하지 않으면 안되기 때문에 그렇게 하려는 것이지, 그렇게 하면 일신이 편하기 때문에, 이익이 되기 때문에 그렇게 하려는 게 아닙니다. 물론 생물학적으로 따진다면 저의 절반은 일본인입니다. 그러나 아버지께선 제가 말을 더듬거리기도 전에 제가 우씨 가문의 십대 장손이라는 점을 강조하셨습니다. 조선에서 구대나 장교를 지낸 가문의 적장손이라는 사실을 잊지 말고 그 후손답게, 당당한 사내대장부가 되어야 한다고 하셨습니다. 게다가 철들 무렵부터 어머니 역시 저를 조선인이 되라고 가르치셨습니다. 꿈에서라도 조선의 혁명가요, 애국지사인 아버지를 잊지 말아야 하며, 그분의 아들답게 대장부가 되라고 하셨습니다. 저는 그런 가르침대로 살려는 것뿐입니다. 그게 바로 아버지를 위한 길이요, 지금 어머니의 바람을 이뤄드리는 길이라고 알고 있습니다."

"시대가 달라졌네. 그리고 그건 감상에 젖은 편견이랄까…… 자당님 혼자만의 생각에 지나지 않네."

스나가가 당황하며 말을 더듬었다.

"무슨 뜻입니까?"

이번에는 우장춘이 스나가를 노려보았다. 침묵이 길었다. 스나가는 찌푸린 표정으로 묵묵히 있다가 한참이 지나자 조심스레 입을 열었다.

"자네는 선친을 존경하고 있군?"

"그렇습니다. 그분 같은 사내대장부가 되어야 한다는 말을 지키려고 합니다."

대답이 끝나기도 전에 스나가는 길게 한숨을 쉬었다.

"조선이라는 나라는 없어졌지만…… 설혹 그대로 있다고 가정하더라도 사정을 안다면, 자네는 조선 학생들과 융합되기는 어려울 것일세. 아니, 이미 합병되었으니 아무 문제도 되지 않을까? 아무튼 내 말을 듣게. 사네는 차라리 일본인으로 사는 게 더 나을지노 몰라. 보는 사정을 다 알기 때문에 진지하게 하는 충고일세. 내 말을 듣게. 그렇지! 자네를 내 집 호적에 양자로 올리면 어떻겠나? 일본 성을 가지면 편하게 살 수 있을 텐데? 그런 눈으로 날 보지 말게. 정말 사심없이 자네 선친을 좋아했다네. 예전 김옥균 공에게 감복했던 것처럼. 자네 선친을 처음 만났을 때, 예전 우에노 역에서 본 김옥균 공을 연상했다네. 나로서는 두번째 만난 진정한 호걸이었다고나 할까…… 그때 김옥균 공은 유배지였던 홋까이도오(北海道)에서 눈덮인 기차를 타고 와 내 앞에 우뚝 서 있었지. 그 뜨거운 열정, 도도한 변설, 삼화주의…… 젊었던 나는 감격하여 눈물까지 흘리고 말았다네. 참으로 무상한 세상일세. 호걸들은 이슬처럼 덧없이 사라지고, 잔머리나 굴리는 하급무사 출신들이 정권을 잡고 거드럭거리고 있으니 아시아는 앞으로 어떤 운명을 맞게 될 것인지…… 자, 내 말을 듣게. 사정을 잘 알고 자네를 좋도록 돌봐주려고 진심으로 말하는 것이니."

"잘 아신다니, 어떤 사정 말입니까?"

어렴풋한 검은 얼룩이 눈앞에 떠올라 점점 퍼지더니 아주 캄캄해졌다. 짐작할 수 없으면서도 불길했다. 우장춘은 몸서리를 쳤다. 심연이 쩍 하고 입을 벌린 것만 같았다. 그래도 꺾이지 않고 캐물었다.

"글쎄."

스나가는 우물거리며 대답하지 못했다.

"난 환상을 품거나 변명하는 구질구질한 짓거리를 싫어하네. 언제나 곧장 나아갈 뿐이지만…… 아무튼 자네는 조선사람으로 살지 않는 편이 낫다고 한다면 앞으로 어떡할 작정인가?"

"제발, 솔직하게 말씀해주십시오. 도대체 선생님과 저의 아버지는 어떤 관계셨습니까? 두 분이 같이 하신 일은 어떤 일이었습니까?"

"같이 일했다고 한 적은 없네. 조선에서 그 사건이 벌어졌을 때, 나는 일본에 있었고 아무것도 몰랐으니까. 나는 자네 선친이 일본에 망명한 후 아다찌(足立)씨와 미우라씨 부탁을 받고 뒤를 봐준 정도에 불과하다네."

"아다찌? 미우라? 미우라씨는 한때 조선공사를 지내셨다면서요? 그때 일입니까? 그러니까 조선에서 미우라씨와 함께 아버지가 어떤 일을 한 것입니까?"

아무리 추궁해도 스나가는 더이상 입을 열려고 하지 않았다.

"그럼 이것만이라도 대답해주십시오. 저의 아버지가 개화당의 한사람으로 조선에서 혁명을 일으키다 실패하고 망명하셨다, 이건 사실이지요? 어떤 혁명이었습니까?"

그는 안타까워 스나가의 멱살이라도 잡아흔들고 싶었다.

"혁명? 혁명이라, 그렇게 말하니 이상하게 들리는군. 그 사건은 일본 정부로서도 국제적인 수치로 여겨 쉬쉬하고 있는 터여서 함부로 말하기가 어렵다네. 아무튼 자네는 내 말을 믿어야 하네."

그러고는 스나가는 굳게 입을 다물어버렸다.

그가 분연히 일어나 나오면서 보니 문간방에서 테쯔오가 그 집 부엌 하녀를 상대로 술을 마시고 있었다. 그는 못 본 체하고 얼른 지나쳤다. 비장했다. 누구와 말을 하기는커녕 입도 벙긋하고 싶지 않았던 것이다.

14. 그 전날 밤

아버지에 대해 구체적으로 알려는 시도는 제대로 된 지도 없이 낯선 고장을 헤매는 일과 비슷했다. 가까이 있는 스나가는 끝내 침묵을 지켰고, 더 알아볼 데가 없다고 여긴 우장춘은 기다의 『조선합병사』며 『일로전쟁비사』 같은 책에 의지해 더듬고 다녔다.

조선에서는 개항 후 수많은 정변(政變)이 일어났다. 기울어가는 나라를 살리겠다는 염원은 여러 방식으로 나타났는데, 때로는 극약처방 같은 사건이 되어 오히려 나라의 운명을 재촉하기도 했다. 하루속히 문명개화를 이루어 나라를 바로세우겠다고 나선 것은 개화파였다. 한때는 그런 주장을 하는 게 목숨을 담보로 한 모험이었다. 부패한 구제도에 기생하여 탐욕을 채우는 사람들이 왕비를 중심으로 완강히 버티고 있었기 때문이다. 아버지는 일찍이 개화파에 가담하였다. 은밀히 혹은 공공연하게. 그리고 을미년, 일본으로 도망온 뒤 아버지는 망명개화파의 우두머리 박영효 밑에서 일하기도 했다.

'을미년에 무슨 사건이 있었을까?'

'지금 박영효는 중추원 참의로 경성에 있다고 한다. 그러니 조선에 가서 만나볼 수 있다면……'

우물에 뜬 달을 건지려는 것처럼 그는 허망하고 초조했다.

구월이 왔다.

어머니가 돌연 상경하였다. 스나가가 무슨 귀띔을 했는지, 그에게는 아무 상의도 하지 않고 불쑥 찾아와 토오꾜오에서 함께 살기로 했다고 말했다. 무리한 결정이었다. 아직 쿠레에서 학교 다니는 동생 홍춘의 뒷바라지도 문제이거니와, 시골에 비하면 턱없이 물가가 비싼 토오꾜오에서 어떻게 생활을 꾸려가려는지 걱정스러웠다.

그러나 어머니는 아무 문제도 없다는 듯 씩씩하게 집부터 구하러 돌아다녔다. 주로 홍고오 부근이었는데, 농학부가 있는 코마바아는 꽤 멀었다.

"네 아버지와 결혼해서 살림을 차리고 너를 낳은 동네가 바로 홍고오란다."

지나가는 말처럼 어머니는 수줍게 말했다. 터무니없는 감상 같았으나 그는 잠자코 있었다. 적당한 집이 나왔다고 해서 계약도 할 겸 가보았다. 키꾸자까(菊坂) 언덕에서 자동차상회 골목으로 꺾어서 한참을 들어간 곳에 있었다.

"자식을 키우는 사람은 동네를 보고 살 집을 정해야 한다고. 여기는 주로 문인들이 모여살아 동네 분위기가 점잖다고 하더라."

실용적인 집이었다. 부엌은 좁아도 제대로 갖춰져 있었고, 뒤로는 작은 마당이 있어 빨래를 널 수 있고, 부엌 장지문을 열면 바로 골목이어서 공동수도로 물 길러 다니기도 편해 보였다. 그런데 방이 세 칸이었다. 일층에 타따미 여덟 장을 깐 큰 방과 여섯 장의 방 그리고 이층에도

방이 한칸 더 있었다.

"두 식구가 살기엔 집이 너무 크지 않나요?"

그는 집세가 걱정되어 한마디해보았다. 어머니는 싱그레 웃더니 대답하는 대신 물었다.

"너, 용현이 생각나니?"

"예, 작은이모 아들 구용현 말이지요? 이모부가 토오꾜오 광업시찰을 왔을 때, 작은이모랑 용현이는 쿠레의 큰이모 집에 와 있었지요. 그게 제가 일곱살 때던가요?"

"그래, 그 용현이. 이번에 토오꾜오에 온단다. 토오꾜오고등상업학교에 진학할 예정이란다. 작은이모 말이 고지마찌에 조선 유학생 기숙사가 있지만, 거기 있는 것보다 내가 데리고 있었으면 좋겠다고. 그럼서로 도움이 되겠지. 그래서 그럴 셈으로 계획을 세웠단다. 그리고 머지않아 네 동생도 토오꾜오로 데려와야 할 테니, 방은 세 칸이 되어야겠지?"

"그랬군요. 똘똘한 녀석이더니 토오꾜오고상에 진학하게 됐군요. 성적이 우수한 모양이죠?"

"글쎄, 총독부 유학생 자격으로 오는 거라 시험을 치지 않아도 다른 수가 있는 모양이던데?"

총독부 유학생이라는 말에 찔끔하여 그는 자연 어머니의 눈치를 살피게 되었다. 이번 학기부터 장학금이 중단된 것을 추궁하지나 않을까 하고 기다렸으나 어머니는 더 말이 없었다. 들뜬 표정으로 준비한 앞치마를 두르고 소매를 걷어 끈으로 묶은 뒤 청소를 시작했다. 그도 양동이에다 물을 길어와 걸레를 빨았다. 어머니가 빗자루로 쓸면 그는 뒤에서 걸레를 대고 다니는 식으로 일했다. 말을 주고받을 필요도 없이 손발이 척척 맞았다. 떨어져 지낸 이삼년간의 시간은 없었던 것 같았다.

어머니는 말없이 그를 지켜보기로 작정한 모양이었다. 그가 어떤 일을 하든 캐묻거나 비평하지 않았고, 높은 토오꾜오의 물가고 속에서 발라맞추듯 살림을 꾸려가면서도 힘들다는 불평 한마디 없었다. 소원해진 스나가와의 관계도 입에 담지 않았다. 항상 쾌활하고 꿋꿋한 태도를 보였다. 아침마다 당신 몸피보다 더 큰 포목 보퉁이를 이고 서둘러 시장에 나갔고, 저녁이면 때로 그보다 늦게 돌아와 허겁지겁 저녁밥을 지으면서도 짜증내지 않았다. 밥상을 두고 마주앉아서는 이웃이나 시장통에서 일어난 소소한 일을 이야기하면서 웃었다.

이사한 뒤 어머니는 안방 구석에다 불단을 마련하여 아버지의 위패를 모시고 아침저녁 정성껏 기도를 드리곤 했다. 그는 미신으로 여겨져 구경만 했다. 그래도 어머니는 같이 하자고 하지 않았다. 그가 하는 대로 가만히 지켜보고 있는 어머니의 눈에는 서글픈 그늘 같은 것이 드리워져 그에게는 예전보다도 어머니가 더 어렵게 느껴졌다.

우장춘은 바빴다. 학교 공부를 제대로 하면서 각종 모임에도 참석하여 활동하려니 일분 일초가 모자랐다. 그래도 어느 것 하나 소홀히할 수는 없었다. 안도오 코따로오 교수 밑에서 농학을 공부하고 육종학을 연구하는 게 장래, 조선을 위해 쓸모있는 사람이 되려는 것이라면, 지금 조선이 당면해 있는 어려운 현실 역시, 좀더 큰 뒤에 일조하겠다는 핑계로 외면하는 일은 있을 수 없다고 생각했다. 그는 조선사람이라면 당연히 그렇게 느끼고 그렇게 생각하면서 살 거라고 믿고 있었다.

그러나 조선에서 온 구용현은 달랐다.

그는 가을색이 짙어져 무사시노의 바람이 불어올 즈음, 나타났다. 우장춘은 인력거가 함께 실어온 가방이며 고리짝을 이층으로 옮기느라 땀을 뻘뻘 흘리면서도, 물건마다 코를 대고 킁킁 냄새를 맡으면서 기뻐했다. 어릴 때는 후지노 노마님이 노상 비교하여 샘이 나고 얄미웠던 것이지만, 이제는 생각만 해도 정다웠다.

'조선에서 온 나의 친척.'

그렇게 중얼거리면 가슴이 뿌듯해지는 거였다. 나에게도 뿌리가 있다는 자부심이었다.

이제 구용현도 어엿한 청년이었다. 약골에다 걸핏하면 징징대기만 하던 꼬마도련님의 모습은 벗어버렸다. 퉁방울눈이 부리부리한데다 어깨가 떡벌어지고 골격이 커서 누구도 우습게 알지 못할 강골의 모습이었다. 이모부를 닮았다고 했다. 그가 거느리고 온 바람은 현해탄을 건너온 낯선 것이었으나 우장춘에게는 그리운 추억인 양 달콤하고 소중하게 느껴졌다.

구용현을 볼 때마다 아득한 조선이라는 땅이 상상되었다. 섬이 아니라 대륙의 귀퉁이에 붙어 있다는 반도. 야트막한 산이며 웅숭깊은 골짜기로 이루어진 아늑한 굴곡들. 넓은 평야가 펼쳐져 있고, 파란 하늘과 푸른 소나무. 건조하고 온난한 기후. 붉고 기름진 흙. 겸손하게 엎드린 초가집과 그곳에 사는 흰옷을 입은 사람들. 언젠가는 자신도 친척을 방문한다는 핑계로 그 땅을 밟아볼 기회를 가질 것이다.

그의 그런 감상을 구용현은 어이없어했다. 도무지 공감하지 못했다. 상업학교를 지망한 학생답게 구용현은 눈치가 빠르고 계산을 잘했으며, 사치스러운 긴자의 백화점을 돌아다니기를 좋아했다. 하지만 그가 가장 즐겨, 빈번하게 구경다니는 곳은 공설시장이나 야시장이었다. 서민들을 위한 염가판매장으로 개설된 그런 시장들은 흥정 때문에 항상 떠들썩했다. 그런 곳에 가서 물건 구경하고 흥정하는 게 바로 그의 취미였다.

그런 한편 구용현은 감정에는 우직하고 무디었다. 자신의 느낌이든 상대의 감상이든 세밀하게 따져야 할 형편이 되면 쉽게 염증을 냈고,

무엇을 보면 그것 하나만 눈에 들어오는지, 그 주변의 일은 전혀 몰라라 했다.

그는 점차 구용현에게 실망하게 되었다. 어쩌면 우장춘은 사상과 문학 방면의 교양이 풍부하고, 시대적 울분에 차서 기염을 토하는, 식민지의 피끓는 청년을 기대한 것인지도 모른다. 그래도 그는 자신의 느낌을 인정하지 않고 구용현을 여기저기 데리고 다니며 눈을 뜨게 해주려고 애썼다.

바쁘게 사는 와중에도 그의 영혼은 틈만 있으면 니홈바시 요꼬초오로 날아가 해찰을 하곤 했다. 메이지극장이 있는 떠들썩하고 불빛 환한 거리를 지나고, 넓고 한적한 옛 상점들이 늘어선 골목으로 빠져나가면, 막다른 곳에 검은 판자를 댄 이층집이 있다. 쇠꼬챙이를 박은 높다란 담과 층지게 다듬은 향나무들을 넘어서 오른쪽으로 갈라진 섬돌을 따라가면 나타나는 작은 별채. 그녀가 거기에 살고 있었다. 그 집이 머릿속에 얼마나 자주, 그리고 선연히 떠오르곤 하는지 몸이 죽어도 영혼은 떠나지 못하고 그 집 주변에 남아 떠돌게 될 것 같았다.

사실, 가을이 깊어지면서 윤미려와의 만남은 점차 뜸해졌다. 전에는 나오지 못하면, 약속장소에는 미안하다는 쪽지가 기다려주었고, 덧붙여 다음번 만날 시간과 장소가 쓰여 있어 그의 실망을 막아주었다. 그런데 언제부터인가 그녀도 쪽지도 나타나지 않는 경우가 종종 생겼다. 대신 엽서가 날아와 다음 만날 약속을 정하더니, 나중에는 그런 엽서마저도 끊기고 말았다. 만날 길이 사라졌다. 결국 우장춘 편에서 만나자는 엽서를 보내보기도 했으나 답장은 오지 않았다. 엽서를 오빠가 받았을 거라고 짐작했다.

서늘한 바람이 불면서 점점 그의 몸도 마음을 따라가 요꼬초오를 어슬렁거렸다. 그러나 윤영립의 경고가 떠올라 감히 초인종은 누르지 못하고 대문만 엿보다 돌아오곤 했다. 한번은 그믐이 가까워 유난히 캄캄했을 때, 그는 밤늦게까지 끈질기게 서성였다. 나중에는 전봇대 뒤에 숨어 그 집 대문을 뚫어져라 지켰다. 밤이 이슥해지자 인적은 뜸해졌다. 어쩌다 여성이 나타나도 모두 남성을 동반하였다. 찬찬히 살펴보았으나 번번이 윤미려가 아니었다. 어쩌면 토오꾜오를 떠났을지도 모른다는 의심이 들어 그는 심장이 쿵쾅거렸다. 발길이 쉬 돌아서지지 않았다. 그렇게 지쳤을 즈음, 인력거 두 대가 부산하게 달려와 그 집 대문 앞에서 멎었다. 앞쪽 인력거 휘장을 걷고 중절모를 쓴 키큰 중년신사가 내렸다. 지갑을 꺼내 계산하면서 뒤에 선 인력거에 대고 말했다.

"어서 내려라."

조선말이었다. 인력거에서 윤미려가 나왔다. 감히 튀어나가지 못하고 전봇대 그늘에 숨어 지켜보았다. 인력거들이 떠나기도 전에 그 남자는 초인종을 눌렀고, 대문이 열리자 두 사람은 빨려들듯이 안으로 사라졌다. 윤미려의 모습을 제대로 살펴볼 겨를도 없는 순식간이었다.

뚜우 나팔소리가 밤하늘에 메아리쳤다. 곧 전차가 끊어질 시각이었다.

며칠 뒤 일기예보에 없던 비가 내리기 시작하여, 실습이 갑자기 취소되자, 그는 생각할 것도 없이 음악학교로 달려갔다. 메지로의 음악학교 정문과 마주한 까페 아오끼도오(靑木堂) 추녀밑에 서 있었다. 자신이 무슨 짓을 하고 있는지 의식하지 못한 채였다.

오후가 되어 우산을 쓴 여학생들이 재잘거리며 정문으로 나왔다. 그는 근시처럼 고개를 쑥 내밀고 얼굴마다 눈여겨보았다. 추녀에서 떨어진 낙숫물이 모자챙을 타고 떨어졌다. 아무 생각도 없었다. 본능에 가까웠다. 머릿속은 하얗고 뜨겁고 정신차릴 수 없도록 번쩍거리는 빛으로 가득 찼다. 그는 골똘하게 시선을 모아 잔뜩 찡그린 얼굴로 살피고 있었다. 토오꾜오에 있는 벽을 한겹씩 한겹씩 벗겨내어서라도 어느 벽 뒤엔가 숨어 있을 윤미려를 찾고 싶을 뿐이었다.

그는 부르르 떨었다. 몸이 먼저 그녀가 나타난 것을 알아챘다. 후닥 닥 정신이 들었다. 윤미려였다. 검정 박쥐우산을 쓰고 친구와 말을 나 누며 정문으로 나오고 있었다. 얼굴을 우산으로 가렸으나 금방 알아보 았다. 그는 무조건 튀어나가 가로막고 섰다. 윤미려가 놀라 우산을 뒤 로 젖혔다. 눈길이 뜨겁게 마주쳤다. 눈동자에는 자줏빛 그늘이 져 어 두웠다. 지친 것 같기도 했다. 순간 그는 용기가 썰물처럼 빠져나가 뭐 라 말을 해야 할지 몰랐다. 그녀의 고민이 아프게 전해져온 거였다. 윤 미려는 웃는 것도 우는 것도 아닌 묘하게 찡그린 표정을 지었다. 어깨 에 걸친 숄이 스르르 미끄러졌다. 옆 친구가 숄과 옆구리에서 떨어지려 는 악보철을 붙잡았다.

"토꾸짱(德樣), 잠깐만 실례할게요."

친구에게 양해를 구하고 윤미려는 그에게까지 우산을 받치면서 길섶 으로 물러섰다. 그는 뒤늦게 원망과 그리움이 북받쳤다. 눈물이 핑그르 르 돌려고 했으나 이를 악물고 참았다. 두 사람 다 쉽게 입을 열지 못했 다. 윤미려가 그윽한 눈빛으로 응시하다가 말했다.

"아무래도 이런 데선 이야기할 수 없어요. 오늘은 그냥 가세요. 자세 한 이야기는 나중에 편지로 쓰겠어요."

그가 대꾸할 틈도 없이 윤미려는 빠르게 돌아서 갔다. 그는 머리를 얻어맞은 듯 멍해서 앞에 가는 그녀의 뒷모습을 보고만 있었다. 보면서 도 실감이 안 났다. 그녀는 내 말을 들어보지도 않고 가버린다. 정신없 이 중얼거렸다. 멍했고 눈앞은 비의 장막이 낀 것처럼 뿌옇게 흐렸다.

비내리는 메지로 거리는 혼잡했다. 인력거와 자동차들이 뒤엉켜 뿡 뿡 경적을 울리며 달렸다. 때로는 운전사며 인력거부들이 욕을 퍼붓거나 삿대질을 하면서 먼저 가겠다고 난리를 피웠다. 저만치 가던 윤미려가 돌연 앞으로 넘어졌다. 케따 한짝이 차도로 나뒹굴었다. 그는 얼른 뛰어가 케따를 잡았다. 운전사가 내다보고 그에게 마구 욕을 퍼부었다. 차바퀴 사이에 손을 치일 뻔했다. 윤미려는 친구의 부축을 받으며 일어섰으나, 키모노 아랫자락이며 버선이 진흙투성이가 되었다. 그는 허리를 굽히고 발 바로 앞에다 케따짝을 놓았다. 윤미려는 새빨간 얼굴로 어찌할 바를 모르고 깨금발을 든 채로 서 있었다.

"내가 중인이라고 집안에서 반대합니까?"

흙투성이인 윤미려의 버선발을 잡아 케따를 신기면서 그가 물었다. 윤미려가 고개를 끄덕였다. 조금 뒤 들릴락말락 작게 말했다.

"내가 말을 듣지 않는다고 경성에서 아버지까지 오셨어요."

울음이 터질 것처럼 젖은 목소리였다. 그는 분격해서 소리를 높였다.

"정 그렇다면, 우리, 도망갑시다. 뻬이징(北京)으로든 샹하이(上海)로든."

말을 하면서도 그는 자신이 무슨 말을 하는지 똑똑히 알지 못했다. 행인들이 힐끔거렸다. 윤미려의 얼굴이 더욱 새빨개지며 기어들어가는 목소리로 대답했다.

"우선생님은 졸업이 내년 사월이잖아요? 조금만 있으면 졸업인데 졸업은 하셔야지요."

"상관없습니다. 미려씨는 신여성이 아닙니까? 노라처럼 용기를 낼 수 없겠습니까? 우리 함께 샹하이로 갑시다. 거기서 미려씨는 음악을 가르치고 나는 전차 차장이든 세관원이든 가리지 않고 일을 하겠습니다. 그러면 둘이 얼마든지 살 수 있을 겁니다. 거기서는 아무 문제도 없을 겁니다. 중인, 양반, 그딴 건요."

윤미려가 쓴웃음을 지으며 다정하게 말했다.

"서두르지 마세요. 아버지는 조만간 경성으로 돌아가실 테니까, 참으세요. 그다음에 우리 같이 상의해봐요. 어머, 우산이 없으시군요. 가을비는 맞으면 안돼요. 이걸 쓰고 가세요. 전 친구와 같이 쓰고 가면 되니까."

붙잡을 핑계를 생각해내기도 전에 그녀는 가버리고 말았다. 그의 손에는 박쥐우산 하나가 달랑 남았다.

기다려도 편지는 좀처럼 오지 않았다. 편지 쓸 틈조차 내지 못하는가? 아니면 이렇게 무소식인 것을 보면 마음이 변했다는 뜻이 아닐까?

한편으로 윤영립을 미워하려고도 해보았다. 노동자처럼 추레한 차림을 하면서도 비싼 러시아제 궐련을 피우는 이중성을 맹렬하게 비난해보았다. 개화를 부르짖는다면서 봉건시대의 문벌을 문제삼다니, 고리타분하기 짝이 없다고 매도해보기도 했다. 우리는 봉건적인 구제도를 극복하여 새로운 시대를 열기 위해 신학문을 배우는 청년들이 아닌가? 그런데 개인생활에서는 더할 수 없는 봉건성에 사로잡혀 있다니, 그야말로 거짓된 인격이 아닌가.

혼자 분개하고 혼자 억울해봤자 소용없는 노릇이었다. 아버지 윤효직까지 토오꾜오에 와 있다면 그녀를 위해서도 조심해야 했다.

하릴없이 칸다의 서점거리를 돌아다니던 중, 그는 헤르만 주더만의 『귀향』이라는 소설을 발견했다. 붉은 자줏빛 헝겊으로 장정된 예쁜 책이었다. 연보랏빛 속표지에다 '나의 마그다를 그리며'라고 쓴 뒤 서명도 하지 않은 채 정성들여 포장하여 윤미려에게 부쳤다.

마그다는 『귀향』의 여주인공으로 일본에 처음 소개되었을 때, 노라처럼 자신의 길을 찾아가는 신여성의 상징이 되었다. 경시청에서는 극중의 마그다가 부친의 명령을 어기고 제멋대로 행동한다는 점에서 일본 사회의 기강을 문란케 할 우려가 있다는 이유로 책 출판과 연극 상연을 금지하기도 했다.

그 책을 받았을 텐데도 윤미려는 여전히 잠잠했다.

가을마다 학우회에서 주최하는 정기 토론회날이었다. 버릇처럼 우장춘은 구용현을 데리고 칸다의 조선기독청년회관으로 갔다. 그러나 구용현은 토론회를 끝까지 지켜볼 것도 없다며 몸을 사렸다.

"형님은 농학부라고 하기에 벼 낟알이나 세고 있는 줄 알았는데, 언제부터 이런 주의자들과 어울리게 됐습니까?"

그는 깜짝 놀라 구용현을 다시 보았다.

"주의자? 여기다 그런 말을 쓰면 안되지. 자기 민족의 운명을 걱정하는 사람들을 두고 주의자라고 하다니."

구용현은 한술 더 떴다.

"민족자결주의니 인도주의니 둘러대지만 사실은 다 같은 통속일 게 뻔합니다. 불온한 냄새가 나요."

"불온? 그건 일본 경찰의 시각에서나 쓰는 말이야. 자기 민족의 앞날을 걱정하는 마당에, 거기에다 다른 나라 사람의 관점을 갖다대고 자기 관점인 양 착각하는 것은 지성인답지 못한 태도일세. 자네는 말 그대로 조선 사회의 지성 아닌가? 어떻게 자네는 조선에서 자랐으면서 나보다도 더 뭘 모르는 것 같군."

"뭐라고 말을 둘러대든지 이런 모임은 주의자들이 배후에서 조종하고 있다고 하더군요. 분위기도 그렇지 않습니까? 경성을 떠날 때 아버지로부터 단단히 주의를 받았습니다. 요즘 토오꾜오는 불온분자들이 설치고 있으니 조심하라고요. 타이쇼오시대가 되자 주의자들은 마치 제세상이나 만난 듯 튀어나와 활개를 치지만, 정부에선 국제적인 체면도 있고, 정책상 고려도 있어 두고보는 것뿐이랍니다. 조만간 크게 철

퇴를 맞게 될 겁니다. 이런 문제에선 총독부에서 일하시는 저의 아버지만큼 잘 아는 분도 없으니, 형님도 조심하는 게 좋겠습니다."

오히려 충고까지 하는 것이었다.

놀라웠다. 같은 문제를 두고 다른 의견을 가질 수 있다는 것은 알지만, 조국의 운명을 두고도 이렇게까지 의견이 다를 수 있다는 게 받아들여지지 않았다. 성계백과 김신안만 해도 그랬다. 홍광표나 윤영립처럼 급진적이지는 않아도 국권을 되찾고 독립해야 마땅하다는 사실에는 이의가 없었다. 단지 방법에서 차이가 있을 뿐이었다. 그런데 독립을 주장하니까 불온하다고 하는 것은 조선사람이 아닌, 일본사람이나 하는 말로 들렸다.

그는 답답하고 씁쓸하기까지 해서 김신안을 찾고 있는데 홍광표가 다가와 물었다.

"오늘, 구용현군을 데려온 게 우형이지요?"

그렇다고 하자 홍광표는 떨떠름한 표정을 지었다.

"우형과는 어떤 관계입니까?"

"이종동생입니다. 저의 이모 되는 분이 조선으로 출가하셨거든요."

그래도 홍광표의 굳은 표정이 풀어지지 않아 설명을 덧붙였다.

"나처럼 한일혼혈이긴 해도 조선말도 못하는 나와는 많이 다릅니다. 우선 나와 달리 조선에서 태어나 성장하였고……"

"아닙니다, 우형이 일본에서 성장했다고 그게 흠이 된다고 생각하지는 않습니다. 우형의 묵묵한 자세가 그래서 더 훌륭하게 여겨집니다. 그 때문에 나는 우형 부친을 두고 나도는 소문에 개의치 않는 것입니다. 그리고 구용현군 부친이나 집안에 대해선 나도 들은 바가 있으니 우형이 대신 해명하지 않아도 됩니다. 조선 사회가 그리 넓은 편은 아니니까요."

제대로 설명도 하지 않고 말문을 막아버리는 태도가 그는 불만스러웠다.

"저의 부친? 학우회 사람들 사이에서 제 아버지 이야기를 합니까? 어떤 이야기인데요? 정말 궁금합니다."

"별거 아닙니다. 소문이라는 게 늘 그렇고 그렇지요. 신경쓸 것이 못 됩니다. 우형이 성실하고 올곧다면 아무 문제될 게 없습니다."

홍광표는 말을 채 맺지도 않고 휙 돌아서서 가버렸다. 이상스러웠다. 김신안을 찾아내자 그는 마음 상한 것을 털어놓았다. 김신안은 맞장구를 쳤다.

"그래, 홍선배는 좀 독단적이라 문제지."

"정말 그렇지? 나한테도 솔직하게 말하지 않는 태도는 너무 거만한 거 같아. 왜 나한테까지 그러는지 몰라."

"몰라? 홍선배는 친일파라면 이를 가는데? 집안 내력이 그렇다네. 친일파라면 자다가도 벌떡 일어나 싸우려고 들 정도라니까. 조부님이 을사조약에 항의하여 자결하신데다, 합방되자 부친도 독립운동을 하러 만져우로 떠나셨다지. 그래서 집안이 풍비박산이 된 모양이야. 합방 무렵, 조선의 모모한 남작 각하께서 그 부친을 설득하려고 몸소 집까지 찾아갔는데, 마루청에서 내려다보며 침을 뱉고는, 개돼지가 혹시 말을 할 줄 안다고 하더라도 신기하다고 쳐다보거나 상종하지 않는다고 호통을 쳤다는 일화는 유명하다네. 그런데 자네가 구용현을 데리고 나타난 거지."

"구용현이 뭐가 어때서?"

그는 짜증스러웠다. 좁은 사회 속에 부대끼다보면 뒷말이 많은 것처럼, 떠도는 소문만 듣고 다 안다고 단정내리는 독단적인 태도에는 반대였다. 자신이 민족의 선도자가 되겠다고 자처한다면 그만큼 더 너그럽고 포용력있는 태도를 가지려고 노력해야 하지 않는가? 관대하게 모든 것을 포용하는 사내대장부는 못된다고 할지라도.

"아니, 이모부인데도 모르나? 총독부 형무총감으로 있다면서? 먹고 살려니 어쩔 수 없어 관직에 있다고 쳐도 형무총감이면 너무 뭣한 자리가 아닌가? 물론 특별고등계 형사보다는 덜 부끄럽겠지만."

우장춘도 조선의 실정을 모르지 않았으므로 말하는 바는 알았으나 그래도 불쾌감은 가시지 않았다.

"여보게, 부친이 어떤지를 따지는 거야말로 봉건적 사고방식의 극치라고 보네. 그래, 우리 부친 세대가 그렇게 어둡게 살아왔으니, 나라를 빼앗겼을 테지. 어쩌면 여기에 유학온 학생이라면 얼마쯤은 부친 세대에서 그런 혐의가 없다고 할 수 없을 것이고. 그리고 지금 조선의 현실을 생각한다면 일본에 와서 공부한다는 자체가 죄스러울 수도 있어. 하지만 그렇기 때문에 더 진심을 다해, 민족을 위해 살려고 노력하는 게 아니겠나? 그러니 누구의 부친이 어떻다느니 하고 색안경을 끼고 보는 건 그만두었으면 좋겠네. 아무리 홍광표 선배라지만 나로서는 지나치다고 하지 않을 수 없군."

김신안이 씩 웃었다.

"자네는 가끔 예리하게 남의 아픈 데를 잘 찌른단 말이야. 하지만 친일파 문제는 두고두고 우리 발목을 잡을, 어렵고도 간단치 않은 문제가 될 거야. 아무렇든지 홍선배는 서로 조심하자는 셈일 걸세. 앞으로는 학우회도 이런 느슨한 친목 모임으로 운영되지는 못할 테니까. 세계대전이 끝날 때를 대비해야지."

세계 각지의 혁명소식은 시시각각 들려오고 있었다. 러시아 다음에는 오스트리아가 합스부르크 왕가를 무너뜨리고 처음으로 대통령을 뽑았다. 독일에서는 노동자 단체인 스파르타쿠스 단이 나날이 세력을 불려 베를린에서 시가전이 벌어질 정도이다. 영국에서는 대규모의 노동자 시위가 터졌다. 뉴스만 듣고 있으면 전세계가 전쟁에서 혁명이란 소용돌이로 옮겨가고 있는 것 같았다.

전쟁만 끝나면 세상이 달라질 것이다.

비단 전시체제에 찌든 일본인들만 품고 있는 희망이 아니었다. 조선 유학생들의 기대도 온통 거기에 쏠려 있었다. 일본 대학생들 사이에서는 노동자들의 생활향상을 위해 노력하고 새로운 사회를 건설하자는 기치 아래, 학생운동이 활발해지기 시작했고, 지하에서 은밀하게 활동하던 토오꾜오제대 신인회나 와세다대의 건설자동맹 그리고 쿄오또(京都)제대의 노학회 같은 클럽들이 점차 밖으로 고개를 내밀고 활발한 활동을 개시했다. 조선 유학생들의 움직임 역시 그런 낙관적인 풍조에 힘입어 조금씩 극렬한 색채를 띠어갔다.

15. 태풍 속에서

　그해 마지막 태풍이 올라온다는 일기예보가 있었다. 사람들은 서둘러 지붕에 올라가 점검하거나 울타리와 덧문을 정비했고 비상식량과 물을 준비해놓느라 바빴다. 반장은 메가폰을 들고 골목을 휘젓고 다니며 피해를 입지 않도록 집과 살림살이를 단단히 챙기라고 독려했다. 여자들은 물을 긷고 내놓은 빨래통이며 살림살이를 안으로 챙겨들였다. 남자들은 떼지어 동네를 돌아다니며 이층집과 축대, 상점 간판 들을 손보고 느슨한 데는 밧줄이며 철사로 단단히 붙들어매었다. 잡화점의 양초와 성냥은 동이 났다.

　"그래도 여긴 언덕 위라 덜하지만 저 아랫동네선 얼마나 떨고 있겠수? 항간에선 작년 해일까지 일어 토오꾜오 절반이 물바다가 된 것보다 더 센 바람님이 올 거라고 한다우. 메이지 천황님이 돌아가신 그 무렵에 사꾸라(櫻) 섬 화산이 터져 몇날며칠 하늘이 캄캄하길래 세상 끝이 왔구나 했더니, 정말 요새가 말세는 말센가보우. 그때도 바로 물난리가 나고 그뒤로 매해 거르지 않고 난리가 나는구라."

이웃집 할머니가 그들 집 부엌문에다 얼굴을 들이밀고 투덜거렸다. 그러나 하늘은 일기예보가 믿어지지 않을 정도로 새파랗고 높고 구름 한점 없이 갰다.

'태풍의 눈이 있는 데가 맑다지?'

그는 창밖으로 파란 하늘을 살피면서 언제쯤 태풍이 몰려올지 가늠해보았다. 어머니가 부엌에서 들어와 앞치마를 벗으며 말했다.

"일어나라. 나하고 아오야마에 가자꾸나."

아버지의 묘가 걱정인 모양이었다. 그는 잠자코 따라나섰다.

아오야마에는 벌써 낙엽이 수북이 떨어져 있었다. 늦가을의 노란 햇살이 쨍쨍했다. 언덕 아래 시가지의 소음은 아득히 멀게 들렸고 인기척이라곤 없었다. 묘하게 긴장된 공기가 스치는 듯, 드러난 살갗이 따끔따끔했고, 허공에는 보이지 않는 전선들이 타닥타닥 불꽃을 튀기며 타들어가고 있는 것 같았다.

묘비에 절하는데 돌연 어머니가 눈물을 흘리기 시작했다. 뺨을 타고 줄줄 흘러내리는 눈물을 의식하지 못하는지 어머니는 고개를 쳐든 채 묵연히 묘비를 응시했다. 늘 굳세고 꿋꿋한 모습만 보아온 터여서 그는 여간 놀랍지 않았다.

"스나가 선생이 저에 대해 뭐라고 하시던가요?"

그는 스멀거리는 불안감을 이기지 못하고 물었으나 어머니는 말없이 고개를 저었다. 햇볕에 탄 검은 얼굴이며 목이 땀인지 눈물인지 모를 물기로 범벅되어 번들거렸다. 그는 가슴이 찌르르하니 저려 시선을 돌려버렸다.

짓궂은 동네 아이들과 싸워 어머니가 일일이 돌아다니며 사과해야 했던 일이며, 차창 밖으로 어머니의 모습이 점점 멀어지는 것을 지켜보면서 울음을 삼켰던 일, 스미다 강 언덕에서 어머니가 자신을 버렸다고 절망하여 배를 향해 소리지르던 일 등이 떠올랐다. 어머니 품으로 돌아가서도 그는 쉽게 건강을 회복하지 못했다. 자주 아프고 결석도 잦은 병약한 소년이었다. 병석에 누웠을 때마다 열에 들떠 잠들었다가 깨어 보면 한숨 자지 않고 간호해주던 것이며 고기와 달걀을 구해다 동생 몰래 먹이려고 애쓰던 것…… 어찌, 그때뿐일까. 이십년 넘게 살아오는 동안 그는 늘 자신을 지켜보는 담담한 어머니의 눈길을 의식했고, 그것은 넘어져도 다시 일어나게 해주는 말없는 응원이었다.

'아무리 짓밟혀도 다시 일어나 꽃피우는 길가의 민들레처럼 살아다오.'

어머니의 말없는 기원은 삶의 무게중심으로 깊숙이 자리잡아 그렇게 사는 수밖에 다른 길은 없는 것 같았다. 그리고 어머니 역시 그 속으로 녹아드는 수밖에는 다른 방도가 없었을 것이다.

"제가 조선사람으로 살기로 했다고 스나가 선생이 말씀하시던가요?"

그는 잔뜩 굳어 볼멘소리가 터져나왔다. 어머니는 고개를 끄덕였다.

"이제는 저도 스스로 제 삶을 선택할 때가 되었습니다. 성인이니까요. 저는 조선사람으로 살기로 결정했습니다. 어머니께서 아무리 뭐라고 하셔도, 아무리 말리셔도 소용없습니다. 제 피가 그러기를 요구하니까요. 저도 어쩔 수 없습니다."

그는 제풀에 성을 내어 고함치듯이 말해버렸다.

"누가 말린다고 하더냐?"

눈물을 흘리고 있으면서도 어머니의 음성은 놀랍도록 침착했다.

'아, 어머니.'

그는 탄식했다.

어머니는 이렇게 될 줄 미리 알고 있었던 게 아닐까? 그래서 그의 내면에서 어머니가 주장할 수 있는 부분조차 미리 단념해버린 게 아닐까?

"넌 아직도 부처님에 대한 신심이 남아 있느냐?"

어머니가 뜬금없이 물었다. 슬슬 바람이 일기 시작했다. 나뭇가지들이 흔들리고 낙엽이 소용돌이치며 날아다니면서 발치를 덮었다. 왜 묻는지 몰라 그는 어리둥절하면서도 난처했다. 어머니를 실망시키거나 슬프게 하고 싶지는 않았다. 그러나 거짓말을 할 수는 없었다. 어머니는 그가 대답하지 못하고 우물쭈물하는 것을 지켜보더니 한숨을 내쉬었다.

"거, 뭐라더냐? 요즘 청년들은 실증론인가 유물론인가 하는 것에 신심을 바쳐 그것 말고는 아무것도 믿지 않는다고 하던데, 너도 그러냐?"

고심한 끝에 그는 대답했다.

"어머니, 전 과학도입니다. 엄정중립의 사실만을 취급하며 이성적으로 증명된 것만을 믿습니다. 염불이니 타력본원(他力本願)이니 하는 전근대적인 미신에선 이미 벗어났습니다. 저는 진화론을 믿습니다. 이성적이고 실증적인 태도만이 인류의 행복을 증진시킬 수 있다고 믿습니다. 그리고 인간이 태어나서 살아가는 목적도 바로 그렇게 되도록 노력하는 데 있다고 믿습니다."

그는 말을 뚝 끊고 어머니의 표정을 살펴보았다. 눈물을 그친 어머니의 표정은 엄숙하고 맑았다. 그의 말을 이해해보려고 애쓰는 기색이 역력했다. 그는 언성을 낮춰 덧붙여 설명했다.

"저는 아버지 이상으로 어머니를 존경하고 있습니다. 그럼에도 불구하고 어머니의 뜻대로 대학생활을 하지 못하여 장학금을 놓치고 어머니를 더욱 고생하게 하는 게 어머니에 대한 제 애정이 부족해서가 아닙니다. 아버지에 대한 애정이 제겐 고통으로 끊임없이 그 존재를 알려오기 때문입니다. 조선이 당하고 있는 지금의 처지를 알면 알수록 그게 제게는 사무치게 다가옵니다. 어떤 댓가를 지불하더라도 제게 주어진 몫을 다하지 않으면 죽을 수도 살 수도 없을 것만 같습니다."

어머니가 조용히 고개를 끄덕였다.

"왜 내가 너를 꾸짖을 거라고 속단하느냐? 너를 조선사람으로, 당당한 사내대장부로 키우는 게 아버지의 뜻이었고, 따라서 나의 희망이기도 했단다. 네가 어릴 때 센진노꼬라고 놀림을 받아도 이름을 일본식으로 고쳐주지 않은 건 그런 까닭이었단다. 다만……"

어머니는 입술이 하얗게 되도록 잘근잘근 씹으면서 망설이다가 물었다.

"이 묏자리를 팔까 하는데 네 의견은 어떠냐?"

"학비 때문에요? 안됩니다. 아버지의 묘까지 팔아서 학교를 다녀야 한다면 차라리 제가 그만두겠습니다."

어머니는 엄한 눈빛이 되었다.

"무슨 소리를 하는 게냐? 아버지는 이대로 아오야마에 누워 계시는 대신, 네가 학교를 그만두었다는 것을 아시면 화를 내실 게다. 스나가 선생께서 토찌기현의 땅을 한자락 빌려주신다고 했으니 아버지의 유골을 그리로 이장하고 이 땅은 팔아버렸으면 싶구나."

"그럴 수 없습니다. 아무리 생활이 어렵기로서니 아버지의 묘를 팔다니요?"

"용렬한 소리. 죽은 사람을 위해 산 사람이 희생하는 건, 순리를, 생명의 흐름을 거스르는 일이니 옳지 않다."

어머니는 윽박지르듯 그의 말을 막은 뒤 처연하게 덧붙였다.

"난 늘 네가 아버지처럼 당당한 사내대장부가 되었으면 하고 바라면서도, 한편으로는 걱정이 많았단다."

"무슨 말씀입니까?"

"너는 성격이 외골수이니 현실을 억지로 비틀어서 생각에 맞추려는 면이 있지 않을까 걱정스러워서…… 스나가 선생은 이제 너에게 아버지 일을 자세하게 알려주는 게 좋겠다고…… 그리워하고 혼자 상상하다보면 지나치게 미화하여 점점 더 곤란한 처지로 빠져들지도 모른다고 걱정하시더구나. 하지만 나는 네가 조선사람이 되려는 의지를 가졌다는 게 자랑스럽단다. 그러나 의지라는 것은, 나무아미타불, 무상한 것이란다. 부처님께 의지하지 않고는 아무 쓸모도 없단다. 옛날, 어떤 고승이 계셨다. 그분은 선하게 되고자 하는 의지를 세우고 한겨울 히에 이 산에서 로까구도까지 눈 쌓인 밤길을 참례하기를 백일이나 했단다. 하지만 결국은 무너져 인간의 의지가 무상함을 깨닫지 않을 수 없었다지. 아무리 선하게 되고자 하는 의지를 세워도 인간의 힘만으로는 선업을 이룰 수 없는 법. 인간이 할 수 있는 건 의지가 아니라 기도뿐이란다. 염불만이 우리를 극락으로 데려다줄 뿐. 난 네 외할아버지가 의사였기 때문에 인간의 약한 모습을 많이 보았단다. 나는 네가 이런 사실을 깨닫고 부처님께 마음을 의지해주었으면 하고 바라고 있단다."

집으로 돌아오자, 어머니는 아버지의 위패 앞에 촛불을 켜놓고 잠시 합장하고 앉았다. 불길한 예감에 사로잡혔다. 문득 어머니의 입을 막고 아무말 하지 않아도 된다고 말하고 싶었다. 그러나 그는 잠자코 마주 앉아 기다리고 있었다. 왠지 손가락 하나 까딱할 수 없는 기분이었다. 핏속까지 꽁꽁 얼어붙어버렸다.

세찬 바람이 골목을 빠져다니며 미친 듯이 울부짖었다. 침묵 속에서 바람소리에 귀를 기울이고 있자니 머리를 풀어헤친 누군가 집집이 문을 두드리며 안에 누구 없느냐고 외치고 돌아다니는 광경이 그려졌다. 눈을 질끈 감고 머리를 흔들었다. 산발을 한 고영근의 모습. 번개가 번쩍이더니 조금 뒤 우르릉 천둥이 울었다. 그것을 신호로 전깃줄들이 바람을 품고 왱왱 귀따가운 현악기 소리를 냈다. 전구가 깜빡거리더니 휙 나갔다. 불단에 켜놓은 촛불 한자루만 방안을 비추게 되었다. 어머니의 그림자는 커다랗게 뻗어와 그를 덮었다.

"정전인 모양입니다."

그는 팬스레 벌떡 일어나 창밖을 살폈다. 골목 전체가 캄캄했다.

"동네가 다 전기가 나간 모양인데요?"

"여기 앉아봐라. 태풍이 지나가면 전기가 들어오겠지. 어둠속에서도 이야기는 얼마든지 할 수 있단다."

"아버지 이야기를 하실 겁니까?"

그가 겁먹은 목소리로 쓸데없이 물었다. 어머니는 가만가만 고개를 끄덕였다.

일본에게 국권을 강탈당하기 전, 조선은 중국 러시아 일본 세 인접국이 호시탐탐 노리고 있는 먹이였다.

중국은 오백년 조공의 역사를 들어 조선이 자기네 속국이라는 권리를 주장했고, 일본은 메이지유신 이후 골칫거리 낭인으로 변한 무사들을 처리하고 대륙침략의 발판을 마련하고, 러시아는 소원이던 부동항을 얻으려고, 각각 조선을 넘보고 있었다.

우선 일본은 중국의 위안 스카이(袁世凱)를 도발하여 청일전쟁을 일으켰고, 승리하여 조선에서 중국의 세력을 몰아냈다. 그러자 조선 정부는 러시아에 의지하여 일본의 침략을 견제하려고 하였다. 당시 조선에서 가장 발언권이 컸던 명성황후는 러시아 공사 베베르와 손을 잡고 사사건건 일본의 내정간섭을 물리치곤 하였다. 일본공사인 이노우에는 거액의 차관을 제공하겠다는 등 갖은 감언이설로 명성황후를 설득하려고 하였으나 실패하였다.

1896년 을미년, 일본은 이노우에를 해임하고 뜻밖에 미우라라는 군인을 조선공사로 임명하여 한성에 보냈다. 미우라는 이또오 히로부미와 같은 쬬오슈우(長川) 출신의 순수한 군인으로 괴장군이라는 별명이 붙을 정도로 속셈이 깊은 자였다. 그 무렵 조선내 개화파의 우두머리인 박영효는 명성황후를 제거하려다 음모가 발각나 일본으로 도망쳤는데, 그 때문에 조선 정부는 개화파와 일본을 한층 더 경계하고 있었다.

미우라는 한성에 부임한 후 명성황후에게 『관음경(觀音經)』을 진상하며 자신은 독실한 불교신자라고 떠벌렸으며, 또 자신은 군인이어서 정치나 외교 문제에는 문외한이다, 따라서 한성에서 지내는 동안 염불이나 외우며 도를 닦을 것이라고 선전하였다. 그렇게 연막을 친 후에 미우라는 명성황후를 제거하는 음모를 진행하였다.

우선 미우라에게는 일본 정부가 말로 직접 지시한 것은 아니지만, 뜬금없이 군인을 조선공사로 임명해놓고, 알아서 하라는 식의 무(無)방침을 대(對)조선외교정책으로 하달한 것부터가 의미심장하게 여겨졌다. 숙고해보면 조선에 대한 러시아의 영향력을 물리치려면 명성황후를 죽이는 수밖에 없는데, 황후를 죽이되 그 책임이 일본 정부로 돌아가면 안된다는 결론이 내려졌다. 그러자면 명성황후의 죽음이 조선 내부에서 일어난 파벌싸움의 와중에서 빚어진 사건인 양 위장할 필요가 있었다. 일국의 왕비를 살해한다는 초유의 일은 예전, 조선에서 임오군란이 일어났을 때, 불만에 찬 조선 병사들이 조선 정부 부패의 원흉으로 명성황후를 지목하여 잡아죽여야 한다고 궁궐에 난입하여 난동을 피운 전례가 있으므로, 그 흉내를 내면 어렵지 않을 것 같았다.

미우라는 일본의 음모에서 꼭두각시 노릇을 해줄 조선사람을 은밀하게 물색하기 시작하였다. 그들의 깊은 속내를 몰라도 괜찮았다. 겉보기에 조선사람들이 난동을 피워 명성황후를 죽였다고 할 수 있으면 족했다. 대원군은 권좌에서 밀려난 뒤, 십수년간 명성황후에 맞서 권력다툼을 해왔으므로 그를 내세우는 게 적당할 듯했다. 또 일본에 망명해 있는 박영효는 미우라에게 조선에 가면 우범선을 만나보라고 추천했다. 훈련대 대장으로 있는데, 개화파로서 믿을 만한 인물이라고 하였다.

당시 훈련대는 신식군대로서 궁궐수비를 맡았는데, 일본이 조선내 개화파들과 손잡고 명성황후를 제거하려 한다는 풍문에 불안을 느낀 왕은 전격적으로 훈련대를 해산하고 구식군대인 시위대에게 궁궐수비를 맡기기로 결정했다. 해산일은 음력 8월 10일이었다.

그렇더라도 거사의 핵심은 어디까지나 일본인이어야 했다. 자칫 조선사람이 음모의 실체를 알게 되면 왕비를 죽이기를 겁내 목적을 이루지 못할 우려가 있었다. 미우라는 일본 공사관에 있는 일본 군대와 경찰에게 은밀히 총동원령을 내리고, 한성일보 사장으로 있는 아다찌를 통해 한성에 와 있는 일본 낭인들과 가죽공장 기술자인 칼잡이들을 불러들였다.

거사 예정시각은 8월 9일 자정이었다.

9일 밤, 궁내부 고문 오까모또(岡本)를 시켜 대원군을 모셔오게 한 다음, 변장한 일본 폭도들은 궁궐로 쳐들어갔다. 전에 여러번 입궐하여 명성황후의 얼굴을 알고 있는 코무라(小村)라는 일본 여자를 앞세웠다. 조선 훈련대는 궁궐을 철통같이 에워싸고 개미새끼 한마리 드나들지 못하도록 지키게 하였다. 폭도들은 명성황후의 초상과 횃불을 들고 다니며 궁궐을 샅샅이 뒤졌다. 그 와중에서 왕과 왕세자를 발견하자 입고 있던 옷이 찢어질 정도로 린치를 가하면서 왕비가 있는 곳을 대라고 협박하였다. 결국 궁궐 뒤편 곤녕전에 다다라 궁내부 대신 이경직과 마주쳤다. 왕비의 소재를 물었다. 이경직은 모른다고 대답하며 양팔을 벌려 막으려고 하였다. 폭도들은 달려들어 이경직의 팔을 좌우에서 자르고 죽여버렸다. 소란통에 시녀들이 잠을 깨어 비명을 지르며 우왕좌왕하였다. 폭도들은 그들 중 명성황후와 비슷해 보이는 여자가 있으면 무조건 난자하여 죽였다. 시체가 쌓이고 날이 훤히 밝아올 즈음, 시체들 중에서 명성황후의 모습을 확인할 수 있게 되자 폭도들은 그 시체를 치마에 싸서 석유를 끼얹어 태워버렸다. 남은 뼈는 궁궐 연못에 던졌다.

일본이 폭도를 동원하여 한 나라의 궁궐을 침입하고 왕비를 암살했다는 역사상 유례가 없는 만행의 소문은 세계로 걷잡을 수 없이 퍼져나갔다. 미우라는 왕을 협박하여 조선 정부 내의 권력다툼으로 사건이 일어났다는 발표를 하게 했지만, 궁궐에 있다가 그 만행을 직접 목격한 러시아인 사바찐과 미국인 다이 장군의 입까지 막지는 못했다. 진상이 퍼져 국제적인 비난이 빗발쳤다. 한성에 와 있는 각국 공사들은 매일같이 입궐하여 진상을 조사하고 범인을 색출해야 한다고 진언했다.

들끓는 국제여론을 감당할 수 없게 되자 일본 정부는 하는 수 없이 미우라를 비롯한 관계자 사십여명을 일본으로 불러들여 조사하는 체하였다. 조선 왕은 신변의 위협을 느껴 러시아 공사관으로 피신하였고, 그곳에서 명성황후의 죽음을 공표하고 역당도멸(逆黨屠滅)의 칙지를 내렸다. 그러나 그때는 이미 명성황후 암살의 조선측 협력자라고 할 수 있는 우범선 등은 일본으로 망명한 뒤였다.

양초 두 개를 새로 갈도록 이야기가 이어졌다. 그는 꽁꽁 얼어붙어 귀만 열어서 들었다. 이야기가 끝나자 그가 보인 첫번째 반응은 양팔로 자신의 어깨를 감싸안는 것이었다. 그리고 코따쯔(화로) 깊숙이 발을 밀어넣고 등을 잔뜩 웅크렸다. 그래도 추웠다. 자꾸 소름이 끼쳤다.

"그게 아버지가 말씀하신 전부입니까?"

그는 입술이 바싹 말랐는지 입을 열자 찢어져 통증이 일어났다. 어머니가 고개를 저었다.

"아니, 아버지는 아녀자에겐 바깥일을 일일이 설명할 필요가 없다고 생각하셨지. 그 때문에 생전에 내게 그런 이야기를 하신 적은 없었다. 그저 눈치로 짐작했거나 오며가며 주워들은 것뿐. 그러다 최근 스나가 선생이 너에게 사실을 알려주는 게 좋겠다고 전부 말씀해주시더구나."

"그래서요? 그걸 믿으라는 겁니까?"

"사실이란다. 일본 정부도 그렇게 인정한 것으로 안다."

"아버지는 그러니까 미우라에게 이용당했다는 겁니까?"

"이용? 아버지를 안다면 정말 어울리지 않는 말이라는 걸 알 텐데. 아버지는 남들이 만만하게 여겨 함부로 이용하거나 속이려는 마음이 드는 그런 인품이 아니었지. 언제나 사람들을 압도하곤 했단다. 그러니 담대하게 선도했다면 모를까…… 하지만 결과적으로는 그렇게 됐다고 할 수도 있겠구나."

어머니는 처연한 웃음을 섞으며 자조적으로 말했다. 도무지 어머니는 그 이야기가 품은 독을 깨닫지 못하고 있는 것 같았다. 그 독이 그들을 파멸의 구렁텅이로 빠뜨릴지도 모르는데.

갑자기 현관문을 세차게 두드리는 소리가 들렸다. 그는 벌떡 일어났으나 선뜻 나가지 못하고 두리번거렸다.

"빨리 문 열어주세요. 비가 막 쏟아집니다."

구용현의 목소리였다. 밖에는 태풍을 동반한 폭우가 퍼붓고 있었다. 골목은 한치 앞이 보이지 않게 캄캄했다. 구용현은 바람에 우산이 망가져서 흠뻑 젖었다고 투덜거렸다. 빗물이 줄줄 흐르는 망또와 모자를 벗어 툇마루에 놓고 방으로 올라왔다.

"여기저기 다 전기가 나갔습니다. 골목을 들어오는데 캄캄해서 앞이 보이지 않아 혼났어요. 이모님도 집에 계셨군요. 다행입니다. 일본은 지진, 태풍, 해일이 잦다고는 들었지만 처음 겪는 저로서는 심장이 떨릴 지경이군요. 이래서야 오늘밤 잠이나 제대로 잘 수 있을지 모르겠습니다. 한데, 두 분은 어두운 데서 뭘 하고 계셨습니까? 주무시지 않습니까? 태풍이 부는 밤엔 잠자리에 안 드는 게 여기 풍습인가요?"

구용현은 촛불 하나가 덩그라니 켜진 안방에 고개만 디밀고 설레발을 쳤다. 술을 마셨는지 얼굴이 불콰했다.

"넌 올라가서 자라. 무서우면 아래층에 와서 형과 같이 자도 된다. 우리는 할 이야기가 있단다."

"아뇨, 명색이 사내대장부인데 태풍 정도를 겁낸대서야…… 이층에서 잘 겁니다. 무서운 게 아니라 신기해서 이러는 겁니다. 그런데 무슨 이야기죠? 저도 아는 이야깁니까?"

"자넨 몰라도 되네. 자네가 태어나기도 전, 아주 한참 전에 있었던 옛날이야기니까."

그가 대꾸했다.

"옛날 일이라면 새삼 들추어서 이야기할 필요가 없는 거예요. 경성에서도 많이 봤는데 말입니다, 공연한 짓이더라, 그겁니다. 옛일을 더듬다보면 기분만 찜찜하고 서로 맞네 틀리네 언쟁하고, 누구 책임인지나 따지고, 서로 미루고, 하여간 신물이 나요. 있잖아요, 자동차 전조등 말이죠. 전조등이라는 건 앞길을 비춰야 합니다. 지나온 뒷길을 비추면 사고가 나죠. 앞길을 비춰야 자동차는 무사히 달려나가게 되는 겁니다. 세상 이치가 그런 거예요."

두 사람 다 아무 대꾸도 하지 않자 구용현은 혼자 키득대면서 층계를 밟고 올라갔다. 웃음소리가 음산하게 들렸다. 곧 이층의 삐걱거림도 멎었다. 정적이 찾아왔다.

우장춘은 일어나 돌아다니며 다시 한번 문단속을 했다. 왜 갑자기 그러는지 몰랐다. 아무튼 세심하게 현관문이며 부엌 장지문을 두드려보고 미닫이가 제대로 맞물렸는지 고리가 제대로 잠겼는지 살폈다. 창문들도 일일이 확인하여 덜컹거리지 않도록 다시 문짝을 두드려 꽉 잠갔다.

힝힝대는 바람소리는 요란했다. 몇백 마리나 되는 말들이 일제히 내달아 달려오는 것 같았다. 오늘 하루 온 동네 주민들이 동원되어 대비를 했음에도 어디선가 미처 챙기지 못한 물건이 있어 그릇이며 살림도구가 날아다니는 소리가 간간이 들렸다. 허술한 간판이며 함석지붕도 날아다니는지 우당탕 소리가 집을 흔들기두 했다. 전깃줄이 끊어져 휘날리는지 탁탁 채찍 휘두르는 것 같은 소리도 섞여들었다. 얼빠질 정도로 소란스러운 합주였다.

문단속을 한 뒤에도 그는 안방으로 돌아가지 않고 이층으로 이어진 층계 밑에서 한참을 귀기울이며 서 있었다. 이층에서는 아무런 기척도 들려오지 않았다. 구용현은 쉽게 잠이 든 모양이었다. 혹시 무슨 소리가 났다고 해도 비바람 소리가 이토록 요란하니 묻혀버렸을 터였다.

"왜 그러고 서 있느냐?"

어머니가 안방에서 지켜보다가 그를 일깨웠다. 어머니를 돌아다보며 그는 씩 웃었다.

"그렇군요. 말씀을 마저 들어야 하는데. 그래, 그런 일을 저지르고서 미우라씨는 어떻게 되었습니까? 미우라씨는 일본 정부를 대신해서 조선 왕비를 암살한 책임을 졌습니까? 어떤 식으로요?"

거의 명랑하기까지 한 어조였다. 어머니가 한숨을 내쉬며 천천히 말했다.

"그뒤에 일본 정부는 미우라씨와 그에 관계된 사십여명의 낭인들을 일본으로 불러 히로시마 감옥에 수감했단다. 진상을 조사하겠다는 발표가 있었지."

"그래서요? 어떻게 됐어요?"

"조사한다고 시간을 끌다가 혐의가 없다는 결론을 내리고 모두 석방했단다."

"그럼 아무도 책임지지 않았다는 건가요? 그 엄청난 범죄를? 어떻게 그럴 수 있죠? 그런데도 국제여론이 가만히 있었나요? 세계 각국이 일본 정부의 야만성을 비난하지 않았을까요?"

"그냥 그렇게 끝났단다. 무관심 속에서. 시간이 지나자 그 사건에 대한 관심도 식었거든. 그게 일본 정부가 조사에 시일을 끈 이유라고 하더라. 사실 그들 전원을 무혐의로 석방할 즈음엔 이미 일로전쟁에다 쏘비에뜨 출병 같은 다른 큰 사건이 자꾸 벌어져서 아무도 그 일은 말하지 않았단다."

"그랬군요. 그럼 한성에 있는 아버지 집안사람들은요? 그후에 어떻게 됐습니까?"

"대부분 처형당했다고 들었다. 어느 나라나 역적은 삼족을 멸하는 법이라니까. 나와 결혼한 직후던가, 네 아버지가 조선에서 소식을 하나 받고 오래 상심하셨지. 아버지 동생이 아버지 때문에 잡혀가 외딴섬으로 유배당했는데, 거기서 죽었다는 소식이라고 했다. 그 집안에서 살아남은 사람은 강씨 집안으로 시집간 딸 하나뿐이라고 들었다. 여자는 출가외인이라 목숨을 부지한 모양이더라. 딸과 혼인한 사람은 강원달이라는 이름인데, 네가 태어났을 때, 너를 아버지 호적에 장손으로 올리도록 한성에서 손을 써주기도 했단다. 강원달은 독립협회에서 일하던

개화당이었고, 네 아버지를 존경해서 아버지 일을 이모저모 많이 봐주었다고 하더구나. 네가 만약 조선에 간다면 그 사람을 만나봐야 할 게다. 네 이복누나 이름은 우희명. 그 남편은 강원달."

"강원달? 그럼 제겐 매형이 되는군요. 그는 지금 어디 있습니까?"

"합방된 뒤 조선 어느 마을 군수가 되었다고 하는 거 같던데…… 난 확실한 건 모른다. 아마 경성에 가기만 하면 금방 찾게 될 게다."

그는 고개를 주억거리며 듣고 있었다.

16. 상하이로 가는 길

아버지의 유골을 토찌기현으로 이장한 뒤, 우장춘은 틀어박혔다.

강의가 없을 때는 도서관의 가장 후미진 구석에 자리를 잡고서 웅크리고 있었다. 아무와도 만나지 않았다. 우편함을 지나칠 때면 심장이 벌렁벌렁 뛰었다. 만나자고 하거나 어디로 나오라는 편지가 자기에게 와 있을까봐 두려웠다. 차분히 생각해보면 납득되지 않는 감정이었다. 혹시 그런 편지가 온대도, 궁금하다는 김신안의 엽서를 받고 그런 것처럼 묵살해버리는 간단한 해결책도 있는 것이다. 그런데도 미지의 편지가 법정에서 보내는 어길 수 없는 소환통지서처럼 날아올까봐 겁을 먹는 거였다.

죽은 듯 조용히 엎드려 지내는 동안 그의 내면은 소란스럽기 짝이 없었다. 검은 가운을 걸친 검사가 나타나 아버지를 단죄하여 고함을 버럭버럭 지르는가 하면, 작긴 해도 변호사의 목소리도 있어 반박하며 싸웠다. 변호사의 목소리는 갈수록 커지더니 나중에는 어느 편을 들 수 없을 정도로 팽팽하게 맞섰다.

처음 이야기를 들었을 때는 경악하여 얼어붙었다. 벼락을 맞은 듯한 부동의 그 상태에서 서서히 벗어나자 이번에는 자괴감과 죄책감이 뒤범벅된 수렁으로 미끄러져 허우적거렸다. 거기서 빠져나오려고 기를 쓰고 버둥거렸고, 손톱에 피가 맺힐 정도로 박박 기어올라 마침내는 합리화의 마른땅에 올라서서 의기양양해지기도 했다. 그리고 다시 추락하고 다시 기어오르고…… 승강이가 되풀이되었다.

어떻게 보면 두 번 생각할 것도 없이 명확했다.

'왕비의 암살에 관련되었다는 건, 내 아버지라고 하더라도, 어떤 변명을 하더라도, 비난을 면치 못한다.'

끝? 그러나 단념할 수 없었다. 여지가 있어야만 했다. 아버지인 것이다. 지금도 그리움 없이는 생각할 수 없는 아버지였고, 따라서 마음이 흔들리지 않을 수 없었다.

'내가 지나치게 엄하게 생각하는 건 아닐까? 나의 아버지라고 더? 지나친 비굴이 지나친 자존심에서 나오는 것처럼, 실상보다 더 심하게 아버지를 매도하는 건 그만큼 내가 아버지에게 의존하고 있다는 뜻일 것이다. 자자, 객관적으로 생각해보자. 아버지가 연루된 건 사실이다. 하지만? 아버지의 손으로 직접 왕비를 죽인 건 아니지 않은가? 그래, 아버지는 감히 그들이 일국의 왕비를 죽이기까지 하리라곤 상상도 못했을 것이다. 미우라의 진짜 속셈은 모르는 채로 음모에 휘말려든 것이다. 미우라는 조선사람들이 알면 방해할까봐, 속셈을 알리지 않았던 것이다. 아버지는 조선을 사랑했고 지키고자 했다. 그건 의심할 수 없다. 아버지는 조국을 위해서 목숨까지 바친 사내대장부였다. 왕비를 죽인 건 어디까지나 일본 폭도들이었다. 미우라 이하 사십여명의 낭인들. 아버지는 훈련대를 이끌고 궁궐을 지킨 죄밖에 없다. 아버지까지 싸잡아서 왕비를 암살했다는 건 부당한 비난이다. 그렇다. 아버지는 일찍부터 조선을 개화하려고 했고, 그러자면 부패한 왕비의 세력을 견제할 필요가 있다고 생각했을 것이다. 당시 조선 개화파들은 부패한 왕비 일족이 조선을 말아먹고 있다고 원망했다니까. 그래서 일본의 힘을 이용해 왕비의 세력을 견제하려다 오히려 이용당한 것이다.'

앞뒤 아귀가 맞는 논리를 세운 것 같아 의기양양해졌으나 그는 곧 다시 풀이 죽었다.

'동호지필(董狐之筆)이라는 고사도 있지. 중국 춘추전국시대에 국왕을 살해할 음모가 있다는 걸 알면서도 말없이 그 나라를 떠났던 대신이 국왕이 죽자 자신은 그 음모와 무관하다고 해명했지만, 그래도 국왕의 죽음에 대신도 책임이 있다고 기록했다는. 아버지와 같은 사례가 아닐까? 제기랄! 이제 와서 이용당했든 아니든 뭐 그리 대단한 문제란 말이냐?'

그는 생각할수록 판단하는 게 버거웠고, 조선 사정의 그 복잡함에 넌더리가 나서 거리를 두고 싶어졌다.

'없어진 나라의 가슴아픈 역사. 그 한조각을 붙들고 이렇게 가슴앓이를 하다니. 쓸데없는 헛수고다. 아버지는 애국충정이라는 열정은 있었으나 일본의 속셈을 알아차릴 이지는 없었다. 그래, 그게 문제였다. 우리 아버지들 대부분이 그런 탓으로 시행착오를 저지르다 나라를 빼앗긴 것이다. 그래, 아버진 그런 사람들 중 한명에 지나지 않는다.'

'그러니 여기서 분명하게 선을 긋자. 아버지는 아버지, 나는 나다. 나의 인생은 아버지와는 별개다.'

그는 몇번이나 다짐했다.

"선친이 어떤 분이었는지 모르지만 너무 그에 연연해하지 마십시오. 우형 자신이 어떤 선택을 하고 어떻게 살아가느냐가 문제입니다."

홍광표가 한 말이 떠올랐다. 격려하듯 거듭 생각하며 고개를 끄덕이기도 했다.

경악과 혼란이 차츰 가라앉으면서 이런 생각도 불쑥 떠올랐다.

'아버지가 가련하지 않은가? 불운한 시대, 불운한 나라에서 태어나 일본에게 농락당하고 인생을 덧없이 마친 셈이니까?'

'아니다, 그건 개인이 져야 할 몫까지 사회에다 미루는 것이다. 개인의 몫도 따로 있게 마련이다. 아버지의 몫. 그래, 내 몫은 아니다.'

어떤 식으로든 하루에 몇번씩 마음이 뒤집어졌고, 따라서 엉망진창이었다.

우장춘은 자신이 진화론적인 사상으로 무장된 근대의 실증주의자라고 자처하고 있었으나, 실은 성장해온 메이지시대라는 봉건적인 토양을 벗어나지 못했다. 아버지와 자신 사이에 선을 그어 분명하게 떼어놓고서 개인으로서의 자신을 생각할 수 없었다. 그 때문에 생각할수록 혼란이 가중되는 거였다. 버거웠다. 그렇다고 누구에게 터놓고 상의할 수 있는 문제가 아니었다. 순전히 자기 몫이었다. 옹호하든지, 비판하든지, 부정하든지, 변명하여 편들든지 자신이 결정해야 할 문제였다.

고민에 휩싸여 허우적거리는 동안 십일월이 오고 세계대전이 끝났다.

그즈음 그는 조선 유학생 사회에는 거의 발을 끊고 지냈다. 김신안이 몇번이나 궁금하다는 엽서를 보냈으나 답장하지 않았다. 조선 학생들과 얼굴을 마주치는 게 두려웠다. 벌써부터 그들이 알고 손가락질할 광경이 눈에 선했다. 깨어 있을 때면 감당할 수 없다는 말만 자꾸 혼자 중얼거렸고, 낮에는 도서관에 틀어박혀 책을 펴놓은 책상에 엎드려 죽은 듯 잠을 잤다. 혼수상태에 빠진다고 하는 표현이 어울릴, 끈적끈적한 땀을 뻘뻘 흘리며, 부대껴 헤어나오지 못하고 신음하는 그런 잠이었다.

억지로 정신을 차리려고 해봐야 소용없었다. 잠깐 정신이 들었나 싶어도 어느새 다시 졸게 되는 거였다. 그러다 저녁이 되면 말짱하게 깨어나 책에 묻은 땀과 침을 닦아내고 집으로 돌아갔다.

허깨비처럼 되어갈수록 윤미려가 그리웠다. 그녀를 생각할 때만 살아 있는 것 같았다. 그녀를 만나 위로를 받고 싶었다. 그러나 그것도 절망적인 바람에 지나지 않을 터였다.

'중인이라서 사귀지 말라는 그 집에서 아버지가 을미사변에 연루되었다는 사실까지 알면 어떻게 나올까?'

설상가상이었다. 아무리 감추려고 해도 결국은 알게 될 것이다.

'왕비암살에 관련되었으니 대역죄인이라고 욕을 할까? 정상참작을 하려고 할 것도 없이 매국노라고 비난할까? 아니, 어쩌면 그 집 부친도 친일파라는 스캔들에 연루되었으니 동병상련이라고 일본에게 농락당했다고 동정할지도 모른다. 아냐, 그건 아니다. 아버지를 동정하다니. 남들이 아버지를 불쌍하게 생각한다면 그것도 못 견딜 노릇이다. 아버지는 어디까지나 당당하셨다. 공평무사하고 솔직담대한 사내대장부였다. 그런데 누가 감히 동정한단 말인가? 있을 수 없는 일이다.'

'그래도 미려씨가 알면 내 고뇌를 이해해주지 않을까? 마음씨가 고운 사람이니 긍휼히 여겨주지 않을까? 어쩌면 눈물까지 한방울 흘려줄지도 모른다. 그럼 나는 다 괜찮아질 게다. 그녀의 눈물 한방울이면 모든 고뇌가 가라앉고 모든 상처가 다 아물어버릴 게다. 그녀의 포옹과 키스만 있으면.'

상상은 자꾸 뻗어나가며 가지를 쳤다.

'그래, 이렇게 엎드려 웅크리고 있지만 말고, 차라리 미려씨를 만나 고민을 전부 털어놓자. 그리고 같이 샹하이로 가자고 부탁하자. 모든 인연과 속박을 끊어버리고 단둘이 새출발하자고 간청해보자. 샹하이에 가면 아버지고 집안이고 다 잊고 자유롭게 살 수 있을 것이다. 상하이시, 불란서조계 바이얼부루가 22번지. 대한민국 임시정부가 있는 곳. 우리 청년들의 꿈이 향하는 곳. 아니다. 거기에 가면 무국적으로 살겠다. 세계 온갖 사람들이 다 모여들어 바글거린다니까 상하이에서는 그렇게 살 수 있을 것이다. 모든 인연을 단호히 끊어버리는 거다.'

'그런데 미려씨를 어떻게 해야 만날 수 있지? 아직도 집안의 눈치를 보고 있는가? 내가 이처럼 간절히 원하고 있는데, 미려씨는 언제쯤이나 봉건적인 굴레를 벗어던질 용기를 낸단 말인가?'

공상에 휩쓸려 허우적거리다보면 머리가 뜨거워졌다 차가워졌다 하는 게 꼭 병이 난 것 같았다.

그렇게 하루해를 보내고 저녁이 되자 그는 버릇처럼 태연한 모습을 가장하여 집으로 돌아갔다.

현관문을 여니, 집안은 캄캄했고 인기척이라곤 없었다. 어머니는 시장에서 돌아오지 않은 모양이었다. 갇혀 있던 실내공기가 온갖 냄새를 싣고 왈칵 덮쳤다. 새삼 빈궁한 생활의 냄새가 진하게 의식되었다. 그는 부르르 진저리를 쳤다.

'내가 도망가버리면 어머니는?'

세차게 고개를 흔들었다.

'약하게 굴지 말자. 어머니에겐 동생이 있지 않은가?'

『종의 기원』을 쓴 다윈은 진화론을 확립할 때까지 세계를 돌아다니며 동식물을 관찰하고 연구했다. 나도 그렇게, 바람처럼 자유롭게 살 수 있다면. 신기한 동식물이 산다는 갈라파고스 군도, 인적이라곤 없다는 파타고니아의 외딴 오지…… 아니, 그렇게 멀고 외딴 고장으로 갈 필요도 없다. 『사회진화론』을 쓴 스펜서는 런던이라는 대도시의 잡답(雜沓)에 몸을 숨기고 가정은 물론, 정규학교를 비롯한 사회의 모든 규

범을 거부하고 자유롭게 탐구하고 책을 썼다는 게 아니냐. 스펜서에게
런던이 그래준 것처럼 상하이가 나에겐 은신처가 되어줄 것이다.'

그는 공상에 빠져 현관에 우두커니 서 있었다. 세상 여러 곳의 풍경
이 눈앞을 스쳐갔다. 그대로 뒤돌아서서 달아나고 싶었다. 음침한 비밀
도 간계도 없는 곳. 끈적이는 인연으로부터 해방된 곳. 수백만의 사람
이 몰려 있어 한번 숨으면 아무도 찾아낼 수 없는 곳.

'그래, 더이상 망설이지 말자. 상하이로 가자.'

"장춘이냐?"

안에서 어머니의 음성이 들렸다. 거기에는 두려움과 기다림이 짙게
배었다. 갑자기 죄책감이 몰려왔다.

"늦었구나. 이리로 오너라."

안방에는 행상 보퉁이가 내던지듯 놓였고 어머니는 허수아비처럼 맥
없이 벽에 기대앉아 있었다. 기력이 모두 빠져나가 껍데기만 남은 것
같았다.

"저녁은 먹었냐? 요즘은 어째 매일 늦는구나."

"죄송합니다."

그는 무릎을 꿇으며 말했다.

"무엇이 죄송하다는 거냐?"

갑자기 어머니는 전기라도 통한 듯 기댔던 상체를 벌떡 일으키며 엄
격하게 물었다. 그는 대답하지 못하고 잠자코 고개를 숙였다.

"내게 죄송하다고 할 필욘 없단다. 요즘 네가 아버지의 일을 알게 됐
으니 그에 속박되지나 않을까, 그 걱정을 하는 것뿐이니까. 뭘 그렇게
고민하느냐? 네가 자신을 조선사람이라고 생각한다면, 그에 어울리게
살아가면 그만 아니냐? 남들이 어떨까봐 신경쓸 필요는 없단다. 말이
달리다보면 흙먼지는 으레 일어나는 거고, 아무리 자욱하여 앞이 보이

지 않는 것 같아도 결국은 가라앉게 마련 아니냐. 그래, 이 일본 땅에서 혼혈로 살아가는 게 쉽지는 않을 게다. 사실 널, 공과대학에 보내려다 양보하여 농과대학까지는 동의하겠다고 한 것도, 네가 과학자가 되어 정치적 소동에선 멀리 떨어져 살아주었으면 하는 바람 때문이었다. 그런데 이제 보니, 사람이라는 건 정치 바깥에서 살지는 못하는 것인가보구나. 어떻든 나는 네가 아무리 큰 어려움에 부닥치더라도 다시 일어나 제 갈길을 찾아갈 거라고 믿고 있단다."

그는 자꾸 눈물이 나려 했다.

"아뇨, 어머니, 그렇지를 못합니다. 이런 마당에 제가 어떻게 조선사람이라고 우기며, 또 어떻게 조선 학생들과 더불어 일을 하겠습니까? 저 혼자 아무리 우겨본들, 저는 조선사람에게 받아들여지기는 힘들 겁니다. 또 한편 생각해보면 일본에서도 마찬가지일 거고요. 그렇습니다. 저는 조선이나 일본 그 어느 쪽에서든 서먹한 존재일 따름입니다."

"그렇게 눈을 내리깔고 끙끙거리지만 말고 눈을 들어서 멀리를 바라보려무나. 어떻게 지금 당장 눈앞에 벌어진 일만이 네 인생의 전부이겠느냐? 네가 사내대장부답게 성의를 다해 살아간다면, 뜻을 굽히지 않고 노력한다면, 언젠가는 네 앞을 가로막던 흙먼지는 가라앉을 터이고, 세상도 네 진심을 알게 될 날이 올 것이다. 나는 네가 길가의 민들레꽃처럼 꿋꿋하게 살아가기를 늘 기도하고 있단다."

어려운 요구로만 들렸다. 당장 눈앞이 캄캄하여 아무것도 보이지 않는 것을.

우장춘은 어쩔 줄 모르다 코따쓰 앞에 이마를 댄 채로 한참 그러고 있었다. 어머니도 더이상 입을 열지 않았다. 침묵이 오래 이어졌다. 그러다 그는 엎드린 채로 불쑥 말했다.

"어머니, 어머니는 어쩌자고 저 같은 것을 낳으셨습니까?"

침묵이 무겁게 그들을 내리눌렀다. 이윽고 어머니가 손을 내밀어 그의 머리를 가만가만 쓰다듬었다.

"넌 아직도 그 정도밖에 안되었느냐?"

어머니가 떨리는 음성으로 나직하게 중얼거렸다. 그 말 속에 드리운 처연함이 가슴을 찔렀다.

엎드려 있는 그의 등을 마구 흔드는 손이 있었다. 부스스 한쪽 눈꺼풀을 올려보니 김신안이었다.

"여기 있었군. 얼마나 찾았는데?"

그는 상체를 일으키며 두 눈을 다 떴다.

"자네구먼. 어쩐 일인가?"

"나가서 세수부터 하고 정신을 차려봐."

김신안은 부축하다시피 그를 일으켜 로비로 데려갔다. 화장실에 가서 얼굴에 찬물을 끼얹자 정신이 들었다.

"도서관 같은 데 처박혀서 뭘 하고 있는 거야?"

김신안이 바싹 다가앉으며 힐문했다. 눈동자는 기쁨에 겨워 마구 춤추고 있었다.

"어딜 같이 가자는 제안이라면 말도 꺼내지 말게. 곧 시험이야. 마지막 학년이라 공부해두지 않으면 곤란해진다네."

그가 매몰차게 선수를 쳤다. 김신안은 노염도 타지 않고 싱글벙글 웃었다.

"지금 한가롭게 시험걱정이나 하고 있을 때가 아닐세. 구시대는 거(去)하고 신시대는 내(來)할지니, 드디어 세계대전이 끝났다네."

"그건 알아. 나도 신문 정도는 읽을 줄 아니까."

"그럼 어서 일어나서 나와 같이 칸다로 가세."

"왜?"

"여명회(黎明會)가 결성되었다네. 드디어 유수한 학자, 교수, 양심적인 청년학도 들이 집결했다네. 이제부터는 민주주의 만세야. 그리고 바로 오늘, 요시노 선생이 남명구락부에서 낭인회와 대결을 벌인다네. 입회연설회 형식으로. 역사상 최초로 폭력과 사상이 대결하는 거야. 흥미진진하지. 가서 구경도 하고 응원도 해야지. 도서관에서 낮잠이나 자다가 역사적인 사건을 놓친다는 건 말도 안돼."

김신안은 말하는 도중 흥분하여 점점 소리가 커졌다. 다행히 로비에는 다른 말소리들도 많아 크게 주목받지 않았다. 그의 가슴도 뛰기 시작했다. 깨끗이 체념해버린 줄만 알았는데. 둘러보니 로비에서 두셋씩 모여 얼굴을 맞대고 소곤거리는 것도 모두 입회연설회 이야기를 하는 것 같았다. 피가 끓어올랐다.

"그래, 어서 가세."

그는 빠르게 가방을 챙겨들고 도서관을 빠져나왔다. 가는 길에 김신안이 떠벌렸다.

"그러니까 이번 대결은 같은 시각 같은 장소에서 낭인회 대표가 한 번 연설하면 다음엔 여명회 대표가 나서서 연설을 하는 형식이라고 하네. 그렇게 공평하게 번갈아 연설하고서 어느 쪽 주장이 옳은지 대중의 심판을 받자는 것일세. 정말 신나는 일이 아닌가?"

유례없는 연설대결이 벌어진다는 소문에 온갖 사람들이 호기심을 품고 남명구락부로 모여들었다. 교수와 대학생, 고등학생, 기자, 회사원뿐 아니라, 일반노동자까지 몰려와 각양각색의 사람들이 강당을 채웠다. 소란하기 짝이 없었다. 들뜬 소음이 왁자지껄하니 뭉쳐서 강당 천장으로 뭉클뭉클 몰려다니는 것 같았다. 귀가 다 멍멍했다.

단상을 제외한 강당에 있는 의자란 의자는 모조리 치워버려 사람들은 선 채로 연설회가 열리기를 기다리고 있었다. 의자를 치운 건 좀더 많은 청중들을 수용하려는 의도도 있겠지만, 요즘 들어 부쩍 연설회마다 패싸움이 자주 벌어지는 탓일 터였다. 좌우익간에 충돌이 빚어지면 흥분한 청년들은 손에 닿는 대로 뭐든지 집어 휘두르면서 싸우는 게 보통이었다. 피가 튀고 부상자가 속출할 정도로 싸움이 극렬했다. 청중석에 흔히 쓰는 나무로 된 접의자들은 살짝 걷어차기만 해도 부서져서 휘두르기 알맞은 각목이 되곤 하는 거였다.

그가 김신안과 팔짱을 끼고 강당에 들어서는데, 북적거리는 사람들 틈에서 얼핏 테쯔오의 얼굴도 보였다. 그는 신경쓰지 않았다. 오히려 빙그레 웃음이 나왔다. 전쟁은 끝났고, 새로운 시대가 왔으니, 고작해야 스나가에게 그의 행동을 고자질하는 정도일 테니, 별문제 아니라고 생각했다.

"김신안군이랑 우형, 오늘 연설회에서 조심하는 게 좋겠소."

홍광표가 등뒤에서 나타나 은밀하게 주의를 주었다.

"네?"

"요즘 우리 중에 밀정이 있다는 소문이 있어서요. 학우회에서 오간 이야기를 경시청에서 세세하게 다 알고 있는 게 어제오늘 일은 아니었지만. 요즘 부쩍 감시가 심해지면서, 예비검속이 있을지 모른다는 흉흉한 소문이 있습니다. 공연히 경시청에 찍혀서 잡혀가지 않도록 주의하시오. 이런 중차대한 시기에 잡혀가 감옥 안에서 구경만 하고 싶진 않겠지요."

"예비검속이라뇨? 이제 전쟁은 끝나지 않았습니까?"

"그래서 조선사람들이 흥분해서 들고나올까봐 감시가 더 심해지고 있다는 겁니다."

"그렇군요."

그는 순간적으로 스치는 게 있어 턱짓으로 저편의 테쯔오를 가리켜 보였다.

"밀정이란 저 사람일까요?"

홍광표가 바라보곤 고개를 저었다.

"잘해야 형사겠지요. 저렇게 일본사람이라는 게 표가 나면 밀정노릇을 못하지요. 어쩌면 실제 조선인이거나, 가장을 할 겁니다. 난 아무래도 선우라는 성을 가진, 최근에 사립 영어학교에 다닌다면서 갑자기 나타난 자가 수상하던데. 선우환이라는 자를 압니까?"

홍광표가 멀리 있는 어떤 조선 청년을 몸짓으로 가리켜 보였다. 네모진 턱을 가진 오종종한 얼굴에다 그다지 눈에 익지 않은 교표가 붙은 학생모자를 쓰고 있었다. 말을 들어서 그런지 사방을 흘깃거리곤 하는 품이 밀정 같아 보이기도 했다.

둥근 안경을 끼고 안색이 창백한 청년이 나타나 홍광표를 건드렸다.

"홍형, 이리 와보게. 의논 좀 하게."

인사를 나눈 적이 없는 사람이었다. 홍광표가 소개해주었다.

"이쪽은 변희용군. 케이오오(慶應)대학을 다니고. 이쪽은 토오꾜오제대 농학부에 다니는 우장춘군일세. 바로 자네가 말한 구용현군과는 이종사촌이라더군."

"아, 그, 우범선의 아들이라는. 을미사변으로 일본에 도망간."

그와 우범선이라는 부분에 유달리 힘이 들어갔다. 변희용이 날카로운 시선으로 그를 보더니 곧 혐오스러운 기색을 내비쳤다. 그는 찔끔했으나 그냥 묵묵히 서 있었다. 변희용은 상대도 하기 싫다는 듯 몸을 돌리며 홍광표를 잡아끌었다.

"아무렇든지 이리 좀 와보게. 서둘러야 해. 조금 있으면 연설회가 시작될 테니까."

김신안을 보니 무슨 생각인가에 빠져 혼자 고개를 젓고 있었다. 우장춘은 차라리 혼잡한 장소여서 다행이라고 생각되었다. 그는 슬그머니 빠져나오려고 했다.

"가지 말게. 그따위 일로 주눅든다면 자네답지 않아."

김신안이 불쑥 그의 팔을 잡으며 속삭였다. 그는 몸을 돌리고 선 채로 작게 물었다.

"자넨 놀라지 않는군. 알고 있었군? 내 아버지 일을?"

"부정하진 않겠네. 조선에 우씨가 많은 건 아니니까. 왜놈들이 우리 왕비를 살해한 을미사변, 그 통분할 사건은 조선사람들 뇌리에서 영원히 지워지지 않을 것이고."

김신안이 말을 멈췄다. 그들은 한참이나 말없이 서 있었다. 이윽고 그가 물었다.

"그럼, 내 아버지도 희생자일지 모른다면? 그건 어떤가?"

김신안은 난처한 듯 대꾸하지 않았다. 그는 결이 나서 목소리에 힘을 주었다.

"아냐, 아버지는 직접 손에 왕비의 피를 묻히진 않으셨어."

역시 대꾸가 없었다. 소음 속에 한참을 그렇게 서 있었다. 팔을 붙잡고 있던 김신안의 손에 스르르 힘이 빠져나갔다. 그는 그대로 빠져나왔다.

예기치 못하게 중도에서 윤미려와 맞닥뜨렸다. 몹시 붐벼서 몸이 겹쳐질 정도의 간격으로 두 사람은 마주서 있었다. 두 사람 다 쉽게 입을 열지 못했다. 윤미려는 미소를 지으려다 포기하고 떨떠름한 표정이 되었다. 그동안 많이 여윈 것 같았다. 도톰하던 뺨이 핼쑥했고, 입술도 핏기없이 창백했다. 목 아래로는 쇄골이 두드러졌다. 그녀 역시 고민이 컸던 것이리라. 그는 말없이 윤미려를 응시하다가 돌연 손을 잡고 기둥

뒤편으로 이끌었다. 강당 안은 혼잡해서 사람들이 몸을 비비다시피 서 있었기 때문에 아무도 그의 행동에는 눈길을 주지 않았다. 단상에 연사들이 나타났다. 사람들은 환성을 지르며 박수를 치고 발을 굴렀다. 거대한 흥분의 물결이 넘실거렸다. 그는 기둥에 밀치듯 윤미려를 세우고 두 팔로 기둥을 짚어 가두었다.

"미려씨, 아버님이 경성으로 돌아가실 때까지 기다리고 있을 수가 없습니다. 내일 나와 같이 상하이로 가버립시다."

그는 윤미려의 귀에 대고 또박또박 말했다. 그런데도 윤미려는 말을 알아듣지 못한 듯 물끄러미 올려보기만 했다. 그는 똑바로 눈을 들여다보며 다시 말했다.

"부탁입니다. 나와 같이 상하이로 가주십시오. 이렇게 애원합니다. 그대의 마음이 변치 않았다면."

갑자기 그녀의 눈동자가 춤추듯이 흔들리기 시작했다.

"상하이요? 저도, 정말, 그러고 싶어요."

"그래요, 같이 갑시다."

윤미려가 고개를 흔들었다.

"하지만 자식으로서 어떻게 아버지를 거역하겠어요."

"그대에게는 용기가 있지 않습니까? 마그다를 생각해요, 노라를 생각해봐요. 용기를 내요. 제발 부탁입니다. 나와 같이 상하이로 갑시다. 이대로 있으면 난 폭발해서 산산조각이 나고 말 겁니다. 여길 떠나야만 합니다."

"제발, 서두르지 마세요. 아버지는 모레, 경성으로 돌아가실 거예요. 내게 조금 더 시간을 주세요. 오빠만 있을 때는 나도 얼마든지 반항할 수 있지만 아버지에게는 그럴 수가 없어요. 조금만 더 기다리면 안돼요?"

"그럴 수 없습니다. 당장 떠나야만 합니다. 다 버리고 단호하게. 이대로 있으면 난 무너지고 말 겁니다."

"아뇨, 무너지지 않아요. 우선생님은 잠시 흔들릴지는 몰라도 무너지지 않아요. 절대로. 세상이 다 망가져도 우선생님만은 의연히 그대로일 거예요. 나는 그렇게 믿어요. 우선생님은 자기 안에 숨어 있는 힘을 모르고 있나봐요? 왜 제가 다른 사람이 아닌 우선생님을 사랑하게 됐는지 모르고 있군요?"

여느때라면 그녀가 사랑이라는 말을 입에 담은 것만으로도 행복해서 은하수까지 날아가버렸을 것이다. 그러나 이제는 말만으로는 부족했다.

"더이상 견딜 수 없습니다. 같이 떠납시다, 제발. 이렇게 애원합니다. 샹하이로 갑시다."

윤미려의 정수리를 내려다보며 그는 주문을 외우듯 떠나자는 말만 거듭했다. 누가 자꾸 등을 떠밀어 나중에는 윤미려를 거의 껴안다시피 하게 되었다. 윤미려가 숨을 헐떡이며 속삭였다.

"알았어요. 우리 샹하이로 떠나요. 결정했어요. 내일 열두시, 로빈이라는 과자점에서 만나요. 거기 알죠? 거기서 만나 구체적인 문제를 의논하기로 해요. 아버지가 경성으로 떠나는 즉시 우리도 떠날 수 있도록. 그래요, 같이 떠날 거예요. 샹하이로. 내일 로빈에서 기다려주실 거죠? 저를 믿고 있는 거죠?"

그러고는 그의 손을 잡았다. 인두로 지지는 것처럼 손바닥이 화끈했다. 그녀의 마음이 변치 않았다는 것, 그 열정을 그대로 고스란히 느낄 수 있었다. 그는 힘주어 그 손을 쥐었다.

"그래요, 언제나 믿고 있어요."

윤미려는 손을 놓고 처녀다운 조심성으로 몸을 비틀어 옆구리 밑으로 빠져나가더니 청중 틈에 묻혀버렸다.

눈 깜짝할 사이의 일이었다. 방금 일어난 일이었으나 믿어지지가 않았다. 그가 어리둥절하여 정신을 놓고 서 있는데, 케따를 신은 누군가의 발이 그의 발등을 밟았다. 몇년째 신은 낡은 구두여서 발등이 아팠다.

"미안합니다."

"천만에요."

아픈 줄도 모르고 천만에를 중얼거리며 정신없이 빠져나오다가, 뒤늦게 미안하다는 게 조선말이었음을 떠올렸으나 곧 의미없이 스러졌다. 마음이 급했다. 떠나려면 비용을 마련해야 할 것이었다.

'상하이로 가려면 코오베로 나가 배를 타는 게 가장 안전하다고 들었다. 형사들 감시를 피해야 하니까. 두 사람 차비랑 뱃삯이랑 치르자면 오십엔은 있어야 할 게다. 그리고 일자리를 구할 때까지 쓸 한달 생활비 정도는 마련해야 하고. 생활비도 한 오십엔쯤 있으면 될까? 상하이는 번창일로에 있다니까 일자리는 쉽게 구할 수 있을 거다. 아무튼 백엔은 있어야 할 텐데 그걸 어디서 구하지? 우선 저금을 모두 찾고 책을 팔까?'

궁리에 잠겨 집에 도착하니 어머니가 기다리고 있었다. 순간 그는 허락을 얻어야 한다는 사실을 새삼 깨우쳤다. 죄책감이 일어났다.

'어머니에게 말씀도 드리지 않고 도망친다? 무엇보다 김신안에게는 뭐라고 하지? 그래, 상하이에 가서 편지를 쓰자.'

그는 자기 방으로 들어가 벽장과 책장을 휘둘러보았다. 돈이 될 만한 양서들만 빼서 모았다. 한권 한권이 용돈을 절약하고 점심을 굶어가며 산 것들이었다. 아마 얼마 쳐주지도 않을 것이다. 그래도 어쩔 수 없었다.

'옷보따리를 꾸릴 필요는 없을 것이다. 상하이에 가면 중국옷을 입는 게 편리하다고 한다. 부두에서 내리는 즉시 중국옷을 사서 입자. 일본 형사들 주의를 끌지 않으려면 그래야 한다.'

책상서랍에서 헝겊에 싼 시곗줄을 발견했다. 아버지를 기억하라고 어머니가 준 것. 어둑한 방안에서 번쩍거리던 금빛. 헝겊을 끌러 시곗줄을 들여다보았다. 회중시계는 없어도 돈이 꽤 될 것이다.

17. 암살자와 마주쳐

    우장춘은 약속시간보다 이르게 집을 나섰다. 전당포를 찾았다. 홍고오에서는 엄두가 나지 않아 메지로까지 와서야 간판을 살폈다. 처음 눈에 뜨인 간판을 보고 무조건 들어갔다. 낡은 이층이었고 나무로 만든 계단은 발을 디디기만 해도 삐걱거렸다. 주인의 경계심이 고스란히 느껴졌다. 외투 밑에 도끼를 숨기지 않았지만 『죄와 벌』의 주인공이기라도 한 기분이었다. 음침한 가게의 철창 뒤편에 키작은 남자가 바늘처럼 가느다란 눈을 빛내며 지키고 있었다. 쑥스러워 어쩔 줄 몰랐다. 그 남자가 말없이 카운터를 톡톡 치며 용건을 말하라고 재촉했다. 그도 말없이 시곗줄을 꺼내 밀어주었다. 그 남자가 받아 조심스럽게 헝겊을 젖혔다. 느릿한 그 동작에 그는 숨이 막히는 것 같았다. 달려들어 대신 헝겊을 끌러주고 싶었다. 초조했다. 한참 시간이 흐른 뒤 시곗줄이 나오자 그 남자는 냄새를 맡는 것처럼 킁킁거리며 옆의 알전구를 켜고 그 밑에 갖다댔다.

"십팔금이오? 아닌 거 같은데?"

가르랑거리는 쇳소리로 그 남자가 물었다.

"잘 모릅니다. 되는대로 쳐주세요."

그가 재촉했다. 그래도 남자는 여전히 느릿하게 살폈다.

"십사금? 아냐, 금이 아니야. 꽤 정교하긴 해도 도금이로군."

그 남자는 고개를 설레설레 저으며 시곗줄을 그 앞으로 도로 밀어냈다.

"도금은 취급하지 않소."

그는 입을 딱 벌렸다.

"그럴 리가? 박영효 대감의 하사품이라고 했는데?"

어머니가 잘못 알고 있었을까? 그는 자신의 기억을 의심할 수는 없었다.

"이래봬도 난 전당포만 이십년이오. 그런데 그것도 모를 것 같소? 도금이오."

그는 하는 수 없이 시곗줄을 주머니에 도로 집어넣고 터덜터덜 나왔다.

로빈이라는 서양과자점은 신쥬꾸(新宿)에 있었으나 메지로 통에서 도오야마 공원을 거쳐서 가는 편이 더 빨랐다. 공원 잔디밭을 가로지르는데 발밑에서 서걱서걱 서릿발이 주저앉는 소리가 났다. 응달의 서리는 아직도 녹지 않은 모양이었다. 그는 잠을 설쳤으나 머릿속은 맑았다. 열두시가 되기를 기다리며 공원을 서성거렸다. 시간은 느릿느릿 흘러갔다.

공원을 낀 로빈은 유럽의 시골집처럼 아늑하게 꾸며졌다. 하얀 회벽에는 누런 밀밭과 삼나무가 그려진 벽화가 있고, 나뭇결이 그대로 드러난 소박한 의자와 탁자가 있었다. 거기에 덧붙여 하얀 레이스 달린 냅

킨과 식탁보며, 반짝거리는 은식기를 쓰기 때문인지 볕이 잘 드는 아침용 식당처럼 화사하고 아늑했다. 상하이에 가서 이처럼 볕바른 양지쪽에 앉아 그늘 없이 살고 싶었다. 윤미려와 함께라면 가능할 것이다.

로빈은 와세다대학과 가까운데도 여학생들이 더 많이 드나들었다. 들어서면서 괘종시계를 보니 열한시 사십오분이었다. 그는 정면으로 시계가 보이는 자리에 앉은 뒤, 가게 안을 휘둘러보았다. 남학생은 한 명뿐이었다. 여학생들 틈에서 어색한 모양이었다. 엉거주춤 의자 끝에 걸터앉아서 그런 티를 내지 않으려고 애썼다. 잡지를 펴서 건성 읽는 체하다가는 곧 가게 안에 흐르는 클래식음악에 열중한 포즈를 취하기도 했다. 언제나 그렇지만 여학생들은 놀라운 구석이 있었다. 재잘재잘 바쁘게 입을 움직이는 한편으로 초콜릿이며 과자를 우체통에 편지를 넣는 것처럼 입술에 부스러기 하나 묻히지 않고 깔끔하게 집어넣곤 하는 거였다. 과자를 먹는 입과 말하는 입이 따로 있는 것 같았다.

그는 다시 시곗바늘을 주시했다. 세 개의 바늘이 정확하게 겹쳐지는 순간 문이 열리고 윤미려가 들어설 것이다. 그렇게 중얼거리며 주문을 걸었다. 내장이 비비꼬이는 것 같은 끔찍하고 불안한 달콤함이 그를 지배했다. 갑자기 수다소리가 뚝 그치더니 짧은 정적이 찾아왔다. 그 틈을 타고 전화벨이 울렸다. 수다소리는 다시 시작되었다.

앞치마를 두른 여급이 다가와 그에게 전화를 받으라고 했다.

"나 말입니까?"

그는 펄쩍 뛰어 일어났다. 가슴이 세차게 방망이질쳤다.

"네, 혼자 앉아 계신 남자분을 찾는데요."

다시 둘러보니 그 남학생 앞에는 어느새 여자가 나타나 마주앉아 있었다. 그는 등이 서늘해졌다. 불길한 예감이 스쳤다.

"전화실로 가서 받으세요."

계산대의 여자가 격자틀에 유리를 끼운 칸막이 뒤를 가리켰다. 그는 그곳으로 들어가 수화기를 집어 귀에 갖다댔다. 휘잉 하고 찬바람이 불었다. 아주 가까이에서 회오리바람이라도 이는 것 같았다. 기다리자 드디어 묵직한 남자의 말소리가 흘러나왔다.

"우장춘씨 맞습니까?"

그는 덜컥 심장이 내려앉았다. 윤영립이었다. 가슴이 콱 죄어져 말소리를 낼 수가 없었다.

"역시 그랬군."

윤영립이 무너져라 한숨을 쉬었다. 그 소리는 태풍처럼 귀를 때렸다.

"그쪽으로 내가 사람을 보냈으니, 그 사람을 따라 이리로 와주십시오. 무례하다고 여길지도 모르지만, 거절하면 안됩니다. 가친께서도 우형의 얼굴을 한번 보시겠다고 하니 꼭 와주십시오."

"사람을 만나려는 참인데."

"압니다, 다 안다니까요. 내 누이를 만나기로 한 거 아닙니까? 하지만 오늘 누이는 나가지 못합니다. 그러니 그 사람을 따라 이리로 와주세요. 나하고 이야기를 합시다. 기다리고 있겠습니다."

그러고는 일방적으로 전화를 끊었다. 그는 한없이 무거워졌다. 탄로 났다는 생각이 들자 수화기를 내동댕이치고 그대로 도망치고 싶었다.

'이야기를 하자니? 이번엔 또 무슨 이야기를 하자는 건가?'

궁금하기도 했다. 미처 마음을 정하기도 전에 과자점 문을 열고 들어서는 청년이 있었다. 어제 남명구락부에서 본 선우환이었다. 홍광표가 손가락으로 가리켰을 때 네모진 얼굴이 인상에 남았다. 선우환은 찾아볼 것도 없이 바로 전화실로 오더니 유리를 똑똑 두드렸다. 그에게는 곁눈질하듯 눈동자를 옆으로 몰아서 흘깃거리는 버릇이 있었다. 가까이에서 보니 모자에 붙은 교표는 세메이(世明) 영어학교 것이었다.

"우장춘씨? 나하고 같이 가시죠."

그는 위협하듯이 흰자위를 드러낸 눈으로 쩨려보면서 말했다. 그는 침착하려고 숨을 크게 들이마셨다.

"선우환씨입니까?"

이쪽에서도 상대를 알고 있다는 표시를 했다. 그러자 선우환의 태도가 조금 풀렸다.

"윤영립 선배 심부름으로 온 겁니다. 어서 가시지요."

"어디로 가는 겁니까?"

"여기서 멀지 않습니다. 윤영립 선배가 댁과 이야기를 하고 싶다고 합니다. 그 선배 부친도 같이 계시고. 걱정할 건 없습니다."

말은 그러면서도 우악스럽게 그의 팔을 잡았다.

로빈 밖에는 자동차가 미리 대기하고 있었다. 선우환은 뒷좌석 문을 열고 그를 타게 하더니 자신도 그 옆에 바짝 붙어서 탔다. 한쪽 팔은 잡은 채였다. 운전사는 뒤돌아보지도 않고 문 닫히는 소리가 나자 그대로 출발했다. 어차피 부닥쳐야 하는 일이라고 그는 자신을 타일렀다. 뱃속 깊이 숨을 들이쉬었다. 잔뜩 도사린 가슴이 조금 풀어지자 말을 걸어보았다.

"눈을 가리지 않습니까? 영화를 보니 그렇게 하던데요?"

선우환이 놀란 듯 눈을 가늘게 뜨며 곁눈질했다.

"배짱이 대단하군요. 지금 한가하게 농담이 나옵니까?"

"한가하지 않습니다. 댁이 어떤 사람일지 몰라 말로 떠보는 중이죠."

선우환도 피시시 웃으며 긴장을 푸는 기색이었다. 그는 오른손을 하오리 허리춤에 넣어 담배를 꺼내물었으나 한손으로는 성냥을 긋지 못하자 우장춘에게도 담배를 권했다.

"한대 피우겠습니까?"

우장춘은 담배를 받아 성냥불을 켜고 선우환의 담배에도 불을 붙여주었다. 선우환은 담배연기를 길게 내뿜으며 떠벌리기 시작했다.

"뭐, 겁먹을 건 없습니다. 윤영립 선배야 길길이 뛰고 있지만, 그렇다고 감방에 갈 정도의 일은 아니죠. 남의 집 귀한 따님과 눈이 맞아서 도망가려고 했다? 그거야 법에 저촉되나요? 그렇진 않죠. 지금은 메이지 시대도 아니고 타이쇼오 데모크라시 시대인데. 그런 건 이제 순전히 명예나 수치의 문제가 됐습니다. 그래요, 내가 귀띔해주었습니다. 어제 우연히 엿들었거든요. 난 그럴 생각이 없었는데 당신들이 주고받는 이야기가 그냥 내 귀에 들어온 겁니다. 그러니 내 잘못은 아니죠. 나는 조선 유학생 사회에 추문이 일어나는 거 딱 질색입니다. 일본인들이 조선 사람들은 칠칠치 못하고, 더럽고, 수치심도 없고, 은혜도 모르고, 배신이나 때리고, 그런 욕을 할 때마다 바로 내가 욕먹는 것 같아서 쥐구멍에라도 들어가고 싶어집니다. 아마 이게 나의 민족적 자존심일 겁니다. 그리고 가만 생각해보니 마침 윤영립 선배와 가까워질 기회도 되겠고. 그래서 미리 알려서 일을 예방하기로 한 겁니다. 사정이 그렇게 됐습니다."

변명인지 자기합리화인지 모를, 설득력도 없이 주절주절 늘어놓는 말이 혐오스러웠다. 그는 몸을 빼어 조금 떨어져 앉으려고 했다. 그러나 선우환은 다시 꽉 잡아 꼼짝도 못하게 경계했다.

"이 팔 놓고 이야기하면 안됩니까?"

선우환이 유들유들 웃었다.

"안됩니다."

"어차피 차를 탔으니 가자는 대로 갈 겁니다. 날 못 믿습니까?"

"못 믿습니다. 테쯔오상이 그러는데 댁을 믿으면 안된다고 하더군요. 늘 주의깊게 관찰하랍디다. 일본인도 아니고, 조선인도 아니고, 그래서 더 골치아프다나요. 날짐승도 아니고 길짐승도 아닌 그거 뭐죠? 그렇지, 박쥐. 박쥐는 양쪽이 다 따돌리고 상대를 안해줘서 컴컴한 동굴에 숨어살게 됐다나. 댁도 그렇게 애매한 처지이고, 그래서 더 위험하다고, 남의 뒤통수나 칠지도 모른다고. 그래서 어제도 내내 댁을 지켜보다가 뜻밖의 소득을 얻은 거죠."

"타나베 테쯔오? 어떻게 압니까?"

"그거야 댁이 상관할 문제는 아니죠. 내가 해줄 수 있는 말은 테쯔오 상이 댁을 진심으로 걱정하고 있다 그겁니다. 요즘 부쩍 더 불온한 데로 빠져드는 것 같다면서 여간 걱정하는 게 아닙니다. 테쯔오상이 항상 지켜보고 있으니 조심하는 게 좋을 겁니다."

진심에서 하는 충고인지 조롱삼아 마구 지껄이는지 알 수 없었다. 우장춘은 더 상대하기가 싫어서 외면하고 말았다.

차는 요요기(代々木) 공원 앞에서 멈추었다. 선우환은 여전히 그의 팔을 붙잡은 채 내리게 했다. 공원 사무실을 지나 숲길로 들어갔다. 갈수록 나무들이 울창해졌다. 풀이 밟힌 자국조차 단단히 다져지지 않은 인적 드문 샛길로 접어들었다. 요요기 공원에는 너구리가 산다는 아이들 동요가 생각났다.

"어디로 가는 겁니까?"

나무 우듬지에 가려 하늘도 잘 보이지 않을 정도로 으슥했다.

"다 왔어요. 안달할 거 없어요."

선우환은 그의 등을 떠밀며 재촉했다. 관목덤불과 마주쳤다. 그가 머뭇거리자 선우환이 등을 세게 밀었다. 아름드리나무들 사이에 작은 공터가 있었다. 윤영립이 보였다. 연신 담배를 피우며 기다리고 있었다. 그의 주변엔 금테를 두른 담배꽁초가 어지럽게 널려 있었다. 그가 나타나자 윤영립은 피우던 담배를 내던지고 성큼 다가섰다. 순간 그는 몸이 움츠러들었다. 선우환이 등뒤에서 양팔을 붙잡더니 마구 떠밀었다. 공원 숲은 의외로 깊은 모양 그들의 숨소리밖에 들리지 않았다.

윤영립은 이야기할 의사가 전혀 없는 것 같았다. 똑바로 그를 노려보더니 갑자기 힘껏 따귀를 때렸다. 휘청했으나 선우환이 부축하여 똑바로 섰다. 윤영립은 반대편 따귀를 때리더니 가슴에다 주먹질을 퍼붓기 시작했다. 계속될수록 주먹에는 더욱 힘이 들어갔다. 얼굴이고 배고 대중없이 주먹이 날아들었다. 그는 자기도 모르게 웅크리며 주저앉으려 했으나 선우환이 붙잡고 있는 손에 힘을 주어 억지로 일어나게 했다. 다시 주먹이 날아왔다. 콧등이 시큰하더니 뜨뜻한 피가 흘러내렸다. 코피가 터졌다. 아프기도 했지만 아무말 없이 얻어맞기만 하는 게 여간 답답하지 않았다.

"선배님, 말로 합시다. 이야기를 하자고 했잖습니까?"

그는 비명을 지르다시피 항의했다. 윤영립은 멈칫하며 꽉 다문 잇사이로 씹어뱉듯이 대꾸했다.

"선배는 누가 네 선배야? 난 너 같은 후배 둔 일이 없다. 네놈에겐 말도 아깝지."

"중인이라는 신분이 이렇게 맞아야 할 이웁니까?"

"이 정도는 약과야. 네놈을 손봐줬다는 사실을 알면 이천만 조선민족 모두가 기뻐 춤을 출 거다. 모두가 네 뼈를 바르고 고기를 씹겠다고 나설 거다."

윤영립은 막말을 쏟아내곤 씩씩거리면서 그의 얼굴을 연거푸 갈겼다. 미친 사람 같았다. 눈알이 기름에 띄운 것처럼 번들거리는 것이 정상은 아니었다. 윤영립은 정신나간 얼굴로 주먹질을 했다. 코뼈가 주저앉은 듯 격렬한 통증이 일어났다. 그는 더 버티지 못하고 버둥거렸다. 선우환이 일으키려고 힘을 주었으나 하도 버둥거리자 손을 놓치고 말왔다. 그는 큰대자 모양으로 땅바닥에 넘어졌다. 등이 축축했다. 그도 화가 치밀어 악을 썼다.

"도대체 뭐가 문젠지 이야기나 하고 때리세요. 내가 무슨 그렇게 큰 잘못을 했단 말입니까? 내가 중인이라는 거 말고 또 뭐가 그렇게 잘못입니까?"

그러자 윤영립이 씩씩거리며 그의 옆구리를 마구 걷어차기 시작했다.

"네놈 아비가 바로 '그 우범선'이잖아. 조선 왕비를 시해한 역적. 피 묻은 그 손으로 감히 내 누이를 꾀어내려 하다니, 죽여버려도 시원치 않을 놈."

그는 몸을 일으키지 못하고 발길질을 피해 뒹굴었다.

"아닙니다. 아버지는 손에 피를 묻히지 않았습니다. 아버지는 일본 놈들에게 이용당한 겁니다."

"뭐? 이용? 처녀가 애를 배도 할말이 있다고, 어디서 변명하고 자빠졌나? 아무리 그래도 날 속이진 못한다. 네놈 아비가 직접 왕비를 난자하고 부하를 시켜 그 시신을 불태워버리게 했다는 거, 직접 그 손으로 남은 뼈를 수습하여 연못에 던져버렸다는 거 다 알고 있다. 내일이라도 이 사실을 널리 알리고 말겠다. 네놈이 다신 우리 유학생 사회에 발도 디밀지 못하게 해주겠다. 내가 네놈을 곤죽을 만들어놔도 네 아비의 범죄를 생각한다면 조선사람들의 원한을 만분의 일도 못 푼 셈일 거다. 도대체 너 같은 놈이 하늘 아래 고개를 들고 돌아다닌다는 게 우리 조선의 수치다."

"누가 그런 말을 합니까? 아버지 손으로 왕비를 시해했다고 누가 그럽니까? 아버지가 을미사변에 관련되었다는 건 인정합니다. 하지만 아버지는 아무것도 몰랐습니다. 시해에 직접 가담하지는 않았단 말입니다."

그는 몸을 웅크리고 데굴데굴 구르면서 악을 썼다. 윤영립은 달려들어 걷어찼다.

"닥쳐라. 증인이 있는데 잡아떼?"

"누구요? 어디 있습니까? 만나게 해주시오."

그는 안간힘을 쓰며 소리쳤다. 창자가 비틀리면서 말소리가 제대로 나오지 못하고 입술만 바들바들 떨렸다. 눈꺼풀이 자꾸 내려앉았다. 억지로 한쪽 눈꺼풀을 들어서 올리면 이번에는 다른 쪽이 스르르 닫혔다. 그는 번갈아 눈꺼풀에다 힘을 주느라 기를 썼다. 윤영립 뒤편으로 어떤 얼굴이 보이는 것 같았다. 선우환 목소리도 들렸다.

"이 정도로 하죠. 내일도 있는데. 이렇게 개인적으로 혼을 내주는 것도 좋지만, 유학생들에게 널리 알려서 이자를 경계하게 하는 것이 더 중요합니다. 너무 곤죽을 만들어놓으면 동정하는 사람이 생길지도 모르니 적당히 해두지요. 대부분 이자가 우범선의 아들이라는 건 알아도, 우범선이 직접 왕비를 시해했다는 건 모르는 모양이더군요. 오늘은 이 정도로 하고 진상을 알리는 게 중요합니다."

"그래, 그 정도로 해둬라. 나도 이자의 얼굴을 좀 보자꾸나."

중후한 목소리가 들려왔다.

"네, 아버님."

그는 꼼짝도 하지 못한 채 등을 대고 누워 소리나는 쪽을 보려고 애썼다. 부옇게 흐린 시야에 양복을 입은 키큰 신사의 모습이 들어왔다. 중절모까지 쓰고 단장을 짚고 있었다. 팽팽한 얼굴에 걸맞지 않게 머리는 백발이었고, 뺨은 홍조가 발그레하니 떠올라 청년 같았다. 그럼에도 전체적인 인상은 쉰이 넘은 것 같았다. 우장춘은 전기라도 통한 듯 부르르 떨었다.

"당신이 아버지? 윤효직?"

그는 숨을 헐떡거리며 입안의 소리로 중얼거렸다.

일영관 앞에서 고영근과 귓속말을 주고받던 그 신사였다. 이십년이나 지났으나 그 모습을 잊은 적이 한번도 없었다. 어둠속에서 번져가던 피 웅덩이, 부서진 아버지의 머리통, 흐릿하게 번쩍이던 시곗줄, 그리고 정체모를 백발의 남자. 그동안 윤효직은 늙었다. 아니, 그때도 머리가 하얗고 뺨에는 홍조를 띤 게 신기했다. 지금도 그 상반된 모습은 그다지 변하지 않았다. 땅에 드러누운 터여서 그렇지 않아도 장신인 윤효직이 아득하게 커 보였다. 그는 어떻게든 몸을 일으켜 정면으로 상대하려고 버둥거렸으나 손가락 하나 들어올리기도 어려웠다.

"이 녀석이 내 말을 알아들을 여지는 남겨두었겠지?"

윤효직이 그의 귀 부근 땅을 단장으로 탁탁 치며 아들에게 물었다.

"당신이 바로…… 그자였어 암살자……"

그는 입술을 달싹거리며 말했으나 소리가 되어 나오지 못했다.

"흠, 이놈이 바로 그 우범선의 아들이다, 그거지? 네놈이 사람이라면 그 사실 하나만으로도 부끄러워 고개를 못 들고 살아야 옳거늘, 주제넘게도 남의 딸까지 넘보다니…… 과연 우범선 아들다운 짓이다. 우범선 그자도 망명하여, 일신을 챙기기도 궁색한 처지일 때도 말하는 것만은 만져우니 동양이니 하며 호탕했었지."

그는 쥐어짜며 간신히 말했다.

"바로 당신이 우리 아버지를 죽인 사람이군요. 고영근을 사주해서. 왜 그랬죠? 왜 아버지를 죽인 겁니까? 아버지가 일본에게 농락당해 멋모르고 친일파가 되었다고 그랬습니까? 흥, 당신도 마찬가지 아닙니까? 당신도 한일합방으로 하사금을 받아서 친일파라고 사람들에게 손가락질을 받고 있다죠? 그래도 우리 아버지가 낫지 않습니까? 적어도 아버지는 나라를 팔아 일신의 안녕을 꾀하신 건 아니니까요. 당신처럼 탐욕에 눈이 먼 건 아니란 말이오."

윤효직이 호탕한 웃음을 터뜨렸다.

"내가 탐욕에 눈이 멀어 나를 팔았다고? 그러니 네 아버지가 조금은 낫다고? 네놈은 진정으로 아무것도 모르고 지껄이고 있구나. 우범선 그 자야말로 조선의 왕비를 죽인 대역무도한 대죄인이다. 우범선 하나만 겨우 내 손으로 죽이고 말았으나, 실은 그 일당을 모조리 섬멸했어야 하는 건데. 그래야 정의가 바로서는데."

"아버지는 안 그랬습니다. 그러니까 바로 당신이 아버지가 왕비를 직접 시해했다고 주장하는 거군요. 아닙니다, 아버지는 들러리에 불과했죠. 이용당했던 겁니다. 왕비를 죽인 자는 바로 미우라와 일본 낭인들입니다."

"그렇게 바락바락 우긴다고 사실이 달라지진 않는다."

"증거가 있습니까?"

"증거? 우범선, 그자가 제 입으로 나에게 실토했는데, 또 무슨 증거가 필요한가? 내가 일본에 망명해보니, 일본에는 을미사변에 관련되어 도망쳐온 조선인들이 득실득실했다. 군부대신을 지내다 온 조희연이며 훈련대 1대대장이었던 이두황이며 네놈 아비며…… 난 궁금했었다. 왕비의 피를 직접 손에 묻힌 자가 누구인지. 그자를 반드시 찾아내어 내 손으로 처단하여 나라의 원수를 갚고 싶었다. 그래서 그들의 동정을 염탐하려고 접근하였다. 마침 나는 춘생문 사건으로 일본에 온 터여서 개화파로 인정되었기 때문에 그들은 나를 별로 꺼리지 않고 받아들이더구나. 점차 가까워지고 보니 그중, 네 아비가 가장 의심스러웠다. 그래서 네 아비와 좀더 친해지려고 코오베까지 쫓아가 조일의숙에서 함께 지내기도 했던 것이다. 우범선은 을미사변 당시 훈련대 2대대장으로 있었고, 사건 날 밤 훈련대를 이끌고 일본 폭도와 함께 궁궐을 침범했다는 건 널리 알려져 있었다. 처음에 내가 알고 있는 건 그 정도였다. 그런데 친해지자 네 아비는 수치도 모르는지 거침없이 그날 밤 정황을 털어놓더구나. 자신이 바로 왕비를 직접 죽였노라고. 마치 공적이라도 세운 양 떠들었다. 새벽이 밝아올 즈음에야 간신히 왕비를 찾아냈다는 둥, 그래서 새벽빛 속에서 용모를 확인하느라 애먹었다는 둥, 그렇게 왕비의 시신을 확인하자 부하인 이주회를 불러다 석유를 끼얹어 불질러 없애버리라고 했다는 둥, 타고 남은 뼈는 손수 수습하여 연못에 던져 흔적을 없애버렸다는 둥. 그자의 이야기는 의심할 수 없도록 세세하고 정확했다. 그는 왕비를 죽였다고 세상사람들이 박수를 보낸다고 착각하고 있는 것 같았다. 나는 그자의 얼굴만 봐도 피가 거꾸로 솟을 지경이어서 그런 기색을 감추고 교제하느라 애를 먹었다. 그래, 미우라는 조선공사로 임명되지 아무런 계책도 없는 채 한성으로 가야 할 판이었다. 그런데 박영효가 우에노 공원으로 운동하러 나온 척 가장하고 비밀스럽게 미우라를 만나 조선에 가면 우범선에게 계책을 물어보라고 권했다는 것이다. 미우라는 배가 인천에 닿자 즉시 우범선을 불러들였고, 두 사람만 비밀히 만난 그 자리에서 우범선은 왕비를 죽이지 않고서는 조선을 개혁할 수 없다고 주장했다는 것이다. 왜놈을 처음 만나자마자 말이다. 얼마나 무모하고 대담하며 분별이라곤 없는 자이냐. 치가 떨린다. 미우라가 꼭 죽여야겠느냐고 반문하자, 우범선이 말했다고 한다. 갑신정변이나 임오군란 당시 왕비를 없애지 못해 오히려 왕비의 역습을 받고 개화파가 궤멸하곤 했으니, 이번에는 반드시 처치해야만 할 것이라고. 우범선 그자의 입을 빌리자면, 자신의 나이 열여덟살. 처음 별기군 참령사가 되어 왕과 왕비를 배알하려고 입궐했다고 한다. 그런데 엎드려 가만 살펴보니, 왕비의 자리에 사람이 아니라 하얀 여우가 한마리 앉아 있는 것이 보였다고 한다. 놀라 몇번이나 눈을 비비고 다시 살펴보았으나, 치마 밑으로 하얀 꼬리가 나온 것이 틀림없이 여우인데, 주변 사람들은 전혀 눈치채지 못하고 있더라는 것이다. 그때부터 우범선 그자는 저 백여우를 반드시 제 손으로 처치하여 기울어가는 나라를 바로잡고야 말겠다고 맹세했다는 것이다. 을미사변 때 왜놈들이 사용한 암호가 '여우사냥'인 것도 바로 자신의 주장이 통했기 때문이라고 자랑하기까지 했다. 그런 불경스러운 사설을 들으며 내가 무슨 생각을 한 줄 아느냐? 나는 결심했다. 이야말로 나라의 원수를 갚으라고 하늘이 내려준 천재일우의 기회라고. 반드시 내 손으로 우범선 이자를 처치하여 원한을 씻고야 말리라고. 그러나 네놈 아버지는 대단히 용의주도한 자였다. 워낙 병법에 밝기로 소문난데다, 영리하고, 타국이라는 점을 명심하여 신변의 경계를 소홀히 하지 않았기 때문에 틈을 얻기가 어려웠다. 결국 나는 같이 망명한 고영근을 붙잡고 상의했다. 고영근 또한 왕비에 대한 충성심이 남다른 자이다. 그는 일찍이 민영익 대감 댁 겸인이라는 미천한 종의 신분이었는데, 민영익 대감의 심부름으로 왕비전에 드나들다가 왕비의 눈에 들어 홀연히 은총을 입었다. 그의 출세는 빨랐고, 여느 양반도 부러워할 정도로 대단했다. 하인에서 병마절도사까지 올랐으니 세상이 모두 놀랐다. 그런 은혜를 고영근은 뼛속 깊이 새겨 왕비의 원수를 갚을 수만 있다면 자기 목숨을 내놓아도 아깝지 않으리라, 호언하고 있었다. 내가 그에게 제안했다. 우범선 그자는 주도면밀하여 곁을 얻기 어려우니, 먼저 그자의 신뢰를 얻은 후라야 거사할 수 있다고. 그러자면 고육지책을 써야 한다고. 그에 따라 고영근은 우범선에게 달려갔다. 나, 윤효직이 우범선을 암살하려 도모하고 있다고 일러바쳤다. 네 아비는 놀라 일본 경찰에 신고하여 나를 잠시라도 추방해줄 것을 탄원하였다. 일본으로서야 자꾸 시끄러워지면 조선 왕비를 암살한 것이 다시 불거질 것이 두려워 그자의 원대로 나를 추방하는 척하였다. 그걸 계기로 우범선은 고영근을 신임하게 되었다. 나는 조선으로 돌아간 척하다 다시 일본으로 돌아와 기회를 엿보았다. 물론 고영근 그도 잘 알아서 하겠다고 했으나, 이것은 단순한 복수가 아닌 이천만 조선 백성의 원수를 갚는 것이니 그 명분을 바로세우는 게 중요했고 바로 내가 그 점을 알아서 주선하기로 한 것이다. 그렇게 해서 고영근과 나는 나라의 원수를 갚았다. 이런 전후사정을 나는 미려에게도 다 이야기해주었다. 미려도 이제는 네 정체를 알았으니, 다시는 허튼수작에 넘어가지 않으리라. 네가 사람이라면 오늘의 일을 거울로 삼고 수치를 알고 삼가며 살아야 할 것이다."

윤효직은 의기양양하게 떠들었다. 피투성이가 되어 듣고 있던 그는 어느결엔지 정신을 놓아버리고 말았다.

18. 적의 심장부에서 독립을 외치다

시간이 얼마나 흘렀을까? 그는 석회가 든 통 속에 몸이 빠져 굳어 있는 느낌이었다. 얼핏 정신이 드나 했더니 순식간에 말짱해졌다. 그럼에도 눈앞은 부옇게 안개가 낀 듯 흐릿했다. 몸을 뒤채려고 했으나 움직여지지 않았다. 뻣뻣이 누운 그대로 꼼짝도 못하고 눈알만 굴렸다. 하얗게 회칠한 천장이 보였다. 그리고 햇빛이 아롱거리는 빛우물 몇개, 창살 그림자. 눈꺼풀이 따가웠다. 고개를 돌리려고 했다. 격렬한 통증이 목줄기에서 등을 타고 흘러내렸다. 식은땀이 흥건해졌다. 온몸에 큰 북소리 같은 멍멍하고 둔탁한 통증이 몰려왔다.

"이제 정신이 드나?"

김신안이었다. 우장춘은 그 목소리를 듣는 것만으로도 마음이 놓이면서 와락 설움이 북받쳤다. 얼굴을 보고 싶었으나 그쪽으로 돌아눕지 못해 컥컥거렸다.

"목이 아파? 크게 부러진 데는 없지만 당분간은 움직이기 힘들 거라는군."

"당분간?"

"일주일 정도. 안정해야 된대…… 선우환이라는 놈, 개자식이더구먼. 그런 자가 요즘 학우회가 제세상인 양 휘젓고 다니다니. 내게 뭐라는 줄 아나? 우정 알려주는데 아뭇소리 말고 자네를 병원으로 데려가도록 하라나. 날 보고 빙글빙글 웃으면서 그러는 거야. 어찌된 영문이냐고 했더니, 저는 손가락 하나 까딱 안했대. 모두가 윤영립 선배가 화가 나서 생긴 일이래. 그러니 조용히 수습하라는 거지. 그런데 왜 제놈이 신이 나서 설치고 다닌단 말인가? 아무 상관도 없는 일이라면서."

김신안이 씩씩거렸다.

"그랬었군."

그는 입술을 달싹거리며 기어들어가는 소리를 냈다. 김신안이 눈치채고 물컵을 가져다 입에 대어주었다. 비로소 두 사람의 눈길이 부딪쳤다. 그가 쑥스럽게 쳐다보았더니 김신안의 눈 속에는 무한한 애정만 들어 있었다. 부끄러웠다.

"정말 미안하네. 자네에게 뭐라고 해야 할지. 털어놓고 용서를 구해야 할 것이 너무 많네."

그가 말을 하려니 말라붙은 입술이 찢어지면서 잘 움직여지지 않았다. 김신안이 귀를 가져다대어 들으며 말렸다.

"그냥 가만히 있게. 그런 이야긴 나중에 해도 돼. 아니, 말 안해도 다 안다네. 난 다 이해하네."

"아냐, 솔직하게 털어놓고 이해를 구했어야 했어. 일이 벌어진 다음이 아니라, 미리. 진정한 친구라면. 그런데…… 그동안 정말 미안했네. 고민이 너무 컸어. 이것저것 모든 게 다 거치적거렸고…… 고민에 사로잡혀 자네를 떠올릴 겨를도 없었지. 아니, 겨를이 없었던 게 아니라,

자네에게조차 부끄러웠네. 늦었지만 사과하겠네."

"이제라도 날 친구로 여겨준다면 그것으로 됐네. 내겐 조금도 미안해할 거 없어. 미려씨 일도 이해하니까. 내가 아닌 자네를 좋아했다는 것, 가슴아프긴 하지만 현실로 인정하네. 자네는 정말 아름답고 훌륭한 청년이니까 안목이 있는 사람이라면 당연히 자네에게 끌렸겠지……"

"무슨 소리를? 미려씨가 나에게 눈길을 준 건 단지 우연에 지나지 않네. 자네가 너무 수줍음을 타는 바람에 생긴 우연. 유치장 너머로 생각지도 않게 마주친 우연…… 아, 나는 거기서 미려씨 덕분에 처음으로 달걀말이를 마음편히 먹어봤다네. 전엔 늘 동생에게 미안해하면서 몰래 먹었는데. 내가 절에서 살다온 뒤로 도무지 허약한 게 낫질 않는다고 어머니는 달걀 같은 영양가 있는 반찬은 몰래 내게만 먹이셨지. 그러다 들키면 동생은 울고불고 난리를 쳤다네. 어머니는 동생 먹일 것까지 마련하지를 못해 돌아앉아서 눈물짓곤 하셨고…… 그래, 이런 건 다 쓸데없는 이야길세. 지나간 거니까. 구용현이 그러던데, 지나간 이야기를 자꾸 하다보면 사고가 난다더군. 헤드라이트는 앞을 비추게 되어 있는데, 자꾸만 뒤를 비추다보면……"

중언부언 지껄이다보니 그는 또다시 정신이 흐릿해졌다. 아득한 낭떠러지로 떨어지는 것 같았다.

"구용현은 바보로군. 뒤도 봐야 어디로 가는지 알 수 있는데."

흐릿한 장막 저편에서 김신안의 쾌활한 대꾸가 몽롱하게 들렸다. 그러고는 그만이었다.

다시 깨어나보니 이번에는 밤이었다. 그런데도 김신안은 여전히 곁을 지키고 있었다. 이번에는 눈앞에 부옇게 쳐진 안개 같은 것이 걷히고 말짱했다. 몸도 조금 움직여 모로 돌아누울 수 있었다. 뒤척거리는 기척에 김신안이 졸음에서 깨어나 들여다보았다. 눈길이 마주쳤다.

"자네는 믿어?"

우장춘이 불쑥 물었다.

"뭘?"

"윤효직의 말."

"윤효직?"

김신안이 얼간이처럼 반문했다.

"아, 윤영립 선배 부친? 경성으로 가셨다네…… 혹시 그녀를 기다리고 있나? 그렇다면 포기하게. 부친이 경성으로 데리고 갔으니까."

동문서답이라 짜증이 났으나 한편으로는 사정을 알게 되어 비감스러웠다. 다 끝난 것이다. 인정하고 싶지는 않았으나. 아무렇든지 그녀는 부친의 명령에 복종하기로 한 것이리라.

"그게 아니고, 윤효직의 말을 믿느냐니까."

"들었지. 이미 자네 부친이 을미사변 관련자라는 건 알려진 터인데…… 거기다 그 선배 주장으로는 직접 왕비를 시해하기까지 한 범인이라고. 그래서 또 한번 학우회 사람들은 놀라 탄식해 마지않았지. 게다가 그 선배의 부친 윤효직이 바로 자네 부친을 암살했다니, 이 또한 무슨 악연인가 하고……"

횡설수설 서론이 길었다.

"그랬군."

그는 탄식했다.

"자네가 알고 싶은 건 내가 윤효직의 주장을 믿느냐 하는 거겠지. 그래, 난 물론 안 믿네. 그리고 홍광표 선배가 그 주장을 듣고는 뭐라고 한 줄 아나? 일고의 가치도 없는 이야기라고 했네. 하나를 보면 열을 안다고, 윤효직처럼 거짓의 탈을 쓰고 부패한 자가 주장하는 말을 진실로 받아들일 수는 없다는 거지. 그에 휩쓸려 생각도 안해보고 함께 설치고 다니는 윤영립 선배가 딱하다는 말도 했네. 그래, 솔직하게 말하자면 홍광표 선배처럼 생각하는 사람은 많지 않다네. 대부분 그 주장에 귀가 솔깃한 모양이었어. 그런 문제는 입에 담기도 어려우니 어물거리고 있긴 하지만. 그래, 홍광표 선배처럼 그렇게 확고하게 자기 견해를 내놓는 사람은 거의 없다네. 언제나 그렇지. 다른 문제에서도 마찬가지야. 다들 남의 눈치를 보며 우물쭈물하지. 그래, 솔직하게 말하라면 난 많이 혼란스럽다네. 스스로에게 이런 질문을 던져보네. 우리나라의 왕비를 우리 조선사람의 손으로 죽였다고 하는 편이 그래도 덜 비참한 것일지, 아니면 왜놈들이 죽였다고 하는 편이 그래도 마음의 위안이라도 될지, 난감하군. 아무리 생각해봐도 어느 쪽이든 몸서리가 쳐질 뿐이니…… 을미년 그 사건은 너무 끔찍하고 원통하고 수치스럽고, 뭐라 형언하기 어려운 일이었네. 한 나라, 명색이 독립국가라는 한 나라의 왕비가 그토록 무참하게 살해당하고 시신은 불타고 뼈조차 남지 않았다니. 아마 세계 어느 약소민족도 이런 수치스런 사건은 당하지 않았을 거야. 그런데, 그것을 조선인이 저지른 일이라고 하면 우리 민족의 자존심에 그나마 위안이 될까? 무도한 왜놈들이 저지른 편이 나을까? 난 알 수가 없네. 하지만 분명한 건 그게 자네가 책임질 일은 아니라는 거야. 언젠가 자네가 말했듯이 우리 아버지 세대에서 빚어진 그늘을 갖고 어떤 사람을 이러니저러니 도마질하는 건 미개하다고 생각해. 나는 말일세, 사람을 사귈 땐 언제나 이런 생각을 하지. 빛이 있다면 그늘도 있게 마련이라고. 친구가 되려면 그늘이 아니라 그 빛난 점을 새겨봐야 한다고. 사람이란 자의든 타의든 그늘을 품고 있게 마련인데, 그걸 일일이 들추어 비평하다보면 그 빛난 점조차 놓치게 된다고. 난 말이야, 자네의 공평무사한 점을 아름답게 여긴다네."

"공평무사라니, 과분한 칭찬이군."

"아냐, 자네는 공평무사하고 솔직담백하지. 하긴 홍광표 선배도 그래. 사심은 없어. 윤영립 선배는 홍선배가 자기 부친을 헐뜯고 다닌다고 결투라도 벌일 기세지만, 사실 홍선배에겐 아무런 사적인 감정이 없다네. 사실을 말할 뿐. 난 그걸 잘 알아. 그이는 팔이 안으로 굽는다는 걸 모르는 사람이야. 그저 객관적으로 냉철하게 보고 있지. 누구의 눈치도 어떤 눈치도 보지 않아. 그렇지만 자네하곤 다르지. 홍선배의 그런 면은 갈고 닦아서 얻어진 것이지만, 자넨 천성적으로 그렇게 타고난 거 같아. 그 때문인지 자네에게선 세상사에 좌우되지 않을 기품 같은 게 엿보인다네. 세상이 다 망가져도 그에 휩쓸려 같이 망가지지 않을."

"본줄기에서 많이 벗어난 이야길 하는군. 자네가 입바른 칭찬을 하는 사람이라곤 생각지 못했네."

"입비른 칭찬이 아니니 내 말을 가로채지 말게. 다시 한번 강조하지만 자네에겐 결코 흔들리지 않을 어떤 중심이랄까, 기품 같은 게 있어. 세상이 아무리 더러워져도 자네가 더러워지는 일은 없을 거야. 그래서 난 궁금하다네. 그게 바로 자네 아버지에게 물려받은 성품일까? 그렇다면 자네 선친이 손에 직접 왕비의 피를 묻혔다는 윤선배의 주장은 더군다나 믿을 수 없다고. 그렇겠지? 그렇다면 자네 선친을 동정해야 하는가? 인접국의 야심에 이용당한 약소민족의 한사람이라고?"

"그만두게나."

우장춘은 나지막하게 비명을 지르며 돌아눕고 말았다.

12월로 접어들자 토오꾜오 『아사히신문』에 해외거주 조선인의 동정이 짤막하게 실렸다.

'미국에 거주하는 조선인 중 이승만, 민찬호, 정한경, 이 세 사람이 조선 민족의 대표로서 조선 독립을 제소하고자 빠리강화회담에 파견되

었다고 한다. 미국 쌘프란시스코에 거주하는 조선인들은 독립운동 자금으로 삼십만원을 모금하였는바……'

우장춘은 그 기사를 발견하고는 가만히 있을 수가 없었다. 그는 뛸 듯이 기뻐 김신안에게 달려갔다. 마침 김신안의 하숙에는 홍광표가 와 있었다. 그는 신문기사를 보여주었다.

"이 기사 봤나?"

다들 머리를 맞대고 들여다보며 기뻐했다.

"아아, 이런, 미국에서도."

한동안 말을 잇지 못했다.

"조선사람이라면 감격 없이는 이 기사를 읽을 수가 없겠군. 우리 민족도 드디어 국제회의에 나가 독립을 의논할 수 있게 됐다니, 꿈만 같군."

"그나저나 빠리에 간다고 해서 회의장에 들어갈 수나 있을지. 예전에 헤이그에 밀사를 보냈으나 일본의 방해공작으로 회의장 안에 들어가기는커녕 세계열강에게 우리의 처지를 호소하지도 못한 전례가 있으니."

홍광표가 눈썹을 모으며 근심했다.

"이번에는 좀 다르지 않습니까? 약소민족 자결주의 원칙이 벌써 적용되기 시작해서 폴란드는 독립한다고 들었는데. 또 터키나 오스트리아 제국의 압제에 신음하던 식민지들도 차차로 독립할 거라고 하더군요. 그러니 우리 조선만 독립하지 말란 법은 없겠지요."

"그럴까? 터키나 오스트리아 같은 이번 전쟁의 패전국의 식민지는 쉽게 독립하겠지만, 일본은 연합국 편이니."

갑자기 기척도 없이 방문이 드르륵 열려 세 사람은 화들짝 놀랐다. 성계백이었다. 급하게 왔는지 헐떡거리며 숨을 몰아쉬었다.

"무슨 일인데 그렇게 머리를 맞대고 근심하고 있나?"

"선배님, 이 기사 봤습니까?"

김신안이 등뒤에 감췄던 신문을 내놓았다. 성계백도 얼핏 보더니 기쁜 낯을 지었으나 다급하게 물었다.

"아, 놀랍군. 미국에서도! 그보다 김신안군, 돈 가진 거 있으면 다 내놓게."

"무슨 일입니까? 얼마나 필요한데요?"

"있는 대로 다. 지금 이수광군이 나고야에서 여비가 떨어져 오도가도 못하고 있다는 연락이 왔네. 전신환으로 빨리 부쳐달라고 하는군."

"아니, 이수광군은 지난가을부터 뻬이징에 있지 않습니까? 그런데 돌연 나고야라니요?"

이번에는 홍광표까지 놀라 물었다.

"토오꾜오에 오는 중이라고 하네. 형사의 눈을 피하느라 이리저리 돌아서 오다보니 나고야에서 발이 묶였다는군. 비밀인데……"

성계백이 목소리를 낮추다가 힐끗 우장춘을 보더니 경계의 기색을 띠었다.

"이수광군은 뻬이징이 아니라 상하이에서 오는 길이라고 하네."

"그럼 우리 임시정부에서?"

"그렇지. 밤 말은 쥐가 듣는다니 조심하게. 어서 돈이나 주게. 내일은 도착할 터이니 사정도 듣고 앞으로의 일도 의논하세. 이 하숙에 모여도 괜찮을까? 칸다보다는 여기 고지마찌가 감시가 덜한 터이니. 아무튼 돈부터 얼른 이리 내게."

성계백은 부랴부랴 돈을 받고 나가버렸다. 세 사람은 한동안 말없이 눈만 끔뻑거리며 서로를 바라보았다.

"드디어! 상하이에서도!"

갑자기 세 사람이 동시에 웃음을 터뜨렸다.

다음날 오후 우장춘은 김신안의 하숙으로 가지 않을 수 없었다. 대한민국 임시정부에서 보낸 전갈을 직접 들으리라는 사실 하나만으로도 온갖 주저를 떨쳐버렸다. 그 방에는 열 명 남짓한 학생들이 모여 무릎을 겹치며 비좁게 앉아 있었다. 모두 가슴 벅찬 얼굴들이었다. 이수광은 방랑생활을 했는지 다소 여윈 모습이었으나 그 어느 때보다 활기가 넘치고 씩씩했다.

"상하이에서도 민족대표를 보내기로 결정되었지만, 가장 큰 문제는 일본의 선전을 어떻게 격파하는가 하는 것이라네. 일본은 조선 민족이 일본의 통치를 달갑게 받아들여 매우 만족하고 있다는 선전을 되풀이하니, 세계열강의 잘못된 인식을 깨부수지 않는다면, 빠리강화회의에 조선 대표를 보내더라도 관심을 끌기는커녕 회의장에 입장조차 못하는 예전과 같은 사태가 다시 벌어질지도 모른다고 하네."

이수광은 도도한 웅변 끝에 그런 우려를 털어놓았다.

"거짓선전을 일삼다니, 죽일 놈들이군."

"그렇다면 어떻게든 조선 민족은 독립을 염원하고 있다는 걸 세계만방에 알려야 하겠군."

"그러자면 어떤 방법이 좋을까?"

"당연히 성명서를 발표해야지. 조선 민족은 독립하겠다는."

"그것만 갖고는 강력한 인상을 주기엔 부족할지도 몰라. 일본이야 당연히 일부 불온분자들이 성명서를 낸 거라고 변명할 테고."

"걱정은 쓸데없네. 일단 행동하는 거야. 토오꾜오에서 우리가 먼저 독립을 외치세. 그럼 세계가 놀랄 걸세. 왜놈들도 간담이 서늘해질 테지. 자기네 심장부에서 우리가 시위하고 독립을 외치면."

"그 말 마음에 드네. 적의 심장부에서 독립을 외치다니. 그럼 왜놈들의 거짓선전은 단숨에 부서지겠지."

"그런데……"

갑자기 변희용이 눈치를 보며 머뭇거렸다. 그의 시선이 날카롭게 우장춘에게 머물렀다.

"이번에 천황의 특사로 빠리에 파견되는 미국인 교수가 있다는데, 이름이 패리스라고 하네. 조선 대표의 활동을 저지하고 다른 나라 대표들에겐 조선이 일본 식민통치에 감복하고 있다는 선전을 하는 게 목적이라더군."

"패리스? 우리가 그자를 저지해야겠군."

"변군의 말은 이치에 안 맞는 것 같은데? 패리스는 교수지만 동시에 목사인데, 어떻게 압제자 일본을 편든단 말인가? 목사의 직분은 약자를 돕는 것인데."

"사정을 잘 모르고 그러는 게 아닐까? 세계열강이 조선이 자진해서 일본의 식민지가 되었다고 오해하고 있는 것처럼."

"그렇다면 설득을 해야지. 조선 정세를 자세히 말해주고 협조를 구해야겠지. 패리스가 어디 교수인가?"

"아오야마 학원."

"그렇다면 거기 재학중인 전경택군이 설득하면 되겠군. 일단 이수광군이 독립선언서를 다 쓰고 나면 패리스에게 그걸 보여주도록 연락을……"

변희용이 말을 하다 말고 다시금 우장춘을 노려보며 입을 다물었다. 좌중의 시선이 일제히 우장춘에게 쏠렸다. 감춘 것이 많은 침묵. 갑자기 종잇장 바스락거리는 소리조차 커다랗게 들릴 정도의 정적이 이어졌다. 정적의 중압에 못 이겨 우장춘은 일어서 나오고 말았다. 김신안이 따라 대문까지 나왔다. 손을 굳게 맞잡았을 뿐, 서로 아무말도 하지 않았다.

며칠 뒤, 구용현이 집에 돌아오더니 말했다. 흥분해서 카랑카랑한 첫소리였다.

"형님, 이번에 **빠리강화회담** 소식을 듣고 우리 고상(高商) 친구들과 의논했는데요, 관학파의 입장을 따로 발표하자는 이야기가 있습니다."

다짜고짜 털어놓는 구용현의 얼굴은 벌겋게 상기되어 있었다.

"어떤 입장인데 따로 발표를 하겠다는 건가?"

"당장 조선 독립을 요구하는 게 아니라 부드럽게 청원하자는 겁니다. 일본을 달래가면서 천천히요. 온건한 청원서를 만들어 일본 의회에도 보내고 외국 공사관에도 보내보기로. 예전부터 사립학교에 다니는 학생들은 관립학교 학생들은 출세에만 혈안이 된 자들이라고 무시하고 상대도 하지 않으려고 하잖습니까? 그래서 이번에 우리끼리 모여 토론을 해서 독자적인 결정을 내리기로 한 겁니다."

"그러니까 국립, 관립 학교 학생들만 말이지?"

"그런 셈이지요. 현재 논의되고 있는 독립 주장은 지나치게 급진적이고 현실을 무시한다는 문제점이 있습니다. 당분간 위임통치 후에 독립한다는 정도로 온건한 주장이라야 먹혀들 거라고요. 다들 그렇게 생각합니다. 형님도 토오꾜오제대 농학부 소속이니, 우리들과 보조를 같이하지요?"

우장춘은 도로 책에 시선을 떨구었다.

"난 아무 할말이 없네. 하지만…… 그렇게 분열된 모습을 보일 거라면…… 자네도 안 끼어드는 게 좋겠네."

"왜요? 어차피 자신을 조선인이라고 자부하는 이상……"

구용현이 눈치도 없이 물었다.

"그만두게. 내가 없으면 이 세상도 없는 것이지만, 그렇다고 내가 지금이 여름이라고 우긴다고 겨울인 이 세상이 갑자기 여름으로 바뀌는 것도 아니지 않은가. 주관도 중요하지만 그 못지않게 객관도 중요한 것일세. 즉각 독립 요구도 무장투쟁을 주장하는 사람들에겐 온건하다고 비판받는 터인데, 위임통치를 주장한다면 매국노라고 비판받기 딱 알맞네. 객관의 동의가 없이 주관을 주장하다보면 망상이라는 소리를 듣게 된다지?"

이죽거린다고 느꼈는지 구용현은 툴툴거리며 이층으로 올라가버렸다. 어머니는 옆방에서 듣고 있었을 터이나 아무런 말도 하지 않았다.

조선 유학생들의 주장을 대별하면 두 가지였다.

소위 관립학교 학생들은 주로 신중론으로 기울었는데, 스스로를 온건지중론이라고 부르기도 했다. 그들은 영국의 자치식민지인 캐나다나 오스트레일리아의 예를 본떠 조선의 현정세를 볼 때 독립은 시기상조요, 성급한 요구라고 판단했다. 서서히 독립할 수 있는 준비가 필요하다고 했다. 그에 맞선 주장은 즉각 독립해야 한다는 것이었다. 조선은 사천년 역사의 문화민족이며, 왜놈 통치를 제외하곤 한번도 국권을 잃지 않고 스스로를 경영해왔으므로 미개지였던 캐나다나 오스트레일리아와 비교하는 건 잘못이라고 논박하였다. 세계사조가 지금 민족자결주의를 내세우고 있으므로 이 기회를 놓치지 말고 독립을 쟁취해야 한다고 하였다.

대부분의 유학생들은 당장 독립해야 한다는 주장 쪽을 지지했다. 그들이 공부하는 목적은 조선 독립을 위해서이고, 그러니 자신들도 독립투사답게 행동해야 한다고 믿었으므로, 바로 이 시기에 앞으로 나서서 독립을 쟁취하도록 힘쓰겠다고 다짐하는 거였다. 점점 유학생들은 흥분하기 시작했다. 독립이 지금 눈앞에 온 것 같은 모양이었다.

우장춘은 덩달아 열광하려는 자신을 지그시 누르며 토론회들을 지켜보았다. 자신은 이미 검은 양이었다. 김신안이나 홍광표 같은 몇몇 사람을 제외한 조선 유학생들은 그를 경계하고 상대하기를 꺼렸다. 때문에 같이 열광하고 싶어도 그럴 수 없는 처지였다. 누구도 입밖에 내어 말하지는 않지만 그는 저절로 구경꾼의 위치로 전락하여 경과나 지켜보는 처지가 되었다. 어쩌면 그것도 김신안이 아니었다면 허용되지 않았을지 모른다. 그러면서도 조선 독립이라는 문제에 무심할 수가 없는 자신에게 일말의 서글픔을 느꼈다.

"가엾은 아버지."

자기도 모르게 그런 말을 내뱉고는 화들짝 놀랐다.

겨울 밤거리는 고요했다. 뼈를 에는 삭풍이 발갛게 달아오른 양볼을 차갑게 식혔다.

해가 바뀌어 1919년 기미년이 되었다. 김신안에게 들은 바로는 독립운동은 착착 준비되고 있는 모양이었다. 연초에 조선기독청년회관에서 열린 기도회에서 또다시 독립문제를 놓고 즉석 토론이 벌어졌고, 거기서 이수광이며 홍광표를 비롯한 몇몇 유학생들이 급진적이라고 비판하여 학우회에서 탈퇴하는 사건이 일어났다. 그들은 따로 조선청년독립단을 결성하겠다고 했다. 물론 의견충돌로 인한 학우회 분열을 가장하여 형사들의 감시를 피하려는 수작이었다.

그런 와중에도 김신안은 바쁘게 뛰어다녔다. 구경만 하고 있는 우장춘에게도 서서히 고조되는 긴장이 느껴졌다. 그는 초조하게 그날만을 기다렸다. 애써 공부하는 척하면서도 자꾸만 들뜨는 기분을 억제하기가 힘들었다. 김신안을 보고 있으면 생사를 초월한 열광에 빠져 있는 듯했고, 같이 말을 나누다보면 어느새 그 열정이 전염되어 자신조차 휩

쏠려드는 거였다. 그렇다고 우장춘은 자신을 영웅적인 항일투사로 착각하지는 않았다. 오히려 자신은 한낱 구경꾼에 지나지 않음을 알고 있었다. 그래도 부끄럽지 않았다. 이제는 아무것도 거리끼지 않았다. 모든 것이 한데 뭉뚱그려져 한없이 앙양된 높은 고원에서 하루하루를 살고 있는 기분이었다. 조선 유학생들이 적의 심장부인 토오꾜오 한복판에서 독립 만세를 외치는 그날, 자신이 어떤 역할을 하느냐 하는 것은 사소한 문제였다. 아마도 자신은 머릿수를 채우는 데 지나지 않으리라. 그래도 그것이 무슨 문제겠는가? 거짓없는 내 피가 부르짖는 외침이라면.

갑자기 지평선이 무한대로 넓어진 듯, 온 세상이 환하게 열린 듯한 기분이 그를 사로잡고 있었다.

"우리는 이천만 민족을 대표하여 정의와 자유를 얻은 세계만국 앞에 조선의 독립이 기성(既成)하기를 선포한다."

2월 8일 오후, 조선기독청년회관 일층 강당에서는 독립선언서가 낭독되었다. 감격이 넘쳐흘렀다. 울음을 터뜨리는 사람도 있었다.

"……우리의 독립은 오직 우리의 힘으로 이룩해야 할 것이며, 이처럼 독립을 쟁취하는 데는 죽음을 넘어서서 투쟁해야 할 것이다……"

태극기를 꺼내 흔들며 독립 만세를 외치던 학생들은 거리로 나가 시위하자며 출입구 쪽으로 몰려갔다. 어느새 경찰이 와서 막고 있었다. 그러고 보니 학생차림을 가장하여 들어와 있는 형사들도 적지 않았다. 한순간 테쯔오와 시선이 마주쳤다.

'이젠 테쯔오도 바랐던 대로 정식 순사가 되었을까?'

우장춘은 씩 웃어 보이고는 다시 양팔을 쳐들며 만세를 불렀다. 어지러운 호루라기 소리와 함께 순사들이 우르르 몰려와 곤봉을 휘두르며 학생들을 제지했다. 퍽퍽 곤봉에 맞아 쓰러지는 소리가 났다. 그래도 만세 소리는 그치지 않았다. 곤봉세례가 퍼부어지자 학생들은 각목을 휘두르며 맞섰다. 선우환이 바쁘게 뛰어다니며 주모자급 학생들을 손가락질했고, 형사들이 두셋씩 짝을 지어 그들을 붙잡았다. 학생들은 동료의 연행을 막으려고 몰려들었고, 순사들이 곤봉을 휘두르며 엄호했다. 홍분해서 우왕좌왕하다보니 우장춘도 목덜미를 잡혀 질질 끌려다니다 거리로 내동댕이쳐졌다. 그사이에 눈이 내려 거리는 엷은 눈이 덮여 있었다. 바람이 거세었다.

"김신안군은 어디 있습니까?"

그는 모르는 학생을 붙잡고 물었다.

"잡혀간 모양입니다. 대략 오십명 정도 잡혀갔다는군요. 막지를 못했습니다."

그쪽도 홍분해서 눈물까지 흘리며 대꾸하더니 달리는 경찰의 승합차를 쫓아갔다.

눈덮인 길에는 바퀴자국이며 말발굽자국, 발자국 들이 어지럽게 찍혀 있었다. 행인들은 무표정한 얼굴로 힐끔 시선을 던지고는 걸음도 멈추는 일 없이 지나쳐갔다. 타이쇼오시대로 들어서서 각종 집회 때마다 벌어지곤 하는 소동이 지겹다는 눈치였다. 그는 경찰서가 있는 니시 칸다 쪽으로 걷기 시작했다.

"어딜 가는 겁니까?"

한 청년이 붙잡았다.

"동지들이 잡혀갔으니 경찰서에 가보려고요."

"지금은 거기 가봐야 공연히 댁까지 욕을 볼 겁니다. 그러지 말고 히비야로 갑시다. 각자 흩어지는 체하고 히비야에 집결하여 다시 한번 독립 만세를 외치기로 했습니다. 독립운동은 이제부터가 시작입니다. 끝난 게 아닙니다."

아직 끝나지 않았다.

김신안도 유치장에서 나와 다시 만났을 때 그렇게 말했다.

축축하고 물기 많은 눈이 펑펑 쏟아지는 날이었다. 삼월에 내리는 눈답게 녹으면서 쌓이고 있었다. 불쑥 김신안이 집으로 찾아왔다. 예고도 없이 출옥했다고 했다. 한달 가까이 고생하느라 바싹 여위었으나 여전히 원기왕성했고 눈빛이 전에 없이 빛나고 있었다. 혹독한 심문도 김신안의 기를 꺾지는 못한 모양이었다.

"미리 말하네만, 풀려났다고 축하한다는 소리는 하지 말게. 축하받을 형편이 아냐. 왜놈들은 아직도 우리 동지들을 열 명 이상이나 잡아두고 있어. 자네에게 이걸 돌려주려고 왔네. 하도 정신이 없어서 책상 서랍에 넣어둔 채로 깜빡 잊고 있었지 뭔가."

김신안이 손수건에 돌돌 만 뭉치를 건네주었다. 끌러보니 시곗줄이었다.

"이게 어떻게 자네 손에?"

"자넬 병원으로 옮길 때 선우환이 준 거야. 자네가 떨어뜨린 거 같다고. 비싼 물건 같은데, 자기는 도둑이 아니라나. 나쁜 자식. 성선배나 변선배는 공연히 자네를 경계했더랬지. 그자가 바로 밀정이었는데 그것도 모르고."

"비싼 물건?"

그는 헛웃음이 나왔다. 한푼 값으로도 저당잡히지 못했던 아버지의 유품. 사내대장부가 되어야 한다며 늘 자신을 묶어 절걱거리던 시곗줄. 그는 홀린 듯 들여다보다가 도로 싸서 서랍에 넣어버렸다.

김신안이 서둘러 가봐야 한다고 일어나 그도 따라나섰다. 그들은 눈 내리는 길을 걸으며 이야기했다.

"그동안 욕봤네."

"각오했던 건데 뭘. 이제 와서야 진정 왜놈을 미워하게 됐다는 느낌일세. 일부러 겪을 건 못되지만 내겐 좋은 경험이었네. 전에는 왜놈들을 미워하긴 했어도 관념이었던 거 같아. 내 조국을 빼앗아간 놈들, 하고 머릿속으로 생각하는 정도. 실제로 나는 조선인이라고 해서 그다지 차별받고 멸시당한 편은 아니었거든. 상층계급이었으니까. 하지만 유치장에선 그런 게 없더군. 조선인이면 무조건 다 범죄자야. 이젠 내가 조선인이라는 사실을 뼈에 아로새긴 기분일세. 아니, 이 정도는 아직도 약과일까? 아무튼 나는 내가 평생 간직할 것을 뼈에 새긴 느낌이거든."

김신안이 눈을 빛내며 웃었다. 성큼 성숙해버린 것 같았다.

"잘 있게나. 사실 난 자네에게 작별을 고하려고 찾아온 것일세."

김신안이 손을 내밀며 불쑥 말했다.

"작별이라니?"

"경성에서 형님이 오셨거든. 날 토오쬬오에 혼자 뒀다간 무슨 일을 저지를지 모른다고 강제로라도 데려오라는 아버님의 분부가 계셨대."

"순순히 따라갈 건가? 학교는 어쩌고?"

"일단은 돌아가야지. 그깟 졸업이 뭐 그리 중요하겠나? 이제부터는 독립운동에 몸바칠 작정인데. 이제 시작된 독립의 함성이 조선 방방곡곡에서 울려퍼지도록 해야지. 그래서 전세계가 우리의 의지를 알게 되도록."

그들은 전차정류장에서 눈을 맞으며 서 있었다. 사람도 자동차도 모두가 하얗게 눈을 뒤집어쓰고 있었다. 문득 토찌기현에 있는 아버지의 묘소가 떠올랐다. 거기에도 눈이 내리고 있을까?

"언제 떠나나?"

"내일."

"그렇게 급히?"

가슴에는 할말이 수북이 쌓인 것 같은데도 우장춘은 말이 나오지 않았다. 그는 김신안의 시선을 피해 눈 내리는 하늘을 올려다보았다. 차가운 눈송이가 얼굴을 덮으며 녹아내렸다. 목덜미로도 섬뜩하도록 차가운 물이 흘러내렸다.

"같이 하숙까지 가세. 바래다주겠네."

"아냐, 늘 하던 대로 혼자 가겠네. 그게 좋아…… 자네를 알게 되어 정말 기뻤다네. 배운 것도 많았고. 내일 역에는 나오지 말게. 여기서 그냥 작별하는 게 좋아. 영원한 이별은 아닐 테니까."

"자네에게 미안하다는 말도 제대로 못했네."

"무슨 소린가?"

"아버지 문제도 그렇고…… 무력하기 짝이 없이 행동한 나도 그렇고…… 그런데 이젠 나 혼자만 무사히 졸업하게 되는군."

그기 더듬거리며 아쉬워하자 김신안은 그의 손을 꽉 잡아주었다. 언제나 그랬듯 손이 뜨거웠다.

"쓸데없는 소리. 자네는 훌륭한 농학박사가 되어서 돌아오게. 조선이 해방되는 그날, 자네가 조선을 자신의 조국으로 선택했다는 사실을 잊지만 않는다면 그것으로 족해. 그것만으로도 자네는 그 누구도 지기 어려운 짐을 진 것이니까. 기다리겠네. 우리는 서로 다른 길을 가는 듯해도 꼭 만나게 될 거야. 그때 떳떳하게, 한점 부끄러움 없이 만날 수 있도록 하세…… 참, 홍광표 선배는 아직도 유치장에 있다네. 아무래도 이번에는 실형을 받아 스가모 감옥으로 갈 것 같은데, 부탁하네."

눈보라 속에 전차가 왔고 김신안은 타고 가버렸다. 그는 멍하니 서서 전차의 뒤꽁무니가 눈보라 속에서 가물거리며 사라지는 것을 지켜보았다. 눈보라는 점점 더 심해졌다.

'아버지의 무덤에도 눈이 덮였겠지.'

우장춘은 눈 내리는 길을 혼자 터벅터벅 걸어 집으로 돌아갔다.

작은 연꽃 : 우장춘 죽기 육년 전

결국 우장춘은 김신안과 상의했다. 그러나 일본 가는 문제에서 김신안은 별 도움이 되지 못했다. 재야인사라는 건 그랬다. 김과장도 미리 그런 말을 했다.

"김신안씨보다는 구용현씨에게 부탁하시는 게 나을 겁니다. 한국은행 총재에다 곧 상공부 장관이 될 거라니까. 박사님은 아직도 한국 실정을 모르시는 것 같습니다. 한국의 재야인사는 큰소리는 뻥뻥 쳐도 실제론 말단 관리만큼도 힘을 못 쓰는 처진데요."

그럼에도 우장춘은 김신안에게 털어놓았고, 김신안은 다른 볼일로 서울에 가는 터이니, 서울 가서 힘닿는 데까지 알아보겠다고 다짐했다.

김신안이 부산으로 돌아오기로 한 날, 우장춘은 일부러 부산역까지 마중나갔다. 애가 타서 느긋하게 앉아 기다릴 수가 없었던 것이다. 서울에서 오는 기차는 연착이었다. 그는 입장권을 사서 플랫폼까지 들어

306

가 서성거렸다. 철로는 반질거리도록 닳아 크롬빛으로 눈부시게 뻗어 있었다. 반대편 플랫폼에서는 서울행 푯말을 단 기차가 승객을 가득 싣고 출발했다. 유리가 달아난 차창으로 빽빽이 들어찬 사람들의 얼굴이 보였다. 한여름 푹푹 찌는 날씨지만, 그 속에서 열 시간 넘게 고생을 해야만 서울에 도착할 것이다. 중간에 군용기차를 만나거나 고장이 나지 않는다고 가정했을 때 그랬다.

삼십육년에 걸친 일본의 식민통치로 피골이 상접할 만큼 피폐해진 국민들 위로 다시 불어닥친 전쟁의 바람. 그런데도 여전히 정신을 못 차리고 전쟁을 계속해야 한다는 목소리도 시끄러웠다. 요즘 또다시 거리마다 '휴전반대, 북진통일'이라고 쓴 현수막이 내걸려 펄럭거리고 있었다.

'이번 전쟁통에 홍광표 선배는 어떻게 되었을까?'

그러고 보면 한국에 왔을 때 가장 궁금했던 사람이 홍광표였다. 그런데도 한국에 돌아와서는 만나지 못했다.

1919년 기미년 겨울, 감옥에서 나온 홍광표는 대학에서 제적당하고 조선으로 돌아갔는데, 그후 딱 한번 더 만났다. 일본의 만저우침략이 본격화되어 조선을 내선일체화하려고 탄압이 강화되던 1930년대 말이었다.

그때 우장춘은 농림성 산하에 있는 쿄오또 농업시험장에서 기수(旗手)로 일하고 있었다.

대학을 졸업하고 몇년 후 그는 결혼을 했다. 이웃에 사는 일본 여성 코하루(小春)를 아내로 맞았으며 내리 딸 넷을 낳았다. 아내는 드물게도 이해심이 깊었다. 우장춘이 조선사람일 수밖에 없다는 사실을 납득해주었는데, 그러면서도 자식들만은 일본인으로 키우겠다고 말했다.

두 나라 사이에 끼인 고통을 맛보게 하고 싶지 않다는 거였다. 그도 찬성이었다. 그 역시 자신이 젊은날 겪었던 고뇌를 자식들에게는 물려주지 않기를 바랐다. 그렇게 시작된 가정생활은 안정감을 주었고, 우장춘은 더욱 연구에 박차를 가해, 1938년, 당시로서는 일본인도 받기 어렵다는 농학박사 학위를 수여받아 이름을 떨쳤으며, 육종학분야에서 새로운 논문을 속속 발표하여 세계적인 학자로 명성을 얻었다. 그러나 쿄오또 농업시험장에서는 여전히 말단직인 기수 신세로 머물러 있었다. 만년기수라는 별명이 붙을 정도였다.

그 무렵, 쿄오또의 시험장으로 홍광표가 표연히 나타나 하룻밤 묵어갈 것을 청한 거였다. 탄압국면으로 조선과의 연락이 모조리 끊어진 듯하던 터여서 그의 출현이 여간 반갑지 않았다. 홍광표는 십여년 전이나 다름없이 심상한 태도로 어제 헤어진 것처럼 말했다. 그도 캐묻지 않고 집으로 데려가 밤이 이슥하도록 회포를 풀었다. 시험장에 딸린 관사여서 조선과 일본 전체를 휩쓰는 전쟁의 바람이 덜 거칠었고, 식량사정도 조금 나은 편이라 편안히 이야기를 나눌 수 있었다.

"여기선 마음놓고 묵으셔도 됩니다. 형사가 어제 다녀갔으니까 며칠은 괜찮을 겁니다."

"우형도 경찰의 감시를 받고 있습니까?"

"아무래도 조선사람이니까요. 정기적으로 특고형사들이 찾아오긴 하지만 안에서 잘 처리해주고 있어 번거로운 건 없습니다."

"믿음직한 부인을 맞은 모양입니다. 그동안 우형 소식은 간간이 들었습니다. 농학박사 학위를 받은 건 라디오 방송에도 나왔던데, 이번에는 또 다원의 학설을 수정하는 새로운 학설을 발표했다고 칭송이 자자하더군요. 대단합니다. 그런데도 농림성에선 우형을 여전히 기수 자리에 처박아두고 있으니 아무리 왜놈이라고 하지만 어지간히 차별을 하는군요."

홍광표는 우장춘에 대해 상세히 알고 있는 눈치였다.

"그러게 말입니다. 주변에서는 우라는 성을 버리고 창씨개명을 하기만 하면 기사로 승진시켜줄 거라고 하더군요. 그런데 선배님은 요즘은 뭘 하고 있습니까?"

홍광표는 그 물음에는 대꾸하지 않고 싱긋 웃기만 했다.

"그렇다면 성을 바꾸지 그래요?"

"그걸 말이라고 하십니까? 설마 선배님까지 창씨개명을 하라고 권유하고 다니는 건 아니겠지요? 요즘 조선에선 이수광 선배님이 이름을 카네야마로 바꾸고 창씨개명을 하라고 선동하고 다닌다는 소식에 얼마나 실망했는지 모릅니다."

홍광표가 씩 웃었다.

"우형처럼 고지식한 사람도 흔하지 않죠. 워낙 왜놈들의 탄압이 극심한데다 유혹도 많으니까. 많은 사람들이 지조를 잃고 무너지고 있습니다. 준비론이니 민족개조니 민중계몽이니 하고 외치던 애국자들이 대거 왜놈들 편으로 넘어가는 중이죠. 제반사정이 하도 급박해져서 한계에 부딪친 것인지, 아니면 이제야 본색이 드러난 것인지…… 이젠 왜놈 지시대로 창씨개명을 하는 건 어쩔 수 없다, 그 정도가 보통이 됐습니다…… 나도 더이상 국내에서 머뭇거리다간 같은 함정에 빠질 것 같아 감연히 내 길을 찾아가기로 했습니다."

더 캐어물을 것도 없이 해외 독립운동단체에 들어가려고 조선을 떠난 모양이었다.

"김신안군은요?"

"괜찮을 겁니다. 독서회 사건으로 감옥에 갔다 온 뒤로는 좀 걱정스럽긴 합니다만. 그래도 지금의 탄압국면을 잘 견뎌낼 거라고 믿습니다.

순정한 사람이니까."

그리고 다음날 홍광표는 바쁘게 사라져버렸다. 그것으로 끝이었다.

1950년 한국에 와보니 홍광표는 없었다. 월북했다는 소문이었다. 남한의 속사정을 세세하게 꿰지 못하고 있는 그로서는 여기저기 홍광표의 소식을 물었는데, 모두가 난처한 기색을 보이며 말하기를 꺼렸다. 제2차 세계대전이 발발하기 직전 일본을 대대적으로 휩쓸었던 레드 퍼지(사상범 예비검속)가 떠올랐다.

저물녘이 되어서야 서울에서 오는 기차가 모습을 드러냈다. 차창 유리가 모조리 깨어져나간 기차였다. 승객들은 땀과 석탄먼지에 검게 전 모습으로 기차에서 내렸다. 김신안도 나타났다.

"오다가 기차가 고장났다고 해서 대전에서 기다리는데, 거기서 구용현군을 만났지 뭔가. 서울 가는 길이라고. 이번에는 상공부 장관이 될지도 모른다고 잔뜩 기대하는 눈치던데. 글쎄 나를 붙잡고서도 자유당에 가입하면 출세하는 데 도움이 될 텐데, 융통성없이 뭉그적거리고 있다고 한걱정을 하지 않겠나? 웬 사람이 그렇게 눈치가 없는지."

좀처럼 남의 흠을 보지 않는 김신안으로서는 상당히 거친 표현이었다. 그는 괜히 자기 낯이 뜨거워져 외면하고 말았다.

"그놈의 융통성이라는 게 나라를 말아먹는 판이구먼. 그 녀석에게 출세는 이미 했다고 대답해주지 그랬나? 어머니 뱃속에서 세상으로 나오면 그게 바로 출세라고…… 허허, 그 녀석은 어째서 늘 얼렁뚱땅이야? 코앞의, 자기가 보고 싶은 것만 보는군."

동래로 돌아가며 그가 구시렁거렸다.

낮 내내 찌무룩하니 찌더니 밤이 되자 비가 쏟아졌다. 그들은 관사 마루에 앉아 오랜만에 시원하게 내리는 빗소리를 들었다. 깜깜한 어둠속에서 김신안이 부채질을 멈추고 문득 물었다.

"그동안 일본에선 다른 소식은 안 왔나?"

어둠속에서 우장춘은 고개를 저었다.

"아직은. 이번에 소식이 온다면, 돌아가셨다는 내용일 거 같아 두렵다네."

김신안이 깊이 한숨쉬며 다시 말했다.

"정말 미안하네. 나도 여기저기 힘닿는 데까지 알아보았네만, 아무래도 이번 자네 일본행은 포기해야 할 것 같아. 자네를 일본에 보내면 돌아오지 않을지도 모른다고, 그러면 우리나라의 독자적인 식량생산 문제는 어떻게 해결하느냐고 한걱정들을 늘어놓는군. 아마 한국이 이렇게 피폐하고 못사는 형편이니까 자네가 가면 안 돌아올 거라고 의심하는 모양이야."

예상했던 것이지만 그는 새삼 화가 치밀어 주먹으로 마루를 내리쳤다.

"한국을 내 조국으로 선택하고 여기에 온 걸세. 마지못해 대한민국의 볼모로 온 게 아닐세."

"마지못해?"

그 단어가 생선가시처럼 걸린 듯 김신안이 조그맣게 되풀이했다. 어둠속인데도 새삼 그는 외면했다.

"그렇다면 자네는 아직도 여전히 아버지 문제를 마음에 걸려하고 있나?"

우장춘은 대답하지 못했다.

한동안 그들은 아무말 없이 어둠속에 앉아 있었다.

"여보게."

김신안이 빗소리 사이로 나직하게 다시 말을 시작했다.

"홍광표 선배는 죽었다네. 그 소식을 알아내려고 그동안 서울에서 지체했던 거라네."

"죽어? 어떻게?"

"저쪽에서 숙청된 모양이야."

놀라지 않을 수 없었다.

"그런 일이 있을 수 있나?"

"어떻게 보면 그럴 줄 알았다고 해야 할 거야. 그 선배는 공산주의자
가 아니었거든."

"그런 사람이 뭐 하러 월북은 했단 말인가?"

"여기서는 친일파 등쌀에 죽고 말 거라고. 홍광표 선배가 중국에 가
서 항일테러단에 들어가 활동할 때 그곳에서 또 선우환하고 마주쳤다
지 뭔가. 생각나? 선우환. 우리 젊었을 때 토오꾜오 학우회에서 밀정노
릇을 했잖나. 그런데 상하이에서도 일본의 앞잡이가 되어 악명이 자자
하더래. 거기선 아예 본색을 드러내어 독립운동가만 전문으로 잡아들
였다고 하네. 그래서 홍선배가 몸담았던 항일단체에서 민족반역자로서
처단한 모양이야. 중국 땅에선 그런 문젠 가차없었으니까. 해방되어 홍
광표 선배는 임시정부를 따라서 남한으로 왔는데, 그 아들인 선우 뭐라
는 자가 남한 경찰의 높은 자리를 차지하고 있었지 뭔가. 그자는 제 아
비의 죄는 생각지도 않고 아비의 원수를 갚는다고 혈안이 되어 홍선배
를 표적삼아 괴롭혔다네. 혐의도 없이 걸핏하면 체포 구금하고, 때로는
고문까지 한 모양일세. 1948년인가 홍광표 선배를 만났더니 한탄을 하
더군. 여기 있다가는 친일파들 등쌀에 제명대로 못 살겠다고. 적어도
북한에는 그런 문제는 없다니까 가보고 싶다고. 그뒤 평양에서 좌우합
작 연석회의가 열린다고 올라가더니 돌아오지 않은 거라네."

김신안이 비감스러운 목소리로 나직나직 말했다.

"어떻게 그런 일이? 차마 믿을 수가 없네. 명색이 해방이 되었는데

식민지 때나 다름없이 친일파가 득세하고 독립운동가가 핍박받다니…… 정말 부끄럽군. 이런 가운데서 사는 우리는 뭐란 말인가?"

"왜?"

"하도 부끄럽고, 하도 엄청나서."

"그래, 이렇게 어영부영 살아남았으니…… 우리는 모조리 다 지옥으로 떨어질지도 모르겠군. 제 할일을 제대로 못했다고. 우리가 젊었을 때, 우리 아버지 세대가 열정은 있었어도 이지(理智)가 없어 나라를 잃었다고 비판했듯이, 우리 후손들도 그처럼 우리를 비난하겠군. 우리 세대는 열정도 이지도 없었다고 비판할까? 일제 식민통치의 잔재를 극복하는 문제 하나도 변변하게 해결하지 못했다고? 그렇다면 뒤에 올 우리 후손들은 열정도 이지도 다 갖고 있을까? 그래서 정말 그들 세대에는 일본 식민 잔재를 극복하여 당당해질 수 있을까? 하지만 러일전쟁, 제1, 2차 세계대전, 게다가 6·25동란까지 온갖 전쟁에 시달리며 간신히 여기까지 온 우리를 후손들이 조금은 이해해줬으면 싶군. 이런 말을 하면 물론 우리더러 지옥으로 꺼지라고 욕을 하겠지만."

김신안이 부끄러운 듯 우울하게 말했다.

"지옥에 갈까봐 그런다면 걱정하지 말게. 자네가 지옥에 가면 내가 극락에 있다가 밧줄을 하나 내려줄 테니 그걸 잡고 올라오면 되네."

그는 김신안을 위로하려고 짐짓 명랑한 척 목소리를 높여 농담했다.

"쳇, 내가 지옥에 떨어지는데 자네는 극락에 갈 거라고? 자네만? 대단한 자부심이구먼."

김신안도 혀를 차며 농담으로 받았다. 두 사람은 껄껄 웃었다.

"그럼, 난 극락으로 갈 걸세. 죽으면 염라대왕 앞에서 심판을 받겠지? 그때 염라대왕이 내게 물을 거야. 넌 전생에서 어떤 좋을 일을 하다가 왔느냐. 그럼 나는 이렇게 대답하겠네. 예, 저는 전생에서 작은 배춧잎 하나를 개량하다가 왔습니다. 그러면 염라대왕은 이렇게 말하겠지. 그러냐? 별로 대단하지는 않지만 그래도 그만하면 착한 일을 하고 온 셈이니, 저기 있는 작은 연꽃잎 위에 가서 앉도록 해라. 어떤가? 따지고 보면 난들 뭐 그렇게 대단한 일을 했다고 커다란 연꽃잎 위에야 가서 앉겠는가?"

그들은 캄캄한 빗속에서 허무한 웃음을 그치지 못했다.

다음날 아침, 일본에서 어머니가 운명하셨다는 전보가 날아왔다. 여든한 해의 삶이었다.

그후 육년 동안 우장춘은 육종학의 새로운 이론을 개척하기보다는 동래 농업시험장에서 한국 농업의 기반을 닦는 데 주력하다가, 귀국할 때의 확언대로, 한국에서 죽어 이땅에 뼈를 묻었다.

작가의 말

이를테면 이 책은 아버지와 아들에 대한 이야기라고 할 수도 있으리라. 명성황후 시해범으로 지목되는 우범선과 한국 근대농업의 아버지로 추앙받는 그의 아들 우장춘의 이야기.

얼마 전 이런 이야기를 들었다. 미국 교민사회에서 바른생활 사나이로 평판이 자자한 사람이 있었다. 열심히 노력하여 한국에서 고위직 공무원을 지냈을 정도로 사회적 명망도 얻은 자수성가형 사나이였다. 대인관계도 좋고, 가정도 원만했다. 딱 하나 자식이 문제였다. 아들 하나 있는 게 나약하고 게으른데다 학업에는 통 관심이 없었으며 음주가무로 세월을 보냈다. 그는 그런 아들의 행태가 도무지 이해되지도 용납되지도 않았다. 바르게 이끌어보려고 애를 쓰면 쓸수록 아들은 점점 엇나가기만 했고, 나중에는 마약에까지 빠져들어 더는 손쓸 수 없는 지경이 되었다. 그는 아들이 인생의 오점이라고 생각하여 부끄러워했으며, 누가 아들 안부를 묻기만 해도 얼굴부터 일그러져 체면을 지킬 수조차 없었다.

그는 아들을 위해 기도했다. 제발 바르게 살도록 만들어달라고. 그런데 그 기도에 대해 엉뚱한 응답이 들렸다.

"그렇게 네 속을 뒤집어놓고 네 인생을 수치스럽게 만드는 아들이 바로 너의 그림자이기도 하다."

정말 사람 말소리로 그렇게 들렸는지, 그냥 머릿속에 그런 생각이 떠올랐는지는 몰라도, 아무튼 그는 그 말을 납득할 수가 없었다. 그동안 자신은 바른 길이 아니면 걷지를 않았고, 어려운 환경 속에서도 항상 열심히 노력하여 성공하지 않았는가. 기도를 계속하자 어느날부터인가 자신의 인생이 죽 되짚어지더니, 못마땅해서 참을 수 없던 아들의 모습이 바로 자신의 모습이라는 생각이 들기 시작했다. 그동안 자신은 성공을 위해 자신을 가두고 채찍질하면서 열심히 노력하긴 했으나, 실상 그 내면에는 아들 버금가는 완악함이, 겉으로 드러나지만 않았을 뿐, 자리 잡고 있었다는 사실을 깨닫게 되었다.

그런 깨달음을 얻고 나서야 그는 아들과 새롭게 대화를 틀 수 있었고, 아들은 점점 달라지더니 나중에는 마약까지 끊고 새사람이 되었다는 사례였다.

아버지와 아들, 서로의 그림자.

사람은 감정면에서 타인에게는 얼마든지 너그러울 수 있으나, 혈연 관계로 얽혔을 때만큼은 끝내 참지 못하여 넘어지고 만다. 우리를 화나게 만드는 누군가의 나쁜 점은 핏줄로 이어진 사람의 것일 때는 참지 못하고 길길이 뛰게 만든다. 특히 아버지와 아들, 어머니와 딸 같은 관계에서는 서로에게 자신의 그림자를 투사하여 제정신을 차리지 못할 정도로 흥분하게 되는 것을 볼 수 있다.

명성황후 시해범이라는 그늘을 가진 우범선(禹範善)과, 누구라도 존경하지 않을 수 없을 정도로 떳떳하게 살아간 우장춘(禹長春) 박사를 생각할 때면 그처럼 아버지와 아들이라는 우리 삶의 가장 미묘한 역학 관계를 고민하지 않을 수 없다.

　우장춘 부자에 대해 처음 알게 된 것은 이십여년 전 갓 등단했을 때이다. 등단작이 갑신정변을 다룬 장편소설이었으므로, 개화당에 관심을 가진 많은 사람들이 그들의 공과에 대해 나와 더불어 이야기하고 싶어했다.

　사실 구한말, 서세동점(西勢東漸)의 난국 속에 일어난 개화당의 행보를 놓고 시비를 가린다는 것은 난처하고도 어려운 문제였다. 개화당이 우리 민족의 장래를 위해 진지하게 고민했고 몸바쳐 헌신했다고 상찬하고 싶지만, 그런 한편으로 살아남은 개화당들이 일본의 앞잡이가 되어 일신의 영화를 누리는 대신 민족을 도탄에 빠뜨린 경우도 많았기 때문이다.

　등단 직후 한 선배가 우장춘 박사의 아버지가 우범선이며, 그는 을미사변 당시 명성황후를 죽이고 일본으로 도망친 개화당의 한사람이라는 사실을 알려주었다. 당시 내가 가진 우장춘 박사에 대한 지식이란 해방 후 일본에서 돌아와 한국 농업의 기반을 닦은, 식물의 씨앗을 연구하는 육종학자인데, 세계 최초로 씨 없는 수박을 만들었다는 정도였다——그나마 뒤의 정보는 틀린 것으로 생전에 우박사는 씨 없는 수박을 만든 사람은 자기가 아니라 일본의 기하라 히또시(木原均) 박사라는 사실을 강조하고 다녔다.

　"우박사가 일본을 떠나 살기 어려운 한국으로 온 것을 보면, 아버지가 한국 역사에 지은 죄를 조금이나마 갚으려고 했는지도 모르지. 당시 대통령이었던 이승만은 그런 우박사를 자기 정권의 선전도구로 이용하려고 했을 테고. 우장춘은 미국인들에게 널리 알려진 유명한 과학자였으니까."

그 증거로 우박사의 어머니가 일본에서 죽어갈 때, 한국 정부가 우박사를 일본에 보내주지 않은 사실을 이야기했다.

"그러고 보면 우박사는 이승만 정권의 볼모 비슷한 처지가 아니었을까?"

볼모라는 말이 내 호기심에 불을 댕겼다.

그때부터 그들 부자에 대해 조사하기 시작했고, 간간이 농업시험장 뒤 여지산 산록에 있는 우장춘 박사의 묘소를 찾곤 했다. 그 무덤가에 앉아서 내려다보는 수원 시가지는 서호의 물안개가 끼어 다음 생에 가서 뒤돌아본 이생처럼 아득하기만 했다.

우박사의 일생을 간략하게 소개하면 이렇다.

그의 아버지 우범선은 구한말 신식군대인 훈련대 2대대장을 지내는데, 명성황후가 살해된 1896년 을미사변 직후 그 범인으로 지목되어 일본으로 도망친다. 거기서 일본 여성 사까이 나까와 결혼하여 우장춘을 낳는다. 우장춘이 만 여섯살이 되던 해 겨울, 조선에서 온 망명객 고영근과 윤효정이 국모의 원수를 갚는다며 우범선을 암살한다.

그후 우장춘은 편모슬하에서 어렵게 성장하여 토오꾜오제대 농학부 실과에 청강생으로 입학한다. 기미독립선언이 있던 1919년 토오꾜오제대를 졸업하고, 일본 농림성 산하의 농업시험장에 기수로 취직한다.

그때부터 그는 두각을 나타내는데, 당시로서는 일본인도 받기 힘들다는 박사학위를 받는가 하면, 세계 육종학계에 뛰어난 연구논문들을 발표하여 세계적인 명성을 얻는다. 특히 다윈의 진화론을 수정하는 「종의 합성」이라는 논문을 발표하고 당시 미국인들이 애호하던 겹꽃 피튜

니아를 개발해내어 더욱 유명해진다.

1945년 한국 농업은 위기를 맞게 되었다. 그동안 조선은 일본의 아시아 침략의 병참기지 구실을 하느라 식량과 자원을 수탈당해왔다. 침략자 일본은 신품종 신기술을 가져와 조선 농업의 지형도를 바꾸면서까지 식량증산을 독려했으나, 수탈자들이 항용 그러하듯, 중요한 씨앗은 일본에서 개발한 후, 그걸 조선 농민들에게 팔아서 경작하도록 하는 씨스템을 썼다. 따라서 1945년 해방되고 일본과의 교역이 끊어지자 한국 농민들은 농사지을 종자를 구할 수가 없었다. 한국 농업은 일시에 그 기반을 잃어버렸고, 식량생산량은 극도로 떨어졌다. 동서고금을 막론하고 식량자급은 한 나라 독립의 기초가 된다. 이런 광경을 한번 상상해보라. 농촌 들녘에 장다리꽃이 노랗게 피어 뒤덮인 광경을. 무를 얻으려고 무 씨앗을 심었는데, 씨앗이 부실하여 무가 결실하는 대신 노랗게 꽃만 피어나는 것이다. 한국 농민들의 가슴도 얼굴도 새카맣게 타들어갔다.

좋은 씨앗을 얻으려면 우장춘 박사를 모셔와야 한다는 의견이 나왔다. 세계적으로 뛰어난 육종학자니까 문제를 해결할 수 있다고 했다. 즉각 '우장춘박사 환국(還國)추진위원회'가 결성되었고, 우박사가 종자 연구를 할 환경을 만들어서 초빙하려고 하였다. 그러나 1949년 대한민국 정부가 수립된 이듬해인 1950년이 되어서야 우박사의 일터가 될 '한국 농업과학연구소' 설치 예산이 국회를 통과해 겨우 그 기반을 마련할 수 있었다.

우박사는 한국에 오려고 그때까지 일하던 타끼이 연구농장 농장장직과 쿄오또제대 강의를 그만두었다. 물론 그는 다른 선택을 할 수도 있었다. 어머니가 일본인이니까 자신의 성, 우 대신 스나가라고 고쳐 부르기만 하면 일본인으로 일본 땅에서 살면서 자신의 연구에만 정진할 수 있었다. 그런데도 연구기반이라고는 없는, 과학자의 입장에서 보자면 자기희생의 길이나 다름없는, 과학연구의 불모지인 한국을 선택하여 돌아온 것이다. 그때 가족은 일본에 두고 혼자 왔다. 1950년 한국의 일인당 국민소득이 50달러에도 못 미쳤으므로 가족을 데려올 엄두는 나지 않았을 것이다. 더구나 우박사는 일본 여성과 결혼하여 낳은 자식 2남4녀를 모두 일본인으로 키웠다──자식들만은 자신처럼 두 나라 사이에 끼여 갈팡질팡하지 않기를 바랐다는 말도 전해진다.

우박사를 한국으로 모셔오는 데 대통령 이승만이 직접 관여했다거나 뒤에서 모종의 흥정이 오갔다는 흔적은 찾아볼 수 없다. 그러나 우박사의 한국측 누나(우범선이 일본으로 도망치기 전, 조선 여성과 결혼하여 낳은 딸)의 남편 강원달이 구한말 독립협회 건으로 감옥살이를 할 때, 이승만도 같이했으므로, 우박사 아버지 우범선의 그늘에 대해 이승만도 어떤 식으로든 잘 알고 있었을 것이다.

우박사가 한국에 돌아온 뒤 대놓고 우박사와 을미사변의 범인 우범선을 관련지어서 이야기하는 사람은 거의 없었다.

1950년 3월 5일 부산 부두에서 열린 환국환영회에서 우박사는 말했다. 그동안 자신은 어머니의 나라 일본을 위해 일본인 못지않게 열심히 일했으니까, 앞으로는 아버지의 나라 한국을 위해 일할 차례라고. 자신은 한국인으로 살다가 한국 땅에 뼈를 묻을 작정으로 왔노라고. 그러나 대부분의 사람들은 그가 당시 한국의 열악한 환경을 견디지 못하고 다시 일본으로 가버릴 거라며 반신반의했다.

그후 우박사는 한국 농업의 기반을 닦는 데 헌신하다 1959년 사망하였다. 우리가 쌀과 무, 배추, 감자 등의 우량종자를 자급할 수 있게 된 것은 다 우박사 덕분이다.

우박사의 생애를 알면 알수록 자꾸 궁금해졌다. 우박사는 자기 아버지의 행적을 어떻게 받아들였을까? 그리고 일본에 남아서 연구에만 전념하여 학문적으로 더 높은 업적을 쌓을 수도 있었을 한일 혼혈의 남자가 쉰살이 넘은 나이에 새로이 한국을 조국으로 선택하고 돌아와 헌신한 까닭은 무엇일까?

보통 남자라면 쉰살이 넘어 또다른 인생을 다시 시작한다는 것은 쉽지 않은 일이다. 그런데도 우박사는 나라를 바꾸고, 처자와 이별하고, 연구기반이라고는 없는 불모지에 와서 새로운 인생을 시작한 것이다. 그것도 쉰셋의 나이에! 그런 어려움을 무릅쓰고라도 아버지의 그늘에 대해 우박사 나름으로 속죄하는 마음을 표현하려고 한 것이었을까? 더구나 우박사가 죽을 때까지 한국말을 하지 못했던 것을 생각하면 한국을 조국으로 사랑하고 헌신했다는 사실이 놀랍기만 하다.

아버지 우범선은 중인계급에 속하기 때문인지 그에 대해 알려진 것이 별로 없고, 윤효정이 쓴 『구한말비사』라는 책에만 약간 언급되어 있다.

그 책의 저자 윤효정은 고영근을 사주하여 함께 우범선을 암살한 인물이다. 또 그는 구한말 독립협회며 대한자강회 등의 간부를 지내면서 애국적인 웅변으로 이름을 날렸으면서도 정작 한일합방 때는 총독부로부터 합방하사금을 받는 등 행적이 그리 개운치 않은 인물이다. 그러니 『구한말비사』의 내용을 어디까지 받아들여야 할지는 의문이다.

아무튼 윤효정의 증언에 따르면 우범선은 단양 우씨, 대대로 군의 장교를 지낸 중인집안 출신으로 병학에 밝고 대담호방한 성격의 보스 형 인물이었다고 한다——그에 관한 재미있는 일화들이 두엇 전해진다——열여덟살에 무위영 집사로 관직생활을 시작하여 을미사변 무렵에는 훈련대 2대대장의 지위에 올랐으며 개화당의 거두 박영효를 매우 존경하고 따랐다.

을미사변이 일어나기 전, 일본에 망명해 있던 박영효는 새로 한국공사가 되어 부임하는 미우라를 우에노 공원에서 몰래 만나, 한성에 가면 우범선부터 만나보라고 충고한다. 조선에서 일본 세력을 만회할 계책을 얻을 수 있을 거라고. 미우라는 그 말대로 인천에 닿은 즉시 우범선을 만났고, 그 자리에서 우범선은 명성황후를 살해해야만 조선을 개혁할 수 있다는 주장을 폈다는 것이다.

즉 명성황후의 암살계획이 일본 정부가 아닌 개화당, 혹은 우범선 개인의 머릿속에서 나온 것이며 암살을 저지른 것도 일본인 폭도들이 아니고 바로 조선인 우범선이라는 주장을 펴는 것이다.

당시 정세와 개화당의 입장을 살피자면 명성황후를 조선을 망하게 하는 주범으로 여겼다는 점은 납득되지 않는 바도 아니다. 그러잖아도 국운이 기울고 있는 판에, 더하여 매관매직으로 탐관오리를 양성, 조선 백성들을 도탄에 빠뜨린 장본인이 바로 고종과 명성황후였고——두 사람의 시야는 조선이나 민족 전체가 아닌 왕실에만 한정된 어두운 가족(가문)이기주의를 벗어나지 못했다——특히 명성황후는 개화당의 개혁 사업이라면 일일이 대립각을 세워 수포로 돌아가게 만들었던 것이다. 따라서 개화당의 숨은 일원인 우범선이 명성황후가 없어져야만 조선이 바로설 수 있다고 믿었다는 것은 있을 법한 일이다.

그러나 을미사변이 일어났을 때 우범선이 그저 부하들을 이끌고 창경궁을 에워싸고 지킨 수준에 그치지 않고, 미리 암살계획을 알았으며, 일본 낭인으로 구성된 사십여명의 폭도들과 함께 왕비의 처소인 곤녕전까지 난입했고, 우범선의 손으로 직접 명성황후를 난도질하여 죽였으며, 그 시체를 부하 이주회를 시켜 불태운 후 뼈를 연못에 버리게 했다는 기록까지 사실로 받아들여야 할지는 판단하기 어렵다.

일반적으로 알려진 을미사변의 진상, 일본인 폭도들이 명성황후를 난자한 뒤 그 시체를 불태워 없앴다는 말과는 어긋난다.

하지만 윤효정은 자신이 일본에 망명해 있을 때 일부러 우범선과 가까이 지내면서 그의 입으로 직접 들은 사실이라고 주장한다.

우범선은 관직생활을 시작하던 열여덟살 때부터 왕비를 죽여야 한다는 생각을 해왔다는 것이다. 무위영 집사로 임명되어 왕과 왕비를 알현했을 때, 왕비의 자리에 사람이 아닌 하얀 여우가 앉아 있는 걸 보았다고 한다. 그 여우가 바로 조선을 말아먹으려고 온 요물인 것을 깨닫고 그때부터 우범선은 반드시 왕비를 제 손으로 처치하겠다고 결심했다는 것이다.

우박사의 일생을 더듬어보면 자연스럽게 만나게 되는 책이 두 권 있다. 한 권은 우리나라 농진청총서 1권으로 발간된『마음속에 살아 있는 인간 우장춘』으로 우박사가 한국에 왔을 때부터 임종시까지 옆에서 모신 김태욱이린 분이 쓴 것이고, 다른 한 책은 1989년도에『민비암살』이라는 책으로 한국에서도 유명해진 쯔노다 후사꼬(角田房子)라는 일본 작가가 쓴『조국은 나를 인정했다』(원제 나의 조국)이다.

『인간 우장춘』은 한국에 있는 우박사의 제자들이 스승의 추억을 기려서 만든 기념문집 형식의 책이기 때문에 1950년 한국에 온 후의 우박사의 행적은 믿을 만하지만, 일본에서 태어나 성장한 사연은 상세하질 못하며 그리 정확하지도 않다. 짐작컨대 우박사는 자신의 추억담을 줄줄이 늘어놓거나 자신의 심경을 남에게 하소연하는 타입은 아니었던 것 같다.

『조국은 나를 인정했다』의 저자 쯔노다 후사꼬는 말한다. 민비암살을 취재하다보니 자연스럽게 우장춘이라는 인물에게 닿았고, 그의 인품에 매료되어 책을 쓰게 되었노라고. 나와 같은 경로를 밟아 우장춘이란 인간에게 도달한 셈이다. 그리고 저자는 일본인 특유의 자디잔 성실성으로 우박사의 일생을 꼼꼼하게 취재 기록하고 있다.

그러나 이 책은 우박사가 쉰살이 넘은 나이에 왜 한국을 조국으로 선택하여 돌아왔는지, 그 수수께끼는 끝내 풀지 못하고 있다. 저자가 한국사람이 아닌 일본인이기 때문이라고 짐작된다.

사내대장부, 자신이 바로 그 집안의 기둥이고 뼈대라는 의식. 한국 남자들만이 가진 자부심이자 덫. 이것을 어떻게 제대로 설명할 수 있을까? 우박사는 혼혈이지만 한국의 남아로 키워졌다. 아버지 우범선은 그가 우씨 가문의 10대 장손이라는 점을 늘 강조했고, 아버지가 죽은 뒤 어머니는 남편의 뜻을 받들어 어려운 환경 속에서도 우박사를 한국인으로 키우려고 애썼다.

집안이란 짐을 생각할 때면 젊은시절, 나는 때로 내가 남자로 태어나지 않은 게 다행스러웠고, 지금도 종종 그렇게 느낀다. 우리 사회가 빠르게 봉건적 잔재를 벗어가고 있다고는 하지만, 지금도 보통의 한국 남자들은 자신이 집안의 중심을 이루는 존재이며, 바로 자신이 크게는 조상, 부모와 작게는 자식, 후손을 잇는 어떤 기둥역할을 하지 않으면 안된다는 의식을 떨쳐버리지 못한 채로 살아간다. 그것은 집안이며 부모에 대한 책임감으로 나타나 그들을 짓누른다. 갖가지 행동들 뒤편에 숨어 한국 남자들의 인생을 조종하고 있는 것처럼 보인다. 부모고 집안이고 다 내팽개치고 이민을 가버린 남자들의 자격지심에서조차 그 그늘을 엿볼 수가 있다.

우박사가 일생 동안 단양 우씨 10대 장손이라는 자각을 갖고 살았다는 증거는 거의 분명하다. 한반도에 창씨개명의 광풍이 몰아칠 때, 명망있는 한국인이라면 대부분 무릎꿇고 성과 이름을 일본식으로 바꿀 때도, 우박사만은 끝까지 창씨개명을 거부하고 우장춘이라는 이름 그대로 부를 것을 고집했다. 세계 학계에 발표하는 논문에도 이름은 언제나 U자로 표기했다. 그 때문에 형사들의 감시를 받고, 직장에선 기사로 승진하지 못하여 만년기수라는 별명이 붙었지만 개의치 않았다.

또 쯔노다 후사꼬는 『민비암살』에서나 『조국은 나를 인정했다』에서 명성황후를 살해한 사건이 어디까지나 일본사람 개인의 범죄에 지나지 않는다, 일본 정부는 몰랐다, 따라서 일본 정부 차원의 책임을 물을 수 없는 문제라는 식으로 교묘하게 일본의 책임은 피해가고 있다. 남의 나라 왕비를 죽이는 게 역사상 전무후무한 만행이라는 것은 인정한다. 그 정도만 해도 양심적이라고 위안을 삼아야 할까? 그의 책들을 읽다보면 사실에 충실한 척 세부적인 것까지 집착하면서도 원인이나 책임을 인정해야 하는 정말 중요한 문제에 부닥치면 슬쩍 간과하거나 지나쳐버리는 태도가 야스꾸니(靖國) 신사 문제를 고맙다는 말로 뭉개려고 드는 요즘 일본인들의 태도와 똑같이 느껴진다.

"그분들이 일본을 위해 싸워주셔서 고맙게 생각합니다. 그래서 야스꾸니에 합사한 겁니다."

"정말로 고맙다면 우리 유족의 뜻을 따라주셔야지요."

"유족이 아니라 그분들 뜻이 중요하지요. 일본을 위해서 싸워주신 뜻."

우리 선조들이 일본을 위해서(?) 싸우다 죽어줘서 고맙다고? 한일간에는 고맙다는 말도 그 뜻이 정말 다르다.

우박사가 성장한 쿠레라는 땅을 둘러보기 위해 내 생애 처음으로 일본여행을 계획했다. 가장 쉽게 떠나는 방법은 배낭여행이었다. 일행을 구하거나 일정을 맞춘답시고 미적거릴 필요가 없으니까. 낡은 운동화에 청바지, 귀에 이어폰을, 주머니에는 여권과 약간의 엔화를 넣고 인천공항에 나가보았다. 불과 서너 시간 후 나리따(成田) 공항에 닿을 수 있었다. 입국심사대에서 찍어준 도장의 상륙(上陸)허가라는 단어. 일본은 정말 섬이로군! 하는 실감.

일본은 정말 멀고도 가까운 나라였다.

쿠레는 히로시마 밑에 있는 앙증맞은 군항이다. 해군 때문에 형성된 도시. 우리나라에 견준다면 진해에 해당될까. 제주도처럼 야자나무 가로수가 죽 늘어선, 바둑판 모양인 남국의 도로들. 시가지는 텅 비어 있었다. 도시 전체가 조용조용해서, 이제는 지쳐버려 꾸벅꾸벅 졸고 있는, 곱게 늙은 노파 같은 인상이었다.

우범선의 무덤을 보려고 신응원이라는 절을 찾아갔다. 검은 우산이끼가 잔뜩 낀 그의 비석을 찾아낸 순간, 왈칵 눈물이 솟구쳤다. 비석에 새겨진 글자를 하나씩 손으로 더듬으며 나도 모르게 중얼거렸다.

"도대체 무슨 대단한 영화를 보겠다고 여기까지 와서 뼈를 묻은 거요?"

그건 구한말의 격랑을 몸으로 헤쳐나간 풍운아들에게 느끼는 후손의 안타까움일 터였다.

신응원에서 내려오는데 아름답기로 유명한 세또 해협의 푸른 바다가 두 눈 가득 담겨와 일렁거렸다.

신오오사까에서 신깐센을 타고 히로시마에 닿아 다시 지선 기차를 갈아타고 쿠레로 올 때, 철도 연변으로 계속 펼쳐지던 다도해. 아기자기한 섬들과 그 새로 휘감아드는 아늑한 물굽이들. 바로 저 아름답고 잔잔한 바다에서 청일전쟁, 러일전쟁, 제1차 세계대전과 제2차 세계대전. 이 네 번의 전쟁에서 주축이 된 함대들이 만들어지고 출발했으리라.

그래서인지 공식적으로는 전쟁이 없는 지금, 쿠레 시는 영화를 찍고 버려진 쎄트처럼 적막하였다.

『쿠레 시 100년사』라는 책을 붙들고 씨름한 나날들. 마치 내가 자란

1960년대 부산의 풍물을 되살려보고 있는 것 같았다. 일본 땅에서 메이지, 타이쇼오 시대의 흔적을 찾아헤매고 다니는 게 마치 내가 어린시절 동경했던 근대문물의 기원을 찾아다니는 일처럼 느껴졌듯이.

1960년대 부산은 왜색이 짙게 남은 도시였다. 시가지에는 일본식 가옥들이 늘어서 있었고, 전차가 다녔으며, 시장은 일본에서 들여온 밀수품으로 흥청거렸으며, 나도 타따미방에서 태어나고 자라, 사춘기가 되어 부산을 떠날 때까지는 온돌방이 어떤 것인지 몰랐다. 지금 우리가 영어단어를 섞어 쓰듯, 그때 사람들은 일본어를 섞어서 쓰는 게 보통이었다. 아이들은 놀이할 때면 일본말로 구령을 붙였다. 요이땅(요오이동), 이찌 로꾸 하찌……

해방된 후 오래도록 물질적인 면에서 일본의 그늘을 벗어나지 못했듯, 정신적인 세계도 마찬가지였던 것 같다. 지금은 일본인 자기네들도 듣기만 해도 치를 떠는, 메이지, 쇼오와 시대의 무지막지한 개인말살정책—국민 개개인의 목숨 정도는 나라를 위해서는 얼마든지 희생해도 좋다는 식의 충군애국정신—이 은연중 우리의 의식에도 그대로 남아 있었기에 1970년대 유신의 엄혹한 시절을 받아들인 게 아니었던가.

그동안 나는 일본 역사며 문화를 잘 알고 있다고 자부해왔으나, 일본 땅을 직접 밟게 되자, 예전에는 정말로는 잘 알지 못했구나 하는 깨달음을 갖게 되었다. 아니, 알음알이로는 그럭저럭 머리에 넣어두었지만 몸으로는 알지 못하던 것을 일본 땅을 밟고서야 비로소 체득하게 되었다고나 할까?

토오꾜오의 에도 뮤지엄 첫머리에 걸려 있던 어마어마한 크기의 패리(Caroline Perry) 제독 초상화. 페리 제독은 에도막부 정권을 군사력으로 위협하여 강제개항하게 만든 미국의 해군제독이다. 처음에는 무심코 지나쳤다가 고개를 갸웃거리며 되돌아가 다시 한번 살펴보고는 쓴웃음을 짓지 않을 수 없었다. 한국사람이라면 자기네를 침략한 사람을 저렇게 떠받들지 않을 텐데, 하는 생각. 승자에 대한 일본사람들의 숭상과 굴종이란 내가 상상한 것 이상이어서 역겨울 지경이었고, 그에 비례하듯 행해지는 약자에 대한 멸시와 천대 또한 나로서는 도무지 납득이 되지 않는 것이었다.

대형 쇼핑몰 직원 휴게실을 지나치다 엿본 광경. 거듭 90도 각도로 허리를 굽히면서 목청껏 인사를 외치는 연습을 하는 점원들. 마냥 시간이 흐르도록 그칠 줄 모르고 계속되는 연습. 저래서 상점에 가기만 하면 귀가 따갑고 머리가 지끈거리는구나, 한숨이 나오며 고개가 내저어졌다.

그러니 일본사람들 입장에서는 한국사람이 납득되지 않을 터였다. 자기네들에게 패했으면서도 승자인 자기네들을 신처럼 떠받들고 숭상하지 않는 한국사람들. 아마 한국사람들의 인간성이 나빠서 일부러 개개는 것으로 오해하겠구나 하는 깨달음.

말로만 들었던 일본인들의 획일성, 좋게 말하면 사회나 집단을 앞세우는 것.

나리따에서 비행기를 내려 전철을 타고 느릿느릿 토오꾜오로 들어가는데, 갑자기 전철 안이 어두컴컴해져서 깜짝 놀랐다. 가만 살펴보니 검정 양복을 입은 남자들이 잔뜩 탄 것이었다. 상갓집에 다녀오는 일행이라도 탔는가 했는데, 일본에서 얼마 지내보지 않아, 그때가 퇴근 무렵이어서 회사원들이 많이 타서 그랬다는 것을 깨달았다. 회사원들은 문자 그대로 어두컴컴한 양복을 입고 있었다. 무늬가 들어가거나 조금 밝은 감색이거나 하는 예외조차 드러나지 않도록 모두들 새카만 톤의 양복으로 차려입었다.

점심시간 토오꾜오 마루노오찌(丸の內)의 오피스 거리에 나가보면

일본 회사원들이 똑같은 차림을 하고 돌아다니는 걸 볼 수 있었다. 여자 회사원들도 하얀 블라우스에 검정계열인 양복스타일의 투피스를 입고 있었다. 학생들의 옷차림도 비슷했다. 그렇게 곳곳을 헤매고 다녔지만 그 말썽 많다는 사춘기 학생들도 교복 안에 튀는 색깔의 양말이며 속옷을 받쳐입은 것을 본 적이 없다. 나중에는 적어도 한명쯤은 빨간 양말을 신은 고교생과 마주치고 싶다고 염불을 외우고 다닐 정도였다. 그러면서도 주말 요요기 공원에서 코스튬 행사를 하게 되면 이번에는 또 완전 얼이 빠질 정도로 튀는 복장을 한다. 물론 튀어보겠다고 목숨 건다는 점에서는 또다른 획일로 보였다.

그리고 쿄오또에서 체험해본 옛 일본 무사들의 생활. 작은 문짝 하나까지도 모두 다 불의의 습격을 염두에 두고 만들어진 성. 그들은 일상인지 전쟁중인지 모를 정도로 삼엄한 경계를 하면서 하루하루 살아간 것이다. 그리고 곳곳에 섬뜩한 빛을 내뿜으며 전시되어 있는 칼들. 상점가에서 기념품으로 파는 모형칼 쎄트조차 모두가 시퍼렇게 날이 세워져 있었다.

한국이라면 칼은 과도나 부엌칼 정도면 충분하며 그것도 사용하지 않을 땐 보이지 않는 데다 치워두어야 마음이 놓이는 물건이다. 그리고 싸움을 해서 이기면 승자는 사내대장부답게 인의로서 패자를 포용하여야 한다. 그럼으로써 서로 마음을 늦추고 평화롭게 살아가는 것이다.

그러나 일본은 달랐다. 승자가 되면 우뚝 서서 군림하는 게 당연하고──일본의 성마다 경쟁하듯 높이높이 치솟은 천수각들──제대로 된 무사라면 그렇게 해야만 하는 거고, 군림에 자연히 따라오는 보복의 위험은 패자를 포용하여 해결하는 게 아니라 방비와 경계를 더한층 강화하는 것으로 대처한다. 그러니 언제나 전시상태로 살아가게 되는 것이다.

이러니 이들에게는 하루를 생존한다는 의미가 곧 목숨 건 전쟁에서 살아남는 일이구나, 깨달아졌다. 내 여권에 찍힌 상륙이란 단어. 육지에 오르다. 바다로 둘러싸인 한정된 땅, 섬. 그런 땅에서의 세력다툼. 이들에게는 여지라고는 없었을 것이다. 전쟁 때는 한 개인의 작은 일탈이라도 생기면 큰일나겠지. 그래서 지금도 일본 사회가 그렇게 빡빡한 모양이었다.

일본을 둘러보면서 내가 정말 일본을 알고 있는가 하는 물음을 몇번이나 곱씹었다. 21세기에 이른 지금에 와서, 갑자기 일본 군벌과 우익이 합작하여 벌인 갖가지 침략전쟁이며, 친일파 문제를 다시 거론하다니, 한강에서 공룡이 뛰어놀던 아득한 옛날이야기를 꺼낸다고 투덜거리는 사람도 있을 것이다.

그러나 옛날이라고는 하지만 곰곰이 따져보면 지금으로부터 그리 먼 옛날도 아니다. 이제 쉰살이 된 내게는 나의 아버지, 그리고 나의 아버지의 아버지만큼 떨어져 있다고 할까? 그러니까 할아버지부터 나까지, 세 사람이 팔을 뻗기만 하면 손에서 손으로 체온을 전할 수도 있는 어쩌면 아주 가까운 시절인 것이다.

2006년 초겨울
이남희

그 남자의 아들, 청년 우장춘

초판 1쇄 발행/2006년 12월 4일

지은이/이남희
펴낸이/고세현
책임편집/황혜숙
펴낸곳/(주)창비
등록/1986년 8월 5일 제85호
주소/413-756 경기도 파주시 교하읍 문발리 513-11
전화/031-955-3333
팩시밀리/영업 031-955-3399 · 편집 031-955-3400
홈페이지/www.changbi.com
전자우편/literat@changbi.com
인쇄/상지P&B

ⓒ 이남희 2006
ISBN 89-364-3356-3 03810